코마키·나가쿠테(小牧長久手) 전투(1584) 병풍도 앞부분.
오다 노부오 도쿠가와 이에야스 연합군과
도요토미 히데요시 군의 전투 장면.

아즈치 · 모모야마安土桃山 시대의 군웅할거도

텐쇼天正 10년(1582)경

이케다 츠네오키

호소카와 타다오키

하시바 히데나가

오키

츠시마

소 요시토모

이키

치쿠젠

류조지 타카노부

히젠

사츠마

사마즈 요시히사

휴가

오스미

나가토

스오

이와미

이즈모

호키

이나바

타지마

탄고

오

하치스카 마사카츠

미마사카

하시바 히데요시

모리 테루모토

빙고

빗츄

비젠

하리마

셋츠

오사카

야마

카와치

이즈미

야

부젠

치쿠고

오토모 요시시게

분고

히고

큐슈

시코쿠

우키타 히데이에

사누키

아와지

아와

이요

토사

쵸소카베 모토치카

키이

츠츠이 준

야

오사카

오사키 요시타카

무츠

데와

모가미 요시미츠

카사이 하루노부

사도

마에다 토시이에

우에스기 카게카츠

노토

다테 마사무네

삿사 나라마사

에치고

하타케야마 쿠니오마루

·가히데

엣츄

혼슈

카가

히다

시나노

코즈케

시모츠케

카츠이에

미키 코레츠나

사타케 요시시게

오다 노부타카

미노

도쿠가와 이에야스

호죠 우지마사

히타치

미카와

오와리

카이

무사시

시모우사

토토우미

스루가

사가미

카즈사

마

이즈

아와

오다 노부오

사토미 요시야스

● 츄고쿠中国·킨키近畿 지방

츄고쿠

토산도

산인도

산요도

호쿠리쿠도

사이카이도

난카이도

토카이도

킨키

● 텐쇼 10년경 주요 다이묘의 판도

시바타

호죠

도쿠가와

쵸소카베

하시바

모리

우에스기

오토모

도쿠가와 이에야스

德川家康

2부
승자와 패자

10
키요스 회의

야마오카 소하치
대하소설 이길진 옮김

德川家康

2부
승자와 패자

10
키요스 회의

도쿠가와 이에야스

솔

『도쿠가와 이에야스』를 바로 읽기 위해

일본의 대표적 역사 소설『도쿠가와 이에야스德川家康』는 수준 높은 문학 작품일 뿐만 아니라 일본의 역사, 문화, 사회, 전통 생활, 정신 세계 등 일본을 총체적으로 이해하는 데 훌륭한 길잡이 역할을 할 것입니다. 따라서 이 한국어판은 일본 아즈치·모모야마安土桃山 시대의 갖가지 용어, 인명 및 고유어들을 의역하거나 가감하지 않고 원문에 충실하게 번역하여, 그 단어들이 간직한 문화적인 맛과 역사적 내용을 고스란히 살리려 노력했습니다.

편집자는 이 책에서 한국 독자들에게 다소 낯설고 복잡하게 느껴질 용어, 인명 및 고유어 등을 가려뽑아 일일이 설명하고 이를 부록으로 각권의 책 뒤에 붙였습니다. 이 책의 독자들을 위해 다음과 같이 일러둡니다.

1. 본문 중 °표시가 된 용어는 용어 사전에서 풀이하였다.

2. 본문 중 •표시가 된 용어는 용어 사전 외에 부록 및 지도 등에서 설명하였다(다른 권 포함).

3. 인명과 지명은 원음 표기를 원칙으로 하며, 된소리를 피하고 거센소리로 표기하였다. 단 도쿠가와와 도요토미만은 원음과 차이가 있지만 일반인에게 익숙한 이름이기에 외래어 표 기법에 따랐다. 장음은 생략하였다.

4. 인명, 지명 및 고유명사는 처음 나올 때 원어를 병기함을 원칙으로 하였으며, 강과 산, 고 개, 골짜기 등과 같은 지명 역시 현지 음대로 강=카와(가와), 산=야마(잔, 산), 고개=사 카(자카), 골짜기=타니(다니) 등으로 표기하였다.

5. 성과 이름 중간에 나오는 것은 대부분 관직명과 서열을 나타내는 것인데, 그 당시의 관습 에 따라 이름과 혼용하여 쓰이는 경우도 있다. 각 관청 및 관직에 대해서는 부록에서 설명 하였다.

    ex) 히라테 나카츠카사노타유 마사히데 → 히라테 마사히데(이름) + 나카츠카사노타유 (나카츠카사의 장관), 아마노 아키노카미 카게츠라 → 아마노 카게츠라(이름) + 아키 노카미(아키 지방의 장관)

6. 시간과 도량형은 아즈치 · 모모야마 시대에 쓰던 것을 그대로 따랐으며, 역시 부록에서 설 명하였다.

차례

《 야마자키 전투 대진도 》

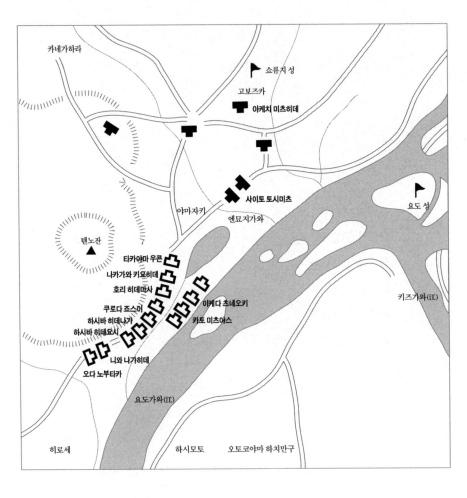

카네가하라

쇼류지 성

고보즈카
아케치 미츠히데

요도 성

사이토 토시미츠

야마자키

엔묘지가와

텐노잔

키즈가와(江)

타카야마 우콘
나카가와 키요히데
호리 히데마사
쿠로다 죠스이   아케다 츠네오키
하시바 히데나가   카토 미츠야스
하시바 히데요시
니와 나가히데
오다 노부타카

요도가와(江)

히로세   하시모토   오토코야마 하치만구

凸 ········· 하시바 군 ||||||||| ········· 계곡   ⚑ ········· 성

⬟ ········· 아케치 군   ══════ ········· 도로

──── ········· 가와(강)의 지류   ▲ ········· 산

낙조落照 전후

1

노부나가信長°가 혼노 사本能寺에서 쓰러지기 사흘 전——

텐쇼天正 10년(1582) 5월 29일, 사카이堺 사람들은 대로변에 있는 야마토가와大和川의 해자垓子° 입구까지 나가 이에야스家康°를 영접하라는 연락을 받았다. 이에야스의 안내역이자 쿠나이쿄 호인宮內卿法印°인 마츠이 유칸松井友閑은 사카이의 부교奉行°를 겸하고 있었다. 그는 예의를 다하기 위해 사카이 주민들을 동원하여 노부나가의 빈객을 환영하려 했다. 그러나 마중 나간 상인 중에는 이에야스를 모르는 사람이 상당히 많았다.

그날은 맑게 개어 있었으나, 견디지 못할 정도의 더위는 아니었다. 바다에서 서남풍이 시원하게 불어오고 있었다. 이에야스 일행을 태운 배들이 갖가지 깃발을 휘날리며 선창의 석축에 닿았다.

이때 환영 나온 사카이 주민 대표 이마이 소큐今井宗久가 모두에게 아주 묘한 주의를 주었다.

"도쿠가와德川 님은 온화한 분이지만 가신 중에는 이름난 용사……

그래, 참으로 용맹스런 분들이 많아. 그러니 각별히 조심하도록."

이마이 소큐는 노부나가에게 다도茶道의 스승이 되는 센노 소에키千
ノ宗易(리큐利休)와 함께 자주 초청을 받아 다도를 지도하고 있었다. 그
는 이에야스의 가문과 미카와三河 무사의 기풍에 대해 여러 가지 이야
기를 들어왔다.

"허어, 그렇게 용맹한 분들이란 말입니까?"

"그렇소. 우다이진右大臣°(오다 노부나가) 님은 늘 부러워하셨소. 도
쿠가와 님은 훌륭한 가신을 두었다고."

"으음, 우다이진 님이 부러워할 정도라면 정말 보통 용사들이 아니
겠군요."

원로 한 사람이 맞장구를 친 것은 반드시 비꼬는 의미에서만은 아니
었다. 이 지역에서 '천하 제일의 난폭자'는 노부나가라는 생각을 많은
사람들이 갖고 있었다. 120년 가까이나 전란이 계속되고 있는 일본에
서 어떤 무력 앞에도 굴복하지 않고, 난보쿠쵸南北朝 시대°부터 아시카
가足利 시대를 통해 중국과 남만南蠻의 선박과 자유롭게 무역을 하면
서 특이한 평화지역으로서 막대한 부富를 축적한 곳이 사카이였다. 그
사카이의 주민을 위협하여 처음으로 자신의 직할지로 삼은 것이 노부
나가였다.

"우다이진 님이 높이 평가하고 있다면 의외로 성품이 시원시원한 분
인 것만은 분명해. 어쨌든 잘 대접하여 좋은 고객으로 삼을 필요가 있
겠어."

누군가 이런 말을 했을 때, 소큐가 자신의 입으로 손가락을 가져가며
모두의 입을 막는 시늉을 했다.

"쉿!"

접시꽃 문장을 단 30석이 실리는 배에서 토리이 마츠마루鳥居松丸와
이이 만치요井伊万千代를 좌우에 거느린 이에야스가 유칸과 하세가와

히데카즈長谷川秀一˚의 안내를 받으면서 석축에 내려섰다.

환영 나온 사람들은 순간 길게 한숨을 내쉬면서 서로 얼굴을 마주보았다. 이에야스의 옷차림이 너무 소박했다. 환영 나온 벼슬아치와 장사치들보다도 못했다.

'큰 고객은 못 되겠군……'

틀림없이 자유항自由港의 부자들에게는 이렇게 생각되었을 듯.

그 수수한 차림의 이에야스 앞에 유칸의 지시로 선발된 사카이의 처녀 셋이 눈부실 정도로 화려한 색깔의 꽃다발을 안고 나타났다. 꽃다발을 보고 이에야스는 흠칫 걸음을 멈추었다. 순간 이에야스와 처녀들 사이에 성큼성큼 끼여들어 눈에 노기를 띠고 꾸짖는 자가 있었다.

"무례한 짓은 하지 마라."

신변보호를 위해 일행을 따라온 혼다 헤이하치로 타다카츠本多平八郎忠勝였다.

2

끊임없이 전란 속에 몸을 던져온 자와 전쟁을 모르고 자란 처녀들이 뜻하지 않게 마주쳤다.

이마이 소큐가 깜짝 놀라 무어라 설명하려 했다.

"호호호……"

그보다 앞서 처녀 하나가 소리내어 웃었다.

"왜 웃느냐? 성주님 앞에 접근하지 마라, 무례한 것."

"하지만 가까이 가지 않으면 이 꽃을 드릴 수 없습니다."

"꽃 같은 것은 필요없어. 아니, 드리고 싶거든 우리 손을 거쳐 드려야 하는 것이 도리, 버릇없이 굴면 용서치 않는다."

소큐가 다시 무슨 말인가를 하려고 했다. 그러는 소큐를 유칸이 제지했다.

이 도시에서 귀빈을 접대하기 위해 선발되는 처녀들은 부호의 자녀들인 동시에 재능과 언변이 뛰어난 외교가이기도 했다. 그런 만큼 유칸은 이 두 사람의 대응을 미소로 지켜보아도 괜찮을 것이라고 판단한 모양이었다. 아니, 여기에는 또 하나의 이유가 있었다.

이 자유항에서 이에야스의 숙소로 소철蘇鐵과 백단白檀 등 남만의 정취가 가득한 정원이 있는 묘코쿠 사妙國寺를 제공하려 했다. 그 제안을 이에야스의 측근이 한마디로 일축했다. 그 이유는 물론 경비警備 문제 때문이었다. 그래서 숙소는 부교의 관사를 겸한 유칸의 집으로 변경되었는데, 이러한 것이 유칸을 어느 정도 장난스러운 계몽자가 되게 한 면도 있었다.

혼다 헤이하치로의 꾸중을 들은 처녀가 다시 맑은 소리로 웃었다.

"도쿠가와 님은 꽃을 싫어하십니까?"

"꽃을 좋아하고 않고를 말하는 게 아니야. 낯선 자가 가까이 와서는 안 된다고 한 것뿐이다."

"낯선 자라니요…… 처음 마중 나왔을 때는 누구든지 첫 대면. 그럼, 저희 세 사람의 이름을 말씀 드리면 허락하시겠습니까? 저는 나야 쇼안納屋蕉庵*의 딸인 코노미木の實*, 여기 있는 애는 센노 소에키 님의 딸, 또 저쪽은 코니시 쥬토쿠小西壽德 님의 딸……"

이때 이에야스가 헤이하치로에게 말했다.

"타다카츠, 그 꽃을 받고 어서 가도록 하자."

"예."

헤이하치로는 무뚝뚝하게 대답했다.

"그럼, 일단 내가 받았다가 나중에 성주님께 드리겠다. 그 꽃을 이리 다오!"

잠시 동안의 일이었으나, 이 일로 하여 그 자리의 분위기는 몹시 어색하고 답답한 것으로 변했다.

그럴 것이었다. 킨키近畿˙와 츄고쿠中國˙는 말할 것도 없고, 멀리 시코쿠四國˙와 큐슈九州˙의 다이묘大名°들까지 자주 이곳에 물건을 사러 왔다. 그러나 지금까지 이렇듯 노골적으로 경계를 엄하게 한 사람은 아무도 없었다.

사카이에서는 다이묘와 백성들이 마치 딴 세상 사람들처럼 엄격하게 구분되는 분위기가 아니었다. 이곳에서 다이묘들은 모두 두서너 명의 하인만을 데리고 홀가분하게 활보했으며, 자유롭게 즐겼다. 물론 부유한 상인들과는 다도와 여흥을 즐기며 다정한 벗처럼 대했다. 그렇게 하면 각 지방의 정보와 새로운 지식을 얻는 데 크게 도움이 되었다.

그런데 얼른 보기에도 시골뜨기 같은 스루가駿河, 토토우미遠江, 미카와 세 지방 태수의 행렬은 멀리서 온 귀빈에게 부드러운 인상을 주려고 바친 꽃다발까지 거부했다. 그리고는 어마어마한 무장으로 사람들의 접근을 막으면서 마츠이 유칸의 관저로 들어갔다.

거리에 나왔던 사람들은 실망과 경멸의 빛을 띠고 이에야스 일행을 바라보았다. 그러나 이에야스는 안도하는 표정으로 숙소에 들어가 헤이하치로에게 속삭였다.

"헤이하치로, 그대도 느꼈을 테지. 이상한 자가 드디어 이 사카이까지 뒤쫓아왔어. 어떤 자일까?"

3

혼다 헤이하치로는 일행의 뒤를 밟는 수상한 자가 있어 특히 경계를 엄중히 한 것은 아니었다. 그런 만큼 깜짝 놀랐다.

"수상한 자가 노리고 있다니요?"

"아니, 됐어……"

이에야스는 더 이상 말하지 않고 그대로 긴 복도를 지나 유칸의 뒤를 따라갔다.

유칸의 관저에는 이미 혼간 사本願寺 코사光佐의 사자인 야기 스루가노카미八木駿河守가 많은 진상품을 가지고 와서 이에야스의 도착을 기다리고 있었다.

다섯 짐이나 되는 세 종류의 선물, 즉 신선한 도미 30마리, 큰 뱀장어 100마리, 만두 두 상자, 그밖에 키타노카타北の方에서도 술잔받침, 오사에모노押え物° 등을 보내왔다.

'분명 오사카大坂°부터 따라오고 있었어……'

이에야스는 진상품의 내용을 말하는 스루가노카미의 설명을 들으면서도 다시 그 일을 생각했다.

이렇게 극진히 환대해주는 노부나가가 뒤에서 이에야스의 목숨을 노릴 리는 없다. 혼간 사에서도 이처럼 정성을 다해 우의를 다짐하고 있다. 그런데도 분명 자객으로 보이는 다섯 또는 일곱 명쯤 되는 무리가 이에야스의 뒤를 따라오고 있었다. 그 무리도 어쩌면 하나가 아니라 둘 이상인지도 몰랐다.

그래서 일부러 육로로 온다는 소문을 내고 뱃길을 택했다. 그리고 묘코쿠 사에 숙소를 정한다고 했다가 마츠이 유칸의 관저로 옮겼다. 아까 야마토가와 선착장에서 사카이 처녀들이 꽃다발을 가지고 나타났을 때 이에야스가 흠칫 놀란 것도 눈에 익은 그들의 얼굴이 환영 인파 속에 점점이 섞여 있었기 때문이다.

그중 하나는 분명히 이곳 유지들과 같은 복장이었다. 한번 보면 잊혀지지 않을 만큼 단아한 모습의 그 얼굴이 길게 찢어진 눈으로 이에야스를 응시하고 있었다.

나이는 서른일고여덟 살로도 보였고 또는 이에야스보다 많아 보이기도 했다. 그 남자의 얼굴만을 이렇게 분명히 기억하고 있는 것은 바로 그 사나이가 오늘 아침 나니와즈難波津를 떠날 때도 환송객 속에 끼여 있었기 때문이다. 풍채는 자못 의젓했으나 그 눈에는 언제라도 번개로 변할 것 같은 날카로움을 감추고 있었다.

'무술도 담력도 보통이 아닐 것이다……'

그 얼굴이 배가 도착했을 때 다시 이에야스를 은밀히 맞이하고 있었으므로 놀라지 않을 수 없었다.

혼간 사의 사자가 돌아간 뒤 주인인 유칸이 이곳에 체재하는 동안의 이에야스와 아나야마 바이세츠穴山梅雪°의 일정표를 가지고 싱글벙글 웃으면서 들어왔다.

"오늘 저녁에는 여기서 이곳 유지들과 약주를 드시며 이 사카이에 관한 여러 가지 이야기를 나누겠습니다마는, 워낙 여기저기서 초청하는 사람들이 많아……"

내일 하루는 시내 구경, 그리고 6월 1일에는 이른 아침에 이마이 소큐의 집에서 차 모임, 낮에는 츠다 소큐津田宗及의 집에서 역시 차 모임, 저녁에는 이 집에서 차를 마신 뒤 코와카마이幸若舞°를 관람하고 그 뒤에 주연을 베풀 예정이어서 잠시도 틈이 없다는 말을 늘어놓고 이에야스에게 고했다.

"유지의 한 사람인 나야 쇼안 님이 급히 만나뵙고 드릴 말씀이 있다고 합니다마는."

이에야스는 '급히'라는 한마디가 묘하게 마음에 걸렸지만 무심코 대답했다.

"만나겠소. 안내해주시오."

이윽고 유칸의 안내를 받으며 들어온 사나이를 본 이에야스는 깜짝 놀라 저도 모르게 숨을 죽였다. 그는 조금 전에 섬뜩하게 생각했던, 나니와즈에서도 보고 이 선착장에서도 본 바로 그 사나이였다……

4

나야 쇼안이라 불리는 그 사나이는 혼자가 아니었다. 뒤에 딸을 데리고 있었다. 그녀는 이에야스가 상륙했을 때 꽃다발을 들고 혼다 타다카츠와 실랑이를 벌였던 처녀. 아까 이 처녀는 분명히 나야 쇼안의 딸 코노미라고 자기를 소개했다.

이에야스는 처녀를 보고 안도했다. 이 사나이가 혼자 왔더라면 혹시 옆에 대령하고 있는 토리이 마츠마루의 손에서 칼을 받아들었을지도 모른다.

"나야 쇼안 부녀입니다. 은밀히 말씀 드릴 것이 있다고 하니 저는 자리를 피하겠습니다. 아무 염려 마시고 말씀 나누십시오."

이에야스의 조심성을 알고 있는 마츠이 유칸은 아무 염려 마시라는 말로 틀림없는 사람임을 강하게 나타내고 공손히 절을 한 뒤 그대로 물러갔다.

이미 해는 기울고 있었고, 마루를 통해 불어오는 바람에 바다 냄새와 파도소리가 섞여 있었다.

"쇼안입니다."

상대는 유칸의 발소리가 멀어지기를 기다렸다가 밝은 목소리로 말했다.

"도쿠가와 님의 자당과도 인연이 있고, 서미카와西三河에서 몇 번 뵌 일이 있습니다."

"아니, 어머님을 아신다고요?"

"예, 자당께서 아직 카리야刈谷에 계실 때였습니다. 그 무렵의 저는

타케노우치 나미타로竹之內波太郎라는 이름의 혈기왕성한 더벅머리였
습니다마는."

"허어……"

이에야스는 상대가 무슨 생각으로 그런 말을 꺼내는지 의아하게 여
기면서 애매하게 고개를 끄덕였다.

"그럼, 어머니와 같은 연배인가요?"

"그렇습니다. 어쩌면 제가 한두 살 더 많을지도."

"이거, 놀랍군. 나는 아직 그대가 삼십 대인 줄 알고 있었는데."

"하하……"

쇼안은 밝은 목소리로 웃었다.

"제가 불로장생의 묘약을 복용하고 있기 때문에 그렇게 보이는지도
모릅니다."

"으음."

"어제를 잊고 내일을 두려워하지 않는 자에게는 들이마시는 숨, 내
쉬는 숨이 모두 불로장생의 묘약. 저는 루손(필리핀)에 두 번, 아마카와
天川(마카오)에 한 번, 샴로(타이)에 한 번 여행을 다녀왔습니다. 좁은
일본을 떠나 여행하는 것, 이것 또한 젊어지는 묘약입니다."

"그거 참 부러운 일이로군. 그런 의미에서 이곳 사람들은 일본에서
제일 행복한 사람들이오."

"그렇습니다…… 이 행복을 하루라도 빨리 전국의 모든 사람들에게
나눠주었으면 좋겠습니다. 아니, 지금쯤은 그것을 나눠줄 분이 나타나
도 좋은 때라고 생각합니다."

지난날 타케노우치 나미타로였던 쇼안은 미소를 지우지 않은 채 이
렇게 말했다.

"여기 있는 처녀, 이름은 코노미라고 합니다마는, 이 아이도 어느 정
도 도쿠가와 님의 핏줄을 잇고 있으므로 잘 보아두시기 바랍니다."

"뭐, 나의 핏줄이라고······"

"다름 아니라 도쿠가와 님의 외숙부님으로서 나가시마長島 전투 때 우다이진 님의 노여움 때문에 돌아가신 미즈노 시모츠케노카미 노부모토水野下野守信元 님의 손녀입니다."

"허어, 시모츠케노카미 님의 손녀란 말이오?"

이에야스가 깜짝 놀라 처녀를 바라보는데 쇼안은 얼른 화제를 바꾸었다.

"도쿠가와 님도 깨닫고 계셨을 것입니다. 쿄토京都를 떠나실 때부터 뒤따르는 자가 있었다는 것을 말입니다."

"아니······ 그런 자가 있었나요?"

"그중의 한 무리는 이 쇼안, 다른 한 패가 수상해서 탐지해보았습니다. 그랬더니 현재의 코레토惟任, 즉 아케치 휴가노카미明智日向守의 부하였습니다. 이에 대해 뭔가 생각나시는 것이 없으신지요······"

쇼안은 고개를 갸웃하고 탐색하듯 눈을 가늘게 떴다.

5

이에야스는 자신의 놀라는 기색을 감추고 일부러 천천히 고개를 갸웃거렸다.

"아케치 휴가노카미의 부하가 내 뒤를······?"

쇼안 역시 잠시 무언가를 생각하는 체하면서 이에야스의 태도를 살피다가 말을 이었다.

"실은 여기 있는 코노미는 미츠히데光秀 님의 따님이자 호소카와 요이치로細川與一郎 님의 내실 되는 분과 다도와 신앙을 통해 친교를 맺고 있습니다마는, 은밀히 말씀 드릴 것이 있다고 합니다······"

흘끗 코노미를 돌아보았다.

코노미는 여전히 거리낌 없는 어조였다.

"호소카와 님의 부인도 저와 마찬가지로 천주교 신앙을 가지고 있습니다."

"허어, 나도 쿄토에서 그 집회소를 보기는 했지만……"

"그 부인과 어떤 장소에서 만났을 때 무언가로 고민하고 있는 것 같아서……"

문득 익살스럽게 입을 오므리고 말을 중단했다.

이에야스는 가만히 한숨을 쉬었다. 새삼스럽게 살펴본 처녀의 천진스러운 모습이 눈을 번쩍 뜨이게 했다. 그뿐 아니라, 그 처녀의 말은 이에야스의 호흡을 멈추게 할 정도의 의미를 가지고 있었다.

'미츠히데의 가신이 나를 미행하고 있다…… 그리고 호소카와에게 출가한 미츠히데의 딸이……'

이에야스는 그 다음 설명을 기다리는 눈길로 쇼안을 바라보았다. 만일 미츠히데가 노부나가에게 모반을 꾀하려 한다면 당연히 사위인 호소카와 요이치로에게 사정을 설명하고 협조를 구할 것이었다. 그리고 노부나가와 특별한 관계에 있는 이에야스의 생명을 노릴 터.

그러나저러나 어머니 오다이於大를 안다는 이 사나이는 무엇 때문에 그 사실을 이에야스에게 알리려고 하는 것일까……?

"만일에……"

잠시 사이를 두었다가 쇼안은 백단 향기가 나는 부채를 천천히 움직이면서 말했다.

"쿄토에 변고가 생겼을 때는 저와 친밀한 사이로서 도쿠가와 님의 물품을 조달할 챠야 시로지로茶屋四郎次郎˙가 즉시 달려오기로 되어 있습니다마는…… 어쨌든 모처럼 평온해지려던 이 일본이 다시 폭풍우 속으로 들어가게 될 것 같습니다."

이에야스는 저도 모르게 몸을 앞으로 내밀듯이 하고…… 그러나 입은 열지 않았다.

처녀도 그렇고 사나이도 이 얼마나 당돌한 말인가. 그들은 이미 미츠히데의 모반을 움직일 수 없는 사실로 받아들이고 있었다.

"충고해주어 정말 고맙소."

이에야스는 두 사람을 번갈아 바라보았다.

"그런데 이 충고는 나와 먼 친척이 되는 사람을 생각하는 호의에서 나온 것이오?"

"그렇지 않습니다."

쇼안은 부채질을 하면서 대답했다.

"백 년 이상이나 전란이 계속되었기 때문에 백성들은 평화에 굶주려 있습니다. 난세로 되돌아가는 것은 질색입니다. 현찰賢察하시기를 부탁 드리려 합니다."

"백성들을 위해 충고한다는 말이오?"

"그렇습니다…… 저는 아직 관례를 올리지 않은 젊은 날에 도쿠가와 님의 자당과 전쟁이 없는 날이 하루속히 찾아오게 하도록 힘쓰자고 맹세한 일이 있습니다. 부디 조심하시기 바랍니다."

쇼안은 이렇게 말하고 처녀를 돌아보며, 재촉하는 듯한 얼굴로 미소 지었다.

"아직 드릴 말씀이 남아 있느냐?"

6

"도쿠가와 님은 이 사카이란 도시를 잘 모르십니다."

이번에는 코노미가 야무진 소리로 말했다.

이에야스는 여자의 몸으로 이처럼 똑 부러지게, 이처럼 당돌하게 말하는 여자를 본 일이 없었다.

"허어, 그럼 나는 형편없는 시골뜨기로군."

"그러합니다. 사카이는 이 나라의 눈과 코. 여기에 있으면 천하의 제후들이 어떻게 움직이고 있는지 손바닥을 들여다보듯 훤히 알 수 있습니다."

"과연 그렇겠구나."

"어디의 누가 총포를 얼마나 구입했는지, 무슨 목적으로 배를 어디에 보냈는지…… 오다 우다이진 님이 재빨리 패업覇業의 기초를 다질 수 있게 된 것도 사카이를 손에 넣었기 때문입니다."

이에야스는 거침없는 처녀의 말에 이끌렸다.

"그 눈과 코가 중대한 일을 알아냈으니 조심하라는 말이로구나."

"아닙니다. 도쿠가와 님도 그런 눈과 코를 가지시기 바란다는 말씀입니다."

"알겠다. 그런데 혹시 다른 냄새는 맡지 못했느냐?"

"아케치 님의 또 다른 따님 한 분은 아마가사키 성尼ヶ崎城으로 출가했습니다. 거기에도 사자의 왕래가 빈번하다고 합니다."

"아마가사키에……?"

"예. 아마가사키는 우다이진 님의 조카가 성주로 계시지만 아케치 님의 사위이기도 합니다. 또 한 가지는 네고로根來의 무리들이 종종 화약을 사들이고 있고, 또 츠츠이 쥰케이筒井順慶˙님의 부하들이 서둘러 사카이의 은신처에서 철수했습니다."

이에야스는 한 순간 아연실색하여 처녀의 얼굴을 바라보았다. 물론 처녀의 말은 쇼안의 말이기도 할 것이었다. 이렇게 지금의 상황을 정확하고 냉정하게 파악하고 있는데, 어떤 중요한 일이라도 사카이에서는 숨길 수 없을 듯했다.

"으음……"

저도 모르게 신음하는 이에야스의 모습에서 눈길을 돌리며 쇼안이 재촉했다.

"코노미, 너도 피곤해 보이니 이만 실례하도록 하자."

"예. 그러면 아무쪼록…… 아버님과 자당님이 약속하셨다는 말을 듣고 도쿠가와 님을 꼭 뵙게 해달라고 아버님께 조른 것은 저였습니다. 저도 전쟁에 지친 백성의 한 사람입니다."

코노미는 공손하게 절하고 일어났다.

"그럼, 나중에 연회장에서 다시 뵙겠습니다."

이에야스는 두 사람의 모습이 복도를 지나 보이지 않게 될 때까지 눈도 깜박이지 않고 바라보았다.

백성들이 원하는 평화를 위해서 말한다고 했다. 생모와 아는 사이이고, 처녀는 멀기는 하지만 자신과 핏줄이 이어져 있다……

"마츠마루……"

이에야스는 전에 없이 서두르는 어조였다.

"헤이하치로를 불러오너라, 타다카츠를."

"예."

"아무도 눈치채지 못하도록 은밀히 오라고 해라."

"예."

토리이 마츠마루는 허리를 구부리고 복도로 나갔다.

이에야스는 사방침에 한쪽 팔꿈치를 올리고 두 눈을 감았다. 지난날 나미타로라 불렸던 쇼안과 코노미의 얼굴이 선명하게 뇌리에 떠올랐다.

'미츠히데가 정말 모반할 생각을 가졌다면 군사를 거느리지 않고 쿄토에 머물러 있는 노부나가는……'

"성주님, 헤이하치로입니다."

혼다 타다카츠가 허겁지겁 방에 들어왔다. 이에야스는 아직도 눈을 감고 깊은 생각에 잠겨 있었다.

7

"헤이하치로, 모처럼 사카이에 왔으니 말인데."

이에야스는 여전히 눈을 감은 채 불쑥 말했다.

"이 도시에 대해 대체적인 것을 조사하고 싶네. 코리키 키요나가高力
淸長와 사카키바라 코헤이타榊原小平太에게 이 뜻을 전하게."

헤이하치로 타다카츠는 고개를 갸웃한 채 말했다.

"그런 것이라면 대강 기록해놓았습니다마는."

"음, 그럼 인구는 얼마나 되던가?"

"이럭저럭 칠만 이천쯤 되는 것 같습니다."

"그중에서 남자는?"

"삼만 오천에 조금 못 미칩니다. 여자가 훨씬 더 많습니다."

"양조장이 많이 보이던데, 얼마나 양조하고 있다던가?"

"육만 섬에 달한다고 유칸 님의 집사가 말했습니다."

"총포를 만드는 대장간은?"

"약 팔백 개소, 일 년에 대략 삼천 자루를 만들고, 이것을 타치바나
마타사부로橘又三郎가 도처에 공급한다고 합니다."

"외국 선박의 출입은 일 년에 몇 척이나 될까?"

"글쎄요, 그것은……"

"유녀遊女들의 수는……"

"그것까지는 아직……"

"천주교 신앙에 대한 것, 집회소의 수, 짐을 실어나르는 행선지와 그
내용, 그리고……"

이때 비로소 이에야스는 눈을 떴다.

"떠돌이무사의 수, 우다이진 님이 고용하지 못하도록 금했다고 하는데, 금했다는 것은 다시 말해 고용하는 자가 있다는 증거 아닌가. 그리고 부유한 상인들, 다도의 명인들이 출입하는 곳, 남만철南蠻鐵을 매매하는 상인, 상품의 자세한 종류와 숫자, 다른 고장에는 없는 세공사細工師와 매출액…… 등을 꼽아보면 아직 조사할 게 많이 남아 있을 것일세. 마음에 새기고 시급히 알아보라고 하게."

"과연 그런 데까지는 미처 생각이 미치지 못했습니다. 즉시 말씀을 전하겠습니다."

"그리고 우다이진 님의 명으로 시코쿠에 가려던 노부타카信孝 님이 키시와다岸和田에 배를 대게 한 이유 말이네. 우다이진 님이 사카이에는 일절 군사를 들여놓지 않겠다고 약속했다면서 이곳 주민들이 배를 대지 못하게 했기 때문일세. 우다이진 님도 이곳 사람들에게는 한 발 양보하고 있어. 여기는 그런 곳이라고 단단히 다짐을 주도록."

"알겠습니다. 그러면……"

헤이하치로는 얼른 일어나려 했다.

"잠깐, 아직 남았어……"

이에야스는 목소리를 낮추고 주위를 돌아보았다.

"자네도 코리키, 사카키바라와 같이 거리 구경을 하는 척하고 키시와다에 가서 슬쩍 노부타카 님 진영에 이상이 없는지 분위기를 살펴보도록 하게."

"노부타카 님의……?"

"쉿, 진영에 아무 이상 없거든 그 길로 쿄토로 가게. 이유는 말하지 않겠어. 우다이진 님이 그대로 쿄토에 계시거든 찾아뵙고, 이에야스는 여행 예정을 앞당겨 이일에는 쿄토에 들러 우다이진 님의 출전을 전송해드리겠다는 말을 전하게."

"예?"

헤이하치로의 눈이 휘둥그레졌다. 이에야스는 사카이에서 키슈紀州, 나라奈良 등지로 여행을 계속할 예정이었다.

"무언가 마음에 걸리시는 일이라도……?"

"제발 무사했으면 좋겠어. 꿈자리가 몹시 사나웠어. 서두르게, 헤이하치로."

헤이하치로는 더 이상 묻지 않았다.

'분명히 무슨 일이 있다……'

이렇게 생각하기에 충분한 이에야스의 예사롭지 않은 태도.

"그럼, 쿄토에서 다시 뵙겠습니다."

굳은 소리로 말하고 밖으로 나갔다.

8

이에야스는 쉽게 남을 믿는 사람이 아니었다. 앞으로 반 년이면 마흔이 될 그의 생애를 통해 계속 보아온 인간의 모습에는 대략 네 가지 면이 있었다. 그 네 가지 면에서 두 가지가 결점, 나머지 두 가지가 장점이면 훌륭한 인간이라고 할 수 있다. 그러나 결점이 셋, 장점이 하나인 사람이 많았다.

한 가지 장점도 없는 인간은 존재하지 않았다. 장점이 없는 것이 아니라, 상대가 발견하려는 노력을 게을리 한 결과였다. 따라서 인간과 인간의 다툼은 그 결점의 충돌로부터 비롯되고, 인간과 인간의 화합은 장점이 만나는 곳에서 생겨났다.

이런 의미에서 이에야스는 노부나가와 미츠히데의 충돌은 충분히 있을 수 있는 일이라고 우려하고 있었다.

노부나가는 세 가지 결점을 가지고 있으면서도 한 가지 장점이 특출했다. 그 장점이 탁월하다는 것을 인정하지 않았다면, 이에야스도 또한 자기 아들 노부야스信康의 자결을 요구해왔을 때 정면으로 노부나가와 충돌했을 것이다.

그때 이에야스가 자기를 꾹 누를 수 있었던 것은 노부나가의 유일한 장점이 '전국戰國의 종식'이라는 만민의 염원에 응집되어 있다는 것을 알았기 때문이다. 천하의 통일은 이제 노부나가 한 사람만의 야심이 아니라 눈에 보이지 않는 만민의 목소리였다.

이에야스는 안타까웠다. 감정적으로는 한없이 분했다. 그러나 계속되는 전란은 이러한 이에야스나 이에야스의 슬픔을 한없이 반복시키고 있었다.

이렇게 생각했기 때문에 사사로운 감정을 억제할 수 있었다. 그런데 미츠히데의 마음속에 과연 이에야스처럼 전국을 종식시키려는 강한 염원이 있었던 것일까?

미츠히데는 원래 출세를 꿈꾸고 편력을 거듭하여 아사쿠라朝倉 가문에서 오다 가문으로 옮겨온 자였다. 노부나가의 뜻을 주시한다는 점에서는 이에야스를 앞선다고 할 수 없고, 노부나가가 이에야스보다 미츠히데에게 부드럽게 대할 리도 없었다.

같은 강풍을 만났을 때, 이에야스는 참을 수 있을 때도 미츠히데는 참을 수 없는 게 아닐까? 이것은 결코 인내심의 강하고 약함의 차이가 아니었다. 그것은 뜻하는 바의 내용에 따라 이해의 폭이 크게 달라지기 때문이다.

'있을 수 있는 일이야……'

이에야스는 일정대로 그날 밤은 유칸의 집에서 열린 주연에 참석하고 이튿날은 혼간 사, 죠라쿠 사常樂寺, 묘코쿠 사를 비롯하여 에비스지마戎島 등을 구경했다. 시치도가하마七堂ヶ浜에 즐비한 수많은 창고

와 앞바다에 정박해 있는 남만선南蠻船 등을 보면서 마음속으로는 오로지 노부나가가 무사하기만을 빌었다.

지금 노부나가를 잃는다는 것은 아침해를 그대로 떨어뜨리는 것과 같았다. 당장 군웅群雄들이 할거하여 벌집을 쑤셔놓은 듯한 혼란이 전국적으로 퍼져나갈 터.

초하룻날 역시 예정대로 이마이 소큐의 집에서 아침 다회茶會를 마치고 낮에는 츠다 소큐의 집, 저녁에는 다시 마츠이 유칸의 집으로 돌아와 환대를 받았다.

나야 쇼안은 이러한 모임에 어김없이 모습을 나타냈다. 그러나 이에야스와는 별로 이야기를 나누려 하지 않았다. 쇼안을 제외하고는 아무도 미츠히데의 획책을 눈치챈 자가 없는 듯, 노부타카의 기항寄港을 거절했는데도 노부나가가 용케 화를 내지 않았다는 등의 이야기가 나왔을 뿐이었다.

밤의 연회가 끝나고 침소에 돌아왔을 때는 이미 자시子時(오후 12시). 같은 시각에 노부나가도 혼노 사에서 잠자리에 들었는데……

이튿날인 2일 아침 이에야스는 이시카와 호키노카미 카즈마사石川伯耆守數正에게 떠날 준비를 시켰다. 사카이 타다츠구酒井忠次로 하여금 넉 점(오전 10시)*에 출발하겠다는 뜻을 유칸에게 고하도록 했다.

키시와다에서 쿄토로 먼저 떠나기로 했던 혼다 헤이하치로가 혈색을 잃고 되돌아온 것은 죠라쿠 사에서 넉 점을 알리는 종이 울리기 시작했을 때였다.

9

"크, 큰일났습니다."

혼다 헤이하치로는 마츠이 유칸의 집 앞에서 무언가를 때려부술 듯이 소리쳤다.

"도쿠가와 가문의 가신 혼다 헤이하치로 타다카츠, 주군의 숙소로 돌아가는 중이오."

그러면서 이에야스의 출발을 위해 활짝 열려 있던 문으로 말과 함께 달려들어갔다.

지칠 대로 지친 듯한 말 위에 한 사람이 매달리듯 타고 있고, 씩씩해 보이는 또 한 사람이 고삐를 잡고 있었다. 문지기는 말을 탄 사람이 헤이하치로이고 고삐를 잡고 있는 사람이 부하인 줄 알았으나 사실은 그 반대였다.

헤이하치로는 양해도 받지 않고 끌고 온 말을 현관 오른쪽을 지나 이에야스의 숙소로 되어 있는 동쪽 서원의 뜰로 끌고 갔다.

"성주님! 쿄토에서 챠야 시로지로 님이 위급을 고하기 위해 달려왔습니다."

이에야스는 그때 거실에서 일어나려던 참이어서 헤이하치로가 고함 지르기 전에 두 사람을 보고 이미 마루에 나와 있었다.

말을 타고 있던 사람 챠야 시로지로는 이에야스의 모습을 보고 굴러 떨어지듯 말에서 내렸다.

어느 틈에 하세가와 히데카즈도 마츠이 유칸도 달려와 마루 밑에 두 손을 짚고 앉아 있었다.

"물!"

헤이하치로가 챠야 시로지로를 위해 소리질렀다.

"예."

사카키바라 코헤이타가 국자에 물을 떠가지고 와서 건넸다.

챠야 시로지로는 이에야스 앞에 쓰러지듯 무릎을 꿇었다. 그리고 물을 받아 입에 물고 내뿜었으나 잠시 동안 말을 하지 못했다.

"챠야 님, 침착하게 자세한 말씀을 드리시오."

"예, 아케치 휴가노카미 미츠히데明智日向守光秀가 모반을……"

"뭣이……"

사방에서 경악하는 소리가 터져나왔다. 이에야스는 똑바로 시로지로를 응시한 채 소상塑像처럼 서 있었다.

"우다이진 님은 오늘 새벽 여덟 점(오전 2시)이 지나 혼노 사에서 최후를……"

"뭣이, 최후를?"

"예. 전사하셨는지 자결하셨는지 소문은 많습니다마는 돌아가신 것만은 확실합니다."

"그럼, 노부타다信忠 님은?"

"니죠 성二條城에서 역시 돌아가셨습니다."

이에야스보다 먼저 마츠이 유칸이 몸을 앞으로 내밀고 물었다.

"우다이진 님 부자의 생사를 챠야 님은 어떻게 확인하셨소?"

"예, 그것은……"

그때에야 챠야 시로지로는 겨우 숨결을 가라앉혔다.

"단지 우다이진 님 부자만이 아니라, 혼노 사의 니죠 전각도 불타고 살아남은 사람이 거의 없습니다. 양쪽이 모두 차마 볼 수 없는 시체의 산을 이루고 있었습니다. 더구나 쿄토 안팎은 모두 아케치 군뿐, 휴가노카미의 군사들이 쿄토 출입을 차단하고 있습니다."

"챠야 님."

비로소 이에야스가 입을 열었다.

"그럼, 우리가 지금 돌아간다고 해도 쿄토에는 들어갈 수 없다는 말이오?"

"황송하오나……"

시로지로는 거칠게 고개를 가로저었다.

"이미 야마자키山崎˚에서 그 이상 더는 접근하지 못하십니다. 우다이진 님 부자는 모반했다는 것도 모르시고 일일 밤중까지 주연을 베푸셨습니다. 전혀 무방비 상태에서 급습을 당했기 때문에 아케치 군은 물샐틈없이 요소요소를 굳게 장악하고 있습니다."

이에야스는 말없이 고개를 끄덕이고 눈길을 들어 정원의 소나무 가지를 바라보고 있었다.

10

'노부나가 부자가 어이없이 살해당했다……'

이것은 이에야스에게 청천벽력과도 같은 사건이었다.

나야 쇼안의 귀띔으로 미츠히데의 모반을 있을 수 있는 일이라 생각했다. 그래서 일정을 변경하여 서둘러 쿄토로 돌아가려 하고 있었다. 그러나 설마 이렇게 쉽사리 부자가 함께 목숨을 잃을 줄은 상상도 하지 못했다.

인간의 생사에는 인간의 힘이 미치지 못하는 면이 확실히 있었다. 그리고 이미 노부나가는 오다라는 한 가문의 성쇠를 떠나 일본과 일본 민중의 운명과 연결되는 존재가 되어 있었다.

그런데 부자가 한꺼번에 이처럼 쉽게 죽음을 당했다는 것은 방심이라거나 대비 부족, 개인의 불운만으로는 쉽게 처리될 수 없는 문제를 포함하고 있었다……

대관절 신불神佛은 노부나가를 죽게 하고 아케치 미츠히데에게 무엇을 시키려는 것일까?

일본의 민중은 어떻게 될 것인가?

오다 가문의 중신이라면 니와丹羽, 시바타柴田, 타키가와瀧川, 하시바羽柴 등…… 그러나 이에야스 또한 꼬박 20년 간의 맹약을 통해 미카 와의 친척으로서 특별한 관계를 유지하고 있었다.

'도대체 하늘은, 신불은 이 이에야스에게 어떤 일을 시키시려는 것 일까……?'

이에야스가 묵묵히 소나무 가지를 바라보고 있을 때, 쿄토의 호상豪 商 챠야 시로지로가 가져온 흉변凶變의 소식은 순식간에 이 저택에 파 문을 확대시켜나갔다.

이미 마루에는 하세가와 히데카즈의 모습도 마츠이 유칸의 모습도 보이지 않았다. 두 사람으로서는 그들이 이에야스에게 가면극을 보여 주고 술을 대접하고 있는 사이에 천하가 뒤집히고 말았다. 더구나 천하 를 뒤엎은 자가 미츠히데라는 것을 알고는 맨 먼저 이 도시의 입장과 방비, 자기들의 처신을 생각하지 않으면 안 되었다.

이윽고 혼간 사에도 쿄토의 의류상인 카메야 에이닌龜屋榮任으로부 터 소식이 전해져 이것을 알리기 위해 부교 저택으로 사자가 숨 가쁘게 달려왔다.

아마 반 각刻(1시간)도 되기 전에 이 흉보의 파문은 이 도시의 구석구 석에까지 퍼져 여러 가지 동요가 일어날 것이 틀림없다.

"성주님! 곧 지시를 내리셔야 합니다. 우선 저쪽으로."

사카이 타다츠구가 이에야스의 손을 잡아끌듯이 하여 객실 중앙의 보료에 앉혔다. 이어서 중신들이 그를 둘러싸고 앉았다.

혼다 헤이하치로도 챠야 시로지로도 팔짱을 끼고 그 자리에 참석하 여 이에야스의 다음 질문을 기다리고 있었다.

이시카와 카즈마사, 사카키바라 코헤이타, 오쿠보 타다스케大久保忠 佐, 오쿠보 타다치카大久保忠隣, 아마노 야스카게天野康景, 이이 만치 요 등 그곳에 모인 사람들도 사태가 너무 심각하기 때문에 할말을 잃은 표정들이었다.

"성주님! 이대로 끝날 일이 아닙니다. 어서 지시를 내리십시오."

가장 연장자인 타다츠구가 다시 재촉했으나 이에야스는 대답하지 않았다.

"성주님! 공연히 지연시키면 이곳에도 틀림없이 휴가노카미의 손길이 뻗칠 것입니다."

"타다츠구……"

"예, 말씀하십시오."

"우리가 가져온 황금은 아직 남아 있겠지?"

"예, 물건의 구입을 삼가라고 하셨기 때문에 아직 이천 냥 정도는 남아 있습니다만……"

"좋아, 출발하도록 하자. 이곳을 떠나 쿄토로 들어간다. 그리고 우다이진 님을 따라 자결하겠다."

이에야스는 눈을 감은 채 조용한 목소리로 말했다.

．

11

"아니, 쿄토에 가셔서 할복을……?"

헤이하치로가 당황하며 물었다.

"그래."

이에야스는 무겁게 고개를 끄덕이고 눈을 뜨면서 말했다.

"치온인知恩院까지는 아직 병화兵火가 미치지 않았겠지. 그렇지 않소, 챠야?"

"예. 가령 시내에서 웬만큼 전투가 벌어지더라도 거기까지는."

"그럴 테지. 치온인에 가서 할복하겠다."

"하지만, 그것은……"

이번에는 오쿠보 타다치카가 무서운 기세로 몸을 앞으로 내밀었다. 그때 이미 이에야스는 전과 다름없는 똑같은 어조로 조용히 다음 말을 계속했다.

"우다이진 님 부자가 모두 살해되었다……는 것은 그와 관련된 내 운명에도 종말이 왔다는 증거라 생각한다. 운이 다한 자가 그것도 깨닫지 못하고 우왕좌왕하다가 살해되는 것은 꼴사나운 일. 다행히도 아직 황금이 남아 있다니 그것을 치온인에 시주하고 편한 마음으로 할복할 것이다. 이 뜻을 유칸 님에게 전하고, 키시와다에 있는 셋째아들 노부타카 님 진중의 니와 고로자에몬丹羽五郎左衛門 님, 그리고 아마가사키에 있는 우다이진 님의 조카 노부즈미信澄 님께 사자를 보내시라고 부탁 드리게."

"성주님!"

다시 타다치카가 외치듯이 말했다.

"순사殉死하실 정도라면 비록 패하더라도 일전을 교환하여 미카와 무사의 기개를……"

"안 돼."

이에야스는 귀도 기울이지 않고 말을 중단시켰다.

"여행 도중에 이 인원을 가지고 싸우다 죽는다면, 이에야스는 병법도 모르는 바보였다고 비웃음을 살 것이야. 그보다는 의리를 지키는 쪽, 곧 쿄토에 들어가서 우다이진 님과 같이 죽는 길을 택하겠다. 그러기 위한 여행이라면 아케치 군도 방해하지 않을 것이다. 타다츠구, 어서 내 말을 전하고 오너라. 모두 출발하도록 하자."

이에야스는 앉았던 자리를 박차고 일어나 앞장서서 바깥으로 걸어 나가고 있었다.

고집이 세기로 이름난 미카와 무사들도 이 이에야스의 결단에는 항거할 수 없었다. 무엇보다도 전혀 예기치 못했던 급변이었다. 그리고 이에야스의 말대로 노부나가를 죽여 기세가 오른 아케치 군과 싸움을 벌일 인원이 되지 못했다.

모두 얼굴을 마주보면서 이에야스의 뒤를 따랐다.

순사할 정도라면 다른 방법이 있을 듯한 생각이 들었다. 그러나 섣불리 말해 도리어 자기가 비겁해질 것 같은 망설임도 모두에게 있었다. 노부나가를 따라 순사하려는 이에야스를 혼자 할복하도록 내버려둘 수는 없었다. 그렇다면 순사의 순사가 모두의 운명이 될 수밖에. 이것이 싫어 반대한다면 그들의 자존심이 손상된다.

일행이 유칸의 집을 나섰을 때 이미 거리에는 안색이 변한 사람들이 허둥지둥 왕래하고 있었다.

"헤이하치로, 결국 우리도 성주님을 따라 할복하게 되겠군."

이시카와 카즈마사의 말에 헤이하치로는 말 위에서 퉤 하고 침을 뱉었다.

"망할 놈의 아케치 대머리 녀석."

"제기랄, 이런 일이 우리가 성에 있을 때 일어났다면 즉시 대군을 거느리고 가서 박살을 내고 말았을 텐데."

"넋두리를 한들 무슨 소용인가. 성주님은 이미 마음을 정하셨어."

"사실이야. 이제 우리가 할 일은 깨끗하게 할복하여 후세에 모범을 보여주는 일뿐일세."

이에야스는 맨 앞에서 말을 몰며 거의 한마디도 하지 않았다.

일행보다 약간 늦게 사카이를 떠난 안내역 하세가와 치쿠마루 히데카즈長谷川竹丸秀一가 숨을 몰아쉬며 뒤쫓아온 것은 이미 모리구치守口와 가까운 사사즈카笹塚 기슭에 이르렀을 때였다.

12

해는 어느덧 기울어버렸다. 돌아가기 위해 유칸에게 부탁하여 모아들인 말은 완전히 지쳐 있었다.

'이대로는 밤길을 갈 수 없다……'

섣불리 행렬을 멈출 수도 없었다. 강도나 산적의 습격을 받을 우려가 있었다. 아니, 강도나 산적만이 아니었다. 쿄토에 정변이 일어났다는 것을 알면 농부도 어부도 당장 폭도로 화할 것이 분명했다. 이 부근에 유지되던 치안과 질서는 모두 노부나가에 대한 두려움이 그렇게 보이도록 위장한 것에 지나지 않았다……

일행은 사카이에서 멀어져감에 따라 점점 더 말이 없어졌다.

처음에는 이 사태를 노부나가만의 불행으로 생각하고 오다 가문의 급변으로 알았다. 그러나 실은 그 이상으로 도쿠가와 가문의 불운이며, 자기들 신상에 닥친 급변임을 깨닫게 되었다.

노부나가의 귀빈으로서 무력을 갖추지 않은 채 여행하고 있을 때 초청 당사자인 노부나가가 살해되었다. 아마도 미츠히데는 물샐 틈 없는 계획을 세웠을 것이고, 그렇다면 이에야스의 말대로 쿄토에 돌아가 할복하는 것이 일행에게 허용된 최대의 선택이고 최상의 한계일 듯.

"성주님이 분부하신 것말고는 다른 방법이 없겠어."

오쿠보 타다스케의 말에 조카인 타다치카는 눈에 핏대를 세우고 혀를 찼다.

"어쩌면 우다이진 님의 초대 자체도 미츠히데의 계획이었는지 몰라요, 숙부님."

그런 생각을 하는 것도 무리가 아니었다. 노부나가의 중신이자 가신의 서열 중에서 첫째인 미츠히데는, 문제의 아즈치 성安土城을 설계한 장본인이고 접대역이며 또한 이에야스 일행에 앞서 자기 영지로 돌아가 노부나가가 단신으로 쿄토에 오기를 기다리는 상태였다.

우연이란 때때로 그 어떤 훌륭한 기획자보다도 더 멋진 기회를 만들어, 결과를 통해서 연역演繹하려는 인간들을 야유한다.

사람들은 어느 틈에 타다치카와 똑같은 착각에 빠져들었다. 일행이 무력을 갖추지 않은 채 사카이로 여행한 것은 미츠히데의 계략에 보기 좋게 빠진 것이고, 이제 이에야스와 더불어 치온인에서 할복할 수밖에 없다고 생각하게 되었다.

이때 노부나가가 일행에게 딸려보낸 안내자인 하세가와 치쿠마루 히데카즈가 짐 싣는 말을 타고 달려왔다.

"누군가 쫓아오는 자가 있다!"

뒤에 있던 사카키바라 코헤이타가 맨 먼저 그를 발견하고 말을 세우면서 큰 소리로 이에야스에게 고했다.

"하세가와 님입니다."

이에야스도 말을 세웠다. 여전히 무표정하고 싸늘하게 가라앉은 얼굴이었다.

"그래, 여기서 기다리자. 모두 말에서 내려 모닥불을 피워라."

일행은 그 지시에 따라 언덕을 배경으로 하고 말에서 내려 이에야스에게 걸상을 갖다주고 모닥불 피울 준비를 했다.

"도쿠가와 님, 이제야 겨우 따라왔습니다."

하세가와 히데카즈는 말에서 내려 이마의 땀을 닦았다. 그러면서 이에야스 앞에 한쪽 무릎을 꿇고, 부드러운 어조로 말했다.

"과연 도쿠가와 님이십니다. 치온인에서 할복하신다는 말을 듣고 저희 우다이진 님의 부하가 이에 뒤진다면 면목이 없어 서둘러 사카이의 일을 지시하고 달려왔습니다. 하찮은 무사의 체면이오나 이번에는 황천길의 안내를 맡아 훌륭하게 임무를 다하려고 합니다."

13

이에야스는 하세가와 히데카즈의 말에 가볍게 고개를 끄덕였다.

"고마운 일이오. 과연 하세가와 님답군요."

이렇게 말하면서 마침 타오르기 시작한 모닥불에 눈길을 보냈다.

"그대에게는 이미 여러 가지 수고를 끼쳤는데 결국 황천길 안내마저 부탁하게 되었군요."

"염려하지 마십시오. 여기서부터 쿄토까지는 요소요소마다 제 입김이 들어간 사람들이 있으니까요."

"고맙소. 이 이에야스가 깊이 마음에 새겨두겠소."

"별 말씀을 다 하십니다…… 이것은 우다이진 님의 눈에 들어 도쿠가와 님을 모시게 된 저의 소임, 끝까지 안내해드리는 기쁨을 갖고 싶습니다."

"하세가와 님……"

말하다 말고 이에야스는 생각을 바꾼 듯.

"사카이는 아직 평온하던가요? 아직 미츠히데의 손길이 그곳까지는 뻗치지 않고……"

"아니, 이미 첩자들이 선발대로 들어온 것 같았습니다. 아마도 그들은 도쿠가와 님이 철수하신다면 집요하게 뒤쫓아왔을 것입니다."

"으음."

"도쿠가와 님이 치온인에서 할복할 결심이시고 아나야마 바이세츠 님이 급거 영지로 돌아가신다……는 것을 알고는 아나야마 님을 뒤쫓기 시작한 모양입니다."

"사실은 아나야마에게까지 순사를 권하는 것은 무리라 생각하고 일부러 잠자코 떠나왔던 것인데……"

이에야스는 이렇게 말하고 나서 어조에 약간 힘을 주었다.

"하세가와 님."

"예."

"이 이에야스는 그대가 훌륭한 무사라는 것을 알았으니 진심을 말하 겠소."

"예? 진심을······"

히데카즈보다 먼저 주위의 중신들이 놀라 숨을 죽였다.

"이 이에야스는 결코 할복하지 않을 것이오."

"으음."

"이 이에야스가 우다이진 님의 뜻을 망각하고 흥분한 나머지 뒤따라 자결한다면 우다이진 님은 그 날카로운 눈을 부릅뜨고 큰 소리로 꾸짖 을 것이오. 멍청이 같은 놈, 그 나이가 되어서도 아직 정신을 차리지 못 했느냐고."

이에야스는 비로소 눈에 무서운 빛을 번뜩이기 시작했다.

"하세가와 님, 우다이진 님의 뜻은 천하의 소요를 하루 빨리 종식시 키겠다는 것이었소. 이 이에야스의 마음 또한 그러합니다. 그러므로 이 이에야스는 우다이진 님을 살해한 미츠히데가 비록 우다이진 님의 육 체는 죽였지만 그 뜻을 훌륭히 살릴 실력이 있다고 믿는다면 이를 악물 고 고개를 숙이러 갈지도 모르오."

"당치도 않습니다. 그런 역적에게 고개를 숙이다니."

"내 말을 끝까지 들으시오. 내 말은 하나의 예일 뿐이오······ 미츠히 데는 단지 역신逆臣일 뿐, 우다이진 님의 뜻을 헤아리지 못하고 모반한 단순한 난세의 무장에 지나지 않소. 천하를 다스릴 그릇이 못 된다는 것을 알고는 자결하겠다는 핑계로 사카이를 떠나왔소."

"······"

"사카이에 잠입했을 아케치 첩자들을 방심케 한 뒤, 비록 기어가는 한이 있더라도 미카와로 돌아가 즉시 미츠히데 토벌의 군사를 일으키겠소······ 이것만이 우다이진 님의 영령에 보답하는 길······ 이것이 바로 이 이에야스의 본심이오."

사람들은 얼어붙은 표정으로 이에야스를 바라보고 있었다.

주위가 캄캄해졌다.

빨갛게 타오르는 모닥불의 불빛을 받은 하세가와 히데카즈의 얼굴에 불가사의한 웃음이 번지기 시작한 것은 바로 이때였다.

14

하세가와 히데카즈는 얼마 동안 불가사의한 웃음을 띤 채 이에야스를 바라보다가 다시 중신들을 돌아보았다. 이윽고 그 미소가 입술 언저리에서부터 서서히 일그러지기 시작했다. 눈에서는 이슬이 반짝이고 두 어깨가 와들와들 떨리고 있었다.

"과연 이에야스 님······ 지금 그 말씀을 듣고 지하에서 만족하고 계실 우다이진 님의 음성이 이 귀에는 똑똑히 들립니다."

이렇게 말하고 비로소 뺨에 흐르는 눈물을 손으로 눌렀다.

"실은 저도 그 말씀을 드리려고 급히 따라왔습니다. 저승길 안내는 차선책, 저희와 달리 우다이진 님의 뜻을 계승할 수 있는 분은 결코 많지 않습니다. 그 소중한 분 가운데 한 사람······ 이런 분을 무사히 미카와에 돌려보내드리고 나서 쿄토로 돌아가 우다이진 님의 뒤를 따르겠다는 것이 제 소원이었습니다."

이에야스는 크게 고개를 끄덕였다. 그러나 당장 입을 열지는 않고 잠시 모닥불을 바라보고 있었다.

"아나야마 뉴도는 우리를 대신하여 죽게 될 모양이군······"

가만히 중얼거리고 나서 중신들을 둘러보았다.

"타다츠구, 가지고 온 황금을 이리 가져오너라."

"예…… 황금을……? 이런 곳에서."

"상관없으니 모두에게 두 냥씩 분배하라. 결코 당당하게는 오미近江
에서 미노지美濃路를 통과할 수 없는 것이 이번 여행, 도중에 어떤 난관
에 부딪쳐도 반드시 살아서 미카와의 땅을 밟지 않으면 안 돼."

"예."

"몸을 지키는 것이 칼이라고만은 생각지 마라. 황금 하나로 한 번씩,
이것으로 두 번은 목숨을 건질 수 있다고 생각하라."

일동은 비로소 이에야스의 뜻을 깨닫고 서로 얼굴을 마주보았다.

"하나를 사용하고 나면 곧 타다츠구에게 말하여 언제나 두 냥씩 준
비해둘 것. 그리고……"

이에야스는 혼다 타다카츠를 돌아보았다.

"나머지는 그대와 타다츠구가 보관하도록 하고 절대로 내 곁을 떠나
지 마라."

"알겠습니다."

"만나는 적이 한두 명의 농부나 도적이라 해도 절대로 깔보고 칼을
뽑아서는 안 된다. 각자가 알아서 금을 주고 지나가는 것이 좋다. 또 서
른 명이나 쉰 명이 떼를 지어 나타나거든 곧 타다츠구나 카즈마사, 헤
이하치로를 통해 나에게 알려라. 그들은 내가 직접 처리하겠다."

이 말에 모두 고개를 끄덕였다. 그동안에 사카이 타다츠구는 금을 분
배했다.

"모두에게 분배가 끝났으니 다시 한 번 말해두겠다."

"예."

"그대들은 나를 따라서 쿄토에 들어가 치온인에서 일단 죽었다고 생
각하는 편이 좋다. 죽은 자는 서두르지 않는다. 참아야 해, 참는 것만이
확실한 통행증임을 명심하라. 모두 알았느냐?"

"예."

일동은 일제히 대답했다.

이에야스는 비로소 하세가와 히데카즈에게 눈길을 돌렸다.

"들으신 대로 여행할 때의 주의사항을 말해주었소. 그런데 어느 길을 택해야 무사할지 그대의 생각을 듣고 싶소."

"황송합니다."

히데카즈는 눈물을 씻었다.

"감히 말씀 드립니다마는 휴가노카미는 이름난 전략가, 게다가 여자처럼 세심하기까지 하니 이미 도쿠가와, 아케치 양가가 전투에 들어갔다는 전제 아래 모든 일을 처리하시기 바랍니다."

그러면서 품안에서 지도 한 장을 꺼내 펼쳤다.

15

모두의 눈길이 저도 모르게 히데카즈가 펼친 지도 위에 집중되었다. 아무도 말은 하지 않았으나, 이에야스의 진심이 순사가 아니라 영지로 돌아간다는 것을 알고는 눈에 보이지 않는 활기에 넘쳐 있었다.

"휴가노카미는 여간 세심하지 않기 때문에 키슈에도, 야마시로山城와 야마토大和 가도에도 모두 부하들을 배치해놓았을 것입니다."

"물론 그랬을 것이오."

"따라서 그들의 허를 찔러, 여기서 북상하다가 동쪽으로 방향을 돌려 츠다津田, 호타니穗谷로부터 우지宇治의 타와라田原, 고노쿠치鄕ノ口와 산길을 지나, 다시 타라오多羅尾에서 이가伊賀 땅으로 들어가는 것이 최선책이 아닌가 생각합니다."

"음, 이가 땅으로 들어간다…… 그 길을 아는 사람이 우리 가신 중에는 없는데."

"그 점에 대해서는 걱정하지 마십시오. 여기 계신 챠야 시로지로 님이 안내를 맡겠다고 자청하셨습니다."

"챠야 님, 정말 자신이 있소?"

"예."

지금까지 사람들 뒤에 거의 숨어 있다시피 했던 시로지로가 말했다.

"저의 싸움 역시 도쿠가와 님의 전략과 마찬가지로 황금과 은이 무기로 사용될 것입니다."

"으음. 그 무기가 휴가노카미의 손이 미치지 않는 데서는 힘을 발휘할 수 있을 것이오. 그러나 그의 손이 미쳤다면 역효과가 날 텐데."

"그 점은 저도 잘 알고 있습니다. 저는 이미 사카이에서 만난 카메야 에이닌 님께 부탁하여 지나가시는 길의 북쪽을 고슈江州의 시가라키信樂 부근까지 적당히 손을 써놓도록 했습니다. 카메야 님은 저보다 먼저 쿄토에 돌아갔습니다. 내일 새벽이면 휴가노카미의 손이 벌써 뻗쳤는지 그 여부를 알려올 것이라 생각합니다."

"음, 여간 민첩하지가 않군요."

이에야스는 고개를 끄덕였으나 아직 마음을 놓을 수 없었다. 자기가 치온인으로 가는 체하고 본거지로 돌아가려 한다는 것을 간파한 자가 여기에도 한 사람 나타났다.

'혹시 아케치 쪽에서도 알면서 일부러 아나야마 바이세츠의 뒤를 쫓게 한 것은 아닐까?'

만일에 그렇다면 잠시도 지체할 수 없었다. 이미 사태는 자신과 미츠히데와의 촌각을 다투는 대결이 되어 있는지도 모른다.

'운명적인 대결……'

"그럼, 타라오에서 이가로 나간 뒤에는 어느 길을 택하는 것이 가장 좋겠소?"

"그것은……"

히데카즈는 지도 위로 부채를 가져갔다.

"이가에 들어간 뒤에는 마루하시라丸柱, 카와이河合, 츠게柘植, 카부토鹿伏菟 등의 준령을 넘으면, 길은 비록 험준하지만 그 대신 기습당할 우려는 없습니다. 카부토에서 노부타카 님의 영지인 칸베神戸로 나가시면 이미 적의 손은 미치지 못할 것이고, 거기서 이세 앞바다를 건너 미카와에 들어가실 수 있으리라 생각합니다마는."

"알겠소."

갑자기 이에야스가 말했다.

"오늘 밤 여기서 야영할 생각이었으나, 이것이 생사의 갈림길이 될지도 몰라요. 이에야스의 운명을 하세가와 님과 챠야 님께 맡기고 곧 떠납시다."

사람들은 깜짝 놀라 일단 풀어놓았던 짚신의 끈을 다시 매었다.

그 결단은 훌륭했다. 만일 그 결단이 1각(2시간)만 늦었더라도 이에야스도 아나야마 바이세츠처럼 이 부근에 시체를 묻게 되었을지도 몰랐다.

이가의 회오리바람

1

아케치 휴가노카미 미츠히데는 노부나가의 난폭한 기질을 미워하여 천하를 가공할 돌풍 속으로 던져넣고 말았다.

이상理想은 때때로 현실을 더욱 비참한 길로 몰아넣는 일이 있게 마련인데, 이번 경우가 바로 그러했다. 미츠히데가 노부나가를 쓰러뜨렸다는 사실이 알려진 순간 다이묘나 상인, 농부 등 누구라 할 것 없이 다시 '난세'를 머릿속에 그리며 움직이기 시작했다.

미츠히데에 대한 신뢰는 노부나가의 힘에 미치지 못했다. 그 증거로, 이에야스가 모리구치 부근의 사사즈카에서 행동을 일으켰을 때 벌써 부근 도적들의 무리와 산적들은 칼을 등에 메고 준동했다. 농부들도 우선 곡식을 숨겨놓고 죽창을 깎기 시작했다.

전쟁 청부업을 하는 각지의 토호나 네고로 무리와 같은 승병僧兵들은 때가 왔다는 듯 탄약자루에 총포를 놓고 살 사람을 기다리고 있었다. 개인적으로 은밀하게 약탈의 기회를 노리는 소위 패잔병 사냥에서부터 자기방어를 위한 농민군, 성주에 대한 불평을 이 기회에 풀겠다고 멍석으로 만든 깃발을 내건 폭도집단에 이르기까지, 모두 나름대로의 명분을 내세우고 궐기하는 형편이어서 걷잡을 수 없는 혼란에 빠져들고 있었다.

이에야스 일행이 모리구치에서 동북쪽으로 접어들어 북카와치北河內의 츠다 방면으로 움직이고 있을 무렵. 이미 요도가와淀川 기슭에는 일찌감치 행동에 들어간 크고 작은 도적들이 들끓고 있어 방심할 수 없는 상태였다.

"이봐, 북카와치로 누가 지나갔다는 연락이 있었어. 어서 쫓아가."

"맞아, 이 길이라면 행선지는 키즈가와木津川 기슭임이 틀림없어. 미리 가서 기다리다가 나루터에서 습격하세."

여기저기서 이런 정보들이 교환되고 길이란 길, 나루터란 나루터, 고개란 고개는 모두 지리에 밝은 무뢰한들의 매복장소로 변해갔다.

이에야스 일행이 네야가와寝屋川에 이어진 카미우마후세上馬伏 부근에서 북쪽으로 방향을 돌렸을 무렵. 벌써 서너 무리의 늑대들이 몰래 뒤를 밟아오고 있었다. 다행히도 네야가와를 건널 즈음 그들은 보다 좋은 먹잇감을 발견하고 그쪽으로 사라졌다.

"봐라, 저기 또 한 무리가 가고 있다. 오미 가로街路를 목표로 삼고 있는 모양이야."

"그럼, 우리도 둘로 나누어 행동하면 어떨까?"

"아니, 저쪽이 훨씬 더 옷도 잘 입고 부유한 것 같아. 인원수도 일꾼들도 많아. 저쪽이 좋겠어."

"좋아. 그럼 그쪽으로 가세."

뒤에 알게 된 사실로, 그것은 아나야마 바이세츠의 일행이었다. 바이세츠는 이에야스가 미노지를 피할 것으로 판단하고 따로 안내자를 고용하여 우지바시宇治橋에서 코바타木幡 너머의 고슈로 들어갔다가 다시 미노로 나와 이와무라岩村에서 신슈信州, 코슈甲州를 지나려고 했던 것 같다.

이에야스 일행은 챠야 시로지로의 주선으로 그 지역 사람을 알고 있는 발빠른 상인 두 사람을 한 조로 하여 앞뒤로 내보내 정찰을 시키면서 길을 갔다.

그중 한 사람이 새파랗게 질려 헐레벌떡 달려온 것은 이미 새벽이 가까웠을 무렵이었다.

"잠시 멈추십시오. 저 앞에서 일단의 여행자가 무섭게 싸움을 벌이고 있습니다."

그때 일행은 북카와치의 산을 벗어나 칸나비야마甘南備山의 험준한 산길을 한 줄로 서서 걷고 있었다.

2

"뭣이, 여행자가 도적의 습격을 받았다고?"

맨 앞에 선 사카키바라 코헤이타가 혀를 차면서 물었다.

"멈출 수 없어. 이 산길에서 습격당하면 나가지도 물러나지도 못해. 인원이 얼마나 되는지 자세히 살펴보고 오라. 적에 따라서는 쫓아버리기에 유리한 장소로 나가야 할 테니까."

오른쪽은 높은 절벽, 왼쪽은 조릿대와 산대나무가 무성한 숲이었다. 밤부터 구름이 끼기 시작한 새카만 하늘에서는 안개인지 이슬비인지 알 수 없는 것이 내리고 있었다.

"이 어둠 속에서는 가까이 가도 인원수를 알 수 없습니다. 곧 날이 밝을 것이니 그때까지……"

"그대들은 만일의 경우에 대비할 수 있는 지형의 이점을 모르고 있어. 여기 있다가 습격받게 되면……"

다시 코헤이타가 입을 열었다.

"기다리게, 코헤이타. 우리의 싸움은 이제 미츠히데와 하는 거야. 움직였다가 도리어 눈치채게 해서는 안 돼. 여기서 좀 쉬도록 하세."

이에야스의 목소리였다.

그 무렵에는 약간의 짐을 싣고 헐떡거리는 말이 두 필 있을 뿐, 이미 탈 수 있는 말이라고는 없었다. 이에야스까지도 어디 있는지 알 수 없을 정도로 묵묵히 산길을 걷고 있었다.

일행은 그곳에서 멈추었다. 챠야 시로지로가 고용한 일꾼과 상인을 합쳐도 고작 50명 남짓. 그들은 벌써 사카이에서 가져온 주먹밥을 모두 먹어버리고 심한 공복에 시달리고 있었다. 아마도 날이 밝은 뒤 살펴보면 짚신이 떨어져 맨발로 걷는 자도 상당할 것이었다.

"마츠마루는 어디 있느냐? 오카메는? 코겐다小源太는 쓰러지지 않았느냐?"

이에야스는 걸음을 멈추고 손으로 더듬어 길가에 앉으면서 코쇼小姓°의 이름을 불렀다.

"예, 마츠마루는 성주님 뒤에 대령하고 있습니다."

토리이의 아들이 대답했다.

"오카메도."

"코겐다도."

각각 힘을 내어 대답했으나 그 목소리에서도 공복과 피로를 역력히 느낄 수 있었다.

"이 이에야스가 가장 곤경에 빠졌던 것은 미카타가하라三方ヶ原 전투 때였어. 그때도 배가 고프고 추운데다 타케다 군이 여간 강하지 않았지. 장수들이 교대로 자기 이름을 대며 덤벼드는 것이었어. 그러나 나는 굴복하지 않았어. 좌우로 창을 휘두르며 아침까지 싸우고 유유히 성으로 돌아왔던 거야. 그때에 비하면 이런 것쯤은 정말 어려움에 속하지도 않아."

어둠 속에서 누군가가 키득 웃었다.

"누구냐, 웃는 사람이?"

"예, 오쿠보 타다치카입니다."

"내가 코쇼들에게 무용담을 하고 있는데 무엇이 우습단 말이냐?"

"하하하…… 그때 성주님께서는 말 위에서 대변을 보셨다는 말을 아
버지한테 들었습니다마는."

"멍청이 같으니라구. 그것은 대변이 아니라 된장이었어. 하하하
하…… 그러니 대변이 나오는 것도 모르고 버틸 수 있는 인간이라면 대
단한 거야."

그 말을 듣고 모두 킬킬 웃었다.

"웃지 마라. 이번에는 그 이상의 어려움이 닥칠지도 모른다. 그렇더
라도 절대로 당황해서는 안 된다."

이때 바로 앞의 어둠 속에서 사람들이 웅성거리는 소리가 들렸다. 그
쪽에서도 이곳 산길에서 사람이 쉬고 있다는 것을 모르고 이쪽 선두와
부딪친 모양이었다.

"야, 상당히 사람들이 많다. 방심하지 마라."

"횃불을 켜라, 어서."

분명 이번 사건이 낳은 폭도의 무리임이 틀림없었다.

3

상대의 횃불이 빨간 불길을 뿜어낼 무렵 이쪽에서도 모두 칼자루에
손을 대고 있었다.

"성주님! 어서 뒤로 물러나십시오. 다치시면 안 됩니다."

후미를 담당하고 있던 와타나베 한조渡邊半藏가 좁은 길을 미친 듯이 달려왔다.

"웬 놈이냐! 뭣 때문에 우리를 적대하느냐? 순순히 비키지 않으면 모두 죽여버리겠다."

우렁찬 소리가 주위에 메아리쳤다.

"기다려라, 한조."

이에야스가 제지했다.

"이 일은 챠야 님이 맡아야 할 것 같소. 챠야 님, 어디 한번 흥정을 해보시오."

이때 벌써 하세가와 히데카즈가 일행의 맨 앞에서 폭도와 교섭하고 있었다.

"이봐, 우리는 저쪽 코카고리甲賀郡의 성주 타라오 시로에몬 미츠토시多羅尾四郎右衛門光俊 님의 부하인데, 그대들이 여기까지 몰려와 우리 먹잇감을 가로챘구나?"

그 말에 상대는 기고만장하여 대꾸했다.

"가로채다니 시비를 걸 생각이로구나. 우리는 카와치河內에서부터 줄곧 쫓아왔다. 남에게 빼앗기기 싫다면 어째서 먼저 와서 잠복하지 않았느냐?"

"으음……"

히데카즈는 일단 상대의 예봉을 피했다.

"일리가 있는 것 같지만 가만히 생각해보면 너희들의 말은 도무지 이치에 맞지 않아."

"어째서 이치에 맞지 않다는 거냐?"

"내 말을 잘 들어라. 우리는 강도짓을 하기로 작정한 무사, 금품을 빼앗아오는 너희들을 기다렸다가 강탈해도 상관없다."

"어림도 없는 소리다. 피를 흘리고 상처를 입으면서 빼앗은 금품, 쉽사리 남에게 넘겨줄 것 같으냐?"

"문제가 까다로워지는군. 여기는 이미 우리 타라오 성의 세력 아래 있다. 그렇다고 애써 빼앗아온 것을 전부 내놓으라고 한다면 무자비한 짓. 좋아, 황금과 의복, 짐과 말은 모두 너희들에게 주겠다. 그 대신 칼만은 두고 가라. 그리고 다른 길로 돌아가도록 해. 우리는 너희들을 만나지 않은 것처럼 하고 성에 돌아가겠다. 내 말을 듣지 않으면 거칠기로 소문난 타라오 형제가 결코 용서하지 않을 것이다."

"음, 칼만 내놓으란 말이지. 잠깐 기다려라."

인간과 인간의 관계는 언제나 상식으로는 생각할 수 없는 상황의 분위기에 따라 결정된다. 이들이 여행자임을 알았다면 그들은 이빨을 드러내고 결사적으로 대들었을 것이다. 그러나 같은 목적을 가진 동류가 되면 묘한 의리가 작용하여 분위기가 돌변한다.

"좋아, 칼을 주고 다른 길로 가겠다. 우리는 칼이 목적은 아니었기 때문에 네댓 자루밖에는 뺏어오지 않았다. 자, 여기……"

두목격인 사나이와 다른 두서너 명이 이마를 맞대고 수군수군 상의한 끝에 빼앗아온 칼을 이쪽을 향해 내던지고 나서는 그들은 젖은 산길로 사라졌다.

이에야스는 감탄을 금치 못하면서 히데카즈의 흥정하는 소리를 듣고 있었다. 그들이 사라지자 배를 끌어안고 웃었다.

"하하하…… 책략이란 중요한 거야. 이치로 타이르는 대신 강도들의 동료가 되다니…… 아니, 이것도 중요한 병법의 하나가 되겠어."

하세가와 히데카즈가 쓴웃음을 지으면서 칼을 가져왔다. 이에야스는 급히 명했다.

"만치요, 불을 밝혀라."

그중 하나의 손잡이에 타케다 가문의 문장이 새겨져 있었다. 아나야마 바이세츠의 칼이 아닌가 생각되었다.

4

코쇼의 우두머리인 이이 만치요 나오마사井伊万千代直政에게 불을 밝히게 한 이에야스는 갑자기 나직하게 신음했다. 어김없는 아나야마 바이세츠의 칼이었다.

"만치요, 불을 좀더 가까이 가져오너라."

이에야스는 칼을 뽑아보았다. 불빛을 받아 소슈相州의 것인 듯한 칼 날에 점점이 매화꽃을 뿌려놓은 듯한 핏자국이 묻어 있었다.

"맞붙어 싸우다 칼을 빼앗겼구나……"

이 일은 무엇을 뜻하는 것일까. 카이 겐지甲斐源氏의 파멸 속에서 유일하게 살아남았던 행운아, 그 사람은 바로 아나야마 뉴도 바이세츠라 알고 있었는데, 카츠요리勝賴의 죽음보다 뒤진 그의 죽음은 이런 산간에서 강도 따위에게 죽임을 당하기 위해서였던 것일까……

"이제 불은 필요 없다."

칼을 도로 자루에 꽂고, 이에야스는 쓸쓸한 마음으로 저도 모르게 입속으로 염불했다.

참으로 변화무쌍한 인간의 운명이었다. 카츠요리를 죽이고 타케다 가문을 멸망시키는 것을 보았을 때도 마음이 아팠는데, 그를 죽인 노부나가도 유일하게 살아남은 아나야마 바이세츠도 이제 이세상에 없다.

다음으로 생명을 잃게 될 것은 미츠히데일까, 아니면 나 자신일까.

겨우 하늘이 밝아오기 시작했다. 아직 어둠이 남은 오른쪽 절벽 위에서 새 우는 소리가 들려왔다.

"그렇다, 이 칼을 바이세츠 뉴도의 유해라 생각하고 묻어주어야겠다. 만치요, 네가 가지고 있도록 해라."

이에야스는 칼을 이이 나오마사에게 건네고, 일행을 향해 말했다.

"자, 서둘러야겠다. 예기치 않은 난관이 우리를 기다리고 있을지도 모른다.”

일행은 동쪽을 향해 움직이기 시작했다.

점점 하늘이 밝아지고 전방의 하늘을 덮고 있던 구름이 불그레 물들기 시작했다. 비는 이제 그쳤고, 시야는 차차 넓어졌다.

일행이 신은 짚신은 거의 끈만 남아 있었다.

이제 카와치와 야마시로의 접경은 넘어선 게 확실해 보였다.

“여기서 텐노天王로 나가 다시 타타라多多羅, 쿠사우치草內를 지나면 키즈가와에 도착합니다. 그 강을 건너면 쿄토의 포목상 카메야 에이닌 님의 손길이 미치고 있을 것이므로 음식을 제공받을 수 있습니다.”

챠야 시로지로가 이에야스 곁에 와서 이런 말을 했다.

이에야스는 그때마다 웃는 얼굴로 고개를 끄덕였다.

“음식 이야기는 그만둡시다. 말만 들어도 뱃속에서 꾸르륵 소리가 납니다.”

얼마 동안 그들은 맛있는 음식에 익숙해져 있었다. 그런 만큼 일행들의 얼굴은 모두 다 다른 전쟁터에서보다 훨씬 더 초췌해 보였다.

앞길에 키즈가와가 보이기 시작한 것은 그로부터 4반각四半刻(30분) 후. 이미 완전히 날이 밝아 구름 사이로 햇빛이 새어나오고 있었다. 이제 무섭게 졸음이 몰려오게 마련이지만, 두서너 명의 시동을 제외하고는 이에 대한 훈련이 몸에 밴 백전노장들이었다.

“아, 이 부근에서 풀을 밟고 격투를 벌인 흔적이 있군.”

키즈가와에 도착했을 때는 모두들 제일 먼저 물을 마셨다. 그리고 나서는 마구 얼굴을 씻었다. 강나루는 챠야와 하세가와 히데카즈의 주선으로 무사히 건널 수 있었다.

고노쿠치에서 타와라로 나와 이 부근에서 식량을…… 하고 생각하고 있는데 이에야스 일행을 습격해온 것은 농민 반란군의 수많은 멍석 깃발이었다.

5

챠야 시로지로는 타와라에 도착한 뒤 일행과 헤어져 어딘가로 급하게 사라져갔다. 먼저 가 있을 쿄토의 의류상 카메야 에이닌과 연락을 취해 이에야스를 위해 휴식할 장소와 식량을 마련하기 위해서였다.

"조금만 더 참으면 된다. 타와라에 들어가기만 하면 해결될 것이니 힘을 내자."

"겨우 이틀을 굶었을 뿐 아닌가. 허리띠를 꼭 졸라매기만 하면 사흘 동안은 아무것도 먹거나 마시지 않고도 싸울 수 있다는 말을 들었어."

곳곳에서 이런 말을 나누고는 있었다. 그러나 사실은 모두의 얼굴에 피로한 기색이 역력히 떠올라 있었다.

사카키바라 코헤이타도 이에야스의 뒤에서 산길을 걸으며 때때로 깜짝 놀라곤 했다. 문득 깨닫고 보면 쩅쩅 내리쬐는 햇빛 밑에서 꿈을 꾸고 있었다.

자기 앞에서 묵묵히 걸어가는 이에야스가 고물을 묻힌 맛있는 떡으로 보였다. 떡을 베어먹고 손으로 집어먹기도 했으나 전혀 배는 불러오지 않았다.

'이렇게 먹는데도 어째서일까.'

걸어가며 꿈속에서 고개를 갸웃거리고 있을 때 챠야 시로지로가 새파랗게 질린 얼굴로 돌아왔다.

"큰일이 생겼습니다."

코헤이타는 깜짝 놀라 눈을 떴다.

"세타瀬田, 이나츠稻津 쪽에서 몰려온 폭도들이 타와라에서 약탈을 끝내고 지금 돌아가고 있습니다."

일행은 긴장하여 걸음을 멈추었다. 코헤이타 앞에 선 이에야스의 굵은 목에서 땀이 흘러내리며 은빛으로 번들거리고 있었다.

"당장 길을 바꾸지 않으면 그들과 부딪칩니다. 아, 저기 그들의 멍석 깃발이……"

순간 아무도 입을 여는 자가 없고 주위는 조용해졌다. 멀리서 이들 일행을 위협하기라도 하듯 대나무 피리소리가 무겁게 산맥을 압박해오고 있었다.

"폭도들이라면…… 황금으로 승부를."

이에야스가 말했다.

"그렇지만…… 좀처럼."

챠야가 흙투성이가 된 얼굴을 들어 가로저었다.

"미쳐날뛰는 자들이라 가진 사람을 보면 속옷까지 탐냅니다. 산적이나 강도들과는 달리 여간 다루기 힘들지 않습니다."

코헤이타는 바싹 마른 입술을 핥으면서 초조하게 이에야스의 대답을 기다렸다.

길을 변경하려면 이 산중에서는 왔던 길로 되돌아가거나 길이 나지 않은 골짜기로 내려가 잠복하는 방법밖에 없었다. 그리고 챠야의 말처럼 폭도와 도적은 전혀 그 성질이 달랐다. 도적에게는 도적다운 타산이 있으나 폭도와는 흥정이라는 것이 있을 수 없었다.

한쪽은 직업화되어 자기 몸의 위험에 민감했다. 그러나 다른 한쪽은 쌓이고 쌓였던 울분이 폭발하여 그 광포함이 무리를 지배하고 있을 뿐, 자기 몸의 위험을 생각하는 냉정함이란 전혀 찾아볼 수 없었다.

"성주님!"

누군가가 코헤이타 뒤에서 큰 소리로 외쳤다.

"폭도가 무서워 되돌아간다면 살아남아도 무사의 체면이 서지 않습니다."

"그렇다면 싸우자는 말인가?"

"그것밖에는 다른 길이 없다고 생각합니다."

말하고 있는 동안에 벌써 상대는 유야타니湯屋谷 기슭에 그 모습을 나타내었다. 약탈에 성공하여 더욱 기세가 오른 듯, 수많은 깃발과 죽창 등이 녹음을 뚫고 시야에 들어왔다. 300이나 500 정도가 아니었다. 불만에 찬 가난한 인간들의 작은 물줄기가 모여 하나의 격류를 이룬 채 밀려오고 있었다.

이에야스는 이마에 손을 얹고 그 격류를 바라보고 있을 뿐 아직 길을 바꾸자는 말은 하지 않았다.

6

"성주님, 어서 결단을 내리십시오."

다시 챠야가 말했다.

"이런 형세라면 카메야 에이닌 님을 돕던 사람들도 몰살당했을지 모릅니다. 저것 좀 보십시오. 선두에 있는 자들의 죽창에는 모두 목이 하나씩 꽂혀 있습니다."

이에야스는 이 말에 직접 대답하지는 않았다.

"인원이 팔백쯤 될 것 같군."

입속으로 중얼거리고는 지시했다.

"헤이하치로, 자네가 가서 무엇을 원하는지 알아보고 오게. 아니, 내가 물어볼 테니 자네는 주모자를 이리 데려오게. 자네는 자칫 상대를 노하게 만들지도 모르니까."

타다카츠는 불만이란 듯 눈을 크게 떴으나 곧 생각을 바꾸고는 자리에서 일어섰다.

상대 쪽에서도 이미 이쪽을 알아본 모양이었다. 야마가타나山刀°를 든 네댓 명이 우르르 산밑으로 달려내려오는 것이 보였다.

"그러면 절대로 되돌아가시지는……?"

챠야는 몹시 불안한 듯이 말했다.

"말로 해서 통할 상대가 아닙니다마는."

"챠야 님."

"예."

"이 이에야스는 우다이진 님의 뜻을 계승하려는 자요. 우다이진 님의 뜻은 무장끼리의 사사로운 싸움을 없애고 백성을 고통에서 구하려는 것이었소."

챠야 시로지로는 그 의미를 어떻게 해석해야 할지 몰라 고개를 갸웃하며 입을 다물고 있었다.

이에야스는 뜨거운 햇살이 내리쬐는 가운데 다시 이마에 손을 얹고 있었다. 점점 더 기승을 부리는 대나무 피리소리에 때때로 철 이른 꾀꼬리소리가 섞여 있는 것이 우스웠다.

이쪽에서 내려간 혼다 타다카츠와 저쪽에서 야마가타나를 들고 달려나온 사나이 다섯 명이 꼬불꼬불한 잿빛 산길에서 만났다. 야마가타나를 든 사나이들은 어깨를 들먹이며 타다카츠를 위협하고, 타다카츠는 호기 있게 상대를 노려보고 있는 것 같았다.

이윽고 상대 중의 하나가 곧바로 왔던 길로 되돌아가 몰려오는 멍석깃발의 격류 속으로 모습을 감추고, 타다카츠는 네 사람에게 포위당하듯이 하며 돌아오고 있었다.

"알겠나, 아무도 입을 열면 안 돼."

이에야스는 이렇게 명하고 비로소 코쇼가 가져온 걸상을 길 한가운데 놓게 하고 걸터앉았다.

사람들은 약속이라도 한 듯 길 양쪽으로 비켜서서 이에야스를 보호하는 자세로 무릎을 꿇었다. 사카키바라 코헤이타 혼자만이 이에야스의 전방에 서서 가까이 오는 네 사람의 모습을 바라보고 있었다.

모두 무릎까지 내려오는 농부의 작업복에 사초로 만든 방어용 옷을 입고, 짚신을 끈으로 단단히 동여매고 있었다. 그리고 저마다 야마가타나를 손에 들고 있었다.

'이놈들은 배불리 먹고 있었구나.'

코헤이타는 문득 이런 생각을 하며 저도 모르게 쓴웃음을 지었다. 그 용감해 보이는 차림새에 비해 허리에 찬 약탈품은 얼마나 이 죄 없는 그들의 욕심을 드러내고 있는 것일까.

맨 앞의 사나이는 왼쪽 허리에 여자의 허리띠를 늘어뜨리고 오른쪽에는 질그릇 주전자와 꽹과리, 염주와 국자를 매달고 있었다. 그 뒤의 사나이는 밥공기와 술잔이라도 들어 있는지 울퉁불퉁한 무명 주머니를 단단히 배에 감고 있었다.

닥치는 대로, 그러나 평소에 갖고 싶었던 물건들을 강탈했을 것이 분명하다.

"이봐, 나그네처럼 보이는 무사. 옷을 모두 벗어."

맨 앞에 있던 사나이가 핏발선 눈으로 이에야스에게 호통을 쳤다.

7

개인을 하나하나 따로 떼어놓으면 약하고 선량해 보이는 인간도 집단을 이루면 헤아릴 수 없는 광포함을 드러내고는 했다. 맨 처음에 소리친 사나이는 옆머리에서 어깨에 걸쳐 피가 반쯤 말라붙어 있고 야마가타나의 손잡이도 검붉게 젖어 있었다.

"왜 잠자코 있느냐? 저 멍석 깃발이 보이지 않는다는 말이냐! 우물쭈물하고 있으면 저것이 대번에 몰려올 것이다."

"그럴 테지. 대항한다면 모두 죽이고 지나갈 테지."

"가진 것을 모두 내놓아라. 우리는 바쁘다."

맨 앞에 있던 사나이에 이어 이번에는 나머지 둘이 어깨를 들먹이며 소리쳤다. 그런 기세로 고슈의 세타 근처에서 이 부근까지, 자기들이 무엇을 하는지도 모르고 또 잘 생각하지도 않으면서 미친 듯이 날뛰었을 것이 분명했다.

이에야스는 일부러 사이를 두었다가 나직한 소리로 말했다.

"그대들은 오다 님에게 원한이 있느냐, 성주에게 원한을 품었느냐? 또 그 원한이 어떤 원한인지 말해보라."

"뭐, 뭐라고 했느냐? 무사답지 않구나. 잘 들리지 않는다."

"너희들을 괴롭힌 것이 누구냐고 물었다. 고통을 당했기 때문에 분개하여 궐기했을 것 아니냐?"

"그건 그렇다. 그게 사실이다."

"그럼, 그 상대가 누구냐? 목을 베어 분풀이를 했느냐?"

"암, 물론 했다. 목을 벤 놈만도 이럭저럭 백 명은 될 것이다. 그렇게 말하는 네놈의 목도 베어주겠다."

기세 등등하여 말하는 상대.

"서두르지 마라."

이에야스는 손을 들어 제지했다.

"차분히 얘기해보자. 나는 자세한 이야기를 듣고 너희들에게 상을 주려고 한다."

"뭣이, 상을……?"

이에야스의 이 한마디는 설쳐대던 그들의 마음에 불가사의한 쐐기를 박았다.

그들이 온몸을 떨며 소리지르는 것도, 마구 칼을 휘두르는 것도 결국은 오랫동안 인종忍從을 강요당한 자의 열등감에 지나지 않았다. 이에야스는 예리하게 이를 간파한 듯. 그리고 집단심리의 허점을 찔러 그들에게서 우선 타산과 이성을 이끌어내려 하는 것이 분명했다.

"그렇다. 나는 스루가, 토토우미, 미카와 등 세 곳의 주인. 무장인 나는 백성들을 모든 난폭한 자의 손으로부터 지켜주는 것을 임무로 삼고 있다."

"그래서 상을 주겠다는 거냐…… 거짓말 마라. 이놈은 아주 질이 나쁜 수다쟁이로군."

"가만히 있어!"

이에야스는 언성을 높였다.

"백성들의 고통을 구제하는 것이 무장의 할 일, 그래서 너희들에게 묻는다. 가장 불만이 큰 것은 세납일 테지. 너희들은 세납을 얼마나 바치고 있느냐?"

"칠 할이다. 나머지 삼 할로 어떻게 먹고 살 수 있겠느냐. 아니, 그 삼 할마저도 전쟁이 벌어지면 빼앗긴다. 그래서 우리는 선수를 쳐서……"

"멍석 깃발을 내세우고 성주의 곡식창고를 털었다는 말이로구나. 설마 너희들은 똑같이 고통당하고 있는 다른 마을의 농부를 습격한 것은 아닐 테지."

"뭐, 다른 마을의……?"

이것이 두번째 쐐기가 되어 그들은 자책감으로 흠칫 놀라며 서로 얼굴을 마주보았다.

이에야스는 사이를 두지 않고 말을 계속했다.

"동료는 보호해주어야 한다. 알겠느냐, 오다 님이 목숨을 잃긴 했으나 다시 난세로 돌아가지는 않는다. 나의 군사 십만 외에 츄고쿠로 진출한 하시바 치쿠젠노카미羽柴筑前守의 군사 십여 만도 곧 킨키로 돌아온다. 혼란이 계속되는 것은 그때까지일 뿐. 무장을 대신하여 동료들을 잘 지키고 있도록 하라. 자, 이제 상을 내리겠다. 타다츠구, 황금을 이리 가져오너라……"

8

타다츠구가 시키는 대로 황금이 든 자루를 가져왔다. 순간 네 사람의 표정이 우스울 정도로 변했다.

모두 바탕은 선량한 사람들임이 틀림없었다. 한 사람이 앞에 있던 자의 옷소매를 끌어당기고 나머지 두 사람은 그를 감싸는 형태로 무언가 소곤소곤 상의하기 시작했다. 강압에 못 이겨 인종할 것인가 반발하여 미쳐 날뛸 것인가 하는 양자택일의 길밖에 없던 자의 당황하는 표정이 네 사람의 얼굴에 가련하게 떠올랐다.

"네가 두목이냐? 이름은 뭐라고 하느냐?"

이에야스는 황금 10냥씩을 넷으로 나누어 각각 따로 땅에 놓으면서 말을 이어나갔다.

"앞으로 천하가 평온해지거든 나를 찾아오너라. 반드시 힘이 되어주겠다. 오늘은 이 황금과 증서를 줄 테니, 동료 중에서 서른 명쯤을 선발하여 길을 안내하도록 하라. 하세가와 님, 필기할 준비를."

이 말에 하세가와 히데카즈가 허둥대며 붓통을 꺼냈다.

"행선지는 우지의 타와라에 있는 야마구치 토자에몬 미츠히로山口藤左衛門光廣의 집이다. 자, 너부터 순서대로 이름을 써라."

이에야스가 피를 묻히고 있는 사나이에게 자신에 찬 목소리로 재촉했다.

사카키바라 코헤이타는 이때처럼 야릇한 생각이 든 적도 없었다. 이 흥정이 천에 하나도 성사될 리 없다고 여겨 그는 아까부터 칼자루를 단단히 쥐고 있었다.

이에야스가 재촉하자 상대는 갑자기 공손한 어조로 대답했다.

"예…… 소인은 오이시大石 마을의 마……마……마고시로孫四郎입니다."

그 소리에 뒤이어 —

"저는 사쿠라타니櫻谷의 세키베에關兵衛입니다."

"소인은 시시토비鹿飛 마을의 야로쿠彌六, 이쪽은 타가미田上의 로쿠자에몬六左衛門이라고 합니다."

귀신에 홀린 듯한 표정으로 이름들을 말했다.

하세가와 히데카즈는 진지한 표정으로 적어나가고, 이에야스는 눈을 감듯이 하고 다음과 같은 내용을 구술했다.

"위에 적은 자는 우지의 타와라 산중에서 길 안내에 큰 공을 세웠도다. 이에 후일을 위해 몇 가지 글을 써주노라……"

직접 '이에야스'라 서명하고 피묻은 사나이에게 건넸다. 이것을 건넬 때 코헤이타는 이에야스의 머리 위에 일곱 가지 색깔의 후광이 빛나는 것을 확인한 듯한 착각에 사로잡혔다.

'이것은 보통 사람이 할 수 있는 일이 아니다!'

이에야스는 신불의 화신이기 때문에 처음부터 폭도 따위는 문제삼지 않았을 것이라는 생각이 들었다.

실제로 그들은 이 증서와 황금을 손에 넣자 쏜살같이 되돌아가 폭도들에게 길을 비키게 하고, 이에야스의 말대로 30명의 건장한 젊은이를 뽑아 길을 안내하도록 했다.

이 사실은 이에야스의 가신들보다도 하세가와 히데카즈와 챠야 시로지로를 더욱 놀라게 했다. 타와라에 있는 야마구치 토자에몬 미츠히로의 집에 도착하기만 하면 그 후부터는 히데카즈에게도 시로지로에게도 충분히 자신이 있었다. 물론 그들의 감탄은 사카키바라 코헤이타와 같은 내용의 것은 아니었다.

'천성적으로 인자하신 분.'

시로지로는 혼자 감탄했다.

"돌아가신 우다이진 님에 못지않은 기략."

하세가와 히데카즈는 짐짓 탄복했다.

이렇게 하여 호랑이 굴을 탈출한 일행은 그날 여덟 점(오후 2시)이 지나 거의 쓰러질 듯한 모습으로 우지의 타와라에 있는 야마구치 토자에몬의 집에 도착했다······

9

야마구치 토자에몬 미츠히로는 오미의 이가고리伊賀郡에 있는 타라오 성주 타라오 시로에몬 미츠토시의 다섯째아들로서 하세가와 히데카즈와는 친교가 있었다.

일행이 도착하자 미츠히로는 마침 그곳에 와 있던 아버지 미츠토시와 함께 이에야스의 주종을 정원과 연결되는 다원茶園으로 맞아들여 큼직한 통에 식사를 가져오게 했다. 쿄토나 사카이에서 먹던 흰쌀밥이 아니라, 현미에 팥을 섞은 팥밥이었는데, 갓 지은 밥에서 구수한 냄새가 풍겼다. 이에야스는 정신없이 그것을 퍼먹기 시작했다.

"모두 나처럼 먹어라. 전쟁터이니 예의 따위는 차릴 것 없다. 먹고 나면 곧 출발이다."

미쳐 날뛰는 폭도를 도중에 달래고 왔다는 소문은 이미 미츠토시 부자의 귀에도 들어가 있었다. 과연 스루가, 토토우미, 미카와의 태수, 신불의 화신이란 소문이 났던 만큼 가신들은 우물우물 물러났고 미츠토시 부자도 깜짝 놀라 고개를 돌렸다.

잎이 무성한 다원의 밭고랑에서 비스듬히 내리쬐는 햇빛을 피하면서 더러운 몸으로 팥밥을 마구 입으로 가져가는 그 모습은 신불의 화신이기는커녕 추잡한 하나의 괴수怪獸로 보였다.

"이곳 다원에서 재배한 차를 대접하고 싶습니다마는 곧 출발하시겠습니까?"

"오, 그럴 것까지는 없습니다."

이에야스는 입안의 밥을 계속 씹으면서 말했다.

"비상시에는 비상시의 각오가 있어야 합니다. 이 접대야말로 무엇과도 비교가 되지 않는 진수성찬. 만일 여분이 있다면 이 밥을 각자에게 주먹밥으로 만들어주었으면 고맙겠소."

미츠토시 부자는 고개를 끄덕이고 일행에게 분배했던 큰 통을 둘러보았다. 그러나 모두 거의 비어 있었다.

"즉시 밥을 다시 짓겠습니다."

"아니, 그럴 필요는 없소."

밥을 먹고 나서 이에야스는 얼른 일어났다.

"이 부근이 그렇다면 이가로 가는 길도 위험할 것 같소. 촌각을 다투어야 합니다."

이른바 코가甲賀의 무리라고도 불리고 이가의 무리라고도 불리는 이곳 토박이 무사들은 모두 노부나가에게 큰 원한을 품고 있었다. 앞서 노부나가가 이가를 정벌했을 때 다른 지방으로 피신한 사람들까지 찾아내어 가차없이 처단했다.

'그들에게 만일 미츠히데의 손길이 뻗친다면……'

이에야스는 바로 그 점을 가장 우려하고 있었다.

"이가의 무사들은 농민의 폭도와는 다르므로 길을 서두르지 않으면 안 된다."

일어선 이에야스는 얼른 허리에 찼던 쿠니츠구國次라는 명인이 만든 단도를 미츠토시에게 내밀었다.

"이번 일이 수습되거든 다시 우지의 차를 맛보러 오겠소. 건투를 빕니다."

타와라에 머문 것은 고작 반 각刻(1시간) 정도였다. 당연히 하룻밤을 보낼 것이라 생각했던 미츠토시의 맏아들 큐에몬 코타久右衛門光太가 하세가와 히데카즈와 같이 경호할 무사를 찾는 동안, 이에야스는 짚신만 얻어가지고 얼른 저녁 해를 등지고 떠나버렸다.

이 서두른 출발 또한 일행을 기다리고 있던 위기를 교묘히 벗어나게 하는 원인이 되었는데……

그런 의미에서 이에야스의 육감은 동물적인 날카로움을 지니고 있었다. 타와라를 떠나 동쪽으로 방향을 잡고 쥬부잔鷲峰山 기슭을 돌아 코스기小杉로 향하려 했을 때였다. 앞쪽 숲에서 쏜살같이 달려나와 일행 앞에 무릎을 꿇는 자가 있었다.

"이 길로 가시면 위험합니다. 일단 사잇길을 이용해 시가라키를 빠져나가 이가의 마루하시라로 가십시오. 제가 길을 안내하겠습니다."

이미 해는 떨어졌으나, 정중하게 말하는 무사 옆에는 오이시 마을의 마고사부로라고 자기 이름을 밝혔던 피묻은 농부가 눈을 빛내며 따라와 있었다.

10

이에야스는 금방 그 농부를 알아보았으나 직접 말은 걸지 않았다.

이시카와 호키노카미와 혼다 타다카츠가 이에야스의 앞을 막아서듯이 하고 물었다.

"너는 아까 그 농민. 그런데 이 무사는?"

"예, 이가 사람으로 츠게 산노죠柘植三之丞라고 합니다."

"츠게 산노죠란 말이지…… 그럼, 이 앞길에 다시 폭도가 길을 막고 있다는 것이냐?"

타다카츠가 당황하며 물었다. 이번에는 농부가 입을 열었다.

"아닙니다. 이가, 코가의 무리가 두 파로 갈라졌기 때문에……"

"두 파로 갈라지다니?"

"예. 여기 계신 츠게 님이 카가츠메加加爪 님에게 달려가 도쿠가와 성주님 편을 들자고 말했습니다마는, 그 부하들의 반수가 아케치 님 편이 되는 것이 유리하다고 하면서 저 앞에서 성주님 일행을 기다리고 있습니다."

"뭐, 기다리고 있어?"

"이 츠게 산노죠가 말씀 드리겠습니다."

"그래, 말해보게."

"이 고장 토박이 무사들은 거의 모두 오다 가문에 원한을 품고 있습니다. 이 기회에 우리를 대신하여 궐기해서 그 원한을 풀어준 아케치 군에 가담하자고 고집을 부리고 있습니다. 저는 앞서 성주님이 토토우미를 공격하실 때 히쿠마노 성曳馬野城 부근에서 성주님의 따뜻한 은혜를 입었으니 의리를 지켜야 한다고 설득했으나 통하지 않았습니다. 그 뒤 오히려 양쪽으로 갈라져 일전을 불사하겠다는 험악한 분위기로 바뀌었습니다."

"으음."

"저는 두 아들 이치스케市助, 진파치로甚八郎를 비롯하여 카가츠메 유토쿠加加爪遊德, 핫토리 겐베에服部源兵衛, 톤다 야헤에富田彌兵衛, 야마구치 진스케山口甚介, 야마나카 카쿠베에山中覺兵衛, 한치 한스케半地半助, 나무라 쇼겐名村將監, 토쿠다 이치가쿠德田一學 이하 유지 약 이백 명을 데리고 성주님을 돕기 위해 달려왔습니다. 그러나 이대로 길을 가다 일전을 벌이게 되면 결코 유리하지 못하므로 다른 길을 택하시라고 오이시 마을의 농부 마고시로를 안내자로 삼아 유지의 이름을 적어가지고 왔습니다."

산노죠는 품속에서 연판장을 꺼내 이시카와 호키노카미에게 공손히 바쳤다.

호키노카미가 연판장을 이에야스에게 건네었다. 이에야스는 즉시 명령을 내렸다.

"수고가 많았다. 그럼, 길을 바꾸기로 하겠다."

행렬은 용기백배하여 선두에 선 농부와 츠게 산노죠를 따라 왼쪽 골짜기 사이로 나갔다. 그리고 10정町°쯤 갔을 때, 산노죠가 말했듯이 200명 남짓한 이가의 무리가 지형에 익숙한 눈으로 일행을 전후좌우에서 경호하기 시작했다.

이에야스는 그 모습을 바라보며 비로소 깊은 숨을 내쉬었다. 그것은 감탄이기도 하고 한숨이기도 했으며 동시에 안도의 한숨이기도 했다.

'나라에는 눈에 보이지 않는 기둥이 있다……'

그 기둥이 쓰러지면 하루아침에 소란은 지상에 가득하고, 그 소란 속에서 다시 새로운 기둥을 찾는 무의식적인 의지가 무섭게 움직이기 시작한다.

여전히 첩첩산중의 길. 때로는 그 길이 끊기고 때로는 넓어졌다. 사람과 동물이 지나는 길을 헤쳐나가면서 이에야스는 문득 아까 그 피묻은 농부를 불러 이야기를 나누고 싶은 생각이 들었다.

11

뜻하지 않은 노부나가의 흉변으로 이에야스는 미카타가하라 이래 최대의 위험에 봉착해 있었다. 그때는 싸우고 또 싸워서 살아남았으나, 이번에는 철저하게 무력하다는 것을 자각하면서 대처하는 데에 살아남는 길이 있다는 생각이었다.

"만치요, 아까 그 피묻은 농부의 이름이 뭐였지?"

"예…… 아마도 오이시 마을의 마고시로라고 한 것 같습니다."

"그래, 그 사나이를 불러오너라."

"알겠습니다."

만치요가 행렬의 맨 앞으로 뛰어가 그 농부를 불러왔을 때는 벌써 발 밑이 어둑어둑해지고 있었다.

"마고시로라고 했지? 걸으면서 이야기하세."

"예…… 이제 시가라키까지는 이십 리 정도밖에 남지 않았습니다."

"길을 묻는 게 아니야. 너는 내가 부탁도 하지 않았는데 이가의 무리를 찾아갔었군."

"예…… 죄송합니다."

"아니, 꾸짖는 게 아닐세. 어째서 그렇게 할 마음이 났는지 그걸 묻고 있는 거야."

"그것은…… 성주님을 구하고 싶어서였습니다."

"음. 그건 네가 나를 약하다고 생각했기 때문이겠지?"

"그렇지 않습니다!"

상대는 자신의 표현력이 부족하다는 것을 느꼈는지 얼른 덧붙였다.

"성주님은 저희들에게 인자하셨습니다. 아니, 인자하게 대해주셨기 때문입니다."

"인자하게……?"

"그렇습니다. 그렇지 않았으면 우리는 싸웠을 것입니다. 싸웠더라면 이겼을지도 모른다……고 지금도 생각하고 있습니다."

"으음, 그런데도 싸우지 않았다. 후환이 두렵다고 생각했을 테지."

이에야스가 짓궂게 캐내려는 듯이 묻자 상대는 한숨을 쉬었다.

"사실입니다."

그러면서 고개를 끄덕였다.

"그때 성주님을 해쳤다면 이기고도 진 것이 됩니다."

"허어, 어째서 이기고도 진 것이 되느냐?"

"인자하신 분을 해치고, 그 때문에 그렇지 못한 사람이 천하를 손에 넣는다면 우리 농부들은 다시 평생토록 울면서 살아야 합니다. 인자하신 분임을 안 이상 도와드리는 것이 도리……라고 설득했더니 동료들도 납득했습니다. 폭도들이 납득했을 정도라면 무사들도 납득할 것이 틀림없다는 생각에서……"

"그래서 이가의 무리에게 달려갔다는 말이냐?"

"예. 그랬더니 이렇게…… 성주님, 이치에 맞는 것은 정말 강한 힘이 더군요."

"으음."

이에야스는 저도 모르게 신음했다.

"그렇구나, 그게 이치라는 것이로구나……"

순박한 농부의 말이 이에야스의 양심을 무섭게 채찍질했다.

마음으로부터 농부를 가엾게 여겨 온정을 베푼 것은 아니었다. 자신의 무력한 처지를 알고 있었고, 싸우면 천에 하나도 승산이 없다는 계산을 했다. 그렇다면 볼꼴 사납게 되기 전에…… 하고 무장의 가장 중요한 임무를 입밖에 내었던 것에 불과했다. 그런데 그것이 폭도의 마음을 움직여 결국 위기에서 벗어나게 해주는 원인이 될 줄이야……

일행은 이에야스를 더없이 소중한 존재로 여기며 묵묵히 저물어가는 산길을 걸어가고 있었다.

백성의 소리

1

이에야스가 시가라키에 도착한 것은 이미 날이 완전히 저물었을 때였다.

일단 위기를 벗어나면 길은 차차 열리게 마련. 그곳에는 이미 먼저 와 있던 쿄토의 직물상 카메야 에이닌과 챠야 시로지로의 손길이 닿아 있었다. 일행은 잠시 동안 잠을 잔 뒤 짚신을 바꿔 신고 마루하시라의 험준한 고개로 향했다.

카메야와 챠야는 이가와 코가 무리들의 경호에 안심하고 일행과 헤어졌다.

이미 그들 일행에게는 무력이 딸려 있었다. 남은 문제는 단지 잠을 자지 못하고 쉬지 못한 육체적인 고통과 싸우는 일뿐이었다. 아니, 때때로 무섭게 날뛰는 산적이나 도적 따위가 나타나기도 했으나 기고만장하기만 할 뿐 일행을 해칠 만한 힘은 없었다.

이에야스가 자기 생애를 통해 가장 많이 배운 것은, 실은 마루하시라에서 카와이, 츠게, 카부토를 벗어난 뒤 스즈카가와鈴鹿川의 물길을 따라 이세의 내해內海인 시로코하마白子浜를 빠져나갈 때까지의 하루 낮 하루 밤에 걸친 여행에서였다.

그동안 마고시로는 계속 일행을 따라왔다. 그는 아마도 이에야스에게 헤어질 수 없는 애정을 느끼게 된 듯, 때때로 이에야스와 눈길이 마주치면 빙긋이 웃고 고개를 숙였다.

이에야스는 아주 오랜 옛날 그가 아직 이마가와 요시모토今川義元의 인질로 슨푸駿府에 있을 때, 자기 정신을 계승시키려고 자신을 가르치던 실권자 셋사이雪齋 선사의 말을 떠올렸다.

"민청民聽, 백성의 말을 깊이 새겨들어야 한다."

셋사이 선사는 『맹자孟子』를 강의하면서, 그에게 몇 번이나 반복해서 말했다.

'민청'이란 백성의 소리에서 진리를 깨달아야 한다는 뜻이었다. 백성의 소리 외에도 진리가 있다고 생각한다면, 그것은 어느 틈에 제멋대로의 망상에 빠진 증거라는 가르침이었다.

'민청'을 듣기 위해서는 먼저 '자아'를 버리고 '무無'가 되어야 한다고, '무'가 되는 것이 실은 보다 더 큰 '자아'를 확립하는 기초가 된다고 자주 가르쳤다.

이에야스는 자기 나름대로 이 '무'를 지닌 줄로 알고 있었다.

"아직 멀었어."

피묻은 농부 마고시로의 출현은 이러한 이에야스를 비웃어 마지않았다.

'이 사람은 셋사이 선사가 보냈는지도 모른다……'

이에야스가 걸어가면서 종종 마고시로를 눈으로 찾은 것은 이와 같은 엄격한 자기반성 때문이었다.

'백성의 소리에 따르는 것말고는 진리가 없다……'

그 의미를 다시 되새겨보는 동안 노부나가의 죽음조차도 결코 뜻하지 않은 죽음이 아니라 자연사였다는 생각이 들었다.

노부나가도 처음에는 백성의 소리를 가장 잘 듣고 궐기한, 선택받은 걸출한 인물이었다. 그는 전쟁에 지쳐 평화를 갈망하는 백성의 소리를 대표하여 모든 적과 맞섰다. 만약에 상대가 국내의 치안을 방해하는 존재라고 여겨지면 에이잔叡山의 승도僧徒이건 혼간 사 승도이건 절대로 용서하지 않았다.

그러한 과정을 거쳐 겨우 킨키에 질서의 빛이 비추기 시작했을 때 노부나가가 쓰러졌다.

'그 무렵에는 이미 노부나가도 백성의 소리를 떠나 멋대로 움직이고 있었던 것은 아닐까?'

백성의 소리는 노부나가에게 이쯤 하고 휴양을 요구하고 있었는데도, 그는 외교적으로 교섭해야 했을 츄고쿠를 정벌하기 위해 앞뒤 가리지 않고 진격해나간 것이 아니었을까……?

일행이 시로코하마에 도착할 때까지 이에야스는 계속 그 일에 대해 자문자답하고 있었다.

2

만약……하고 그는 생각했다.

'노부나가가 츄고쿠와 유연한 외교교섭을 벌이면서 자기 세력 아래 있는 광대한 동부 일본의 민력民力 배양에만 힘썼더라면 어떻게 되었을까……?'

그 경우라면 적어도 미츠히데가 기회를 노릴 틈만은 없었을 것이 아닌가. 억지로 츄고쿠를 무력으로 제압하려고 하여 백성의 소리에 귀를 막은 결과—

'내가 일단 궐기하면……'

그 결과가 미츠히데로 하여금 잘못된 생각을 갖게 한 원인이 된 것은 아니었을까.

남달리 세심하고 계산이 빠른 미츠히데였다. 만일 미츠히데가 노부나가의 잘못을 규탄하며 궐기했다고 해도 민심이 노부나가에게 있다, 자기편을 드는 자는 거의 없다……고 할 수 있는 정세였다면, 그는 이번에 거사할 용기를 갖지 못했을 게 아닌가……?

'백성의 소리…… 백성의 소리……'

그 진실한 목소리를 이에야스는 이번 여행 중에 뜻밖에도 한 농부의 입을 통해 들었다는 생각이었다.

솔직히 말해서 이에야스는 지금까지 미카와로 돌아가는 데에만 골몰하여, 돌아간 뒤 어떻게 할 것인지에 대해서는 아직 깊이 생각하지 못하고 있었다.

노부나가와의 신의를 지키기 위해서라도 당연히 대군을 동원하여 즉시 미츠히데와 자웅을 겨루지 않으면 안 된다고 생각했다. 그 전술과 전략은 그때그때 임기응변의 조치를 취할 작정이었다. 그런데 이에야스 마음에 갈등이 일었다.

'과연 그래도 될까?'

카와타河田에서 스즈카鈴鹿를 거쳐 시로코하마에 도착했을 때였다. 새벽 해변에 서서 배편을 구하도록 했을 때부터 자꾸 그 일이 마음에 걸렸다.

지금의 상황에서 대군을 거느리고 미츠히데와 자웅을 겨루려 하는 것은 노부나가가 쉴 틈도 없이 츄고쿠를 정복하려 한 것과 같은 조급한 마음에서가 아닐까. 따라서 노부나가와 같은 과오를 범하는 일이 되지는 않을까.

거듭거듭 이에야스는 자신에게 묻고 있었다.

시로코하마에서 치타知多 반도의 토코나메常滑까지 최단거리로 가는 배는 땔감을 싣고 가는 작은 배밖에 없었다. 지금 해변에는 그 배마저 한 척도 보이지 않았다.

이 지역은 원래 오다 노부타카의 세력권에 있었다. 노부타카가 시코쿠를 지원하기 위해 군사를 이끌고 키시와다로 갔으므로 영내에 있는 큰 배는 대부분 사카이 부근으로 징발되어갔다.

이에야스는 카도야 시치로지로角屋七郎次郎에게 선편을 알선해달라고 부탁했다. 그는 마츠자카松坂의 상인으로 오미나토大湊에서 와 이곳 해변에 닻을 내리고 있었다.

"이거 참 난처합니다."

카도야는 바닷바람에 검게 탄 이마에 손을 얹고 말을 이었다.

"배를 빌려드리는 것은 어렵지 않습니다마는 수로 안내인이 없습니다. 아시고 계실 테지만 쿄토에 큰 변란이 일어났기 때문에 배가 얼마나 필요하게 될지 모릅니다. 땔감을 실은 배 하나라도 허락 없이 다른 영지에 내보내지 말라고 이 근처 마을과 해변마다 표찰을 내붙였다고 합니다."

"아니, 이미 표찰까지 나붙었다고……?"

"예. 제 배만은 어떻게든 마련해드릴 수 있으나 이 부근의 농부와 어부들이……"

"알겠네. 좋아, 내가 직접 부탁해보겠네."

밤새 걸어왔기 때문에 이미 주위는 훤하게 밝아오고 있었다. 밝아오는 앞바다에 떠 있는 배라고는 시마志摩에서 돌아온 카도야의 배 한 척뿐. 조수의 변화가 심한 바다에서 수로 안내인이 없으면 건너기 어렵다는 것은 이에야스와 가신들도 잘 알고 있었다.

이에야스는 직접 백성의 소리를 듣겠다는 마음으로 성큼성큼 어느 농부의 집 앞으로 갔다.

3

"집주인을 깨우시렵니까?"

혼다 타다카츠가 서둘러 문을 두드리려 했다.

"내가 깨우겠어. 그대들은 멀리 떨어져서 기다리게."

이에야스는 가볍게 손을 내저었다. 그리고는 새벽의 어둠 속에 조용히 잠든 초가의 판자문을 두드렸다.

농가이기는 했으나 해변 근처에 점점이 흩어져 있는 오두막 같은 어부의 집과는 비교도 되지 않았다. 이 고장에서는 중농 이상의 유복한 생활을 하고 있을 것으로 보였다.

"잠시 물어볼 말이 있어 그러니, 누가 좀 일어나주지 않겠나?"

이에야스가 말하기 전에 벌써 안에서는 눈을 뜨고 있었던 듯. 허둥대는 가족을 진정시키는 소리가 들렸다.

"예, 누구신지는 모르나 무슨 일로?"

그리고는 떨리는 것을 억제한 굵은 목소리가 문으로 다가왔다.

"보시다시피 초라한 집이라 가진 돈도 없고, 공교롭게도 딸은 욧카이치四日市의 친척집에 가고 없습니다. 그러나 보리쌀은 좀 있습니다마는……"

"도적이 아니니 걱정할 것 없네."

이에야스는 따끔하게 가슴이 찔리는 아픔을 느꼈다.

"그대는 마을 사정에 밝을 테지. 건너편 토코나메 해변까지 갈 작은 배 하나를 주선해주게."

"아니, 배를…… 그것은 곤란합니다!"

그러면서 문을 열고 고개를 내밀었다.

"작은 배 하나라도 다른 영지에 가면 안 된다고 어제 저녁에 엄명이 내렸습니다. 그 명을 어기면 목이 달아납니다. 글쎄, 오다 대장님이 쿄토에서 살해되어 다시 일본 전체가 대란에 휩쓸리게 된다는 것이지 뭡니까…… 아니, 댁은 무사군요."

이에야스는 일부러 위엄 있게 고개를 끄덕였다.

"그런 명령이 내린 줄 알면서도 부탁한다면 어떻게 하겠나?"

"예? 그렇다면 제가 오가와 마고조小川孫三인 줄 알고 깨웠다는 말씀입니까…… 그렇게 말하는 댁은 대관절 어디의 누구십니까?"

"마고조……"

이에야스는 상대가 말한 이름을 그대로 받아 불렀다.

"천하를 다시 소란한 세상으로 만들지 않기 위해 미카와, 토토우미, 스루가 세 영지의 주인 도쿠가와 이에야스가 날이 밝기 전에 이 바다를 건너 미카와로 돌아가고 싶다는 말을 하고 있다."

"예? 그러면 댁은 도쿠가와 님의 부하입니까……?"

무슨 생각을 했는지 자기가 마고조라고 말한 마흔 가까운 농부는 느닷없이 그 자리에 털썩 주저앉았다.

"그렇군. 그렇다면 체념해야지…… 자, 마음대로 이 목을 베시오."

"목을 베라니……?"

"도리가 없지요. 배를 띄우지 못하겠다고 하면 나를 죽일 것 아니오? 죽는 것이 무서워 배를 띄웠다가는 성주의 손에 나뿐만 아니라 가족과 친척들이 모두 죽습니다. 이것이…… 난세를 사는 백성의 슬픈 운명이라 생각하고 체념하렵니다. 자, 어서 목을 베시오."

이에야스는 자기 가슴이 단도로 푹 찔린 듯한 기분이 들었다.

어쨌든 표면상으로는 나라와 백성을 지켜야 하는 무장이었다. 그런데 실제로는 무기를 가진 무법자로 여겨지고 있었다……

날이 밝아 이세의 앞바다가 장밋빛으로 붉게 물들기 시작했을 무렵, 이에야스가 탄 카도야의 배는 토코나메를 향해 곧장 달리고 있었다. 그 배 위에서 이에야스는 눈을 감고 생각에 잠겨 있었다.

물론 그 배 앞에서는 시로코하마의 작은 배가 안내하고 있었다……

4

이에야스는 나무로 깎은 목상木像처럼 돛대를 등지고 앉아 있었다. 지금 자기를 앞뒤에서 압박하는 것은 배 한구석에 움츠리고 앉아 있는 오미 오이시 마을의 그 피묻은 농부와, 카도야의 배를 안내하는 작은 배 안의 오가와 마고조일까. 그렇게 생각되는 것이 이상하기도 하고 그렇지 않은 것 같기도 했다.

시로코하마의 농부 마고조는 싫다고 하면 이유 여하를 막론하고 죽이는 것이 무사인 줄 알고 있었다.

무장에게 이보다 더 큰 불신이 또 있을 것인가.

그들은 무력에 의지하고 있으면서도, 그것으로 보호받은 경험이 없는 대신 도리어 티끌이나 쓰레기처럼 유린당해왔다……

이 사실이 저절로 '하늘의 목소리'가 되어 마고조의 입을 통해 이에야스에게 돌아왔다.

마고조가 배를 띄우면 일족이 모두 성주에게 살해당한다, 그러므로 자기를 죽이라고 했을 때, 이에야스는 수치스러움으로 온몸이 오그라드는 심정이었다.

"들었을 테지, 이에야스. 이것이 진정한 백성의 소리다."

허공에서 질타하는 셋사이 선사의 채찍이 무서운 소리를 내며 내리쳐졌다.

"그래? 그대는 무사를 이렇게까지 무자비한 것으로 알고 있었구나. 그렇다면 할 수 없지, 다른 데 가서 부탁해보겠다. 놀라게 해서 미안하게 됐구나."

이에야스는 말했다.

이 한마디가 마고조로서는 예기치 않은 일이었던 듯.

"다른 데 가서 부탁해도 소용없을 거요…… 그런데 댁은 도쿠가와 님 밑의 누구시오?"

"내가 이에야스일세."

"예? 뭐라고 했습니까?"

"내가 바로 도쿠가와 이에야스라고 했어. 어쨌든 그대에게 좋은 말을 들었네. 얼마 전에 쿄토에서 급변이 일어났다는 말을 듣고 여행하다 말고 급히 내 영지로 돌아가는 길인데, 돌아가거든 그대가 지금 한 말을 다시 음미해보겠네. 자기 일신만을 위해서는 절대로 군사를 동원하지 않도록 말일세."

마고조의 귀에 그 마지막 말이 들렸을까? 배를 띄우지 못하겠다고 거절한 자기를 죽이지 않고 그대로 돌아가려는 사람이 스루가, 토토우미, 미카와 세 곳의 태수인 이에야스 자신이라는 것을 알고 당장에는 말이 나오지 않는 모양이었다.

"기……기……기다려주십시오."

그는 구르듯 처마 밑으로 뛰어나와 머리를 조아렸다.

"띄우겠습니다, 배를 띄우겠습니다."

외치듯이 말했다.

이에야스는 그 돌변한 태도의 이면에 있는 애처로운 인간의 고독을 차마 볼 수 없었다.

무시당하고 짓밟혀온 자가 비로소 느끼는 기쁨…… 그 기쁨이 마고조를 어린아이처럼 순수한 감격 속으로 몰아넣고 있었다.

"배를 띄우겠습니다. 예, 우리 일족이 비록 어떻게 되건 성주님의 말씀이라면…… 예, 배를 띄우겠습니다! 띄우지 않고는 제가, 제가 견딜 수 없습니다."

이에야스는 마고조에게 후환이 없도록 이것저것 지혜를 빌려주고 안내를 부탁하였다.

마고조는 정체불명인 침입자에게 배와 함께 납치당한 것으로 하고, 아내와 딸은 나고노우라長太の浦에 있는 친척집에 맡기도록 하였다.

만일에 이에야스가 이세를 다스리게 될 날이 오지 않는다면 마고조의 가족은 그 생애에 두 번 다시 만날 날이 오지 않을 것이다……

5

이에야스의 가슴속에는 소박한 마음으로 그의 위기를 구해준 두 사람의 농부와, 미츠히데의 반란으로 인한 현실 세태가 마음에 아픔을 주며 뒤얽혔다가는 다시 떨어져갔다.

농부들이 이에야스를 도와준 것은, 의식적이건 무의식적이건 이에야스를 통해 평화를 보장받고 싶다는 마음의 표현이라고 할 수 있었다. 그런데 그 이에야스는 급히 미카와로 돌아가 미츠히데를 정벌하기 위한 전투에 몰두하지 않으면 노부나가에 대한 의리가 서지 않는 입장이었다.

'노부나가에 대한 의리……'

그것은 과연 무엇일까? 이 난세에 새로운 질서를 확립하여 백 수십 년 동안이나 계속되어온 전쟁에 종지부를 찍는 일. 그런 의미에서는 노부나가의 뜻과 백성들의 소원은 같다.

'그런데도 나는……'

생각하다가 이에야스가 저도 모르게 무릎을 탁 친 것은, 이미 해가 높이 떠올라 눈앞에 그토록 가기를 원하던 치타 반도 해변의 푸른 모습이 보이기 시작했을 때였다.

깨닫고 보니 바람도 그들을 위해 불어오고 있었다.

'그렇다, 이것으로 나도 결정을 내리게 될 것 같다……'

이에야스는 사소한 의리에 구애받지 않고 노부나가의 뜻을 진정으로 계승하는 자가 되어야 한다는 것을 깨달았다. 순간 앞서 가는 작은 배에 있는 마고조의 모습이 그대로 신불의 화신인 것처럼 생각되어 저도 모르게 합장하지 않을 수 없었다.

"저것 좀 보게, 성주님이 합장하고 계셔."

타다츠구가 작은 소리로 이시카와 호키노카미에게 속삭였다.

"여간 기쁘지 않으신가봐. 미카타가하라 전투 때도 합장하신 일이 없는데."

이에야스의 속마음까지는 헤아리지 못했으나, 두 사람의 미소는 그대로 배 위로 퍼져나갔다. 배가 토코나메 앞바다에 닻을 내리고 마고조의 작은 배로 일행이 해변으로 옮겨졌을 때 이에야스가 한 말도 가신들에게는 무사히 도착하게 된 것을 기뻐하는 것으로만 해석되었다.

"마고조, 수고가 많았어."

이에야스는 해변에 내려서자 곧 마고조를 불러 말했다.

"이 부근이 다시 전쟁터로 화할지 몰라. 자네를 스루가로 보내주겠네. 스루가까지는 절대로 전쟁터가 되지 않을 테니까. 거기서 자네가 생활할 수 있는 땅을 마련해줄 테니 자리를 잡거든 가족들을 불러 살도록 하게."

"예…… 예."

마고조는 이때도 기특할 정도로 순순히 대답하고 해변 근처에 있는 절을 향해 달려갔다. 그 절에는 바다에 면한 뒷문이 있었다. 쇼쥬인正住院이라고 하는 그 절은 마고조에게는 해마다 땔감을 팔아주는 단골이기도 했다.

이윽고 절의 뒷문이 안으로 열리고, 일행은 모두 뙤약볕을 피해 그

안으로 들어갔다.

"여기까지 왔으니 이제 안심해도 좋아."

"그렇다고 마음의 고삐를 늦추면 안 돼. 이 부근에도 도둑과 해적의 출몰이 빈번하니까."

"어쨌든 우선 주지부터 만나세."

혼다 타다카츠가 젊은이들에게 주위를 경계하도록 지시하는 소리를 들으면서 이에야스는 마고조의 안내로 정원을 지나 객실을 향해 걸으면서, 노부나가와 백성의 뜻이 같다는 발견을 취한 듯이 마음속으로 되풀이하고 있었다.

'그렇다, 같은 것이 각자의 아집 때문에 때때로 잊혀질 뿐이다.'

6

짚신을 벗은 것은 이에야스뿐, 나머지 사람들은 모두 처마 밑 그늘을 찾아 바깥에 앉았다.

주지 켄쿠顯空가 이에야스라는 것을 알고 얼른 옷을 갈아입고 객실에 와서 머리를 조아렸다.

"알지 못해 마중 나가지도 못하고…… 소승이 주지인 켄쿠입니다. 오시는 동안 노고가……"

두 손을 짚고 공손히 말하는 주지를 이에야스는 손을 들어 말렸다.

"폐를 끼치게 되어 죄송하오. 실은 쿄토에서 오다 우다이진 님이 아케치 미츠히데의 모반으로 목숨을 잃게 되어, 우리도 여행 도중에 밤낮을 가리지 않고 달려왔소."

"그 소식…… 조금 전에 시로코하마에서 온 사람에게 듣고 영고성쇠가 무상한 세상에 새삼 놀라고 있던 참입니다."

"스님, 우리는 이제 급히 오카자키岡崎로 돌아가 즉시 아케치를 토벌하기 위한 군사를 일으키려 합니다마는, 부처님을 모시는 스님은 이럴 경우 어떻게 하시겠습니까?"

이미 쉰이 넘어 보이는 켄쿠는 동자승이 가져온 차를 조용히 이에야스 앞에 놓고는 천천히 고개를 갸웃하고 생각에 잠겼다.

'무엇 때문에 이런 질문을 하는 것일까.'

반은 경계하고 반은 안도하는 표정이기도 했다.

"황송합니다마는, 우리 불자佛子의 생각은 무장이신 성주님께는 참고가……"

"참고가 되지 않아도 좋소. 거의 질서가 잡혀가던 세상에 그 기둥이라 할 수 있는 사람이 쓰러졌소…… 이 경우 가장 먼저 해야 할 일이 불자로서는 무엇이라 생각합니까?"

"그러시면……"

켄쿠는 다시 한 번 신중하게 고개를 갸웃하고 말을 이었다.

"불자라면 백년, 천년 후의 지기知己를 구하여 오로지 부처님의 뜻에 따를 뿐이지요."

"그 경우 부처님의 뜻이란?"

"지상에 극락정토를 실현하려는 큰 이상이 이루어질 때까지 지켜야 할 도리라고……"

"지상에 실현해야 할 정토……란 사람들이 모두 안거安居할 수 있는 평화를 말하는 것이 아닙니까?"

"그렇습니다! 말씀하신 대로입니다."

"한 가지 더 묻겠소. 그날을 위해 지켜야 할 도리는?"

"예. 탐욕을 버리는 일입니다. 소유욕으로부터 벗어나야 한다는 깊은 가르침을 받고 있습니다."

"으음."

이에야스는 비로소 찻잔을 들고 맛있게 한 모금 마셨다.

"탐욕을 버리는 마음…… 이 차는 참 맛있군요!"

이렇게 말하고 부드러운 미소를 떠올렸다.

"우다이진 님은 지나치게 탐욕스러웠는지도 몰라요. 단숨에 평화를 이룩하겠다고. 아니, 이 이에야스도 마찬가지…… 갈 길만 재촉하고 마음의 준비가 없다면 무사히 돌아간다고 해도 당황하기만 할 뿐이었 겠지…… 그렇군, 불자들은 모든 인간이 소유욕으로부터 해방될 때까 지 전쟁이 계속될 것이라고 보고 있군요."

"그렇습니다."

"음, 조급해서는 안 되겠군요. 백년, 천년 후에…… 그날이 올 때까 지 이렇게 하면 평화가 온다, 이것이 유일한 길이므로 여봐란 듯이 속 세를 떠나 출가하여 모든 욕심을 버리고 살아간다…… 이것이 진정한 승려의 자세라는 말씀이군요. 잘 알겠소, 정말 고맙소. 이것으로 오카 자키에 돌아가서도 망설임 없이 모두에게 지시할 수 있게 되었소……"

켄쿠는 다시 공손히 고개를 숙이고 염주를 만졌다.

7

"여러 가지로 고마웠소!"

이에야스는 다시 말했다.

백성이 바라는 것과 노부나가가 뜻했던 바가 같다는 발견이 켄쿠와 의 문답을 통해 한층 더 깊은 깨달음의 장막을 걷어주었다. 그 깨달음 은 불교가 지향하는 바 또한 민중의 희망과 같다는 사실이었다. 아니, 그렇기 때문에 부처는 위대하고, 승려도 아직 사원과 더불어 남아 있음 이 분명했다.

이 이치를 좀더 깊이 생각해보면, 무장이 어떻게 해야 하는가도 아침 햇살을 받은 꽃처럼 확실하게 보였다. 모든 사람이 다 같이 회구하는 '극락정토'를 세우는 일에 목숨 걸고 협력하는 것이 참된 무장의 의무였다. 이에야스는 그것을 너무 잘 알고 있으면서도 자칫 잊을 뻔했다.

"스님, 우리도 서두르지 않고 조급하지 않겠다고 마음을 결정했소. 다시는 망설이지 않을 것이오. 그런데 스님, 이 반도를 가로질러 코로모가우라衣ヶ浦로 빠져나갈 때까지 길을 안내해줄 사람을 이 부근에서 구할 수 없을까요?"

"알겠습니다."

켄쿠는 대답했다.

"다행히 이 마을 촌장 하치베에八兵衛 님은 신앙심이 깊고 의협심도 강합니다. 소승이 이미 사람을 보냈습니다."

"아니, 벌써 그런 일까지 해주셨다는 말이오?"

"예. 도중의 도둑들이 알기 전에…… 서둘러야 한다는 생각에서였습니다. 그들은 대장님의 뜻을 알 리 없으니까 말입니다."

이에야스는 그 마지막 한마디가 고마웠다. 아마 켄쿠는 이에야스와의 문답을 통해 그가 무엇을 지향하는지 깨달은 듯했다.

"우다이진 님이 돌아가셨으니 앞으로 이 부근 농부와 상인들에게 큰 변화가 있겠군요."

"그게 무슨 뜻입니까?"

"성주님이 하시기에 따라서는 흉작과 풍작 이상의 차이가 생깁니다. 모처럼 안도하게 된 가난한 사람들의 행복은 지켜주어야 합니다."

이에야스는 빙긋이 웃고 고개를 끄덕였다.

그가 마음속으로 정한 바도 바로 그러했다. 백년, 천년 후를 생각하는 불자에게는 미치지 못할지라도 자기 영지 안의 백성만이라도 미츠히데의 모반으로 인한 돌풍을 막아주지 않으면 안 된다. 그것이 자기의 의무 중 하나라고 분명하게 마음을 정했다……

'우선 영내에는 부근의 산적이나 다름없는 무장의 폭력을 허용하지 않겠다……'

이것이 자기 발 밑부터 굳히는 기반이 되고 평화를 넓혀나가는 발판의 경륜經綸이 된다.

'내부를 공고히 하고 나서 그 여력으로 미츠히데를 공격한다……'

전력을 기울여 미츠히데와 싸우다가 만일에 패하기라도 하면 그야말로 자신의 날개 밑에 있는 참새를 독수리 둥지로 던지는 격. 무장으로서 그 이상 더 무분별한 죄는 없다.

이때 촌장 하치베에가 땀을 닦으면서 들어와 마루 가장자리에 움츠리고 앉았다.

"부르셨다기에…… 촌장인 하치베에입니다."

그 역시 전쟁에 지쳐버린 선량한 모습이었다.

8

"촌장님, 여기 계신 분이 바로 도쿠가와 성주님이시오."

켄쿠의 말에 하치베에는 묘한 표정으로 이에야스를 보았다. 그로서는 스루가, 토토우미, 미카와의 세 영지를 소유한 이에야스의 풍모가 자기 상상과는 너무나 동떨어졌기 때문에 당황한 듯했다.

"저어, 이분이……?"

"그렇소."

이에야스는 웃으면서 입을 열었다.

"사흘 동안 수염도 깎지 못하고 머리도 빗지 못했소. 여간 흉하지 않겠지만 내가 이에야스요."

"원, 이럴 수가."

하치베에는 깜짝 놀라며 다시 켄쿠 쪽으로 향했다.

"그런데, 이 하치베에에게 하실 말씀이 무엇인지요?"

"촌장님, 지금 성주님께서는 여행 중이신데 이제부터 미카와에 돌아가시려고 합니다. 나도 나라와무라成岩村에 있는 우리 절 본사本寺 죠라쿠 사까지 함께 모실까 하는데, 촌장님이 그 길을 안내해주셨으면 해서."

"나라와무라까지…… 그야 어렵지 않은 일입니다."

하치베에는 이렇게 말하고 다시 이에야스를 찬찬히 쳐다보았다.

"그렇군요, 이분이……"

"그런 말씀을 하는 걸 보니 촌장님도 성주님 소문을 들으셨군요?"

"물론입니다."

하치베에는 비로소 얼굴 가득히 미소를 떠올렸다.

"아구이阿古居 마님의 아드님이시라고…… 아니, 그보다도 오늘 해변에서 여러 가지 소문을 들었습니다."

"허어. 어떤 소문이었나요?"

"예. 글쎄, 오다 우다이진 님이 쿄토에서 변을 당하셨더군요. 다시 온 나라가 어지러워질 것이니 차라리 고향을 떠나 난리가 없는 곳으로 옮겨가는 편이 좋지 않겠느냐고 푸념을 하고 있었습니다."

"난리가 없는 곳?"

"예. 차라리 성주님이 계시는 하마마츠 성으로 이주할 수 있게 탄원하는 게 어떠냐고…… 농부와 상인들은 저마다 소원과 넋두리를 쏟아놓고 있었습니다."

"으음, 그렇게들 말하더란 말이군요."

켄쿠는 흘끗 이에야스를 바라보았다.

"어쨌든 승낙해주어 고맙소, 촌장님. 그러면 성주님의 식사가 끝나거든 곧 출발할 것이니 길 안내를 잘 부탁합니다."

이에야스는 잠자코 하치베에가 준비하러 가는 모습을 바라보았다.

'그렇구나, 벌써 어머니가 오랫동안 사시던 아구이와 가까운 곳까지 와 있었구나……'

여기까지 온 이상 이미 미카와에 도착한 것이나 마찬가지. 이 부근 백성이 자기 세력 아래에서 살았으면 한다는 것이 전혀 인사말이라고는 생각되지 않았다.

"농부와 상인들의 넋두리라……"

켄쿠가 가져오게 한 식사를 하고 이에야스 일행은 촌장 하치베에를 안내자로 삼아 쇼쥬인을 떠났다.

앞에 보이는 언덕에서 매미소리가 요란했다.

"타다츠구, 나니와難波나 사카이의 매미소리와는 다른 것 같군."

"예, 매미까지도 미카와 사투리로 울고 있는 듯합니다."

"타다츠구, 오카자키에 도착하거든 그대는 즉시 군사를 모아 아츠타熱田로 떠나게."

"성주님은?"

"나는 우선 영내 백성들을 안정시키고 나서 곧 아즈치로 향하겠네…… 미츠히데란 자가 발악한다고 해서 스루가, 토토우미, 미카와의 백성을 불안하게 한다면 성주로서 체면이 서지 않아."

전에 없이 전방의 하늘에 떠 있는 여름의 구름을 쳐다보며 이에야스는 소리내어 웃고 있었다.

모든 것을 걸다

1

이에야스 일행이 오미에서 이가로 이어진 험준한 산길을 헤매고 있었던 6월 3일 오후——

하시바 치쿠젠노카미 히데요시羽柴筑前守秀吉˙는 하치스카 히코에몬 마사카츠蜂須賀彦右衛門正勝˙와 쿠로다 칸베에 요시타카黑田官兵衛好高를 데리고 빗츄備中에 있는 타카마츠 성高松城의 포위망을 둘러보고 있었다.

아침부터 심한 바람과 함께 쏟아지던 호우는 그쳤으나 아직 땅이 마르지 않아 때때로 말이 미끄러지곤 했다. 그래서 뒤따라오던 이시다 사키치石田佐吉나 히토츠야나기 이치스케一柳市助 등 코쇼들이 킬킬거리고 웃었다.

하치스카 히코에몬은 승마에 능하다는 것이 자랑이었으나, 절름발이 쿠로다 칸베에는 말이 미끄러지면 몸이 위험할 정도로 흔들렸다. 마음속으로는 동정하면서도 그런 것을 보면 웃음을 참지 못하는 나이의 코쇼들이었다.

"웃지 마라. 성주님의 귀에 들어가면 어쩌려고 그러느냐."

30기騎 남짓한 측근 참모들을 거느리고 선두에 선 히데요시는 그 칸베에와 히코에몬과의 대화에 열중하고 있었다.

"정말 손을 들었어. 그렇게까지 고집을 부리다니."

히데요시는 이맛살을 찌푸리고 칸베에에게 말했다.

"저걸 보게. 용왕님까지도 이 히데요시 편을 들어 이처럼 비를 내렸어. 이 정도라면 물에 잠긴 면적이 이백 정보가 넘을 거야. 게다가 이럴 때 우다이진 님이 도착하기라도 하시면 어떻게 하겠나?"

"제가 굴복하겠다는 것은 아닙니다."

"그건 그래. 하지만 이것 보게, 칸베에. 빗츄, 빈고備後, 미마사카美作, 이나바因幡, 호키伯耆 등 다섯 영지를 할양할 테니 이 타카마츠의 포위를 풀라고 하다니 너무 우리를 무시하는 모리毛利의 수작이야. 다섯 곳의 영지라면 크게 양보하는 것처럼 보이지만 빈고를 제외하고는 아직 모리의 영지가 아니야. 내일 안코쿠지 에케이安國寺惠瓊*를 만나거든 화의할 수 없다고 일축하게."

"후후후."

칸베에는 웃었다.

"그럼, 무슨 일이 있어도 이 타카마츠 성을 지키는 시미즈 무네하루淸水宗治 등을 내놓으라고 해야 한다는 말이군요?"

"물론이야. 흥정하느라 질질 시일만 끌다보면 오천의 성병城兵이 굶게 된다, 굶게 된 뒤에 흥정하려 들면 유리할 것이 없다고 강하게 나가도록 하게. 자네도 잘 알겠지만 안코쿠지는 흥정에 능한 녀석이야. 나는 이것이 모리의 마지막 속셈이라고는 생각지 않아."

이번에는 오른쪽에 있던 하치스카 히코에몬이 웃었다.

"그쪽에서도 똑같은 말을 하고 있을 것입니다."

"뭐라고 말인가?"

"하시바 히데요시는 정말 흥정에 능한 사나이라고."

"하하하…… 그건 사실일세. 저쪽에서도 내가 이처럼 느긋하게 앉아 수공水攻까지 할 줄은 모르고 있었을 것이야."

"정말 대담한 전략이었습니다. 저것 보십시오. 이백 정보의 물바다 속에서 무사한 것은 성으로 통하는 길의 가로수뿐입니다. 인가는 지붕만 보이고 작은 숲은 수초水草로 변해 있습니다."

"그러니 이 정도에서 손을 들라고 요구하는 것 아니겠는가. 나 같은 행운아를 만나게 된 불운을 바로 깨닫는 군사軍師가 모리 쪽에는 없는 모양일세."

"그러나……"

칸베에는 다시 미끄러지려는 말을 간신히 바로 세우면서 말했다.

"저쪽에도 나름대로의 생각이 있는 것 같습니다."

"어떤 생각? 내 운을 이길 수 있다고 생각하기라도 한다는 말인가?"

"성주님 위에 또 한 분이 계시다, 그분이 오시고 나서 교섭하는 편이 좋다고 생각하는 것 같습니다."

"우다이진 님을 말하는 것이겠지?"

"예. 우다이진 님과 교섭하고 나서 양보하는 것이 가증스러운 치쿠젠노카미의 체면을 깎아내리는 일이라고……"

칸베에는 멀리 사라지는 비구름을 바라보며 짓궂은 웃음을 히죽 떠올렸다.

2

"입에 독을 품은 사내로군."

히데요시는 잔뜩 얼굴을 찌푸리고 칸베에를 노려보며 말했다.

"이보게, 만일 저쪽이 그런 생각을 가졌다면 이쪽에서도 끝까지 물고 늘어지겠네. 그리고 우다이진 님이 오신다고 해도 내 주장은 통하게 마련이야."

"그러나……"

칸베에도 물러서지 않았다.

"우다이진 님이 오시기 전에 전쟁을 끝내야만 더 공을 세우게 되는 것이 아닐까요?"

"그러니까 안코쿠지에게 한 발 양보하라는 말인가, 칸베에?"

"양보하자는 것은 아닙니다. 다만 상대에게 희망을 갖게 하고 교섭을 계속하는 것이 흥정의 요령이라 말씀 드리고 있을 뿐입니다."

"와하하하, 좋아, 바로 그거야. 과연 쿠로다 칸베에는 지혜주머니라니까."

"또 시작되었군요, 성주님의 치켜세우는 버릇이. 왠지 목덜미가 근질거립니다."

그러나 히데요시의 눈과 머리는 전혀 칸베에에게 향해 있지 않았다.

어쨌거나 너무 시일을 오래 끈 이번 전투였다. 시미즈 무네하루가 농성하고 있는 타카마츠 성은 아시모리가와足守川와 타카노가와高野川의 강물을 막아 만들어진 커다란 호수로 외부와의 연락이 완전히 차단되어 있었다. 그러나 타카노가와 건너편 히사시야마日差山에는 모리의 킷카와吉川와 코바야카와小早川 양군이 3만의 군사를 거느리고 구원하러 와 있었다.

쿠로다 칸베에의 말대로 노부나가가 서쪽에서 진격해온다면 뒤가 시끄러워질 터. 그렇다고 모리 쪽 제안을 단호하게 거부하여 성안에 있는 병사들을 굶어죽게 하는 것도 별로 묘책이 아니었다.

'무슨 묘안이 없을까……'

가벼운 대화를 나누면서도 끊임없이 깊은 생각을 하고 있는 히데요시였다. 그 히데요시가 자신의 본진이 있는 이시이야마石井山로 올라가는 첫번째 방책 옆에서 수상한 그림자를 발견했다.

첫번째 방책은 야마노우치 이에몬 카즈토요山內猪右衛門一豊가 수비하고 있었다. 그 수상한 그림자는 이에몬의 군사들도 아직 알아채지 못하고 있는 듯했다. 그자는 마치 날아오를 듯 가뿐한 걸음걸이로 가로에서 달려왔다. 그러더니 방책 근처에 이르러서는 갑자기 비틀거리며 환자 같은 걸음걸이가 되었다. 사람이 이상해진 것은 아닌가 하는 생각이 들었다.

"성주님, 무엇을 보고 계십니까?"

"쉿."

히데요시는 뒤로 돌아서서 이시다 사키치에게 명했다.

"허어, 저 장님 말일세, 지팡이를 짚고 있는, 조금 전에는 잘도 달려왔는데. 체포해라, 저자를."

히데요시는 자신이 젊었을 때 많은 경험을 쌓았기 때문에 그가 첩자라는 것을 금세 알아챘다.

얼마나 조심성이 없는 자란 말인가. 장님을 가장하려면 처음부터 장님인 양 걸었어야지, 사람이 없다고 눈을 크게 뜨고 달려오다니.

하치스카 히코에몬이 말을 몰고 달려갔다.

"섰거라!"

장님은 삿갓 밑에서 꿈틀 어깨를 떨면서 방책에 기대듯이 하며 멈추어섰다.

"삿갓을 벗어!"

"예…… 예. 저는 앞을 못 보는 자인데, 제가 무슨 무례한 짓이라도 저질렀는지요?"

사나이는 시키는 대로 삿갓을 벗었다. 그리고는 빈틈없는 자세로 눈을 감은 채 가만히 고개를 갸웃했다.

3

히데요시가 큰 소리로 웃었다.

"과연 틀림없는 장님이로군. 요에몬, 그 장님을 본진의 뜰로 데려가
도록 하라."

젊은 무사 토도 요에몬 타카토라藤堂與右衛門高虎에게 명했다. 그리
고는 다시 쿠로다 칸베에와 어깨를 나란히 하고 첫번째 방책을 지나갔
다. 본진은 아사노 야헤에淺野彌兵衛가 지키는 두번째 방책을 지난 곳
에 있는 이시이야마의 지호인持寶院에 자리잡고 있었다.

"듬뿍 비를 맞아 나무들이 더 푸르러졌어."

"예. 이제부터는 또 무서운 더위가 닥칠 것 같습니다."

"자네는 안코쿠지를 몹시 높이 평가하고 있는 것 같은데, 그 에케이
라는 중, 코바야카와나 킷카와에게 책략을 제시할 수 있을 정도로 신뢰
받고 있다고 보나?"

"예. 성주님이 이 칸베에를 신뢰하시는 정도는."

"으음, 그렇다면 대단하군. 나는 누가 뭐라 해도 자네밖에 없으니까
말일세."

칸베에는 쓸쓸하게 웃었다.

"모리 모토나리毛利元就가 살아 있을 때 아키安芸의 안코쿠지를 방
문했다가 예사 중이 아니라고 하여 발탁한 이후 계속 총애를 받아온 걸
출한 인물입니다. 그 에케이가 성주님을 여간 칭찬하지 않습니다."

"뭐, 나를 칭찬하다니…… 방심할 수 없는 중이야. 함부로 남을 칭찬
하는 녀석은 속이 검게 마련이거든."

"예. 그런 점에서는 성주님과 아주 비슷합니다."

"와하하하, 그래? 그렇다면 이쪽에서도 방법을 달리해서 흥정해야
겠군."

히데요시의 웃음소리가 너무 크고 갑작스러워 머리 위의 매미 울음소리가 그치고 둘째 방책을 지키던 아시가루足輕°가 깜짝 놀랐다.

"원군도 곧 도착할 것이고 주군의 선발대로 호리堀 님도 오신다. 좋아, 그 전에 다시 한 번 에케이를 만나보게."

히데요시는 지호인 입구에서 말을 내렸다.

"모두 쉬도록. 그리고 요에몬, 그 장님을 뒤뜰로 끌고 오너라."

"알겠습니다. 어서 걸어, 이놈아."

서른두 살인 타카토라도 상대를 첩자라고 생각해 포박한 밧줄을 쥔 채 뒤에서 떼밀었다.

"이제 와서 새삼스럽게 눈 따위는 감지 마라. 깨끗하게는 죽지 못할 놈이로군."

상대는 그래도 눈을 뜨지 않았다.

"무언가 착각하고 계십니다. 제발 의심을……"

사나이는 입속으로 중얼거리면서 햇빛이 비스듬히 내리쬐는 경내를 지나 객실 뒤의 한적한 뜰로 끌려갔다.

히데요시는 코쇼들이 단풍나무 그늘에 마련한 걸상에 앉아 기다리고 있었다.

"오, 데려왔구나. 불운한 밀사 양반을."

"저어…… 저는 결코 밀사가……"

"밀사가 나쁘다는 말은 하지 않았어. 밀사도 때로는 무사히 통과시킬 때가 좋은 경우도 있지. 너도 그런 것쯤은 알고 있을 게다. 보람도 없이 목숨을 떨굴 필요는 없다. 가지고 있는 것이 있을 터. 그것을 내놓아라."

이미 마흔일곱 살이 된 히데요시의 말에는 부드러움 속에도 천 근 같은 무게가 실려 있었다.

"네가 순순히 내놓기만 하면 죽이지는 않겠다. 그 밀서 하나로 이 전쟁이 역전되거나 하는 일은 있을 수 없어. 요에몬, 그자의 품안에 밀서가 들어 있을 것이니 꺼내오너라."

지금까지 고개를 떨구고 있던 사나이가 갑자기 눈을 번쩍 떴다.

4

토도 요에몬은 당연히 상대가 반항할 줄 알고, 밧줄로 오른쪽 뺨을 한 대 후려쳤다.

"얌전히 있어!"

그리고는 상대의 품에 손을 넣었다.

히데요시의 말대로 전대에는 서신 한 통이 들어 있었다. 그것을 꺼내 그대로 히데요시에게 건넸다.

히데요시는 그것을 펼치면서 뒤를 돌아보았다.

"유코幽古, 이리 와서 읽어주게."

그러더니 자기도 약간은 알아볼 수 있었는지 손을 내저었다.

"아니, 나도 알겠어. 오지 않아도 좋아."

히데요시는 뚫어지게 가짜 장님을 노려보다가 갑자기 얼굴에 온통 주름을 잡고 큰 소리로 웃기 시작했다.

"와하하하…… 어린애 장난 같은 짓을 해서 나를 놀라게 하다니, 멍청한 녀석."

밀서를 아무렇게나 구겨 품안에 넣었다.

"어쩐지 수상하다 했더니 일부러 묘한 짓을 해서 체포당하는 것이 네 임무였구나."

상대는 이미 이상할 정도로 얌전히 고개를 숙이고 있었다.

밀서는 코레토 휴가노카미 미츠히데가 모리 테루모토毛利輝元 •와,

그의 숙부 킷카와 모토하루吉川元春, 코바야카와 타카카게小早川隆景 등 양가에 보내는 것으로서, 노부나가를 혼노 사에서, 노부타다를 니죠 성에서 각각 죽였다는 것을 알리는 내용이었다.

'미츠히데가 노부나가 부자를 죽였다……'

등에 싸늘한 칼이 와닿은 듯한 느낌이었다. 그러나 그 느낌은 곧 웃음으로 바뀌었다.

무엇보다도 밀사의 태도가 지나치게 부자연스러웠다. 가짜 장님이 적진 부근을 달리다니…… 그 정도로 서둘렀다고도 해석할 수 있었다. 그러나 그보다는 일부러 체포되어 히데요시를 당황하게 한 뒤 속히 화의를 진행시키려는 속셈임이 틀림없었다.

'하기는 병사들 오천이 굶어죽기 직전이니까.'

히데요시는 상대가 죽을 작정으로 있다는 것을 확인하고는 더욱 그런 생각이 들었다.

"왜 잠자코 있느냐, 목숨을 건지고 싶은 생각이 없느냐?"

"살고 싶다……는 생각은 하지 않습니다."

"그래? 그런 말을 들으면 살려주고 싶은 것이 내 버릇이다. 요에몬, 이놈을 산밑으로 데려가 놓아주어라. 계속 장님 행세를 하겠다면 그래도 좋고, 불편하다면 눈을 뜨고 제가 가려는 곳으로 가게 보내주어라."

"예. 일어서라!"

타카토라가 다시 밧줄을 쥐고 가짜 장님을 일으켜 세웠다.

히데요시는 그가 본당과 객실 사이를 잇는 회랑 쪽으로 사라질 때까지 눈도 깜박이지 않고 바라보고 있었다.

"사키치!"

갑자기 큰 소리로 이시다 사키치를 불렀다.

"지금 그 가짜 장님은 이름난 무사야. 이긴 싸움이니 베라고 해라."

"예? 이긴 싸움이니 베라……는 말씀입니까?"

"그래. 싸움에 이길 때는 마음에 틈이 생기기 쉽다. 나도 예외일 수는 없어. 내 취향 때문에 밀사를 살려주어 후회의 씨를 남겨서는 안 돼. 상대는 죽을 작정으로 있다. 쫓아가서 베라고 해라."

"예."

사키치가 달려간 뒤 히데요시는 다시 중얼거렸다.

"그런 말도 안 되는 일이……"

아무래도 가짜 장님의 뒷모습을 바라보는 동안 문득 불안한 생각이 떠오른 모양이었다.

5

히데요시는 걸상에서 일어나 거실로 쓰고 있는 서원으로 들어갔다.

"차를 한 잔 마셔볼까."

진중으로 데려온 이야기꾼인 유코에게 말하고 또다시 고개를 갸웃했다.

"그런 말도 안 되는 일이……"

주위는 아직 밝았으나 이미 지상에서 나무 그림자는 사라지고, 실내에서는 풍로 앞에 앉은 유코의 챠센茶筅°소리가 가볍게 들렸다.

노부나가와 미츠히데의 성격 차이는 히데요시도 잘 알고 있었다.

노부나가가 예리한 직관력을 가지고 항상 결론을 앞세우는 데 비해 미츠히데는 순리와 조리條理에 충실했다. 그런 만큼 두 사람은 같은 뜻으로 같은 일을 말하면서도 중간에 충돌하는 일이 종종 있었다.

'이런 감정의 충돌 정도로 모반을 꾀할 만큼 어리석은 미츠히데가 아니다.'

지금 노부나가를 죽인다는 것은 미츠히데가 노부나가를 대신하여 천하를 다스릴 자신감의 뒷받침이 없다면 불가능한 일……

'역시 거짓말이다, 이것은……'

이렇게 생각하자 가짜 장님인 첩자 하나를 죽이라고 한 것이 철없는 일처럼 생각되기도 했다.

"차를 끓여왔습니다."

"오, 고맙네."

유코가 건네는 찻잔을 예법대로 받아들고 문득 차에 자신을 녹여 소리내어 마셨다.

"하치스카 히코에몬과 쿠로다 칸베에에게 오늘 저녁 같이 식사를 하자고 일러라. 아직 자기 진지에는 돌아가지 않았을 것이다."

찻잔을 되돌리고 코쇼를 돌아보며 말했다.

오타니 헤이마大谷平馬가 일어나서 나갔다.

히데요시는 한참 동안 어두워지는 정원을 바라보고 있었다. 이미 매미의 울음소리도 그치고 점점 검게 보이는 나무 사이로 서늘한 바람이 불어오고 있었다.

문득 오랜 시일을 전쟁터에서 보낸 감상感傷이 그의 가슴을 스치고 지나갔다.

이미 그는 반슈播州의 히메지姫路에서 56만 석 영지의 태수가 되고, 오다 가문의 서열로는 시바타 슈리노스케 카츠이에柴田修理亮勝家*에 이어 두번째 지위로서 서부지방을 공략하는 중요한 위치에 있었다. 자기에게는 친아들이 없어 주군 노부나가의 넷째아들 오츠기마루於次丸를 양자로 삼아, 지금은 하시바 히데카츠羽柴秀勝란 이름으로 오미의 나가하마長浜에 있으면서 히데요시를 대신하여 8만 석의 영지를 다스리고 있었다. 그곳을 합하면 64만 석에 달하는 대단한 신분이었다. 그러나 히데요시 자신은 가족을 나가하마에 남겨둔 채 문자 그대로 따뜻한 방에는 앉아보지도 못하고 전쟁터에서 지내고 있었다.

노부나가로부터 츄고쿠 정벌의 명령을 받고 반슈로 출진하여 쇼샤잔書寫山에 진을 친 것은 텐쇼 5년(1577) 10월이었다.

그 이후 오늘날까지 햇수로 6년, 갑옷을 벗고 잠을 잔 것은 손으로 꼽을 정도밖에 되지 않았다. 노부나가의 큰 뜻이 난세를 종식시키는 데 있다는 것을 알고 감격하여 그에게 헌신해왔다는 점에서는 자기가 첫째간다고 누구 앞에서나 말할 수 있었다.

'그런 노부나가가 미츠히데 따위에게 죽다니……'

"성주님, 무엇을 생각하고 계십니까?"

쿠로다 칸베에가 다리를 절룩거리면서 들어와, 한 발을 내던지듯 하고 앉았다.

"따지고 보니 여자 없이 생활하신 지도 꽤 오래 되셨군요."

6

"칸베에, 가령 지금 주군 우다이진 님에게 반감을 품고 모반하는 자가 있다면 과연 누구일까?"

히데요시는 자리에 앉는 칸베에 요시타카官兵衛好高에게 느닷없이 물었다. 칸베에는 문득 의아한 생각이 들었으나 웃으면서 주위를 돌아보았다.

"또 성주님의 버릇이 나왔군요."

가까이에 듣는 사람이 없다는 것을 확인한 뒤 말을 이었다.

"그 점에 대해 안코쿠지가 이런 말을 했습니다. 히데요시를 이길 수단이 하나밖에 없다고 말입니다."

"뭐, 나를 이길 수단이 모리 쪽에 있다는 말인가?"

"그렇습니다."

"허어, 그냥 넘겨버릴 수 없는 말이로군. 어떤 수단인가?"

"코레토 휴가노카미를 선동하여 모반케 하는 일이라고 했습니다."

"뭣이, 미츠히데를……"

히데요시는 놀랐을 때 하는 버릇대로 움푹 들어간 눈을 크게 뜨고 사방침에 몸을 기대면서 웃었다.

"그런 수단이 있다면 왜 손을 쓰지 않을까, 모리 쪽에서는?"

"그런 것은 영원한 승리가 될 수 없기 때문이라고 합니다. 물론 히데요시는 즉시 철수할 것이다, 그러나 휴가노카미를 치고는 다시 돌아올 것이다. 즉……"

칸베에는 조롱하듯 목소리를 낮추었다.

"결과는 도리어 히데요시의 명성만 높게 된다, 그것이 비위에 거슬려 진언하지 않았다고 했습니다."

"으음, 안코쿠지라는 중은 보통 녀석이 아니군. 그를 언젠가는 우리 편으로 끌어들여야 하겠어, 군사軍師 양반."

"하하…… 또 성주님의 그 반하기 잘하시는 버릇이 나왔군요. 다음에 만나거든 성주님의 말씀을 그대로 전하겠습니다."

"그러면 무어라 대답할까?"

"뜻밖에 귀가 솔깃해질지도 모릅니다. 안코쿠지는 이런 말도 했습니다. 히데요시는 노부나가에게 여간 심취해 있지 않다, 그처럼 모든 것을 걸고 심취하는 일은 드물기 때문에 노부나가의 위업은 자연히 히데요시가 계승하게 될 것이다……라고 말입니다."

"칸베에, 놈은 아부꾼이야. 방심하면 안 돼."

입으로는 그렇게 말했으나 표정은 마음을 그대로 드러내 보인 웃는 얼굴이었다.

"그래? 그 말을 듣고 보니 걱정되는 일이 있네."

이때 히코에몬이 들어오는 바람에 그 이야기는 그것으로 끝났다.

불이 켜지고 밥상이 들어왔다. 갑옷을 입은 채로 하는 식사였으나 식단은 결코 초라하지 않았다. 도미와 전복이 있고 히데요시가 좋아하는 된장이 있었다.

세 사람은 각각 탁주를 들며 노부나가가 도착했을 때의 일을 이것저것 상의하면서 식사를 끝마쳤다.

히코에몬이 먼저 자리에서 일어나 자기 진지로 돌아가려 했을 때——

"누구냐? 허락도 받지 않고 지나가면 안 된다."

정원을 지키고 있던 경비병의 외치는 소리에 이어, 이를 꾸짖기라도 하듯 야헤에의 음성이 들려왔다.

"아사노 야헤에다. 급한 일이 생겨서 그러니 방해하지 마라."

그와 함께 정원에 비친 불빛 속으로 네 사람의 그림자가 떠올랐다. 두번째 방책을 지키고 있던 아사노의 부하 두 명이, 목에 문갑文匣을 건 채 숨이 끊어질 것 같은 전령처럼 보이는 사나이를 좌우에서 떠메다시피 하며 데려오고 있었다.

히데요시는 얼른 마루로 뛰어나갔다.

7

"야헤에, 그 사람은 누구냐?"

진중에는 진중의 내규內規가 있었으나 이를 어기는 것은 언제나 히데요시 자신이었다. 이번에도 역시 보고도 기다리지 않고 직접 마루에 나가 상대의 얼굴을 여러 각도에서 바라보았다.

"말을 타고 달려온 모양이다. 이가의 무리인 나카니시中西의 부하인 것 같구나."

"그렇습니다. 말을 탄 채 그대로 첫째 방책 앞에 이르러 야마노우치 이에몬의 군졸에게 여기가 분명히 하시바 치쿠젠노카미의 진지냐……
고 묻고 그 자리에서 정신을 잃었다고 합니다."

"그 문갑을 이리 가져오너라. 마음에 걸리는 것이 있다."

"예."

야헤에가 상대의 목에서 가죽 주머니를 벗기려 했을 때였다. 그는 다
시 몸을 비틀 듯이 하며 물었다.

"여기가 분명히 하시바 님의……"

"걱정하지 마라. 치쿠젠노카미 님이 직접 네 앞에 서 계시다."

"확실히…… 여기가……"

"정신 차려! 내 말이 들리지 않느냐?"

"얏!"

야헤에 나가마사彌兵衛長政는 그의 등에 기합을 넣었다.

"보낸 사람은 하세가와 소닌長谷川宗仁이라고 합니다."

소닌은 노부나가가 자결하기 직전에 여자들과 같이 피신한 몇 명 되
지 않는 생존자 중의 한 사람이었다.

히데요시는 야헤에로부터 문갑을 받아들고 얼른 끈을 풀었다.

"이상한 일이야…… 나는 소닌과는 별로 가깝지도 않았는데."

칸베에와 히코에몬의 얼굴을 바라보며 고개를 갸웃했다.

"쿄토에서는 언제 떠났느냐?"

"쿄토에서 떠난 것은……"

야헤에가 히데요시의 말 그대로를 사나이의 귀에 입을 대고 물었다.

"쿄토에서, 지난 이일 넉 점 반(오전 11시)이 조금 지나서……"

상대는 마지막 기력을 다해 대답했다.

"너무 지쳐 있다, 간호해주어라. 히코에몬, 어서 촛대를!"

쿄토에서 여기까지는 약 700리. 그 길을 하루 반 만에 달려왔다면 오
장육부의 위치가 뒤바뀌어 아마도 목숨이 오래 가지 못할 것이다.

히데요시는 명령을 내리고 나서 얼른 서신을 펼쳐들었다. 그가 글을 잘 모른다는 사실을 알고 대부분을 카나假名°로 갈겨쓴 것이었다.

서신을 읽은 히데요시의 얼굴빛이 대번에 변했다.

"무슨 일입니까?"

"무슨 변고라도?"

히코에몬과 칸베에가 거의 동시에 다급하게 물었으나 히데요시는 당장에는 입을 열지 않았다.

오늘 저녁 때 미츠히데로부터 모리에게 보낸 밀서의 내용과 똑같은 흉보凶報. 그렇다면 아까 그 가짜 장님도 이 근처까지 말을 타고 달려와 그대로는 지나갈 수 없다는 것을 알고 장님으로 가장했던 듯.

"야헤에, 즉시 전군에 명을 내려 서쪽 통로를 차단하라. 개미새끼 한 마리도 얼씬거리지 못하게 하라."

"무슨 큰일이라도……?"

"아니…… 몰라도 괜찮아. 지름길도, 길이 없는 밭도, 논두렁까지…… 철저히 감시하도록, 은밀하게 말이다."

이렇게 말했을 때 코쇼 대기실에서 오타니 헤이마가 달려왔다. 노부나가의 선발대로 쿄토를 떠난 호리 큐타로 히데마사堀久太郎秀政의 도착을 보고하기 위해서였다.

8

서원 안에 긴박한 분위기가 감돌았다.

'무슨 일이 생겼을까?'

야헤에 나가마사도 히코에몬 마사카츠彦右衛門正勝도 숨을 죽이고 있었다. 쿠로다 칸베에는 히데요시의 주의를 환기시키려는 듯 날카롭게 불렀다.

"성주님!"

히데요시는 선 채로 어두워진 정원의 나무에 눈길을 두고 있었다. 어느 틈에 그 눈에 반짝반짝 이슬이 맺히고, 그것이 한 줄기 눈물이 되어 뺨으로 흘러내렸다.

"혹시 나가하마의 노모老母님께서……?"

칸베에가 물었다. 남달리 어머니를 생각하는 히데요시가 진중에서 늘 어머니의 건강을 걱정하고 있었기 때문이다.

히데요시는 조용히 고개를 가로저었다.

"그러면 오츠기마루 님의 신상에 무슨……?"

"아니…… 입으로는 말할 수 없어. 이것을 좀 보게."

손에 들었던 서신을 칸베에에게 건네고 히데요시는 무너지듯 그 자리에 앉았다.

"호리 큐타로 님이 오셨다고? 이리 모셔라…… 아마 큐타로 님도 이 변고를 모르고 출발하셨을 것이다."

칸베에는 서신을 히코에몬에게 건네고, 히코에몬은 이것을 다시 야헤에에게 건넸다.

"야헤에, 알았으면 서둘러주게."

"예."

야헤에 나가마사는 창백해진 입술을 떨면서 대답하고 일동에게 절을 한 뒤 모든 통로를 차단하기 위해 달려갔다. 히데요시의 설명을 들을 것까지도 없이 이 흉보가 모리 쪽에 전해지면 큰일이었다. 잠시 동안은 아무도 입을 열려 하지 않았다.

노부나가가 죽었다.

무서운 기백을 가지고 우레처럼 살아온 노부나가가……

히데요시는 몇 번이나 목안에서 기묘한 소리를 지르려다가 그 오열을 참고 허공을 노려보았다.

"부자가 모두 변을 당하다니……"

히코에몬이 입을 연 것은 이미 호리 큐타로가 코쇼의 안내로 복도에 모습을 나타냈을 때였다.

"역시 그것이 미츠히데의 짓이었다니, 안코쿠지의 예상이 그대로 들어맞았군요."

"쉿."

히데요시는 두 사람을 제지하고 일단 서신을 둘둘 말았다. 호리 큐타로를 맞이하기 위해.

큐타로는 그 자리의 분위기가 심상치 않다는 것을 느꼈는지 조심스럽게 말했다.

"치쿠젠노카미 님, 밤중까지 전략회의를 열고 계시다니 참으로 수고가 많습니다."

히데요시 옆에 앉으며, 밝은 목소리로 말했다.

"주군께서는 기쁜 마음으로 쿄토의 혼노 사에 들어가셔서 삼십일과 일일까지 공경들을 불러 차를 대접하셨습니다. 늦어도 삼일에는 쿄토에서 출발하실 것입니다."

물론 아무도 대답하는 사람이 없었다.

"본진은 서신에 있는 대로 류오잔龍王山에 정하시고 하타모토旗本°의 숙소가 협소할 경우에는 새로 가설하라고 하셨습니다. 군량은 속속 도착할 예정인데, 그 배분에 대한 자세한 지시를 받고 왔습니다."

"……"

"노부타카 님은 코레즈미惟住(니와) 고로자에몬 님과 함께 선편으로 시코쿠를 향해 출발하시고……"

여기까지 말했을 때 비로소 히데요시는 손을 들어 상대의 말을 중단시켰다.

9

"큐타로 님, 잠깐."

히데요시의 제지를 받고 큐타로는 다시 고개를 갸웃했다.

"아니, 왜 그러십니까?"

"말씀을 듣기 전에…… 알려드릴 것이 있습니다."

"이 큐타로에게 하실 말씀이?"

"예. 실은 조금 전에 하세가와 소닌 님이 전령을 보내왔습니다."

"허어, 전령이라면…… 제가 쿄토를 떠난 뒤 그곳에 무슨 급한 일이라도?"

"그렇습니다."

히데요시는 고개를 끄덕이고 또다시 주르르 눈물을 흘렸다.

"울고 계시군요…… 아니, 치쿠젠노카미 님만 아니라 마사카츠도 칸베에도……?"

"이것을 보십시오. 차마 입으로는 말할 수 없습니다."

"이 서신이 소닌이 보낸……"

이번에는 호리 큐타로가 얼른 그것을 폈다.

"앗!"

큐타로가 소리를 질렀다.

"이거…… 이거…… 큰일났소!"

"큐타로 님."

히데요시는 그를 부르며 어린아이처럼 주먹으로 눈물을 닦았다.

"눈물은 눈물, 탄식은 탄식…… 그러나 후일을 위한 대책도 있어야 합니다. 주군 부자께서는 이미 세상에 안 계시고 노부타카 님도 해로로 시코쿠로 가시는 중이라면 이 자리의 지휘는 이 치쿠젠노카미가 맡아야 합니다."

"그렇습니다."

"만일 이 급변이 지금 적에게 알려지면 우리는 꼼짝도 할 수 없습니다. 무슨 일이 있어도 이 자리에서는 상喪을 비밀에 부치고 강화를 맺고 돌아가 미츠히데를 토벌해야만 합니다."

히데요시는 울면서 말했다. 그러나 아직 큐타로 히데마사의 마음에는 노부나가의 죽음이 실감되지 않았다.

'노부나가가 살해당했다……'

말은 알아들을 수 있었지만 죽었다는 실감은 그를 사로잡지 못했다.

'그런 어이없는 일이……'

어리둥절한 나머지 히데요시의 말 뒤에 숨어 있는 결심까지는 깨닫지 못했다.

"큐타로!"

"오오……"

"오늘부터 누구를 막론하고 이 히데요시의 지시에 이의를 제기하지 말 것, 알겠나?"

호리 큐타로가 히데요시에게 반말을 들은 것은 이것이 처음이었으나 왠지 그는 화가 나지 않았다. 히데요시로서도 감정의 혼란은 큐타로 이상일 터. 그런데도 울면서, 또 눈물을 닦으면서도 벌써 다음에 할 일을 지시하고 있었다.

'분명히 지휘를 맡길 만한 사람이다……'

자연스럽게 이런 생각이 드는 것은, 큐타로가 이미 노부나가가 없는 이 상황에서 히데요시의 실력을 인정한다는 증거이기도 했다.

"왕래를 모두 차단하라고는 했으나, 시기를 놓쳐 적이 깨닫도록 하면 안 된다. 이 자리에서 즉시 대책을 세워야만 한다."

"치쿠젠노카미 님의 말씀이 지당합니다."

"다행히 칸베에 요시타카도 이 자리에 있으니, 이제 모두의 지혜를 빌리겠다. 불을 더 가져오고 더 가까이 앞으로 나오도록."

히데요시는 이렇게 말하고 다시 흑흑 소리내어 울었다. 울기도 하고 생각도 하면서, 히데요시는 아직도 노부나가의 죽음을 자기 마음에 납득시키려 하고 있는 것이 틀림없었다.

"아뢰옵니다."

다시 시동이 나타나 입구에 무릎을 꿇었다.

10

시동이 알려온 것은 아사노 야헤에가 쳐놓은 그물에 수상한 수도자 하나가 걸렸다, 분명히 아케치가 모리 쪽에 보내는 밀사인 것 같아서 엄하게 문초하고 있다는 보고였다.

하치스카 히코에몬이 그 말을 히데요시에게 전했다.

히데요시는 가볍게 고개를 끄덕이고 직접 시동에게 명했다.

"우다이진 님이 오늘 내일 중에 도착하신다. 그 준비를 위해 오늘 밤의 전략회의는 밤을 새우게 될지 모른다. 그러니 잠을 쫓기 위해 팔씨름이나 발씨름이라도 하며 대기하고 있으라고 일러라."

시동은 명령을 받고 사라졌다.

히데요시와 큐타로 히데마사를 둘러싸듯이 하여 하치스카 히코에몬과 쿠로다 칸베에 요시타카 등 네 사람이 원을 그리고 앉았다. 유코는 약간 떨어진 곳에서 등을 돌리고 가까이 오는 자가 없는지 경계하고 있었다.

히데요시는 눈물로 얼룩진 얼굴을 들어 오른쪽에서 왼쪽으로, 왼쪽에서 오른쪽으로 일동을 둘러보았다.

"나는 즉시 모리 군과 화해한 뒤 내 생애를 걸고 미츠히데와 일전을 벌이겠다."

그 말에 모두 굳어진 자세로 고개를 끄덕였다.

"그러나 이런 각오를 내가 스스로 했다는 말은 하지 말아야 한다. 모두가 권하기 때문에 할 수 없이 내가 승낙했다는 소문을 퍼뜨리도록. 이것이 우리 편 내부에 적을 만들지 않기 위한 첫번째 책략이다."

순간 쿠로다 칸베에가 히죽 웃는 것 같았다.

지금 히데요시가 미츠히데를 토벌하겠다고 선언하면, 시바타 카츠이에나 노부나가의 둘째, 셋째아들은 히데요시가 천하를 노린다고 생각해 반감을 품게 될 우려가 있었다. 그런 사태를 막는 조처를 계략의 첫째라고 한 것은, 울면서도 전혀 흐트러짐이 없는 히데요시의 냉철함을 드러내고 있었다.

"두번째는?"

히데마사가 앞의 말을 삼키듯이 하고 히데요시에게 재촉했다.

"모두가 권하기 때문에 할 수 없이 일어설 결심을 하게 된 히데요시가 두번째로 할 일은 모리와의 강화, 다행히 그 강화를 모리 쪽에서 안코쿠지를 내세워 제안해왔어."

"하지만 그것은."

히코에몬이 당황하며 그 말을 가로막았다.

"성주님의 지시에 따라 제가 오늘 단호하게 거절했습니다마는……"

"히코에몬 님, 단호하게 거절했다면 더욱 잘된 일이오."

칸베에가 옆에서 말하고 다시 웃었다.

"뭐, 단호하게 거절한 것이 더욱 잘된 일이라니……?"

"그 말이 옳아. 칸베에가 말한 그대로일세."

히데요시는 크게 고개를 끄덕였다.

"그대는 지금부터 아들을 안코쿠지에게 급히 보내도록. 나는 오늘의 교섭에서 히데요시의 참뜻을 약간 잘못 전했다, 잠자리에 들고서야 겨우 깨달았기 때문에 급히 이 글을 보낸다, 만일 그대가 아직 주군에게 보고하지 않았다면 급히 만나고 싶다…… 알겠는가, 이것은 말로 하는 것보다 될 수 있으면 간단한 자필 편지로 쓰는 것이 좋아."

"그러나……"

히코에몬이 다시 물었다.

그는 아직 히데요시가 무엇을 생각하는지 잘 몰랐다.

"벌써 주군에게 보고했기 때문에 새삼스럽게 만날 필요가 없다고 하면……?"

"걱정할 것 없어. 안코쿠지는 즉시 그대의 아들과 같이 달려올 것이다. 나는 다 알고 있어."

히데요시는 내뱉듯이 말하고 비로소 웃었다.

11

옆에서 보고 있으면 정말 이상할 정도로 표정이 잘 변하는 히데요시였다. 울고 있는가 싶으면 웃고, 능청을 떠는가 하면 갑자기 무서운 얼굴이 되었다. 몹시 의기소침해 보이기도 하고 의기양양한 얼굴로 변하기도 하고…… 그러나 이러한 변화의 밑바닥에는 언제나 단호한 그의 의지와 계산이 꿰뚫고 있었다.

"모리 쪽의 세 장수가 믿고 보낼 정도로 대단한 안코쿠지, 히데요시의 뜻이 잘못 전해졌다는 말을 듣고는 그냥 내버려둘 리가 없다. 즉시 달려올 것이다. 그가 오거든 이렇게 말하라…… 알겠는가?"

"예……"

"나는 빗츄, 빈고, 미마사카, 이나바, 호키의 다섯 영지를 할양할 테니 타카마츠 성의 포위를 풀고 시미즈 무네하루 이하 장병 오천의 생명을 구해달라고 한 그대의 말을 생각할 여지조차 없다고 단호하게 거절했다. 이것을 히데요시에게 고했더니 그는 눈살을 찌푸리고 생각할 여지조차 없다고 한 것은 아니다. 성장城將 시미즈 무네하루만 할복하게 하면 우다이진 님에게 내 면목이 설 텐데……라고 말했다."

"예……"

"알겠나, 그때 자네는 아무 말도 없이 이 히데요시 앞에서 물러났다. 그러나 군무軍務를 마치고 잠자리에 눕자 그것이 자신의 큰 실책임을 깨달았다. 시미즈 무네하루의 생명뿐이라면 혹시 교섭의 여지가 있지 않을 것인가 하고…… 그래서 밤중이기는 하지만 아들을 그대에게 보내는 것이라고……"

여기까지 말하자 옆에 있던 큐타로 히데마사가 무릎을 탁 쳤다.

"으음, 그러면 밤중의 사자라도 전혀 의심하지 않을 것이오. 과연 치쿠젠노카미 님답소!"

"그렇게 말해도 안코쿠지는 아마 승복하지 않을 것입니다."

히코에몬의 말.

"누가 승복시키라고 하더냐."

히데요시는 물어뜯을 듯한 얼굴로 꾸짖었다.

"혼자서는 결정할 수 없으니 돌아와서 상의하겠다는 식으로 말하라는 거야. 물론 거절하겠지만 그런 것은 처음부터 계산하고 있어. 알겠나, 그 다음에 다시 한 번 같은 조건을 가지고 이번에는 칸베에가 안코쿠지를 설득하는 거야. 그래도 듣지 않을 것이다. 그때 또 내가 직접 설득하려는 것이다."

칸베에는 여전히 비스듬히 앉아 히죽히죽 웃고 있었다.

"칸베에, 그대도 이 계략에 이의 없겠지?"

"물론입니다. 묘안이라고 생각합니다."

"그러면…… 이것으로."

히코에몬은 아직도 의아하다는 듯 다시 한 번 다짐하듯 말했다.

"성주님이 마지막으로 설득하시면 모리 쪽에서는 우리 말을 들을 것이라고……"

"물론이다!"

히데요시는 벌써 그 능청스럽고 자신만만한 표정으로 돌아와 일동을 돌아보았다.

"알겠나, 성장 시미즈 무네하루를 죽이는 것으로 강화가 성립되면 즉시 포위를 풀고 일단 히메지로 철수한다. 히메지에서 병력을 재정비하고 나서 이 히데요시가 세번째 책략을…… 이것이 성공하면 우다이진 님은 기꺼이……"

천하를 나에게 주신다……고 하려다가 깜짝 놀라 얼른 자기 가슴에 시선을 떨구고 합장했다.

치밀한 계산

1

'이상하다, 무슨 일이 있었구나.'

안코쿠지 에케이는 하치스카 히코에몬의 아들 이에마사家政가 사자로 왔다는 말을 듣는 순간 생각했다. 더구나 아홉 점(오후 12시)이 가까운 밤중의 사자였다.

이시이야마에 있는 하치스카의 진지까지는 10리 남짓, 지금부터 말을 달린다고 해도 도착했을 때는 새벽. 이런 때 사자를 보냈을 정도라면 분명 예사 일이 아니었다.

'어떤 구실로 그 점을 변명하려 할 것인가……?'

일부러 천천히 일어나 세수를 하고 사자를 맞이했다.

이미 안면이 있는 이에마사가 자기도 영문을 알 수 없다는 표정으로 서신을 건넸다.

에케이가 서신을 받아 펼쳐보니 '나는 히데요시의 의사를 잘못 전한 듯한 생각이 든다……' 고 되어 있었다. 그런 이유라면 과연 한밤중에 다시 회담을 제의한다 해도 이상할 것은 없었다. 그러나 이 사실을 이에마사가 깨닫지 못하고 있다는 점이 아무래도 이상하다는 인상을 지울 수 없었다.

'아아, 이것은 히코에몬의 머리에서 나온 지혜가 아니로구나.'

히코에몬의 지혜가 아니라면 쿠로다 칸베에, 또는 히데요시 자신의 지혜……라는 대답이 저절로 나왔다. 에케이는 천천히 서신을 말면서 문득 아침으로 미루고 싶은 생각이 들었다. 그러나 누가 무어라 해도 지금 어려운 입장에 처해 있는 것은 히데요시가 아니라 모리 쪽이었다.

"내일 아침에……"

이렇게 말하고 싶은 자신의 마음을 꾹 눌렀다.

모리의 가훈에는 모토나리元就가 남긴 뭉쳐야 한다는 가르침이 있고, 상하의 결속 또한 철벽 같아야 한다고 되어 있었다.

이번 전투에서는 히데요시가 완전한 승리자, 모리 쪽은 가훈에 따라 수공水攻의 위험에 처해 있는 시미즈 무네하루 이하 5,000군사의 생명을 반드시 구해야 하는 입장에 있었다. 그러면서도 사실은 이러지도 저러지도 못하고 있었다.

그냥 내버려두면 병사들은 굶어죽게 되고 서둘러 공격해도 히데요시는 이에 응하지 않을 터. 만일 5,000의 장병을 그대로 죽게 한다면, 모리 가문의 무사도武士道에는 의리도 정도 없다고 알려져, 이것이 전군의 사기를 떨어뜨리고, 결국 와해의 원인이 될 것이다.

'그렇다, 어디까지나 성실하게……'

에케이는 이렇게 결심했다.

"그럼, 곧 동행하겠소."

이에마사에게 말했다. 마음속으로는 역시 무슨 일이 생긴 것이 분명하다고 거듭 생각하면서, 그렇다면 교섭이 원만하게 이루어질지도 모른다고 계산하고 있었다.

에케이가 이에마사의 안내로 이시이야마 중턱 카와즈가하나蛙ヶ鼻

에 있는 임시거처에 도착했을 때는 이미 우시미츠丑滿°(오전 2시) 무렵. 임시거처는 언제나 두 사람이 비밀리에 만나 회견하던 곳이었다. 원래 이 임시거처는 부근에 사는 나무꾼의 오두막이었던 것을 순찰병의 휴게소로 개조한 것이었다.

그들이 도착했을 때는 그 안에 아무도 없었다.

안코쿠지 에케이는 시종이 불을 켜는 동안 마루에 서서 조용히 호수에 떠올라 있는 타카마츠 성을 바라보고 있었다.

타카마츠 성에는 불빛 하나 보이지 않았다. 주위는 가득 기름을 뿌려 놓은 듯이 가라앉아 있었고, 거무스레한 수면에는 천고千古의 별이 점점이 비치고 있었다.

에케이는 서글픈 생각이 들었다.

'이 정적의 밑바닥에서 하찮은 인간들이 간사스런 꾀를 부려 서로 죽여야만 하다니……'

무엇 때문에? 무엇을 바라고……?

2

에케이는 '살기 위해서'라는 말을 원래부터 경멸하고 있었다.

인간이 살기 위해 존재한다고 생각하면 모든 것이 투쟁의 씨앗이 된다. 생존본능의 탐욕이 상호간의 불안을 끊임없이 확대시켜나가기 때문이다. 그런데 '살리기 위해서'가 되면 그 내용이 크게 바뀐다.

"……지옥과 극락은 종이 한 장의 차이밖에 없습니다. 인간은 살기 위해서 존재하는가 아니면 살리기 위해서 존재하는가? 전자를 내세우면 무간지옥無間地獄으로, 후자의 길을 걸으면 극락에 이르게 될 것입니다."

모리 모토나리가 에케이에게 불법에 대해 물었을 때 그가 자주 대답하던 말이었다. 그러나 실제로는 살리려는 염원에서 서로 죽이는 경우도 결코 없지 않았다.

지금 물 속에 떠 있는 타카마츠 성의 운명이 바로 그러했다. 히데요시는 5,000명의 장병을 모두 죽일 생각은 하지 않을 장수이고, 모리 역시 그들을 구하려고 전력을 기울이고 있는데도 양쪽의 사소한 집착 때문에 이 교섭은 벽에 부딪치고 있었다.

뒤에서 사람의 음성이 다가왔다. 교섭 상대인 하치스카 히코에몬이었다.

"모두 물러가 있거라."

히코에몬은 이렇게 말하고 임시거처 안으로 들어왔다.

"과연 한밤중이라 조용하군요. 이렇게 빨리 와주셔서 고맙소이다."

촛대 하나를 사이에 두고 안코쿠지 에케이에게 접대의 말을 했다.

"일러도 내일 아침에나 오실 줄 알고 깜빡 잠이 들었다가 그만……"

에케이는 자기가 생각했던 대로 변명을 늘어놓는구나 하고 마음속에 새기면서 가볍게 말했다.

"하시바 님의 뜻을 잘못 전했다고 서신에 씌어 있어 곧바로 찾아왔습니다."

"그렇습니다……"

히코에몬은 일부러 천천히 말했다.

"제가 모리 쪽의 제안을 단호히 거절했다고 말씀 드렸더니 성주님이 좀 언짢아하시는 얼굴이 되어서."

"허어……"

"그렇다 싶으면서도 저는 그냥 자리를 떴습니다…… 그러자 성주님은 거듭……"

"무어라 하시던가요?"

"……나는 모리 쪽에서 제안한 조건을 생각할 여지도 없다고는 하지 않았다, 성주인 시미즈 무네하루를 할복케 하면 우다이진 님에 대한 나의 체면도…… 이렇게 중얼거리셨습니다. 그러나 그뿐 별로 다른 말씀이 없으시기에 그대로 물러났습니다…… 그런데 잠자리에 누워 문득 깨달은 것은, 이것이 나의 큰 실수가 아니었나 하는 생각이었습니다."

"으음."

에케이는 조용히 고개를 끄덕이더니 불쑥 물었다.

"귀하는 무네하루 님을 죽여라, 그러면 그쪽 제안을 받아들이겠다……는 식으로 대장님의 마음을 받아들였다는 말입니까?"

"그렇습니다. 만일 성주님의 마음이 그러시다면 스님께서도 다시 한 번 모리 쪽을 설득하실 수 있지 않을까 하여, 이것을 확인하고 싶어 밤 중인데도 불구하고 오시도록……"

히코에몬이 여기까지 말했을 때 에케이는 손을 들어 상대의 말을 막았다.

"그런 이야기라면 가능성이 없습니다."

3

안코쿠지 에케이가 한마디로 거절하는 바람에 히코에몬은 그만 화가 치밀었다.

"장수 한 사람의 목숨이 아까워 오천 명을 굶겨 죽인다…… 이것이 모리 가문의 무사도란 말씀이오?"

"아니, 아니."

에케이는 웃었다.

"몇 번이나 말씀 드렸듯이 하시바 님과 모리 쪽의 사고방식이 달라서 그러합니다. 모리 쪽에는 하시바 님처럼 개별적으로 불러모은 가신이 없습니다. 오천은 언제나 한몸이지요. 아니, 오천만이 아닙니다. 원군 오만의 장병은 언제나 일체여서 장수를 잃으면 병졸이 있을 수 없고, 병졸을 잃으면 장수도 있을 수 없습니다. 그러므로 충신 시미즈 무네하루를 죽이라는 요구는 모리의 긍지를 모두 버리고 항복하라는 것과 다름없소이다…… 이 안코쿠지의 힘으로는 어떻게도 할 수 없는 일입니다."

"으음."

히코에몬은 신음했다.

처음부터 이 교섭이 자기 힘에 벅차다는 생각은 하고 있었다. 그러나 다음에는 쿠로다, 그 다음에는 히데요시가 나서겠다고 한 만큼 이 단계에서 교체하게 된다면 자기 자신이 너무 비참하다는 생각이 들었다.

"잘 알겠소이다!"

히코에몬은 굵은 눈썹을 치켜올렸다.

"그렇다면 모리 쪽에서는 더 이상의 양보는 없다, 이쪽에서 거절하면 전군이 하나가 되어 결전을 벌이겠다는 말씀이오?"

"그 점에 대해서도 누차 말씀 드린 줄로 압니다마는."

"병사 오천을 물에 잠긴 고성孤城에서 굶어죽게 한다면 더 없이 무모한 일이 아니겠소?"

"하치스카 님."

"예, 어서 말씀하시오."

"귀하는 지금 무모하다고 하셨소. 무모하다면 전쟁 그 자체가 무모한 것이 아닐까요?"

"불자다운 말씀이군요, 그것은."

"물론 나는 승려이기 때문에 그런 냄새가 풍길지도 모르나…… 다섯 지방을 손에 넣고 타카마츠의 작은 성 하나를 양보하고 돌아간다고 해

118

서 그것이 오다 님의 패업霸業에 무슨 지장이 있겠습니까? 그렇게 되면 모리 일족은 자연히 오다 가문 밑에 놓이게 되는 것 아니겠소?"

"아니, 당치도 않소."

히코에몬도 물러서지 않았다.

"우다이진 님의 츄고쿠 공략은 이번이 세번째, 지금 또다시 애매하게 강화를 맺는다면 패배했다고 생각지 않는 모리의 풍토가 결국은 네 번, 다섯 번의 난리를 초래할 것이오. 모처럼의 일이니 스님도 다시 한 번 분발하여 우리 체면을 세워줄 수 없겠소?"

"부탁은 도리어 이 에케이가 드리고 싶군요."

에케이는 끈기있게 버티면서 미소를 띤 채 합장했다.

"천하에는 기세라는 것이 있는데, 그 기세를 타는 자와 타지 못하는 자가 있게 마련입니다. 세 번, 네 번 거듭 공격을 받고 겨우 자기 가문만을 유지하는 정도인 자가 어찌 중앙을 넘볼 수 있겠습니까? 전부터 말씀 드렸듯이 이번 일은 기세를 탄 자가 타지 못한 자에게 걸어온 싸움, 그러므로 공을 서두르지 않더라도 자연히 천하의 대세는 결정될 것입니다. 이 점을 아시고 대장님을 잘 설득해주십시오."

여름은 밤이 짧았다. 어느 틈에 주위가 밝아지고 촛대의 불똥이 길게 자라 있었다.

4

"아, 날이 밝기 시작하는군······"

하치스카 히코에몬은 상대의 말이 모두 이치에 맞다고 생각되는 자신이 안타깝게 여겨졌다.

'에케이의 말은 모두 옳다······'

그러나 노부나가의 죽음으로 사정은 크게 달라져 있었다. 무슨 일이 있어도 이 자리에서 에케이를 설득해야만 했다. 하지만 역시 자기에게는 그럴 능력이 없는 것 같았다.

그는 밝아오는 좌우의 숲에서 일찍 잠을 깬 새들이 지저귀는 소리를 들으며 천천히 고개를 돌렸다.

"이에마사."

밖에서 주위를 감시하고 있는 아들을 불렀다.

"이미 날도 밝았으니 쿠로다 님의 진지에 얼른 다녀오너라. 쿠로다 님은 나와는 다른 위치에서 성주님의 마음을 잘 알고 계실 것이다. 화의냐 싸움이냐를 결정하는 중요한 일이므로 서로 격의 없이 진지하게 대화를 나눈 뒤 성주님의 재결을 받고 싶다. 그렇지 않소, 에케이 님?"

에케이는 점잖게 고개를 끄덕였다.

'정말 예사롭지 않은 큰일이 벌어진 모양이다……'

그러면서 속으로는 자신감을 굳혔다.

"그렇습니다. 나로서도 꼭 쿠로다 님께 모리 쪽의 참뜻을 전하고 싶습니다."

이에마사가 사라진 뒤 히코에몬은 시동을 불러 대나무통에 든 따끈한 차를 따르게 하여 그것을 에케이에게 권했다. 차를 권하면서 자칫 상대의 면전에서 눈을 내리깔게 될 것만 같아 견딜 수 없었다.

원래 하치스카 집안은 빈곤과 불평에 폭력으로 대항해온 단순한 노부시野武士°나 호족豪族이 아니었다. 조상 대대로 오와리尾張의 아마고리海部郡 한쪽에 뿌리내리고 살면서 어느 성주도 섬기지 않았다. 그랬던 것은 타케노우치 나미타로 등과 마찬가지로 신에 대한 깊은 신앙심 때문이었다.

만백성이 한 천자를 섬기는 신도神道의 입장에서는 어느 한 인간이 백성을 사유私有해서는 안 된다. 따라서 천황의 군사라면 결코 다른 성주를 섬기지 않는다…… 이 사상은 노부나가의 아버지가 견지했던 근황勤皇, 경신敬神의 행위에 큰 영향을 주었을 뿐만 아니라, 히라테 마사히데平手政秀를 통해 천하통일을 꿈꾸는 노부나가에게 하나의 길잡이가 되기도 했다.

히코에몬은 천하를 위해 일하려면 직접 협력해야 한다는 생각에서 오다 가문을 섬기게 되었고, 히데요시 휘하로 배속받았다. 그런 만큼 노부나가의 죽음은 자칫 그의 신앙을 내부에서부터 뒤흔들어놓을지도 몰랐다.

"쿠로다 요시타카 님이 오셨습니다."

이에마사가 돌아와 말했다.

이미 날은 완전히 밝아 눈 밑에 젖빛 안개가 짙게 깔려 있었다. 어느 틈에 촛대의 불도 꺼져 있었다.

가마에서 내리는 칸베에의 모습이 묘하게도 작고 불안하게 눈에 비쳤다. 아주 작은 체구이면서도 온몸이 지혜덩어리라는 것은 자타가 인정하는 칸베에였다. 그 칸베에가 오늘 아침에는 유난히도 오른발을 절고 있었다.

"이것 참, 비가 내리고 나면 고질인 통증이 더욱 심해 견딜 수가 없다니까."

칸베에는 에케이를 보고는 통증을 호소하듯 말했다.

"하하하……"

그리고는 영문모를 웃음을 터뜨리면서 발을 뻗고 앉으며, 얼른 덧붙였다.

"아무래도 합의가 잘 이루어질 것 같지 않군요. 정말 수고가 많으십니다."

'이 너구리 같은 녀석이……'

에케이는 가만히 고개를 숙였다.

"회담은 어느 선에서 벽에 부딪쳤습니까? 모든 일에는 시기라는 것이 있지요. 우다이진 님이 도착하시기 전에 결정짓겠다……는 것은 모리 쪽에서 볼 때는 좋은 기회가 될 수 있다고 생각합니다마는."

칸베에는 이렇게 말하고 나서, 앞에 차를 갖다놓으려는 히코에몬의 시동을 꾸짖었다.

"이봐, 모두 물러가 있어라. 가까이 오면 안 돼."

히코에몬은 자기가 에케이에게 서신을 보낸 일부터 지금까지의 일을 자세히 이야기했다.

"시미즈 무네하루를 죽이는 것은 모리의 긍지와 무사도를 버리고 항복하라는 것과 같다, 그러므로 스님으로서는 주선할 수 없다고 하시는군요."

"으음……"

칸베에는 이해가 된다는 듯 고개를 끄덕였다.

"그럼 하치스카 님, 잠시 이 자리를 피해주었으면 합니다."

"아니, 그럴 필요까지는 없습니다."

에케이가 말했으나 칸베에는 손을 내저었다.

"아닙니다. 이 칸베에가 안코쿠지 님을 해칠지도 모르는 일, 그렇게 되면 하치스카 님도 말려들게 될 것이니 점점 더……"

"하하하."

그만 에케이도 웃고 말았다.

"그럼, 나는 물러가 있겠소."

히코에몬이 나간 뒤 두 사람은 얼굴을 마주보고 또 웃었다. 결코 친밀감을 나타내는 웃음은 아니었다. 서로 상대의 마음을 읽고 한치도 물러서지 않겠다는 무서운 투지를 불태우는 웃음이었다.

"안코쿠지 님, 자신의 앞날을 위해서라도 이 정도의 선에서 양보하십시오. 스님으로서도 이런저런 야심을 가슴에 담고 있을 것입니다."

"허어!"

이번에는 에케이의 눈이 야릇하게 빛났다.

"소승의 마음에 야심이 없다고는 할 수 없겠지요. 그런데 쿠로다 님, 대관절 무슨 일이 일어났기에 이처럼 강화를 서두르시오?"

"하하하…… 무슨 일이 생겼을 것이라 생각하십니까? 그 정도의 것도 내다보시지 못할 스님이 아닐 텐데요."

"비밀이어서 쿠로다 님의 입으로는 말씀하실 수 없다는 것입니까?"

"천만예요."

칸베에는 대수로운 일이 아니라는 듯 손을 내저었다.

"일이 성사되면 언제라도 말하지요. 하지만 아직은 그럴 자신이 없어요. 자신도 없이 말한다면 스님을 위협하는 꼴이 됩니다. 혹시 말했다가 성사되지 않으면 이대로 살아서 돌아가시게 할 수는 없으니까 말입니다. 하하하……"

"그것 참 재미있군요. 하하하하."

에케이도 따라 웃었다.

"소승이 경솔했군요. 어쨌든 서둘러 강화를 맺고 군사를 철수하지 않을 수 없는 사태가 벌어졌다…… 이것만으로도 교섭을 위한 지식으로는 충분합니다."

"그렇소. 바로 그것이오, 바로……"

칸베에는 도리어 홀가분하다는 듯이 말했다.

"그 정도만 아셔도 충분히 교섭을 성사시킬 수 있습니다. 시미즈 무네하루 한 사람만은 스님의 힘으로 처치해주시오. 이렇게 부탁합니다, 안코쿠지 님."

사나이의 속셈을 과감하게 내보이면서, 반쯤은 조롱하는, 반쯤은 위협하는 눈으로 에케이를 바라보며 고개를 숙였다.

"으음."

에케이는 저도 모르게 신음했다.

6

물론 승낙하지 않는다면 여기서 살아 돌아갈 수는 없을 것이었다. 그렇다고 두려움을 느끼는 것은 아니지만, 예상 밖의 큰일이 일어났다는 것만은 짐작할 수 있었다.

에케이는 그 큰일이 무엇인지 알아내고 싶다는 강렬한 욕망에 사로잡혔다.

"하시바 님은 정말 훌륭한 군사軍師를 두셨소이다. 여간 부럽지 않습니다."

"과분한 칭찬을 하시는군요."

칸베에는 쓴웃음을 지었다.

"겉보기에만 그럴 뿐이오. 이 칸베에는 단지 정직하기만 할 뿐, 그것을 빼면 아무 능력도 없는 사내죠."

"그 무슨 말씀을!"

에케이는 감탄을 금치 못하겠다는 어조로 말했다.

"전에는 타케나카 한베에竹中半兵衛라는 보배를 가지고 계셨는데, 그분이 돌아가신 뒤에는 쿠로다 님이…… 참으로 하시바 님은 행운을 타고나신 분이오."

"안코쿠지 님, 그 행운을 타고나신 분을 위해 이번 일에 제발 힘이 되어주시오."

"무엇 때문입니까?"

"스님도 우리 대장님에게는 호감을 가지셨을 것이오. 솔직하게 말해 이것은 스님이 출세하는 길이기도 하고 모리 쪽을 위하는 길이기도 합니다."

바로 이때였다. 인가와 떨어져 있는 이 임시거처 주위가 갑자기 시끄러워졌다.

"무슨 일일까요?"

"저희 대장님의 순찰이십니다. 아니, 오늘은 좀 이르시군."

칸베에는 에케이의 얼굴에 떠오른 엷은 웃음을 바라보며 호탕하게 웃었다.

"아시다시피 스님에게 보여드리기 위해서일 것입니다. 저것을 좀 보십시오."

안에 있는 사람들에게 이미 그 속셈이 알려졌다는 것을 아는지 모르는지, 밖에서는 호리병박 우마지루시馬印°에 위용을 갖춘 히데요시가 약 100기騎 남짓한 하타모토를 거느리고 아침 바람에 깃발을 나부끼면서 노부나가를 닮은 큰 소리로 외치고 있었다.

"이에마사, 수고가 많다. 아무 이상도 없겠지?"

"예, 없습니다."

"우다이진 님이 오늘 내일 중에 도착하신다. 경계에 소홀함이 있어서는 안 된다."

"잘 알겠습니다."

안에서는 에케이보다도 칸베에가 더 목을 움츠리고 킥킥 웃었다.

"지금 아침해가 떠올랐으니 성에서 보면 한층 더 호리병박이 늠름하게 보일 것이오."

"쿠로다 님."

"왜 그러시오?"

"대장님이 금방 오늘 내일 중에 우다이진 님이 도착하신다고 얘기했지요?"

"그것이 어떻다는 말씀이오?"

"대장님은 우다이진 님……이라는 말에 특히 힘을 주셨는데, 혹시 그것은……?"

"하하하…… 대장님도 나처럼 솔직한 분이라 마음을 숨기지 못하시는군, 하하하……"

"쿠로다 님!"

"어쩐 일입니까, 안색이 변하셨는데?"

"혹시 오다 우다이진 님의 신상에 무슨 변고가……?"

이 말에 비로소 칸베에는 독수리와 같은 천성적인 눈으로 돌아왔다.

"변고가 있었다!고 하면 어떻게 하겠소? 자, 이 쿠로다 칸베에 요시타카가 결심을 굳힐 수 있는 대답을 듣고 싶소."

부자유스러운 다리를 잔뜩 끌듯이 하고 에케이를 노려보았다.

7

안코쿠지 에케이는 저도 모르게 숨을 죽이고 눈을 감았다. 노부나가가 병으로 죽었다고는 생각할 수 없는 것이 그의 육감이었다. 그는 노부나가가 키요스淸洲에 있을 무렵, 성밖에서 스쳐지난 적이 있었다. 그때 노부나가의 미간에 서려 있는 살기에 섬뜩했었다.

'관상이 예사롭지 않다. 혹시……'

그때의 인상이 뒤에까지 두고두고 남아 있었다. 그래서 노부나가는 천하를 손에 넣어도 다스리지 못하고, 히데요시가 그 뒤를 잇게 되지 않을까 하고 농담 비슷이 칸베에에게 말한 일까지 있었다.

자신의 그 예감이 적중하지는 않았다 해도 그에 가까운 변고만은 일어난 것 같았다. 칸베에는 그것을 에케이에게 숨길 필요가 없다고 결심한 듯했다.

'이제 나도 살해당할 때가 온 모양이다……'

눈치를 채지 못했다면 무사했겠지만, 공교롭게도 에케이는 그것을 모를 정도로 둔감하게 태어나지 않았다.

에케이에게 지금 살아날 길이 있다면 오직 하나. 히코에몬이나 칸베에의 말대로 타카마츠 성에서 악전고투하고 있는 시미즈 무네하루를 모리 형제에게 죽이도록 권고하는 것이었다.

"안코쿠지 님, 스님답지 않게 이제 와서 왜 이러십니까? 이미 마음속으로는 계산이 끝났을 것이오. 스님, 그 일을 맡아주시겠소, 아니면 거절하겠소?"

"쿠로다 님, 이 자리에서 거절하면 대장님께는 무어라고 진언할 생각이오?"

"도리가 없는 일이오."

칸베에는 중얼거렸다.

"물러나려 해도 물러날 수 없는 하시바 히데요시와 모리 가문은 끝까지 싸우다 모두 쓰러질 수밖에."

"으음."

"안코쿠지 님, 스님이 호감을 가진 하시바 히데요시, 그리고 스님에게 의리가 있는 모리 일가가 쓰러져 천하가 남의 손에 들어가게 할 것인가, 아니면 다시 난세로 되돌아가게 할 것인가…… 불자라면 깊이 생각해야 할 것이오."

"그렇다면 나도 한마디 해야겠군요."

에케이는 비로소 손목에 건 염주를 높이 들고 굴렸다.

"모든 여래如來님, 모든 보살菩薩님이 내려다보고 계십니다. 이 에케이는 결코 누구의 적도 누구의 편도 아니오. 쿠로다 님."

"예."

"누구의 편도 아닌 백지상태에서 과연 모리 쪽에 시미즈 무네하루를 죽이도록 할 수 있는 방법이 있겠소? 있다면 알고 싶군요."

"그게 무슨 말이오?"

"이 에케이가 아무리 천하를 위해서라고 설득해도 이곳은 쌍방의 감정이 날카롭게 대립되어 있는 전쟁터. 모리 쪽에서는 결코 승복하지 않소. 승복하지 않는다면 내 힘으로는 달리 방법이 없는데, 묘안이 있다면 그 지혜를 소승에게 빌려주시오."

"지금 스님은 승낙하지만 모리 쪽에서 절대로 승복하지 않는다는 말씀이오?"

"물론이오."

"알겠소!"

쿠로다 칸베에가 큰 소리로 말했다.

"하늘의 뜻이 어디 있는지 시험할 때가 온 것 같소. 스님이 우리 대장님을 한번 만나주시오. 내게 말한 그대로 우리 대장님에게 말해주시오. 우리 대장님에게 생각이 있는지 없는지에 따라 스님의 운명이 결정될 것이오."

8

에케이는 새삼스럽게 칸베에를 평가하지 않을 수 없었다.

'이 얼마나 대담한 말을 하는 사나이인가……?'

만일 에케이가 히데요시를 만나 그에게 묘안이 없다는 것을 안다면 어떻게 할 생각일까……?

"칸베에 님, 그럼 귀하는 대장님에게 묘안이 있다고 확신하고 계시는군요."

"하하하…… 그것은 알 수 없습니다."

칸베에는 햇빛이 내리쬐기 시작한 숲으로 날카로운 눈길을 보냈다.

"사람에게는 저마다 가지고 태어난 운이라는 것이 있습니다."

"허어, 운이 없으면 체념하겠다는 말씀이오?"

"도리가 없는 일이라고 생각합니다. 그러나 이 운은 비단 우리 대장
님만이 아니라, 모리, 킷카와, 코바야카와 등 세 가문의 운과도 연결됩
니다…… 안코쿠지 님, 회담이 성사되지 않을 경우는 세 가지밖에 없
습니다. 첫째는 우리 대장님이 패하여 자멸하거나 아니면 모리 쪽의 세
가문이 지상에서 모습을 감추게 되거나. 마지막으로는 양쪽 모두 쓰러
져 누군가가 어부지리를 얻는 경우. 그러한 결말을 분명히 알고 있으면
서도 모리 쪽에서 끝까지 무력으로 해결하려 한다면 이에 대해 결단을
내릴 사람은 대장님밖에 없습니다. 자, 그럼 안내하겠습니다."

에케이는 순간 온몸이 얼어붙는 것 같아 입을 다물었다. 칸베에가 아
무렇지 않게 내뱉은 말은 무책임한 헛소리가 아니라, 이미 치밀한 계산
을 거쳐 입밖에 낸 대담한 말이었다.

"알겠습니다."

에케이는 조용하게 말하고 이번에는 나직하게 웃었다.

"이제 소승은 어느 편이 되었는지 모르게 되었군요."

"그럴 테지요. 불자는 결코 어느 누구의 가신일 수 없으니까요."

칸베에는 이렇게 말하고 큰 소리로 이에마사를 불러 히데요시가 본
진에 돌아왔는지 확인해보라고 했다.

히코에몬은 이미 그곳에는 없었다. 물론 히데요시에게 달려가 지금
까지 교섭한 결과를 보고하고 있을 것이다.

가마를 준비하고 칸베에와 에케이가 오르려 했을 때 이에마사가 말
을 타고 달려와, 순찰을 끝낸 히데요시가 이미 본진에 돌아와 있다고

알렸다.

"아, 오늘도 찌는 듯한 날씨가 될 것 같군."

칸베에는 능청스런 표정으로 가마에 올랐다.

"이 부근 매미는 쿄토의 매미와 울음소리가 다른 것 같군. 어딘지 모르게 태평스럽고 한가해 보인다니까."

아무렇지도 않다는 듯이 농담을 내뱉으며 앞장서서 가마를 출발시켰다.

에케이는 잠자코 창 밖의 허공을 바라보고 있었다.

'사람에게는 저마다 가지고 태어나는 운이 있다……'

그 운으로 볼 때 모리 일족이 히데요시를 압도하는 것으로는 생각되지 않았다. 오와리의 나카무라中村에서 태어난 농민의 아들이 히메지에 거성을 정하고 벌써 5년이나 끌어온 전투. 만일 히데요시가 계속 버틴다면 모토나리로부터 이어져오는 모리 가문도 결코 평온할 수 없을 것이다.

'모리 쪽에 무어라고 설득해야 시미즈 무네하루를 죽이는 조건을 받아들일 것인가……'

가마가 히데요시가 있는 본진의 경내에 들어갈 때까지 에케이는 똑같은 물음을 몇 번이나 마음속으로 되풀이하고 있었다.

9

두 사람이 탄 가마가 본진에 도착했는데도 오늘의 히데요시는 다른 때처럼 얼른 일어나 나오지 않았다.

도무지 대장 같아 보이지 않는 대장. 잔뜩 위엄을 갖추거나 일부러 점잖을 빼는 대신 느닷없이 상대의 어깨를 탁 치고 와하하하 하고 웃어

젖히는 대장. 웃었을 때는 이미 인간적 매력과 이해관계의 두 가지 면에서 상대의 마음을 사로잡고 있는 대장.

오늘은 칸베에가 에케이를 데려왔다고 하는데도 거실로 들어오라는 말조차 하지 않았다.

"음, 대장은 별로 기분이 좋지 않은 모양이군."

그들을 안내하러 나온 이시다 사키치가 두 사람에게 객실로 들어가라고 했다.

칸베에는 에케이를 돌아보고 싱긋 웃었다.

"좋아, 내가 가서 좀 심기를 풀어드리고 모셔와야지."

두 사람은 헤어져, 칸베에는 거실로 가고 에케이는 객실로 안내되어 들어갔다.

객실에 들어선 에케이는 시무룩한 표정으로 눈을 가늘게 뜨고 처마에 내어달린 물받이에서 떨어지는 물을 물끄러미 바라보았다.

쥐 죽은 듯이 조용하기만 하여 어디에서도 이상한 분위기를 찾아볼 수 없었다. 물론 이변은 철저하게 숨기고 있을 것이었다.

시동이 다과를 가져다놓고 조용히 물러갔다. 문득 에케이는 히데요시의 마음은 이미 정해져 있지 않을까 하는 생각이 떠올랐다.

쿠로다 칸베에는 물론 에케이의 말을 전할 테지만, 그 전에 벌써 히데요시는 하치스카 히코에몬의 보고를 들었을 것이다. 그래서 에케이를 이곳에 연금시켜 이변이 누설되지 않도록 하고 모리를 급습하는 수단도 강구할 수 있을 것 같았다.

'어쩌면 계략에 말려들었는지도 모른다……'

에케이는 저도 모르게 찻잔을 들고 이미 싸늘하게 식은 차를 한 모금 마셨다.

'만일 그렇다면 히데요시도 대수로운 자가 못 된다……'

군사軍師와 절충 중에 그 상대를 함정에 빠뜨리는 그런 얕은꾀를 부리는 자라면……

이때 서둘러 다가오는 발소리가 들렸다. 그 가운데 하나는 다리를 저는 칸베에의 것, 또 하나는 그보다 보폭이 좁은 성급한 발소리였다.

시동도 근시도 동반하고 있지 않았다.

"오오, 안코쿠지. 기다리게 해서 미안하오."

히데요시는 옛친구라도 만난 듯이 반기며 에케이 앞에 털썩 앉았다.

"지금 칸베에한테 이야기 들었소. 아무튼 지금은 서로 잘 생각해보아야 할 때요."

"그렇습니다…… 소승은……"

"아니, 인사는 그만둡시다. 히코에몬이나 칸베에게 종종 이야기를 듣고 있어서 지나칠 정도로 잘 알고 있소. 스님은 불자의 마음, 백지로 돌아가 이 화의를 주선하려고 하신다구요? 이쪽에서도 속을 털어놓으리다. 자, 여기에 모리 쪽의 우에하라 모토스케上原元祐가 보낸 서신이 있소. 모토나리의 사위조차도 이 전투가 그쪽 손해라고 계산하고 있어요. 히데요시에게 꽃을 들게 해주시오. 겨우 시미즈 무네하루 한 사람을 죽인다고 해서 가문의 수치가 될 리는 없을 것이오……"

"그렇기는 합니다마는 이것은……"

에케이가 당황하며 입을 열었다.

"이에 대한 책략은 있소. 책략은 내가 마련할 것이오."

히데요시는 입을 오므리며 웃었다.

10

"책략이 있다……고 하시면 킷카와, 코바야카와의 두 대장에게 시미즈 무네하루를 죽이게 할 수단이?"

에케이가 깜짝 놀라 반문했다.

"물론 있소!"

히데요시는 진지한 표정이 되었다. 진지해지면 얼굴이 찌를 듯이 날카로워지는 히데요시였다.

"지금은 무네하루의 목숨 하나로 모리 쪽도 이 히데요시도 체면이 서느냐 서지 않느냐 하는 막다른 길에 놓였소. 이것을 우선 스님의 마음에만 담아두고 이 길로 타카마츠 성으로 떠나시오."

"예? 그게 무슨 말씀이오, 소승더러 당장 시미즈 무네하루한테 가라는 말입니까?"

"그렇소."

히데요시는 똑바로 시선을 에케이에게 던진 채 말했다.

"이 히데요시는 시미즈 무네하루가 과연 소문에 듣던 대로 명문인 모리의 충신이라고 마음으로부터 탄복하고 있소. 아무것도 숨길 필요는 없소. 화의가 성립되는 것과 안 될 경우의 이해관계를 자세히 무네하루에게 설명하시오. 아키, 스오周防, 나가토長門, 빈고, 빗츄, 호키, 이즈모出雲, 이와미石見, 오키隱岐를 합쳐 162만 석. 그러나 이것은 표면적인 크기일 뿐, 큐슈에는 부젠豊前, 분고豊後, 치쿠젠筑前, 치쿠고筑後에서 히고肥後에 걸쳐 큰 세력을 가지고 모리 일족을 노리는 오토모大友 씨가 있소. 이에 대한 대비는 잠시도 늦출 수 없는 일…… 그러므로 동쪽으로 출동시킬 수 있는 병력은 이 히데요시의 병력에도 미치지 못하오. 이런 정세인데 지금 서로 고집을 부리고 화의의 기회를 놓친다면 모리 가문을 위한 충성이 되지 못한다고 이 히데요시가 말한 그대로 무네하루에게 전하시오."

"으음."

에케이는 숨을 죽이고 히데요시를 바라보았다.

"히데요시도 무장, 무네하루의 훌륭한 마음은 너무도 잘 알고 있소.

따라서 이 히데요시는 무네하루의 자결에 향화香華를 올릴 것이오. 물론 농성하는 오천의 생명은 모두 살려줄 것이고, 그 밖에 모리 쪽에서 할양하겠다고 제의한 다섯 곳 중에서 두 곳만은 무네하루의 충성에 보답하는 의미로 받지 않을 것이오. 이렇게 말하면 무네하루는 보기 드문 충신이므로 반드시 주군과 오천의 생명을 위해 자결할 것이오. 자결을 확인하면 즉시 화의를 맺고 우다이진 님에 대한 주선은 이 히데요시가 목숨을 걸고 성사시킬 테니 그로써 명문인 모리 가문의 앞날은 튼튼하다고 전하시오."

히데요시의 말을 듣는 동안 에케이는 온몸이 마구 떨리기 시작했다. 책략, 책략이라 하지만 히데요시의 그것은 결코 작은 책략이 아니었다. 철저하고 세밀한 이성을 가지고 계산한 책략이었다.

시미즈 무네하루가 주군의 가문을 위해서라고 설득하면 자진하여 자결할 것이고, 그렇게 되면 난관을 타개할 길이 열린다고 보는 그 안목의 정확성이 놀랍기만 했다. 에케이가 생각하기에도 무네하루는 능히 그렇게 할 사나이였다. 아니, 어쩌면 히데요시는 에케이 또한 이렇게 설득하면 중간역할을 해줄 사람이라고 치밀하게 계산하고 있었는지도 모른다.

"어떻소, 안코쿠지? 배는 이미 마련되어 있소. 카와즈가하나에서 곧 성으로 가주시오. 이 히데요시는 지금이야말로 스님이 움직일 때라고 생각하오."

에케이는 저도 모르게 염주를 만지면서 고개를 숙였다.

"이 자리에서는 모든 것을 대장님의 지혜대로……"

"움직여주겠소?"

"움직이지 않으면 그대로 두지 않을 분이라는 것을 뼈저리게 느꼈습니다."

"그래요? 정말 고맙소. 감사하오, 안코쿠지. 모리 가문을 위해, 오다 가문을 위해…… 아니 그보다는 일본을 위해, 히데요시를 위해 크게 도움이 되는 일이오."

11

에케이가 타카마츠 성에 가겠다고 승낙하자, 칸베에는 얼른 손뼉을 쳐서 시동을 불렀다. 기다렸다는 듯이 시동이 가져온 것은 카치구리勝 栗°를 곁들인 질그릇 술잔이었다.

모든 일이 뜻대로 될 것이라 내다보고 빈틈없이 준비시킨 히데요시 의 치밀함…… 에케이는 두려운 마음이 들기도 하고, 망연히 꿈을 꾼 다는 느낌이 들기도 했다.

"자, 출발을 축하하는 뜻에서 한잔."

히데요시는 마치 자기 가신을 사자로 보내는 듯한 어조와 태도로 직 접 에케이에게 술을 따라주었다.

"칸베에, 안코쿠지가 일을 맡아주어 정말 다행일세."

"그렇습니다."

칸베에는 여전히 얼굴에서 미소를 지우지 않았다.

"이것으로 모리 가문의 무사도는 더욱 빛이 나고, 시미즈 무네하루 의 이름은 무장의 본보기로서 영원히 청사靑史에 남을 것입니다. 축하 드립니다."

그러면서 에케이를 치켜올렸다. 아니, 치켜올리는 체하면서 그 역시 은근히 지혜를 귀띔해주는 것이 분명했다.

만일 에케이가 이들 두 '인간'에게 반감을 품고 있었다면 이보다 더 분통이 터지는 지시도 없었을 터. 그런데 전혀 반감을 갖게 하지 않고 도리어 이상한 감동을 느끼게 하다니 어찌 된 일일까……?

에케이도 결국 위대한 어릿광대의 손에 조종당하는 하나의 인형에 지나지 않았다. 더구나 그 조종 기술이 하도 능숙하여 인형 자신이 황홀해지려 하고 있었다.

"무네하루에게 이 히데요시가 얼마나 애석하게 여기는지 모른다고 전해주시오."

이 역시 해석하기에 따라서는 그 이상 남을 업신여기는 말도 없었다. 하지만 전혀 불쾌하다는 느낌은 들지 않았다.

'히데요시란 이런 사나이다……'

애석하게 여기는 것도 진심이고 죽이려 하는 것도 진심이라는 생각을 갖게 했다.

잔을 들고 나서 에케이는 어쩔 수 없이 카와즈가하나로 끌려가게 되었다.

그렇다, 끌려갔다고 하는 표현이 정확했다. 그 자신의 의사는 이미 어디에도 없었다. 그는 어느새 전적으로 히데요시의 뜻대로 움직이고 있었으니까……

아직 시각은 넉 점(오전 10)이 조금 지났을 뿐. 밤중에 숙소에서 불려나와 얼마나 바쁘게 끌려다녔던 것일까. 에케이가 카와즈가하나에 이르렀을 때 190정보나 되는 땅을 완전히 호수로 바꿔놓은 물 위에 이미 군선軍船 한 척이 그의 도착을 기다리고 있었다.

해는 뜨겁게 물을 내리쬐어 물 속에 떠 있는 외로운 성을 애처롭게 비쳐주었다. 그 너머 사루카케야마猿掛山 왼쪽으로 모리 테루모토의 본진이 보였으며, 오른쪽에는 킷카와 모토하루의 깃발이 녹음 사이로 바라보였다. 아마도 코바야카와 타카카게는 오늘도 테루모토 밑에서 작전회의를 계속하고 있을 터. 이들 세 사람 모두 에케이가 지금 타카마츠 성에 사자로 가려 한다는 것은 꿈에도 생각지 못할 것이다.

"안코쿠지, 시각은 정오라는 것을 명심하시오. 알겠소? 정오까지는

물에 배를 띄우고 그 위에서 무네하루에게 자결하라고 하시오. 이쪽에
서도 검시檢屍할 배를 보내겠소. 그것이 끝나면 여덟 점(오후 2시)까지
는 화의가 이루어질 것이오. 알겠소, 정오까지요!"

　배에 한 발을 올려놓았을 때 히데요시가 어깨를 탁 치는 바람에 에케
이는 부르르 몸을 떨었다.

사카이의 투표

1

사카이의 요리아이슈寄合衆°가 회합을 가질 경우, 그 내용이 밖으로 새어나갈 우려가 있을 때는 언제나 다회茶會라는 구실로 모이곤 했다. 따라서 처음 모임이 시작될 때는 요리아이슈가 아닌 다인茶人들도 약간은 섞여 있었다. 다회가 끝나면 요리아이슈만 뒤에 남고, 그 밖의 사람들은 교묘하게 자리를 뜨게 하여 이른바 자유도시의 비밀 각료회의가 열렸다.

오늘 나야 쇼안納屋蕉庵의 집에서 열린 다회도 다분히 그런 성격을 띠고 있다……고 이 고장 사람들은 생각하고 있었다. 최초로 이 자유도시에 군림해온 오다 노부나가가 아케치 미츠히데에게 쓰러진 뒤 미츠히데가 그대로 노부나가의 기득권을 행사하려고 잇따라 사자를 보내고 있었다.

그런데 —

모인 사람들의 면모를 보니 요리아이슈보다 보통 손님이 더 많았고, 그들은 차를 마시고 돌아가려 했으나 만류당했다. 그리고 쇼안이 자랑하는 갓 신축된 큰방으로 안내되어 그곳에서 잡담을 나누기 시작했다.

이 경우 잡담은 당연히 각자가 가지고 있는 정보의 교환이 되면서, 그와 함께 그곳은 의견이나 주장을 발표하는 회담장소로 변했다. 주인 쇼안도 다른 요리아이슈도 모두 그것이 목적이었던 듯 2각刻(4시간) 가까이나 그들의 이야기를 들었다.

떠돌이무사들을 고용하여 자위自衛를 꾀함으로써 다시는 이 사카이에서 무장의 지배를 허용해서는 안 된다고 주장하는 사람이 있었다. 그런가 하면 이제 사카이의 자유를 바라는 것은 낡은 생각이므로 차라리 누군가를 택해 천하를 맡기고 그 천하인天下人을 계몽하면서 조세의 경감을 꾀해야 한다고 주장하는 사람도 있었다.

모인 사람들 가운데는 노부나가에게 내면적으로 큰 영향을 끼친 센노 소에키(리큐)를 비롯하여 츠다 소큐, 이마이 소큐, 코니시 쥬토쿠, 신사 건축가 소무宗無, 만물상 소안宗安 외에도 미나미소南莊의 메구치쵸目口町에서 칼집을 만드는 장인匠人 스기모토 신자에몬杉本新左衛門(소로리曾呂利 신자에몬), 총포 기술자 타치바나 마타사부로, 장식 장인 토자에몬藤左衛門, 금박 장인 쿠로자에몬九郎左衛門, 물감장수 소사宗佐, 북의 명인 히구치 이와미樋口石見 등…… 거의 모든 직종에 종사하는 사람들이 모여 있었다.

모두의 의견과 희망사항이 일단 개진된 후 신자에몬이 한 가지 제안을 했다. 요리아이슈를 뽑을 때와 마찬가지로 이곳 사카이 사람들은 누구에게 천하를 맡겼으면 좋을지 무기명으로 투표를 하여 오늘 이 자리를 마련한 주인에게 힘을 실어주는 것이 어떻겠느냐고.

장로들은 싱글벙글 웃고만 있었으나 젊은 소안과 히구치 이와미는 적극적으로 찬성했다.

신자에몬의 제안에 따라 30여 명의 내객이 각자 의중에 있는 사람의 이름을 적어 투표하고, 그것을 그대로 주인에게 건넨 뒤 물러간 것은 여덟 점(오후 2시)이 지나서였다.

손님들이 모두 떠난 뒤 주인 쇼안은 웃으면서 안채로 돌아와 그곳에 기다리고 있는 손님에게 말했다.

"일이 잘 되었어요. 이것으로 사카이 사람들의 목소리를 확실하게 듣게 되었소."

손님은 정중히 머리를 숙였다.

"명심하겠습니다. 주군을 대신하여 감사 드립니다."

이에야스의 심복인 챠야 시로지로였다.

2

"어쨌거나……"

지난날의 나미타로인 쇼안은 예전 그대로의 맑고 냉정한 표정으로 앉으면서 말했다.

"사카이 사람들은 표면적으로는 어떻든 마음속으로는 천하인 따위는 자기 뜻대로 만들어낼 수 있다는 생각을 가지고 있소. 아니, 천하인은 그들을 위한 심부름꾼쯤이라 생각하고 있어요. 물론 이런 생각은 신도神道에 몸담고 있는 내 눈으로 볼 때 지극히 이치에 닿는 일이기도 하오만……"

챠야는 쇼안의 말에 대해 직접적으로는 대답하지 않고 다가앉으며 물었다.

"사카이 사람들은 도대체 누구에게 천하를 맡겼으면 좋겠다고 생각할까요?"

챠야 시로지로는 그때 이미 쿄토의 거상巨商으로서 사카이에도 이름이 알려져 있었으나, 실은 마츠모토 시로지로 키요노부松本四郎次郎淸

延라는 이에야스의 훌륭한 가신이었다. 그와 동시에 타케노우치 나미타로에게는 신도의 제자이기도 했다. 그는 이에야스의 측근으로는 담력과 지략이 뛰어난 참모, 쿄토에서는 상층부의 동향을 탐지하는 고등 첩자, 사카이에서는 이에야스의 물자 조달자라는 여러 얼굴을 가진 사나이였다.

쇼안은 그 사실을 잘 알고 있었다. 아니, 잘 안다기보다도 챠야 시로지로가 그렇게 된 것은 나미타로의 감화였다고 할 수 있었다.

"그 투표함을 내 딸아이 코노미가 가져올 테지만, 나도 그 결과가 궁금하오."

"저는 두려운 생각이 듭니다."

"하하하…… 그럴지도 모르지요. 무기명 투표는 신의 심판이기도 하니까."

쇼안은 손뼉을 쳐서 하녀를 불렀다.

"코노미에게 투표함을 가져오라고 해라."

이렇게 명하고 다시 생각난 듯이 웃었다.

"하시바 치쿠젠노카미가 모리 가문과의 화의를 성립시켰다는 소식은 이미 이곳까지 알려져 있소."

"그러면 곧 츄고쿠에서 철수하게 되겠군요."

"아니, 벌써 철수했을 거요. 코니시 쥬토쿠의 아들인 약종상藥種商 말인데…… 그 코니시 야쿠로小西彌九郎가 지금은 오카야마 입성의 안내역을 한 공으로 치쿠젠노카미의 측근으로 기용되었소. 군량 조달자로 말이오. 그런 점에서 치쿠젠노카미는 이 사카이 사람들을 잘 이용하고 있는 거요."

"그럼, 코니시 야쿠로 외에도……"

"아직 모르고 있었소?"

"전혀…… 거기에 대해서는……"

"하하하…… 그렇다면 이에야스 님도 미덥지 못하겠군. 이번 츄고쿠 공격에 승리한 가장 큰 원인을 제공한 것은 사카이 사람들이오. 사카이 사람들이 언제나 치쿠젠노카미가 공격하기 전에 쌀을 매점하러 다녔소. 츄고쿠뿐만 아니라 모리의 손에 넘어갈 듯한 지역은 큐슈도, 시코쿠도, 산인山陰˚도…… 물론 치쿠젠노카미의 부탁으로. 그 사나이는 묘한 매력을 지니고 있는 모양이오. 부탁받은 자들이 모두 그의 편이 되어 일하고 있거든……"

"으음."

챠야는 크게 신음했다.

"그렇다면 투표결과는 보나마나…… 뻔하겠군요."

"아니, 그렇지는 않소. 사람을 움직였다는 것과 신뢰받는다는 것은 다르오. 움직임을 당한 사람이 그 일에 반드시 기쁨을 느낀다고는 할 수 없으니까."

"예……?"

"우선 투표결과를 보고 나서."

쇼안이 즐겁다는 듯이 부채질을 시작했을 때, 코노미가 자개가 박힌 문갑만한 상자를 가지고 들어오면서 주위가 확 밝아졌다.

3

"코노미 님, 또 폐를 끼치고 있습니다."

챠야는 예의바르게 머리 숙여 인사했다.

"하시바 치쿠젠노카미 님이 모리 님과 화의했다면서요?"

"예. 그 일에 대해서는 재미있는 말을 들었어요. 나중에 말씀 드리겠습니다."

코노미는 전에 이에야스를 만났을 때보다 한결 더 맑게 눈을 빛내면서 가지고 온 투표함을 쇼안 앞에 내려놓았다.

"아버님, 벼루도 필요하시겠지요?"

"응, 벼루도 필요하지만…… 그보다는 그 재미있다는 이야기를 먼저 챠야 님께 들려드리는 것이 좋겠어. 그동안에 내가 종이와 벼루를 준비하겠다."

"예, 알겠습니다."

코노미는 쇼안이 일어나 나가자 그대로 아랫자리에 앉아 챠야를 쳐다보았다. 갓 태어난 아기와도 같은 맑은 눈동자 속에 다정다감한 청춘의 입김이 숨겨져 있다.

"이번에 강화가 성립된 것은 시미즈 쵸자에몬노죠 무네하루淸水長左衛門尉宗治라는 분의 아량 때문이라고 합니다."

"허어, 타카마츠 성주인 시미즈 쵸자에몬 님의……?"

"예. 하시바 님 쪽에서는 무네하루 님의 목을 건네주면 강화를 맺겠다고 제의했답니다. 그 제의에 모리 쪽에서는 충신을 죽일 정도라면 차라리 일전을 불사하겠다고 하여 지금까지 좀처럼 회담이 진전되지 않았습니다."

"으음……"

"이 사실을 알게 된 시미즈 무네하루 님은 오천의 생명이 살아남고, 양군에 사상자가 나지 않는다면 이 한 몸의 목숨쯤은 아까울 것이 없다면서, 수의를 입고 양군 사이에 배를 띄워 하시바 님이 보는 앞에서 조용히 춤을 한번 추고 깨끗이 할복하셨다고 합니다……"

"춤을 추었다는 말인가요?"

"예. 할복 승낙에 하시바 님은 오랫동안 농성한 노고를 치하하면서 주효酒肴 열 짐과 최상품인 차 세 부대를 무네하루 님과 그 장병들에게 선사했습니다. 무네하루 님은 그 사례로 한 바탕 춤을 추고 웃으면서 할복하셨다는 것입니다."

"주효 열 짐에 최상품인 차 세 부대…… 그럼, 그것으로 강화가 성립되었나요?"

"예. 이어서 무네하루 님의 형님으로 스님이 되신 겟쇼月淸 님과 모리 쪽에서 와 있던 감찰관인 스에치카 사에몬다유末近左衛門大夫 님이 할복, 그 밖에는 모두 무사했다…… 시미즈 무네하루 님이야말로 천주님의 뜻을 아는 무장이었다고 아침부터 이 거리에서는 칭찬이 자자합니다."

코노미의 말을 듣고 있는 동안 챠야 시로지로는 점점 더 이 거리가 무서워졌다. 사방에 첩자를 풀어놓고 지옥의 귀를 가졌다고 자부하는 자신이 아직 아무것도 모르는 사이에 이 거리에서는 강화의 원인까지 교회당의 화제가 되어 있다니……

"주효 열 짐과 최상품 차를 보낸 하시바 님은 천주님의 뜻에 합당하지 않나요?"

"예. 그것은 수단에 지나지 않습니다. 수단으로는 은총을 입지 못합니다."

"음, 감동적인 일이라도 수단이어서는……"

이때 쇼안이 벼루상자와 종이를 가지고 들어와 챠야 앞에 놓았다.

"투표함을 개봉할 테니 이름을 적으시오."

"알겠습니다. 그럼……"

챠야가 붓에 먹물을 묻히는 동안 쇼안은 상자를 열고 먼저 하나를 펴면서 말했다.

"최초의 한 표는…… 타카야마 우콘 나가후사高山右近長房로군. 아아, 이것은 천주님을 믿는 사람의 것이겠지."

옆에서는 코노미가 눈을 빛내며 챠야가 받아쓰는 이름을 바라보고 있었다……

4

챠야 시로지로는 쇼안이 부르는 대로 타카야마 우콘의 이름을 적으면서 마음속으로 다시 고개를 갸웃거리지 않을 수 없었다.

이 거리의 상식은 다른 세상과는 약간 달랐다. 시미즈 무네하루의 할복은 말할 것도 없으나, 그에게 주효와 차를 선사했다는 히데요시의 행위에서도 난세를 살아가는 무장의 가슴을 뭉클하게 하는 아름다움을 느끼게 했다. 그러나 그것을 감탄하지 않을 뿐만 아니라 수단이라면서 도리어 비난하는 기색조차 보였다.

이와 똑같은 차이를 '타카야마 우콘'이라고 쓴 사람의 마음에서도 느낄 수 있었다.

가상이기는 하지만 다음에는 천하를 누구의 손에……라는 투표가 아닌가. 타카야마 우콘은 비록 셋슈攝州 타카츠키高槻의 6만 석 다이묘로 신앙이 같다고는 하지만 과연 그에게 천하를 맡길 수 있다고 생각하는 것일까.

"다음은…… 오다 노부오織田信雄."

쇼안이 읽었다.

"이어서 기후 츄나곤岐阜中納言…… 하하하, 노부나가의 적손嫡孫 산보시三法師의 이름이 나왔군."

쇼안은 혼자 중얼거렸다.

"다음은 아케치 휴가노카미 미츠히데."

큰 소리로 부르고 챠야와 눈을 마주치면서 웃었다.

"후후후. 역시 역신逆臣으로 보지 않는군요. 그를 두둔하는 사람도 있는 모양입니다."

챠야가 말했다.

"노부나가 님이 사카이를 침략했다고 원한을 품은 사람의 것이겠지.

다음은…… 코레토 휴가노카미 미츠히데, 역시 아케치로군."

"예, 적었습니다."

"다음은 아케치 휴가노카미……"

"음, 이렇게 나가다가는 제가 생각했던 것과는 크게 달라질 것 같습니다."

"다음은…… 아, 이거 묘한 노래가 씌어 있군…… 불타고 곡식 여물지 않은 오다小田(작은 밭)에 강한 바람 불어와, 어디나 다 같은 가을의 해질녘…… 그러니까 누가 천하를 손에 넣건 마찬가지라는 뜻이로군."

"아직 여물지 않은 오다織田……라는 뜻일 테지요."

"아니, 그 오다는 한 번 수확한 일이 있소…… 다음에는 도쿠가와 미카와노카미 이에야스."

"허어!"

"다음은 오다 노부타카."

"다음은……?"

"다음은 하시바 치쿠젠노카미 히데요시…… 드디어 나왔군."

"뜻밖에도 적군요."

"다음은 호소카와 효부노타유 후지타카細川兵部大輔藤孝•."

"다음은 츠츠이 요슌보 쥰케이筒井陽舜坊順慶."

"다음은 다시 호소카와 효부노타유 후지타카…… 가문에 대한 동경 때문에 쓴 것이겠지."

"그 아들 요이치로與一郞 님은 아케치 님의 사위가 아닙니까?"

"그렇소. 말하자면 아케치는 싫지만 호소카와라면……이라는 비아냥인지도 모르지. 다음은 하시바 치쿠젠노카미 히데요시."

"실력으로 보면 아직도 더 나와야 하는 분이라 생각했더니……"

"다음도 하시바 치쿠젠노카미."

"예."

"다음도 또 하시바 치쿠젠노카미…… 다음도 역시 하시바 치쿠젠노카미…… 다음은 오다 노부오, 다음은 모리 테루모토."

"모리……라고 생각하는 사람도 이곳에 있습니까?"

"물론 있소. 혹시 츄고쿠에서 철수할 때 히데요시의 배후를 치면 승리할 수 있다고 생각하는지도 모르죠."

"그렇겠군요."

"다음에도 오다 노부오…… 다음은 센노 소에키."

여기까지 읽었을 때 코노미가 소리내어 웃었다.

5

"무엇이 우스우냐, 코노미?"

"만일 센노 소에키 아저씨가 천하를 손에 넣으면 제 친구 오긴은 어떻게 될까 하는 생각이 들어서요."

"하하하……"

쇼안도 웃었다.

"걱정할 것 없어. 오긴은 처음부터 천주님의 부인이시니까."

"어머…… 부인이 아니라 자식이에요."

쇼안은 이미 그쪽은 바라보지도 않았다.

"다음은 또 미츠히데. 그리고 이번에는 산보시, 그 다음은…… 아니, 또 타카야마 우콘이 나오는군."

"예, 기록했습니다."

챠야 시로지로는 가만히 이마의 땀을 닦았다. 자기 주군이 이렇게 시야가 넓은 사카이 사람들로부터 겨우 한 표밖에 기대할 수 없는가 하는 생각에 몹시 괘씸한 마음이 들기까지 했다. 타케다武田는 벌써 멸망하고 호죠北條와 우에스기上杉도 이미 내리막길에 있는 지금 스루가, 토토우미, 미카와말고도 카이에서 시나노信濃에 걸친 이에야스의 실세는 족히 오다 가문에 버금가는 것이었다.

이미 미츠히데는 네 표, 히데요시는 다섯 표를 얻고 있는데도 이에야스는 여전히 한 표였다.

"다음에는 다시 아케치…… 다음은 센노 소에키, 그리고 다음은 노부타카……"

29표를 차례차례 읽어나갔다.

"종합해보시오, 챠야 님."

쇼안이 이렇게 말했을 때 —

아케치 미츠히데 5표

하시바 히데요시 5표

오다 노부오 3표

오다 산보시 2표

오다 노부타카 2표

호소카와 후지타카 2표

타카야마 우콘 2표

센노 소에키 2표

이러한 순서였다. 그리고 이에야스는 여전히 나머지 여섯 명과 함께 한 표였다.

챠야가 투표결과를 읽어나갔다.

"재미있군!"

쇼안은 감탄하듯 무릎을 쳤다.

"이것은 결코 사카이만의 목소리가 아니오. 이 속에는 일본 백성 모두의 목소리가 들어 있다고 생각하고, 사카이 사람들도 이에 따라 움직여나가야 할 것이오."

"역시 천하를 다툴 사람은 아케치와 하시바가 되겠군요."

"아니, 그렇지 않소."

쇼안이 말했다.

"아케치, 하시바의 다섯 표보다 오다 일족의 것이 두 표가 더 많소. 노부오의 세 표와 산보시 및 노부타카의 두 표씩을 합하면 일곱 표가 되니까."

"으음…… 역시 우다이진 님의 뒤를 동생이나 적손에게 물려주어야 한다는 의견이 가장 많다는 말씀입니까?"

"아니, 그런 것도 아니오."

쇼안은 즉석에서 고개를 가로저었다.

"미츠히데가 호소카와 부자를 끌어들이면 그것으로 벌써 일곱 표, 여기에 츠츠이 쥰케이의 한 표를 가산하면 여덟 표가 됩니다. 이 숫자라는 것이 이상해서, 이것이 그대로 힘으로 변해 승패를 결정하게 되지요. 한편 도쿠가와 님의 한 표를 오다 일족의 일곱 표와 합하면 이것 역시 여덟 표."

챠야 시로지로는 깜짝 놀랐다.

"대관절 우리 주군에게 한 표를 준 사람은 누구일까요?"

"하하하……"

쇼안은 웃었다.

"아마 내 딸 코노미일 것이오."

6

"코노미, 너였을 테지, 도쿠가와 님의 이름을 쓴 것은?"

"예. 다음에는 도쿠가와 님의 편을 드는 분이 천하를 손에 넣을 것이라 생각하고 일부러 한 표를 넣었습니다."

"으음."

챠야는 나직이 신음했다. 이에야스의 지지자가 이 소녀 한 사람이었다는 사실이 실망스러우면서도, 그러나 이 한 표는 때묻지 않은 신의 소리라는 생각이 들었다.

"코노미."

"예."

"나도 너의 안목을 높이 평가한다. 실은 나에게도 투표를 권했다면 역시 도쿠가와 님을 쓸 생각이었어. 나에게는 쓰지 못하게 했기 때문에, 그 소로리 녀석이……"

소로리란 칼집 만드는 장인 신자에몬의 별명이었다. 그가 만든 칼집은 소로리 소로리('사르르'의 일본어) 칼이 잘 드나들어 소리가 전혀 나지 않는다고 해서 자기 자신이 지은 별명으로 은근히 자기 솜씨를 자랑하는 의미가 들어 있었다.

'누가 천하를 손에 넣건 마찬가지다……'

아마도 오늘의 투표에서 희롱조로 이러한 의미의 시를 지은 것은 소로리였을 것이다.

"그렇다면 코노미, 그 투표결과를 기초로 앞으로의 전망을 말해보아라. 챠야 님께 큰 참고가 될 수 있도록 말이다."

"예."

코노미는 또렷한 목소리로 대답하고 챠야의 손에서 종이를 건네받았다. 그리고 고개를 갸웃하고 잠시 동안 계산해보았다.

"역시 하시바 님의 승리라고 생각합니다."

"그 이유는?"

"만일 하시바 님의 다섯 표가…… 오다 일족과 협력하여 일하게 된다면 열둘이 됩니다. 뜻대로 되지 않아 반을 잃는다고 해도 여덟 표 반이 됩니다."

"허어, 그 계산은 좀 잘못되지 않았을까? 가령 미츠히데의 다섯에 호소카와의 둘, 츠츠이의 하나와 타카야마 우콘의 둘이 보태지면 어떻게 되겠느냐? 그렇게 보면 열이 되는데, 여덟 표 반으로는 열에 미치지 못할 것 아니냐?"

"아닙니다."

코노미는 밝은 얼굴로 고개를 가로젓고 다시 종이를 들여다보았다.

"하시바 님의 다섯은 호소카와, 츠츠이, 타카야마 님을 누를 수 있다고 본 다섯입니다. 따라서 그 반만 협력을 얻어도 하시바 님은 열하나가 되고, 반대로 아케치 님은 일곱 표 반이 됩니다."

"그럼, 이것은 하시바 님의 능력 여하에 달렸겠구나?"

"그렇지 않습니다. 역시 도쿠가와 님의 협력을 얻지 않으면 안 됩니다. 아니, 도쿠가와 님의 협력을 얻고 있는 동안에 미츠히데를 쓰러뜨리지 않으면 도리어 세상은 전쟁터로 변하고 말 것입니다. 다시 전쟁터로 화한다고 한 것은…… 그 희롱조의 노래 한 표, 소에키 아저씨의 두 표, 타카야마 님의 두 표, 츠츠이 님의 한 표 등에 너무도 잘 나타나 있습니다."

"이 사람들은 어차피 전란의 세상이 될 것이니 차라리 천하를 손에 넣지 못할 사람의 이름을 썼다……고 너는 생각한다는 말이지?"

"예, 그 수는 모두 여섯, 하시바 님이나 아케치 님을 지지하는 사람보다 많습니다."

챠야 시로지로는 어느 틈에 눈을 별처럼 빛내며 코노미를 바라보고 있었다.

숫자란 얼마나 여러 면으로 해석할 수 있는 것일까. 지금 이 어린 소녀의 설명, 그러나 머리를 끄덕일 수밖에 없는 설명을 듣고 보니 그 하나하나가 한창 나이인 시로지로의 심금을 울렸다.

"챠야 님, 어떻소? 이건 도쿠가와 님에게 좋은 선물이 된다고 생각하지 않소?"

쇼안은 날카로운 눈으로 시로지로를 바라보았다.

"이것으로 이에야스 님은 사카이 사람들의 생각을 대강은 짐작할 수 있을 테니까 말이오."

"예."

"의외로 미츠히데에 대한 지지가 있었던 것은 그가 노부나가를 쓰러뜨리고 나서 즉각 공경公卿들을 포섭했기 때문이오. 코노에近衛°의 손으로 칙사파견까지 계획하고 있다는 것을 사카이 사람들은 잘 알고 있으니까."

"그렇다면 역시 칙사는 미츠히데의 뜻대로?"

"그것은 어쩔 수 없는 일이오. 무력을 가진 자가 갖지 못한 자를 압박하기 때문이오. 그렇소, 미츠히데가 아즈치에 들어갔을 무렵에 칙사가 갈 것이오. 그러면 미츠히데는 일단 천하인이 되는 거요. 챠야 님, 그러나 이것은 어디까지나 피상적인 일에 지나지 않소."

"예."

"문제는 역시 미츠히데의 무력에 있소. 이 투표결과가 그것을 잘 말해준다고 할 수 있지요. 하시바와 아케치 중에서 어느 쪽이 그 무력에 사카이의 힘을 접목시키느냐가 승패의 분수령이 될 것이오."

"……"

"소에키 님은 말할 것도 없고 이 투표에 나타난 호소카와, 타카야마, 츠츠이 님은 물론 셋츠 이바라키茨木의 성주 나카가와 키요히데中川淸秀 등도 사카이의 움직임을 보고 그 향배를 정할 것이 틀림없소. 천하를 다투는 전쟁이 되면 군량과 무기는 물론 눈에 띄지 않게 사용될 금은의 양도 막대할 것이오. 그 모든 것이 사카이의 도움 없이는 불가능하오."

챠야는 부르르 몸을 떨었다. 쇼안의 말처럼 노부나가가 후반에 성공한 원인도 여기 있었다고 확실하게 말할 수 있었다.

"그럼…… 챠야 님이 가져갈 선물에 이 쇼안이 하나 첨가할까요?"

"감사합니다."

"이 투표결과로 사카이의 분위기는 거의 파악했소. 그렇다면 모두 마음을 합쳐 되도록 백성들에게 고통을 주지 않는, 시대에 부응하는 천하인을 찾아내지 않으면 안 됩니다."

"그렇습니다……"

"이 쇼안은 이곳 장로나 유지들과 상의하여 하시바 치쿠젠노카미를 추천하게 될 것 같소…… 코니시 쥬토쿠와 소에키가 추천하는 하시바 님을. 이것이 중요한 선물이 될 것이오, 알겠소?"

챠야 시로지로는 어느 틈에 자기 신분도 잊어버리고 무사가 된 듯 근엄한 자세로 쇼안을 빤히 쳐다보고 있었다.

"호호호."

코노미의 웃음소리가 챠야의 긴장을 풀어주었다.

"사카이 사람까지 뒷받침할 것이니 도쿠가와 님도…… 그렇게 생각하시는군요, 그렇죠?"

"그……그……그렇습니다. 흐름을 거역하면 결국 빠져죽는다. 귀중한 선물을 틀림없이 받았습니다."

시로지로가 길게 한숨을 쉬면서 정중하게 고개를 숙였다.

쇼안이 말했다.

"코노미, 그 투표한 종이를 전부 정원에 나가서 불살라라. 그리고 밥상을 가져오도록. 참, 너의 거문고 솜씨를 챠야 님에게 보여드리도록 해라."

"예."

코노미는 대답하고 일어나 투표한 종이를 모았다.

"호호호."

그러면서 무슨 생각을 했는지 혼자 웃었다.

8

챠야 시로지로는 아직도 묻고 싶은 것이 많았으나 더 이상 묻지 않기로 했다. 이에야스에 대한 쇼안 부녀의 남다른 호의를 알게 되었다. 이쪽에서 묻지 않아도 요긴한 대목마다 그쪽에서 반드시 설명해주고 있었다.

이에야스에 대한 쇼안의 호의는 대관절 어디서 나온 것일까? 쇼안은 이에야스의 생모 오다이 마님과는 오래 전부터 아는 사이라고 했으나, 그것만으로 이런 호의를 보일 수 있는 것일까…… 쇼안의 양녀 코노미도 사실은 이에야스와 먼 친척이 된다고 했는데, 챠야가 알아본 결과 그것이 원한은 될망정 호의의 이유가 될 것 같지는 않았다.

쇼안에게 코노미는 여동생의 손녀였다. 쇼안이 타케노우치 나미타로라 불릴 무렵, 오쿠니於國라는 여동생이 있었다. 그 오쿠니는 나가시마 전투 때 노부나가에게 할복을 명받고 죽은 미즈노 시모츠케노카미 노부모토와의 사이에 딸 하나를 낳았는데 그 딸의 아이가 코노미였다.

코노미의 어머니는 정신병자가 된 오쿠니의 배에서 태어나 모리 가문의 가신인 우다卯田 아무개의 아내가 되었다. 남편을 전쟁터에서 잃은 뒤 이 사카이에 와서 열렬한 천주교도가 되었다가 지난해에 죽었다.

미즈노 노부모토의 핏줄이라면 별로 이에야스와 좋은 사이라고 할 수는 없었다. 그런데도 쇼안과 그 양녀가 이에야스에게 남다른 호의를 보내기 때문에 때로는 챠야가 민망할 정도였다.

코노미가 종이를 불태우고 돌아왔다. 붉은 색으로 칠한 고급 소반 셋이 운반되어오고 쇼안이 자랑하는 금강석 술잔이 코노미의 거문고와 함께 나왔다.

"자, 우선 한잔 드시오."

"감사합니다."

시로지로는 잔을 받았다.

"코노미 님은 아까 종이를 태우면서 웃으시더군요."

"예…… 아, 그것 말인가요?"

"무엇이 우습던가요?"

"호호호…… 투표결과가 달랐더라면 아버님이 무어라 하셨을까 하는 생각이 들어서……"

"코노미, 말을 삼가라."

"아니, 괜찮아요. 아버님은 투표결과가 달랐더라도 같은 말씀을 하셨을 테니까요."

"같은 말이라니?"

"사카이 사람들은 마음을 합쳐 하시바 님 편이 될 것이다, 그 점을 마음에 새겨두시라고 아저씨에게."

"음, 그렇다면 이 일과 투표결과와는 관계가 없다는 말인가요?"

"아닙니다. 다만 투표결과가 아버님 생각대로 되었다고 한 것뿐입니다…… 다시 한잔."

"예, 송구스럽습니다."

시로지로는 잔을 받고 또다시 코노미에게 말했다.

"코노미 님은 어째서 우리 주군을 그토록 위하십니까?"

"호호호……"

코노미는 웃었다.

"저는 거짓말을 할 줄 모르는 순진한 사람이라면 누구나 다 좋아해요. 정직이라는 이름의 연못은 깊어요! 거기서 무엇이 나올지 모릅니다. 거짓말은 곧 밑이 드러나지요, 천박하기 때문에……"

"으음……"

여기에도 사카이의 눈과 마음이 있었구나. 이런 생각을 하면서 잔을 내려놓았을 때 코노미는 이미 거문고 앞으로 몸을 돌리고 열세 개의 줄을 고르기 시작했다.

키쿄桔梗의 눈물

1

챠야 시로지로가 쇼안의 집에서 물러난 것은 여덟 점 반(오후 3시)이 가까웠을 때였다.

'이것으로 주군으로부터 명령받은 킨키 지방의 정세를 알아볼 만큼은 알아보았다.'

나머지는 이번 소요의 장본인인 아케치 미츠히데가 그 후 어떻게 움직이고 있는지를 자세히 조사하고 나서 쿄토에서 미카와로 잠입할 예정이었다.

벌써 소요가 일어난 지 엿새째.

일단 영내로 철수한 이에야스는 8,000의 군사를 오카자키에 모아 사카이 타다츠구의 지휘 아래 오와리 접경으로 출동시켰다. 물론 군사를 그대로 아즈치로 향하게 하려는 것은 아니었다. 다만 그러한 조처는 오와리 동쪽에는 전란의 여파를 한 발짝도 들여놓지 않겠다는 이에야스의 강한 의지를 나타낸 것이었고, 표면상으로는 언제 진격할지 모르는 미츠히데에 대한 견제였다.

츄고쿠에서의 화의체결에 성공한 하시바 히데요시는 갖은 고난을 무릅쓰고 히메지로 철수 중이었다. 이로써 미츠히데에 대한 동서에 걸친 방어벽이 크게 구축된 셈이었다. 따라서 그 울타리 안에서 미츠히데가 어느 정도의 힘을 규합할 수 있느냐가 그의 성공 여부를 결정짓는 열쇠가 될 것이었다.

시로지로는 홀가분한 상인 차림으로 사카이 북쪽으로 빠져나와 해자를 건넜다. 그리고는 곧장 가로수 길을 지나 야마토바시大和橋에 이르렀다.

그 다리 밑에는 쿄토와 오사카로 가는 많은 배편이 있었다. 시로지로는 일부러 30석을 실을 수 있는 배에 올라 함께 탄 손님들 사이에 앉아 있었다.

무사로 보이는 사람이 넷, 나머지는 모두 상인이었고, 여자 승객도 두 사람 있었다. 한 사람은 꽤 행세하는 집안의 부인으로, 나머지는 그 시녀처럼 보였다.

"여보게, 앞으로 이삼 일만 지나면 이 배도 쿄토에 갈 수 없게 될 모양일세."

승객들은 배가 출발하자 곧 큰 소리로 이야기하기 시작했다.

어디서나 화제는 마찬가지였다. 천하를 손에 넣는 자는 누구일까? 이런 화제가 백성들의 입에 오르내리는 것은 아마도 역사 이래 처음일 것이다.

어떤 사람이 아무래도 미츠히데가 이길 것이라고 했다. 그때 옆에 있는 두세 사람이 안색을 바꾸고 그 사나이에게 대들었다. 이유 여하를 막론하고 주군을 죽인 자에게 천하를 맡겨서는 안 된다고 호통쳤다.

"미츠히데는 역신이란 말이오. 겨우 질서가 잡혀가는 세상인데 다시 역신이 이긴다면 틀림없이 난세가 또 시작될 것 아니겠소? 무엇보다도 법도를 바로잡는 것이 첫째요."

백성들은 언제나 정의를 사랑한다. 이런 자리에서는 도리어 무사들이 말을 삼가고 상인들이 큰 소리로 토론하고는 했다.

바로 그때였다. 여자 승객 하나가 카츠기被衣° 너머로 시로지로에게 말을 걸어왔다.

"손님은 어디까지 가시는지요?"

"예, 쿄토로 가는 길입니다."

"어머, 잘 됐군요, 저도 쿄토로 가는 길입니다마는, 이번에는 누가 천하를 손에 넣으리라 생각하세요?"

"글쎄요……"

시로지로는 고개를 갸웃했다.

"그야 보는 사람에 따라 다르겠지요. 아케치, 하시바, 도쿠가와 등 모두 세력이 비슷하니까요."

"그렇다면 역시 정의롭지 못한 자, 의리 없는 자가 지겠군요."

그 말에 깊은 감개가 서려 있었기 때문에 시로지로는 저도 모르게 카츠기를 걸친 여자의 얼굴을 들여다보았다.

"아니, 이런……"

자기 눈을 의심했다. 쿄토의 의류상 카메야 에이닌의 집에서 본 미츠히데의 둘째딸이자 호소카와 요이치로의 아내와 너무나 닮았다……

2

"혹시 부인은……"

말하다 말고 시로지로는 입을 다물었다. 만일에 이 여자가 정말 호소카와 요이치로 타다오키細川與一郎忠興에게 시집간 지 얼마 되지 않는 미츠히데의 딸이라는 것이 알려진다면 이 자리에서 무슨 일이 일어날

지 알 수 없었다.

지금 묵묵히 남의 이야기를 듣고 있는 무사들 중에는 어떤 공이라도 세워 벼슬자리를 얻으려는 떠돌이무사가 있을지도 모르고, 상인 중에도 시로지로와 마찬가지로 첩자로 잠입한 자가 있을지도 몰랐다.

"혹시 부인은…… 사카이 구경을 오셨던 것이……?"

시로지로는 당황하며 말을 돌렸다.

"정말 놀랐습니다. 저도 사카이에 구경왔다가 이번 소동을 만났기 때문에……"

카츠기를 쓴 여자는 눈길을 상대에게 보낸 채 고개를 끄덕였다.

"손님도 아마가사키 성의 오다 노부즈미織田信澄 님이 살해되었다는 소문을 들으셨나요?"

'역시 그렇구나!'

시로지로는 생각했다.

오다 노부즈미는 노부나가의 동생 무사시노카미 노부유키武藏守信行의 아들로 역시 아케치 미츠히데의 딸이 그의 아내였다.

미츠히데에게는 딸이 셋, 양녀가 셋 있었다.

그중의 하나는 오다 노부즈미의 아내이고, 또 하나는 호소카와 요이치로 타다오키의 아내, 그리고 여섯 가운데 다른 두 딸은 츠츠이 쥰케이의 아들 이가노카미 사다츠구伊賀守定次와 카와카츠 탄바川勝丹波에게 시집을 갔다.

시집간 네 사람 중에서 호소카와 집안으로 출가한 딸이 가장 용모와 지혜가 뛰어나 노부나가로부터 많은 사랑을 받았다고 했다. 물론 호소카와 집안으로 출가시킨 것도 노부나가의 명령이었다.

노부나가는 아즈치에 있는 미츠히데의 집에서 처음 그 딸을 보았는데, 그때.

"아니, 또 하나의 노히메濃姬가 여기 있군!"

눈이 휘둥그레졌다고 한다.

"같은 핏줄이기는 하지만 정말 많이 닮았어. 노히메가 미노에서 시집올 때의 모습 그대로야."

그 뒤 노부나가는 이 처녀가 얼굴만이 아니라 두뇌도 성품도 남보다 월등하다는 것을 알고는 그 아버지에게 지시했다고 한다.

"미츠히데, 자네에게는 과분한 딸일세. 오늘부터는 자네 집안의 문장紋章 그대로 키쿄(도라지)*로 이름을 바꾸도록 하게. 가을 풀 중에서 가장 사람의 눈길을 끄는 키쿄가 좋겠어."

이런 이야기는 시로지로의 귀에도 들어와 있었다.

지금으로부터 3년 전인 텐쇼 7년(1579) 2월의 일이었다. 미츠히데의 탄바 공략과 더불어 호소카와 부자가 탄고丹後를 제압하고 타나베 성田邊城에 입성한 지 얼마 안 되어서였다.

"일본에서 제일가는 신랑과 일본에서 제일가는 신부, 다행스럽고 경사스러운 일이야."

노부나가는 그녀가 상당히 마음에 들었던지 입에 침이 마르도록 칭찬하면서 출가시켰다는 것도 널리 알려진 이야기였다.

지금 이 여자가 타다오키의 아내인 키쿄라면, 반드시 같은 핏줄의 자매인 오다 노부즈미 부인의 안부가 걱정스러울 것이었다.

"그 소문은 사실일 것입니다. 원래 노부즈미 님은 아버지 노부유키 님이 우다이진 님에게 살해된 후부터 원한을 품고 계셨다고 하니까 말입니다."

시로지로가 태연하게 대답했다.

"아마가사키 성주님은 그러니까 이중으로 의심을 받아 목숨을 떨구셨군요…… 부인이 역신의 딸이라서."

카츠기의 여자는 이렇게 말하고 문득 시선을 들어 저녁놀을 바라보면서 슬픈 듯이 눈을 깜박거렸다.

3

시로지로는 대답할 말을 찾지 못하고 자기도 역시 석양에 비친 강물로 눈길을 돌렸다. 그때 두 사람의 이야기를 듣고 있던 상인 하나가 한 걸음 다가앉아 말을 꺼냈다.

"나는 이 눈으로 아마가사키의 거대한 망루가 불타는 것을 직접 보았답니다."

"거대한 망루라니, 그 둘째 성의?"

"예. 미츠히데가 모반했다는 보고를 받고 니와 나가히데丹羽長秀 님과 오다 노부타카 님이 즉각 아마가사키 성으로 공격해들어갔어요. 틀림없이 미츠히데에게 가담할 것이라고 판단했던 게 아니겠어요?"

"그 이야기는 저도 들었어요."

카츠기의 여자가 싸늘하게 대꾸했다.

"나는 미츠히데의 딸이 어떻게 되었는지 단지 그것만 알고 싶어요."

"그야 천벌을 받았지요. 노부즈미 님은 얼마 동안 싸운 뒤 망루로 올라가려다 칼에 맞아 죽고, 부인은 망루 위에서 불길에 싸여 자결했다고 하더군요."

"천벌을…… 받아서?"

"예. 주군을 살해한 아비의 죄가 자식에게 천벌을 내리게 한 것이지요. 도망쳐나온 사람들의 말을 들으면 부인의 최후는 정말로 깨끗했다고 합니다."

여자는 가만히 고개를 끄덕이고 가슴에 십자를 그었다.

시로지로가 상상했던 대로 여자는 호소카와 요이치로의 아내 키쿄였다.

키쿄는 남편 요이치로로부터 쿄토의 난반 사南蠻寺°에 대한 이야기를 들었다. 그녀는 듣는 동안 기독교 신앙에 깊이 마음이 끌렸다. 남편은 물론 천주교도인 타카야마 우콘에게 대체적인 교의教義를 들어 알고 있었다. 그러나 키쿄가 난반 사를 한번 찾아가보고 싶다고 했을 때였다.

"그것은 안 돼!"

요이치로는 엄히 꾸짖었다. 『코킨슈古今集』를 전수하는 호소카와 집안에서 이방의 종교를 믿는다는 것은 이만저만한 탈선이 아니라는 것이었다.

한번 마음이 끌린 키쿄는 단념하지 않았다. 아마가사키 성으로 언니를 방문한다는 구실로 사카이에 갔다. 물론 사카이에 이르기 전에 아마가사키부터 들렀다.

'그것이 마지막이 될 줄이야……'

언니는 결코 강한 기질이 아니었다. 도리어 지나칠 정도로 조용한 여자로서 노부즈미와의 결혼에도 크게 만족하고 있는 것 같았다……

"모두 우다이진 님 덕이야, 너도 그렇고 나도. 이 은혜를 잊어서는 안 돼."

이런 말을 했던 언니, 아버지가 노부나가를 해쳤다는 말을 들었을 때 얼마나 놀랐을까.

키쿄로서는 상상하고도 남음이 있었다.

'그렇더라도 나 같았으면 자결 따위는……'

키쿄 자기였더라면 목이 잘리거나 밧줄에 묶여 끌려가는 한이 있어도 살 수 있을 때까지는 살아남아서 생각하고, 생각한 것을 남에게 전했을 것이다.

'역시 언니는 약한 여자였어……'

키쿄는 생각했다.

아버지의 노부나가에 대한 반역은 언니나 자기로서는 알 바 아니다. 그녀들은 아버지를 간할 입장에 있지 않았고, 오직 노부나가의 의사에 따라 시집왔던 인형에 불과했다. 그 인형이 아버지의 행위에 책임을 느낀다는 것부터가 우스운 일, 더구나 자결하는 것은 아버지의 죄업을 인정하는 결과가 되지 않는가.

"부인께선 혹시 기독교 신앙을 갖고 있지 않습니까?"

수면에 이는 잔잔한 물결을 조용히 바라보는 키쿄에게 다시 시로지로가 말을 걸었다.

4

"아니에요, 아직 세례를 받지는 않았어요, 하지만……"

키쿄는 목에 걸었던 작은 은십자가를 하얀 손으로 만졌다.

"교회에서 알게 된 사카이의 처녀가 주어서 그냥 그대로 목에 걸고 있어요."

"허어, 사카이의 처녀……라니 누구일까요?"

시로지로는 이 여자가 미츠히데의 딸이라고 알게 되어서인지 그녀가 무엇을 생각하고 무엇을 하려 하는지 여간 궁금한 게 아니었다.

"이것을 준 처녀는 나야 쇼안 님의 딸로 코노미라는 이름이었어요."

"이거 참 묘한 인연이로군요. 나도 나야 님 댁에 드나드는 상인입니다마는."

"그러세요? 그러면 코노미 님과 절친한 소에키 님의 따님도 아시겠네요?"

"예, 오긴 님 말이로군요."

"모두 활달하고 착한 사람들이었어요."

"그렇습니다. 과연 일본에서 제일가는 도시 사카이에서 자란 분들이라 여간 활달하시지 않더군요. 이에 비해 조금 전에 이야기한 아마가사키의 마님은 여간 가련하지 않아요."

시로지로가 자연스럽게 자기가 원하는 방향으로 화제를 돌렸을 때 키쿄는 홀끗 상대를 바라보고는 얼른 싸늘한 미소를 떠올렸다.

"아직은 무장의 딸에게 명랑함을 기대할 수는 없을 거예요."

"정말 그럴 겁니다. 아버지의 모반으로 아무것도 모르는 딸까지……
아케치의 딸들은 탄고의 호소카와 집안과 야마토의 츠츠이 집안으로 출가했지 않았습니까."

키쿄는 다시 시로지로를 쳐다보았다. 그러나 그뿐 별로 안색을 바꾸지는 않았다.

상당히 거센 성격의 여자임이 틀림없었다. 하기야 그렇지 않다면 이런 상황에 태연히 여행길에 나설 생각조차 하지 못했을 테지만……

"이렇게 되면 부인과의 인연 때문에 호소카와 님도 츠츠이 님도 아케치 편에 가담하지 않을 수 없겠지요?"

"호호호……"

키쿄가 갑자기 웃기 시작했다.

"그것은 상인들이나 하는 생각…… 설마 그럴 리가……"

"보아하니 무사의 부인이신 것 같은데, 부인께서는 그런 일이 없으리라고 생각하십니까?"

"있을 리가 없어요."

키쿄는 강하게 머리를 흔들었다.

"평소의 교제와 혼인은 모두 자기 가문의 번영을 위한 것…… 만일 아케치 쪽이 진다고 생각되면 그들 모두는 자기 아내의 목을 베어 바칠 거예요."

"과연…… 그럴까요?"

"그런 의미에서 아마가사키 성을 공격한 것은 지나치게 조급했다는 생각이 들어요. 몇 차례 대화를 나누며 절충했더라면 아마가사키의 성

주님은 부인만 내주고 아케치의 적으로 돌아섰을 텐데…… 니와 고로
자에몬과 같은 유능한 가신이 있었는데도 노부타카 님은 너무 조급하
셨어요."

"그럼, 부부 사이가 화목하지 못했나요?"

키쿄는 다시 싸늘하게 웃었다.

"부부 사이란 남자와 여자가 만나 같이 사는 것에 불과한 일시적인
관계일 뿐이지요. 상인들은 무사 집안의 슬픔을 모르는 것 같아요."

"으음, 과연……"

시로지로는 소문으로 듣던 것보다도 더 억센 기질의 이 여자에게 더
욱 마음이 끌렸다.

5

"괜한 말을 묻는 것 같습니다마는, 쿄토 어디에 사십니까?"

시로지로는 잠시 사이를 두었다가 말을 이었다.

"물론 육로로는 위험하여 지나갈 수 없고, 뱃길도 안심할 수 없다는
말을 들었는데요."

키쿄도 이미 상대가 보통 상인이 아니라는 것을 간파한 듯.

"쿄토에는 아는 사람이 있을 뿐이에요."

웃으면서 대답했다.

"제 집은 거기서 훨씬 북쪽으로 올라가 탄고의 타나베, 아니면 미야
즈宮津나……"

"타나베나 미야즈라고 하면…… 호소카와 님의 가문이신가요?"

"예. 제가 떠날 때는 아직 타나베였지만 미야즈에 성이 완성될 무렵
이었기 때문에 그리 옮겼는지도 몰라요."

"으음."

시로지로는 또다시 나직하게 신음했다. 상대가 너무 담담하게 말하기 때문에 도리어 이쪽이 어리둥절해졌다.

"호소카와 님이 이번 싸움에 어느 편이 될지 예상할 수 있는 신분이 시군요?"

"제 생각 같아서는 아케치 편이 되지는 않을 거예요."

"아케치의 딸을 목 베어 보내고 적으로 돌아선다는 말입니까?"

꿀꺽 침을 삼키며 물었다.

"아케치의 딸은 정말 가엾어요."

상대는 여전히 미소를 띤 채 대답했다.

"남편이 보낸 편지에, 우다이진 님이 돌아가셨다는 것을 알게 된 바로 그날 성주님도 아드님도 머리를 풀고 애도하셨다고 해요. 부자가 모두 머리를 풀었다는 것은 애도하기보다도 반역할 뜻이 없다는 것을 증명하기 위한……"

시로지로는 고개를 끄덕이고 다시 입을 다물었다. 상대는 이미 자기가 어떤 자인지 알고 일부러 당황하게 만들려 하고 있다…… 이런 생각이 들어 등골이 오싹했다.

어느덧 해는 저물었다. 배는 키즈가와 하구를 왼쪽으로 보면서 칸스케지마勘助嶋 오른쪽 기슭에 이르고 있었다. 배를 끄는 일꾼들의 목소리가 무거워지고, 시리나시가와尻無川를 지나 스미요시住吉의 오른쪽으로 나왔을 때 왠지 배가 멈추고 말았다.

'아무래도 이상하다!'

해가 지면 기슭과 가깝기 때문에 각다귀가 모여들곤 했다. 시로지로가 각다귀를 때려 쫓으면서 일어났을 때였다.

"무뢰한이다…… 강도가 나타났다!"

지금까지 배를 끌고 있던 일꾼 하나가 얕은 여울의 물을 차며 배 안으로 뛰어들어왔다.

"배를 끌던 밧줄을 빼앗겼다. 지금 이 배를 끌고 있는 것은 강도들, 무뢰한들이다!"

그 소리에 반쯤 졸고 있던 승객과 뱃사공들이 깜짝 놀라 일어섰다.

이미 기슭은 잘 보이지 않았다. 그러나 어둑어둑한 풀 속에서 사람의 그림자가 어른거리는 모습이 어렴풋이 눈에 들어왔다. 아마도 일꾼들이 습격해온 자들과 결투를 벌이고 있는 모양이었다.

배 밑바닥이 스치는 소리가 나고, 이어 배는 풀 위로 끌려 올라갔다.

시로지로는 재빨리 칼을 쥐고 소매를 걷어올렸다.

돌아보니 배 안의 승객은 모두 일어서 있었으나 키쿄만이 혼자 앉아 있었다.

그 얼굴이 저녁 어스름 속에서 박꽃처럼 새하얗게 떠올라 있었다.

6

"어서 배에서 내려 풀 속에 몸을 숨기시오."

시로지로는 키쿄와 그 시녀에게 말하고 얼른 물 속으로 뛰어내렸다. 이미 습격자들은 배를 향해 달려오고 있었다. 지체할 수 없는 절박한 상황이었다.

"와아!"

시로지로가 뛰어내리는 것과 17, 8명의 집단이 배를 둘러싸는 것은 동시의 일이었다.

"자, 한 사람씩 내려와."

한눈에 떠돌이무사임을 알 수 있는 거구의 사나이가 어둠 속에서 소리쳤다.

"천하를 다투는 갈림길에서 군사를 일으키기 위해 자금을 마련하려한다. 가진 물건과 돈을 모두 내놓고 목숨을 구하도록 하라. 그게 현명한 일이다."

"그렇다. 이봐 뱃사공, 널빤지를 걸쳐놓고 모두 내리라고 해라. 그렇지 않으면 배와 함께 전부 불태워버리겠다."

뱃사공이 풀 위에 비스듬히 널빤지를 걸쳐놓았다.

이제 손님이 내리지 않는다면 습격자가 올라올 터. 서둘러 내리는 자와 올라오는 자의 모습이 뒤섞였다.

"아니, 이 뒤숭숭한 세상에 여자가 타고 있다니."

부리나케 달려온 자 가운데 하나가 느닷없이 키쿄의 카츠기를 잡아챘다.

순간 승객 중에 섞여 있던 네 명의 무사가 약속이라도 한 듯 키쿄와 습격자 사이에 끼여들었다.

"무례한 짓을 하지 마라!"

아마도 그들은 남의 눈에 띄지 않게 키쿄를 호위하고 있었던 듯.

"마님, 걱정하지 마십시오."

그중 한 사람이 말했다.

"뭐, 마님이라구…… 어디의 누구 마님이란 말이냐?"

"아니, 이거 값진 옷을 걸치고 있군. 제법 예쁘게 생기기도 했어."

"이봐 처자, 얌전히 있어. 얌전히 있지 않으면 다치게 돼. 다치면 여간 아프지 않아."

"가까지 오지 마라!"

습격자 중 하나가 막무가내로 키쿄의 어깨에 손을 대려는 순간, 옆에 있던 무사 한 사람이 칼을 빼기가 무섭게 옆으로 후려쳤다.

"으윽."

단말마의 비명과 함께 공간이 생긴 배 위에 한 사나이가 허공을 움켜

쥐고 쓰러졌다.

"하하하……"

탁한 웃음소리가 배 안에 울려퍼졌다. 그때 이미 주위에는 습격자 여섯과 키쿄와 시녀, 그리고 세 사람의 무사밖에 없었다.

칼을 뽑았던 호위무사가 도리어 공격을 받고 쓰러져 있었다.

웃고 있는 자는 아마도 일당의 우두머리인 듯. 그는 웃음을 거두고 천천히 피묻은 칼을 나머지 세 사람 앞에서 휘둘러 보였다.

"대항할 테냐? 죽음이 있을 뿐이다."

"이놈!"

"용감한 녀석이로군. 그럼, 받아라!"

이번에는 비스듬히 내려쳤기 때문에 이것을 막는 자세로 칼을 뽑은 두 무사와 칼이 부딪치지 않았다.

"으윽!"

어깨를 강하게 얻어맞은 듯, 신음소리와 함께 또 하나의 그림자가 줄었다.

"아니?"

쓰러뜨린 쪽이 고개를 갸웃했다.

"이것 참 묘한 여자로군. 자기를 지켜줄 부하가 둘이나 쓰러졌는데 떨지도 않아."

7

세상의 보통 여자들과는 달리 키쿄의 얼굴에는 전혀 공포의 빛이 보이지 않았다. 기분 나쁠 정도로 조용히 사태를 지켜보고 있었다. 인간이 얼마나 탐욕스럽고 추악한가를 확인하려고나 하듯이……

"이봐, 뭘 보고 있는 거야?"

거구의 사나이는 이렇게 말하고 나머지 두 사람을 경계하면서, 한 손으로 키쿄의 가슴에서 빛나는 십자가를 낚아챘다. 가느다란 사슬이 뚝 끊어지고 십자가가 사나이의 손에 쥐어졌다.

키쿄는 여전히 입을 다문 채 사나이를 노려보고 있었다.

"마님께 가까이 가지 마라!"

나머지 두 사람이 이렇게 말했으나 거구의 사나이와 키쿄 사이를 가로막는 다섯 그림자를 쫓아낼 힘은 없었다.

"이상한 여자야……"

거구의 사나이는 다시 중얼거렸다.

"그 두 놈을 배 밖으로 떨어뜨려버려라. 이 여자는 나 혼자 둘러메고 가겠다."

"예."

다섯 개의 흰 칼날이 두 무사에게로 향했다.

어느덧 주위는 밤의 어스름으로 뒤덮이고 가느다란 초저녁 달이 점점 밝아오고 있었다.

"와앗!"

비명인지 고함소리인지 모를 절규를 마지막으로, 심하게 널빤지가 흔들리는가 싶더니 그 다음에는 거짓말처럼 주위가 조용해졌다.

강물에 별과 달이 소리도 없이 이 모습을 비치고 있었다.

"처자!"

"왜 그러느냐?"

"너는 누구의 아내냐? 아마도 이름있는 자의 아내인 것 같은데. 맞지, 내 짐작이?"

"그것을 알아서 무엇 하려느냐."

"호호호, 그런 대답이 나올 줄 알았다. 그런 여자라면…… 남편의 이름이나 알고 나서 살려주려고 그런다."

"구해주는 척하며 나를 데려다주고 벼슬이라도 얻을 생각이냐?"

"음, 말이 많은 여자로군. 아니, 꼭 벼슬을 하고 싶다는 생각은 없어. 시시한 사나이의 부하가 되는 것은 질색이야. 그러나 데려다주고 상금을 받을 수 있다면 그것은 좋다."

"호호호……"

갑자기 키쿄가 웃었다.

"어림도 없는 소리를 하는구나. 우리 남편은 네가 날 데려다준다고 해도 절대로 상금 따위는 주지 않는다. 그렇게 하면 도리어 네 목이 달아날 것이다."

"뭐, 내 목이 달아난다고……"

"물론이다. 귀신이란 별명을 가진 분이니까."

"으음, 가증스런 여자로군. 그럼, 데려다주기를 원치 않는다는 말이로군. 돌려보내지 않으면 어떻게 될지 모르느냐?"

"글쎄, 어떻게 될까…… 조용히 기다려보는 수밖에 없을 테지."

"맹랑한 계집이군!"

거구의 사나이는 질렸다는 듯이 다시 한 번 여자의 얼굴을 들여다보고 강하게 혀를 찼다.

"보살 같은 얼굴을 하고 있지만 마귀와 다름없어. 데려다줘도 돈이 안 된다면 실컷 재미나 보고 남에게 팔아넘기겠다. 그래도 좋으냐?"

"좋고 나쁘고는 네 마음에 달렸지, 나는 모른다."

"내 마음대로 하라는 말이구나, 못된 계집 같으니라구. 그래 좋다!"

"어차피 사내들이 멋대로 다루어온 몸, 무슨 짓을 하는지 나는 가만히 지켜보기만 할 것이다."

키쿄는 점점 더 창백해지는 초저녁 달빛 아래에서 얼굴을 일그러뜨리고 웃는 것 같았다.

8

노부나가가 자주 노히메를 닮았다고 한 이 미츠히데의 딸은 노히메보다 더 강한 기질에, 두뇌는 더욱 빠르게 움직였다. 그녀는 노부나가의 명으로 호소카와 효부노타유 후지타카의 아들 요이치로 타다오키에게 출가하라고 했을 때 아버지를 돌아보고 이렇게 말했다.

"우다이진 님은 얼룩말이 아까우셨던 모양이에요."

아케치 미츠히데가 호소카와 후지타카와 함께 산인을 정복한 공을 치하하는 자리에서 명마名馬 한 필을 주기가 아까워 그 대신 자기를 시집보낸다는 비아냥이었다. 비아냥에 대해 비아냥으로 답할 줄 모르는 미츠히데는 아마도 그 한 마디 말을 취소시키기 위해 수천 마디의 말을 허비했을 것이다.

출가한 그날부터 타다오키는 키쿄를 뜨겁게 사랑했다. 당연한 일이었다. 일본 기독교사에서 다음과 같이 극찬하고 있는 훗날의 가라시아 부인이니까……

"아름다운 용모는 비할 데 없고 활달한 성격에 영리하고 과단성이 있다. 마음이 고상하고 지혜가 뛰어나다."

남편의 열애도 아버지나 노부나가의 애정도 그녀에게는 왠지 모르게 불안하고 믿음직스럽지 못했다. 원래 무장의 생활 그 자체에는 커다란 불안이 뒤따랐다. 인간이 인간을 힘으로 억압한다면 다른 동물과 무엇이 다르다는 말인가? 그 의문은 이번 사건을 통해 결국 그녀를 절망의 밑바닥으로 떨어뜨렸다.

'그래, 아버지에게도 노부나가에게도 이성으로 이해할 수 있는 면은 없었다……'

이런 생각은 시아버지인 후지타카나 남편인 요이치로에 대한 불신으로도 이어졌다. 아니, 시아버지나 남편뿐 아니라, 인간에 대한 불신의 절망이 지금의 그녀를 크게 사로잡고 있었다. 그렇지 않다면 야수와 도 같은 노부시에게 자기가 어떤 일을 당할지 가만히 지켜보겠다는 말 은 할 수 없을 터.

상대는 이 한마디에 화가 머리끝까지 치밀어오른 것 같았다.

"그래? 그렇다면 너는 자진해서 능욕을 당하려는 음란한 계집이었 구나."

"어떻게 생각하건 그것은 네 자유다."

"좋아, 내 자유니까 내 마음대로 하겠다. 후회는 없겠지?"

덜컥 하고 칼을 칼집에 꽂은 굵고 털이 듬성듬성 난 팔이 키쿄 앞으 로 뻗쳐왔다.

그래도 키쿄는 꼼짝하지 않았다. 귀하게 자란 몸으로 무섭지 않을 리 없었다. 그런데도 키쿄의 기질은 그 순간에도 겁을 먹도록 허락하지 않 았다. 아마도 이 여자는 난폭한 사나이의 품에 안겨 그대로 기절하는 한이 있어도 누구에게 도움을 청하거나 신불의 자비를 구하지는 않았 을 것이다.

사나이의 손이 뒤에서 검은 머리채를 움켜잡았다. 질질 끌듯이 하고 가냘픈 몸을 거칠게 뱃전에 밀어붙였다. 승객과 습격자의 아우성소리 가 아득히 먼 세계의 일처럼 들리고, 달을 향한 여자의 입술이 애처롭 게 일그러졌다.

"자업자득이야. 너처럼 고집스런 계집에게는."

사나이가 혼잣말처럼 중얼거리고 여자 위에 몸을 겹치려고 했을 때 였다.

"앗!"

날카로운 소리와 함께 사나이의 몸이 뒤로 젖혀지고, 키쿄가 밀어붙 여진 뱃전에 또 하나의 그림자가 떠올랐다.

칼을 입에 문 챠야 시로지로였다.

9

챠챠 시로지로는 허공을 움켜쥐고 자빠진 사나이의 몸을 가볍게 걷어찼다. 그리고 뒤에서 공격당할 우려가 없다는 것을 확인하고는 아무 말도 않고 키쿄를 둘러메었다. 이번에도 또한 키쿄는 상대가 하는 대로 내버려두고 물끄러미 시로지로를 쳐다보았다.

시로지로는 뱃전에 늘어져 있는 굵은 밧줄을 잡고 기슭 반대쪽에 있는 작은 배로 건너가, 그 중앙에 여자를 가만히 내려놓았다. 그리고는 그대로 노를 젓기 시작했다.

아직도 기슭에서는 배에서 벌어진 사건을 모르고 있는 것 같았다. 달이 스르르 구름 속으로 모습을 감추고 강물에 비친 별이 선명하게 보이기 시작했다.

시로지로는 잠시 동안 노 젓는 일에만 전념했다.

'어째서 아케치의 딸인 줄 알면서도 구해줄 생각이 들었을까?'

그런 생각에 그는 내심 당황했다. 중요한 밀령密令을 띠고 이 부근을 왕래하는 몸으로 이렇게 위험한 소용돌이에 스스로 뛰어들어서는 안 되었다. 물론 그것을 알고 있었기 때문에 그는 재빨리 배에서 뛰어내렸다. 그런데도 어째서 작은 배를 발견하고 그것을 저어 다시 돌아왔던 것일까……?

시로지로가 아직 그 이유를 깨닫지 못하고 있을 때 키쿄가 먼저 입을 열었다.

"나를 어디로 데려갈 생각이세요?"

서쪽에서 점점 구름이 몰려오고 있었다.

벌써 아까 그 배가 보이지 않는 위치에 와 있었으나 작은 배는 계속 상류로 올라가고 있었다.

"도와주고 나서 후회하게 될지도 몰라요. 어떻게 생각하세요?"

"글쎄, 그것은……"

시로지로는 허를 찔린 기분으로 상대에게 눈길을 옮겼다. 아직 해가 있을 때 본 여자의 얼굴이 어둠 속에서 뚜렷하게 떠올랐다.

"부인이 너무 기품이 있고 아름답기 때문에 구해줄 생각이 들었는지도 모릅니다."

여자는 그 말에 잠시 입을 다물었다가 말했다.

"후회되시면 어디든 버리고 가도 좋아요."

"버리고 간다 해도 부인의 행선지가 있을 것 아닙니까? 아무 목적도 없는 여행은 아닐 테니까요."

"글쎄요…… 있다면 있고 없다면 없어요."

조용한 목소리로 중얼거렸다.

"인간의 일생이란 이렇게 불안한 것일까요?"

"불안하시다면 무사히 목적지에 도착해도 행복할지 불행할지 알 수 없다는 말씀입니까?"

"댁은 안다는 말인가요? 나는 지금까지 그것을 모르고 살아왔어요. 앞으로도 모를 거예요."

"부부 사이가 좋지 않았습니까, 부인은……?"

"글쎄요……"

여자는 문득 아주 솔직한 어조가 되어 있었다. 시로지로가 아까 그 사나이와 같은 비겁한 목적은 갖지 않았다는 것을 깨달았기 때문인 듯.

"세상에 자기 목을 걸고 아내를 사랑하는…… 그런 남자가 과연 있을까요?"

"없다고 생각합니까?"

"있다고 생각하고 싶어요! 하지만 없을지도 몰라요. 만일 나의 친정과 시집이 적이 된다면…… 이것은 댁이 보통의 상인이 아니라는 것을 알기 때문에 하는 말이에요…… 남편은 나를 죽이지 않고도 의리를 지킬 수 있을까요? 가령 시가가 우다이진 님의 편이라고 했을 때."

"글쎄, 그것은……"

이번에는 시로지로가 숨을 죽였다.

'상대는 신분을 밝힐 모양이다……'

이런 생각에 몸도 목소리도 한꺼번에 굳어졌다.

10

하늘을 덮은 구름이 더욱 짙어졌다. 어느 틈에 별도 하나 둘 사라져 이대로 가면 비가 올지도 몰랐다.

"그럼…… 부인의 친정은 아케치 편, 시가는 우다이진 님 편이라는 말입니까?"

"이미 알고 있는 줄 알았는데요."

"당치도 않습니다!"

알고 있으면서도 구해주었다면 그야말로 자기 자신은 물론 주군에게까지 어떤 오해가 미칠지 알 수 없었다.

"그래요…… 알지 못했을 거예요, 그것은……"

상대는 민감하게 시로지로의 마음을 읽은 듯했다.

"그래서 무사히 여행하는 것이 좋은지 나쁜지 모르겠다고 했던 거예요. 무사의 의리를 내세우고 목이 잘리기 위해 돌아간다…… 의리란 그토록 가치가 있는 것인지 어떤지……"

"무서운 말을 하는군요. 무사에게서 의리를 빼면 무엇이 남는다는 말이오?"

"무서운 여자인 줄 알았다면 어디다 버리거나 죽여도 좋아요."

여자의 단호한 대답을 듣고 시로지로는 또다시 가만히 주위를 둘러

보았다.

'나는 혹시 이 여자에게 마음이 끌리고 있는 것은 아닐까……?'

"부인……"

시로지로는 자신의 망상을 뿌리치기라도 하듯 말했다.

"만일 부인이 아케치의 딸이고 탄고의 호소카와 님에게 출가한 몸이라 해도 목적도 없이 여행하지는 않을 것입니다. 어째서 사카이를 떠나위험을 무릅쓰고 쿄토로 가신다는 겁니까?"

"두 가지를 확인하고 싶어서예요."

"두 가지라니요?"

"만약에 아케치 님이 우리 아버지라고 한다면……"

키쿄는 반은 혼잣말, 반은 시로지로의 각오를 촉구하는 어조로 말을 이어갔다.

"아버지가 무슨 생각으로 우다이진 님을 죽였을까? 우다이진 님 한 사람만 제거하면 이 세상이 바로잡힌다고 생각했던 것일까?"

"그런 생각에서 죽인 것이라면……?"

"비웃어주겠어요. 그런 얕은 생각을 가지고 있다면 서로 죽이고 죽임을 당하는 난세가 영원히 계속될 것이라고 비웃어주겠어요."

"으음. 그것이 한 가지이고, 또 하나 확인하고 싶다고 하신 것은?"

"그런 다음 아버지와 헤어져 탄고로 가서 남편에게 한마디 물어보고싶어요."

"무엇을 물어보려고 합니까?"

"아버지 편이 되는 것은 무모한 일이라 충고하고, 남편이 나를 어떻게 할 것인지 묻겠어요. 역신의 딸이므로 목을 베어 바치겠다고 할 것인지, 아니면 내 목숨을 구해줄 것인지를."

"목을 베어 바치겠다고 하면?"

"웃으면서 응하겠어요. 그것은 고집도 의리도 아니다, 허약한 패배

자가 자기 목숨을 구하기 위해 상대에게 아부하는 것이라고 웃으면서 죽겠어요."

시로지로는 저도 모르게 노 젓던 손을 멈추었다.

'소문으로 듣던 것보다 훨씬 더 강한 여자⋯⋯'

여자의 입에서 이토록 강한 말이 나오다니⋯⋯ 이 여자는 아버지 미츠히데와 남편 타다오키를 모두 시험해보려 하고 있었다.

"호호호⋯⋯"

갑자기 어둠 속에서 투명한 웃음소리가 터져나왔다.

"이것으로 내가 여행하는 목적은 모두 말했어요. 이 여행이 뜻대로 되리라고는 생각지 않아요. 이런 생각을 가지고 있는 여자를 댁은 어떻게 하겠어요? 어서 생각을 정리하는 게 좋겠어요."

11

시로지로는 대답 대신 노 젓는 손에 힘을 주었다.

확실하게 신분을 밝히기 전에 이 여자와 헤어지지 않으면 안 된다. 그러나 여기서 여자 혼자의 힘으로는 탄고는커녕 쿄토에도 갈 수 없을 것이다.

'그렇다, 요도야에게 부탁하는 것이 좋겠다.'

요도야 죠안淀屋常安은 현재 오사카의 나카노시마中ノ島를 개간하는 데 열을 올리고 있었다. 앞으로 이곳을 일본의 중심적인 쌀 집산지로 만들려는 큰 꿈을 펼치고 있는 무사 출신의 호상豪商이었다.

시로지로가 배를 젓는 동안 키쿄는 잠자코 있었다. 무슨 생각을 하는지 약간 고개를 떨구고 꼼짝도 하지 않았다.

이윽고 오른쪽 기슭에 즐비한 창고의 지붕과 군데군데 불빛이 보이기 시작했다.

'분명히 이곳으로 들어가 거기서 왼쪽에 보이는 것이 나카노시마일 텐데······'

쿄토와 오사카는 육로보다 수로가 훨씬 더 발달해 있었다. 30석이 실리는 배를 타고 오르내리던 기억을 더듬어 섬으로 다가갔을 때 다시 새로 지은 창고의 벽이 어둠 속에 떠올랐다. 요도야 죠안의 선착장은 그 부근에 있었다.

"부인."

시로지로는 뭍을 바라보면서 일부러 선착장을 피해 기슭으로 배를 대었다.

"일단 내리십시오."

키쿄는 그가 시키는 대로 배에서 내려 파릇파릇 풀이 자라는 둑으로 올라갔다.

"이 부근에 요도야 죠안이라는 나와 절친한 미곡상이 있습니다. 거기서는 쉴 새 없이 쿄토에 배가 왕래하고 있으니 태워드리도록 부탁하지요."

키쿄는 아무 대답 없이, 시로지로가 배를 부근에 있는 말뚝에 매고 내려올 때까지 가만히 서 있었다.

"부슬부슬 비가 내리기 시작하는군요. 장마가 지려는 것일까요?"

"아니, 큰비는 오지 않을 것입니다. 자, 이리 오시죠."

"폐를 끼쳐서 미안합니다."

시로지로는 앞장서서 창고와 창고 사이를 지나 새로 지은 죠안의 상점으로 다가갔다.

"누구냐?"

"오, 야간 경비원이시군. 나는 쿄토에 사는 챠야라고 하는 사람인데, 죠안 님을 만나러 왔소. 안내해주시오."

"아, 챠야 님이시군요. 요즘 이삼 일 동안 창고의 쌀을 노리는 도둑들이 극성을 부리고 있어서 처음엔 깜짝 놀랐습니다. 제가 안내하겠습니다."

"이 근처에도 도둑이?"

"예. 하시바 님의 부탁으로 쌀을 가득 창고에 들여놓았는데 도둑들이 바로 그것을 노리고 있습니다. 그래서 모두 교대로 불침번을 서고 있습니다."

시로지로는 흘끗 키쿄를 돌아보고 경비원이 손에 든 등불을 따라 걸어갔다.

'이미 여기에도 히데요시의 손길이 뻗쳐 있다……'

그렇다면 더더구나 키쿄의 신분을 비밀에 부치지 않으면 안 된다. 누가 물으면 자진해서 자기가 아케치의 딸이라고 말할 것 같은 키쿄의 기질이 걱정스러웠다.

"저어……"

시로지로는 그녀의 귀에 입을 가까이 대고 나직하게 말했다.

"신분에 대해서는 아무 말도 하지 마십시오. 그것을 알면 요도야 님이 난처하게 여길 테니까요."

키쿄는 가만히 시로지로를 바라보면서 그 눈가에 쓸쓸한 미소를 떠올렸다.

12

두 사람이 죠안의 상점으로 들어갔을 때 노송나무 껍질로 지붕을 덮은 처마에 떨어지는 빗소리가 들렸다.

"어서 오시오, 챠야 님. 하인도 거느리지 않고 오셨습니까? 때가 때인 만큼 무척 바쁘시겠군요."

요도야 죠안은 이미 50이 가까웠다. 얼굴에 살이 붙고 귀가 다른 사람들보다 커 보였다. 그는 환하게 웃는 낯으로 두 사람을 안채로 맞아들였다.

새로 지은 집이어서 나무 향기가 가득하고, 상인의 집답지 않게 오래된 절의 서원을 연상케 하는 구조였다.

"훌륭한 집이로군요."

"아니, 그저 그렇습니다. 그런데 우리의 예측이 좀 경솔했던 것 같군요. 이미 난세는 끝났다…… 앞으로는 백성들의 세상이 될 것이라 생각했는데 형편없는 멍청이가 나타나다니."

형편없는 멍청이란 물론 미츠히데를 가리키는 말일 듯. 시로지로는 다시 키쿄를 돌아보지 않을 수 없었다.

"그런데, 이 부인은?"

"예, 쿄토에서 단골로 저희 물건을 구입해주시는 분의 마님입니다. 사카이에서 일을 보시고 돌아오는 길에 그만 도적을 만나……"

"그 도적은 육로만이 아니라 뱃길에도 나타났어요. 자기들은 아케치 편의 군량 조달자, 배를 살펴봐야겠다면서 우리 배 두 척을 빼앗아갔습니다. 쌀은 백 섬 정도에 지나지 않았습니다만……"

"으음, 그런 말을 하면서 강탈해갔군요."

"그래 멍청이라고 한 것입니다. 명분이 서지 않는 싸움을 일으키면 도적들까지 그 이름을 사칭하여 못된 짓을 합니다. 그 모두를 아케치가 한 짓으로 백성들은 생각하게 되거든요."

시로지로는 또다시 키쿄를 홀끗 돌아보았다.

키쿄는 도자기와도 같은 얼굴로 두 사람의 이야기를 듣고 있었다.

"그럼, 요도야 님이 보시기에는 이번 싸움은 이미 결판이 났다는 것입니까?"

"일단은 그렇죠. 하하하……"

죠안은 호탕하게 웃었다.

"오늘 들어온 소식에 따르면, 아케치는 마침내 세타의 교량을 수리하고 사카모토坂本에서 아즈치로 들어가 오미의 영지를 처분하기 시작했다고 합니다."

"아니, 아즈치 성에 들어갔다는 말인가요?"

"그곳은 살해당한 우다이진 님의 성이라 상인들은 모두 아즈치를 버리고 고향으로 돌아갔고 주인 없는 성을 지키던 무사들도 우왕좌왕했으니까요. 차마 눈뜨고 볼 수 없는 혼란이 벌어지고 있다고 하더군요."

"무수히 많던 그 금은보화와 칠층의 성이 고스란히 아케치의 손에 들어갔겠군요?"

"그야 물론이지요."

죠안은 낯빛이 흐려지면서 말했다.

"내전에서는 이대로 성을 역신의 손에 넘기는 것은 원통한 일, 어서 불을 지르라고 강력하게 나왔다고 합니다. 그러나 수비대장 가모 카타히데蒲生賢秀는 분별 있는 사람이어서, 우다이진 님이 여러 해에 걸쳐 많은 비용을 들여 세운 천하에 둘도 없는 성을 우리 손으로 초토화시킨다면 황송한 일이라면서 키무라 지로자에몬木村次郎左衛門에게 넘긴 뒤 일족을 모시고 자신의 거성인 히노日野로 물러갔다고 합니다. 삼일 여덟 점(오후 2시) 무렵이었답니다. 그래서 미츠히데가 들이닥쳤을 때는 이미 성이 비어 있었다고 합니다. 우리가 관심을 갖는 것은 여기서부터죠. 그 금은보화를 미츠히데가 어떻게 처분할 것인가…… 그 일이 끝나면 쿄토로 돌아가 결전을 벌이게 될 것인데, 하늘은 결코 불의에는 편 들지 않거든요."

아무래도 요도야는 미츠히데의 패배를 확신하고 있는 것 같았다.

키쿄는 여전히 묵묵히 앉아 죠안의 얼굴을 바라보고만 있었다.

13

시로지로는 요도야 죠안의 이야기로 탐지하려고 했던, 사건 이후 미츠히데가 어떤 행동을 취하고 있는지를 대강 알게 되었다.

미츠히데는 오다 노부나가 부자를 죽이고 난 뒤 4일까지 쿄토에서 노부나가의 잔당을 소탕하고, 그날 여덟 점(오후 2시) 무렵에 군사를 나누어 쿄토 서남쪽 야마자키와 가까운 쇼류지 성勝龍寺城에 중신 미조오 카츠베에溝尾勝兵衛를 남기고 오미로 향한 줄 알고 있었다. 그런데 이미 자기 거성인 사카모토에서 나와 노부나가의 업적을 상징하는 호화찬란한 아즈치 성에 들어간 모양이었다.

쿄토에 있는 동안 공경들을 무력으로 눌렀을 것이 분명하고, 그곳에서 즉시 모리, 우에스기, 호죠, 쵸소카베長曾我部 등에게 사자를 보내는 한편 자신은 아즈치 성을 손에 넣어 그곳으로 칙사를 맞이하여 명분을 세울 계획이었음이 틀림없다. 이 과정은 거의 예정대로 진행되고 있다고 보아도 무방했다. 아니, 아즈치 성을 무저항 상태에서 손에 넣었으므로 예상했던 것 이상으로 큰 성공을 거둔 것인지도 모른다.

그런데도 죠안은 태연하게 미츠히데의 패배를 예언하고 있었다.

시로지로는 약간 고개를 갸웃한 채 물었다.

"요도야 님은 하시바 님을 너무 높이 평가하시는 것 같군요. 그 후 아케치가 한 행동을 보면 과연 평범한 장수가 아닙니다. 손을 써야 할 것에는 어김없이 대책을 강구해놓고 있으니까요."

"하하하······"

죠안은 다시 호탕하게 웃었다.

"나는 언제나 선매先買를 합니다. 사들일 때는 과감하게 선매를 하지요. 쌀도 콩도 마찬가지입니다. 내가 하시바를 선매하겠다고 작정한 것은, 당연히 미츠히데의 진영에 가담했어야 할 사람들이 전혀 움직이려 하지 않기 때문이지요."

"당연히 가담했어야 할 사람들이라니요?"

"탄고의 호소카와, 야마토의 츠츠이……"

"음, 그들은 모두 인척이 아닙니까?"

"그렇소. 이 양자가 재빨리 편을 들면 타카츠키 성의 타카야마 우콘, 이바라키 성의 나카가와 키요히데도 가담할 것입니다. 그렇게 되면 미츠히데의 기반이 굳어지기 때문에 하시바 님과의 싸움도 장기전이 될 테지요. 그동안에 다른 계책도 세울 수 있겠지만, 사람에게는 각자 기질이라는 것이 있게 마련이어서……"

"아케치 님은 기반 굳히는 일을 게을리하고 있다는 말입니까?"

"그렇소…… 발 밑을 잘 비추고 살펴보라는 불가佛家의 교훈을 잊고 쇼군將軍°이 보내는 칙사에 연연해하거나 멀리 떨어져 있는 다이묘들만 끌어들이려 하고 있어요. 미츠히데는 그처럼 오만하고 헛된 이름만 좇으려는 독선적인 면을 가진 사람이지요. 이런 형편인데, 가령 미츠히데에게 협력하려는 자가 모리, 우에스기, 호죠, 쵸소카베 등의 유력 다이묘 중에 있다고 해도 과연 누가 대군을 거느리고 미츠히데를 도와주러 온다는 말이오? 모두 자기 주변에 적이 있기 때문에 꼼짝도 못할 자들뿐이에요. 칙사를 맞이하는 것도 마찬가지. 도대체 쇼군의 칙사가 총포 한 자루, 쌀 한 섬 정도의 힘이라도 될 수 있다고 생각합니까. 모두 그림의 떡에 지나지 않아요. 그런 데에만 신경을 쓰고 발 밑을 굳히는 일을 게을리하는 자는 이 요도야의 눈에 들지 않소. 그런데, 부인."

죠안은 웃으면서 키쿄에게 시선을 돌렸다.

"무사의 부인이신 것 같아서 하는 말입니다마는, 먹이도 주지 않고 말을 살찌우라고 한다면 과연 그 방법이 옳겠습니까? 그림의 떡만으로는 누구라도……"

키쿄는 낯빛도 바꾸지 않고 대꾸했다.

"저도 처음부터 미츠히데의 패배가 움직일 수 없는 사실이라 생각하고 있어요."

14

키쿄의 대답에 죠안은 눈을 가늘게 뜨고 말했다.

"허허허, 어느 댁 부인이신지는 모르나 안목이 높으시군요. 하시바 님의 기질은 미츠히데 님과는 아주 다릅니다. 그분은 허망한 것은 버리고 실리를 추구합니다. 이번에 호소카와, 츠츠이 양가를 자기편에 끌어들이지 못한 것이 아케치 집안으로서는 큰 실책입니다."

"아니, 실책이 아니라 무모한 일이었다고 생각합니다."

키쿄는 남의 일인 듯이 말하고 고개를 가로저었다.

"허어, 무모하다고요?"

"예. 사전에 협의했더라면 양가를 끌어들이기는커녕 우다이진 님에게 고하여 아무 일도 일어나지 않았을 것이 분명합니다."

"으음. 그것을 알기 때문에 실리를 취하지 못했다는 견해도 있을 수 있겠지요."

"예, 그래서 비밀리에 일을 추진했다고 하면 자못 분별이 있는 것처럼 들리지만, 역시 이것은 자기 주제를 알지 못한 얕은 생각이고 무모한 짓이었어요."

시로지로는 차마 듣고 있을 수가 없어 고개를 돌렸다.

그 귀에 다시 예리하고 애처로운 비난의 목소리가 들려왔다.

"가엾은 것은 그의 일족과 가신들이에요. 무모한 아버지, 무모한 주군을 가진 탓에 비참한 죽음을 당할 거예요."

"아 참, 이야기를 듣다가 그만 부탁할 일을 잊고 있었습니다."

참지 못하고 시로지로가 입을 열었다.

"요도야 님의 주선으로 이 부인을 쿄토까지 보내드렸으면 합니다. 저는 이제부터 시나노 가도를 통해 오미로 갈 생각입니다."

"어렵지 않은 일이라고…… 대답하고 싶으나 점점 어려워지고 있기 때문에."

죠안은 약간 고개를 갸웃거렸다.

"그런데, 어느 댁 부인이신가요?"

"사실은……"

시로지로는 자기 이마를 탁 쳤다.

"도적을 만나 위험에 빠진 상황에서 구해드렸습니다. 그래서 신분도 성함도 묻지 않고 그대로 보내드렸으면 싶습니다마는."

"으음, 그렇군요……"

죠안은 도적에게 여자가 능욕당했기 때문이라고 해석한 모양인지 머리를 긁적이며 말했다.

"이거 나잇값도 못하고 괜한 것을 물었군요. 좋습니다. 다른 사람도 아닌 챠야 님의 부탁이니 그렇게 하지요."

"승낙해주시겠습니까?"

"예. 승낙한 이상 목숨을 걸고! 그럼, 오늘 저녁엔 식사를 드시고 나서 편히 쉬십시오."

"감사합니다. 수로에서는 다이묘 이상의 힘을 가지신 요도야 님이 승낙해주시니 안심했습니다. 부인, 이제는 걱정하실 것 없습니다."

키쿄는 아무 말도 하지 않았다. 약간 고개를 숙였을 뿐 눈길을 떨구지도 않았다.

두 사람은 식사 대접을 받고 침소로 안내받았다.

"챠야 님은 여기에서, 그리고 이 옆방에 부인의 잠자리를 준비했습니다."

안내한 하녀가 이렇게 말하고 물러갔다. 그것을 복도에 서서 바라보고 있던 키쿄가 비로소 애써 소리를 죽이고 울기 시작했다. 앉지도 않고 선 채로 어깨와 목을 몹시 떨면서……

15

"왜 그러십니까, 이런 곳에서……?"

시로지로가 물었는데도 키쿄는 잠시 동안 같은 자세로 울고 있었다. 이 여자의 꿋꿋한 기세가 결국 마지막 선에서 무너지고 있다는 느낌이 들었다.

"챠야 님……"

얼마 후 키쿄는 조금 전에 주인과의 대화 때 알게 된 시로지로의 성을 불렀다.

"챠야 님도 전에는 이름있는 무사였을 거예요. 제 부탁을 들어주십시오."

"부탁……이라니요?"

반문하고 나서 시로지로는 크게 후회했다.

울음을 그치고 똑바로 자기를 바라보는 눈은 그녀의 절망을 남김없이 말해주고 있었다.

"제 목을 베어주십시오, 그 손으로."

키쿄는 방으로 들어와서는 무릎을 꿇고 합장했다.

등잔 불빛을 받은 그 옆모습은 숭고할 정도로 맑았으며, 불가사의한 기품이 감돌고 있었다. 아버지를 비판하고 세상의 움직임을 통찰할 수 있는 것이 이 여성의 불행을 더욱 안타깝게 부채질하고 있었다.

"부탁입니다. 강한 체해도 결국은 여자의 몸…… 살아남아 세상의 비난을 참고 살려고 했으나 잘못 생각했던 것 같아요. 챠야 님도 돌아가신 우다이진 님이나 하시바 님과 연관이 있는 분이시겠죠? 동정한다 여기시고 이 목을 베어, 아케치의 딸이 아버지의 무모함을 사죄하면서 죽었다고……"

"안 됩니다!"

시로지로는 반쯤은 자기 자신을 꾸짖는 어조였다.

"안 됩니다."

그리고는 같은 말을 되풀이했다.

"죽을 생각을 가진 분인 줄 알았다면 내가 왜 여기까지 모셨겠습니까? 함부로 그런 말씀을 해서 신분을 노출시키면 안 됩니다."

"그럼, 살아남아 계속 이런 수치를 당하라는 말입니까?"

"물론입니다. 강해지셔야 합니다."

시로지로는 더욱 힘찬 어조로 말했다.

'내가 왜 이런 말을 하는 것일까……?'

문득 의아하다는 생각이 들었다.

혹시 더할 나위 없이 아름다운 이 열부烈婦에게 시로지로나 되는 사나이가 완전히 매료당한 것은 아닐까.

'그렇더라도 좋다……'

시로지로는 자신에게 대답했다.

"살아서 수치를 당할 것인가의 여부는 앞으로 어떻게 사시느냐 하는데에 달려 있습니다. 부인…… 서로 죽이고 죽임을 당한 예가 없는 것은 아닙니다. 오닌應仁의 난˚ 이후 끊임없이 계속된 난세의 슬픈 모습입니다. 그러므로 이 챠야도 평화의 서광이 비치기 시작하거든 칼을 버리고 백성이 되어 의미 없이 죽어간 피아간의 영혼을 달래주겠다는 굳은 결심으로 일하고 있습니다……"

키쿄는 드디어 큰 소리로 목놓아 울기 시작했다.

"우십시오. 마음껏 우시고 나서 하다못해 부인만이라도 살아남아 무엇이 전쟁의 근원이었는지 정확히 지켜보십시오. 의미도 없는 전쟁에 희생당해 죽느니보다는 잘 지켜보고 떠돌아다니는 영혼을 달래주는 것이 진정 강한 사람임을 아셔야 합니다."

이렇게 말하는 동안 시로지로는 자기 눈에서도 주르르 눈물이 흘러내리는 것을 깨달았다. 순간 부끄러운 생각이 들었다.

"그럼, 이만 주무십시오. 요도야 님이 쿄토로 보내주시겠다고 했습니다. 이것도 인연이라 생각하시고……"

그는 조용히 옆방으로 들어가 거기 마련된 이부자리 위에 팔짱을 끼고 앉았다. 영문 모를 슬픔이 온몸을 떨게 하고 살아 있는 괴로움이 뼈에 사무쳐왔다.

큰 무지개

1

하시바 치쿠젠노카미 히데요시가 타카마츠에서 철수하여 비젠의 누마 성沼城을 거쳐 자기 거성인 히메지 성에 돌아온 것은 6월 8일 밤이었다.

그때 이미 오미의 나가하마 성은 미츠히데의 손에 떨어지고 그의 어머니 오만도코로大政所는 히메지 성으로 피난해 있었다.

"밤중이기 때문에 어머님은 내일……"

히데요시는 이렇게 말하고 성을 지키던 코이데 하리마小出播磨와 미요시 무사시三好武藏를 데리고 바삐 성안을 뛰어다니면서 여러 가지 정보를 자기 눈과 귀로 직접 확인했다.

전혀 뜻하지 않았던 돌발사건 직후여서 여러 가지 정보는 반드시 히데요시 쪽에 유리하다고는 할 수 없었다. 예상했던 대로 미츠히데는 쿄토에서 백성들에게 각종 세납을 면제해주는 인기정책을 쓰고 그 길로 오미 공격에 나섰다. 고작 저항다운 저항이란 야마오카 미마사카노카미山岡美作守 형제가 세타의 교량을 불태워 잠시 진격을 지연시켰을 뿐, 그 후부터는 착실하게 예정했던 대로의 성과를 올리고 있었다.

이에 비해 오다 쪽의 혼란은 갑작스러운 변란으로 지리멸렬하다고 해도 좋았다.

중신 중에서도 타키가와 카즈마스瀧川一益는 죠슈上州의 우마야바시廐橋에서 새 영토의 경영에 착수하고 있던 때라 사방에 적이 있었으므로 섣불리 움직일 수 없는 상태였다. 카와지리 히데타카川尻秀隆 역시 카이에 있었기 때문에 얼른 달려올 수 없었다.

모리 나가요시森長可는 중부 시나노의 타카이高井, 미노치水內, 사라시나更科, 하니시나埴科 등 네 고을을 할당받아 카와나카지마川中島의 카이즈 성海津城에 있었다. 시바타 카츠이에는 에치젠 북쪽의 키타노쇼北の庄에 있는 거성에서 삿사 나리마사佐佐成政와 마에다 토시이에前田利家 등을 거느리고 엣츄를 공격하여 우에스기 카게카츠上杉景勝의 속성屬城 우오즈 성魚津城을 함락시키는 중이었기 때문에 그 역시 신속하게는 움직일 수 없었다.

노부나가의 셋째아들 칸베 노부타카神戶信孝는 니와 나가히데와 같이 오사카에 있으면서 미츠히데의 편이 될 것으로 보이는 아마가사키 성의 오다 노부즈미를 죽였다고는 하나, 그 후부터는 사기가 떨어져 병졸 중에서 도망치는 자가 속출하고 있다는 정보였다.

따라서 싫든 좋든 당장 미츠히데와 일전을 벌일 수 있는 것은 히데요시 하나뿐이라는 확실한 답이 나와 있었다.

히데요시는 이와 같은 정세를 대략 파악하고는 코쇼에게 명했다.

"목욕을 하려 하니 물을 끓여라."

그는 결코 낙관도 하지 않고 비관도 하지 않았다. 지금 이 상황에서 승패를 결정짓는 것은 오로지 킨키와 가까운 곳에 있는 다이묘들의 향배에 달려 있었다.

미츠히데 휘하에 있던 타카야마 우콘과 나카가와 키요히데. 그리고 미츠히데의 사돈이고 절친한 친구이기도 한 호소카와 후지타카 부자와 츠츠이 쥰케이.

이 가운데 틀림없이 히데요시의 편이 될 만한 사람은 카츠사부로勝 三郎라 불리던 시절부터 노부나가 곁에서 지내온 셋슈 하나쿠마花隈의 이케다 노부테루池田信輝* 단 하나뿐이라는 계산이 나왔다.

"목욕물이 끓었습니다."

코쇼인 이시다 사키치가 보고했다. 히데요시는 말없이 때묻은 갑옷을 벗어버리고 욕조에 들어가 잠시 생각에 잠겼다.

'천하의 갈림길……'

이렇게 생각하기보다는 오와리 나카무라에서 태어난 농부의 아들로 56만 석의 영지를 가진 히메지의 성주가 되고 츄고쿠를 경영하게까지 된 하시바 치쿠젠노카미 히데요시의 운명이 다른 사람의 일인 것처럼 생각되었다.

노부나가의 위업을 이어받을 것인가, 여름의 한낱 초로草露로 사라질 것인가.

잠시 생각에 잠겼던 히데요시는 욕조에서 나와 큰 소리로 외쳤다.

"하치스카 히코에몬을 이리 불러라."

2

하치스카 히코에몬은 코쇼의 연락을 받고 반쯤 갑옷을 벗은 채로 급히 달려와 말라 있는 욕실바닥에 무릎을 꿇었다.

아직 새벽이 되려면 멀었다. 촛대의 불빛에 김이 서려 욕실바닥에 앉은 히데요시의 나신이 애처로울 정도로 나약하게 보였다.

"오랜만의 목욕이라 때가 많으시겠군요."

"아, 아직 그 때도 벗기지 못했어…… 문득 생각나는 게 있어서 그대를 불렀어."

히데요시는 쏘는 듯한 눈으로 히코에몬을 바라보고 빙긋이 웃었다.

"타카마츠 성의 흥정은 아주 잘한 일이었어!"

"그렇습니다. 성주님의 지혜 앞에 모두 손을 들었습니다."

"지혜가 아니야! 나의 진심이 무네하루에게 통하고 코바야카와 타카카게를 움직인 것일세. 킷카와 모토하루는 우다이진의 불행을 알고는 나한테 속았다고 노발대발한 모양이더군."

"지금 와서 말이지만, 추격당했더라면 지금쯤은 피투성이가 되어 싸우고 있을 것이 틀림없습니다."

"히코에몬."

"예."

"모리와의 강화가 성립된 것은 무엇을 의미한다고 생각하나?"

"성주님의 강한 무운武運. 반드시 이겨 미츠히데를 쓰러뜨릴 징조라고 아시가루들까지도 사기가 충천합니다."

"멍청이 같으니라구!"

"예…… 뭐라고 하셨습니까?"

"멍청이라고 했어. 이것은 신불이 치쿠젠노카미라는 사나이의 마음을 시험한 거야. 일단 운이 강한 것처럼 생각하게 만들고는, 그에 만족하여 방심하는 사나이인지 아니면 더욱 성심을 다하여 신불의 기대에 부응할 수 있도록 일사불란하게 노력하는 사나이인지를 짓궂게 바라보는 거야."

"으음…… 방심하지 말라는 뜻이로군요."

"방심 정도가 아니야. 몸과 마음을 다해…… 아니, 됐어. 앞으로 알게 될 테지. 그래서 말인데, 지금 당장 사카이에서 쿄토에 이르는 육로와 수로에 소문을 퍼뜨릴 수 있도록 부하들을 내보내게."

"소문을……"

"응. 이 부근에는 그대가 노부시 시절에 알고 지내던 자들이 많을 것일세. 그들을 포섭하여, 나의 선봉이 은밀히 아마가사키에 도착했다는 소문을 퍼뜨리도록 하게."

하치스카 히코에몬은 고개를 갸웃했다.

"노부시들에게……?"

"노부시들에게는 물론 상인, 뱃사람들에게도. 노부시들에게는 이미 승패는 결정된 것과 같다, 이제부터 치쿠젠노카미 진영에 가담하여 출세하자는 말을 퍼뜨리도록. 뱃사람에게는 함부로 배를 띄우지 않는 게 좋다, 만일 치쿠젠노카미에게 등을 돌린다면 배도 목숨도 함께 사라지게 될 것이라고."

히코에몬은 저도 모르게 무릎을 탁 치고 고개를 끄덕였다.

"상인들에게도 소문을 퍼뜨리도록 하게. 무기뿐 아니라 식량과 말먹이도 준비해두어라, 치쿠젠노카미가 사람을 보내 값을 따지지 않고 모두 사들일 것이라고 하게."

"알겠습니다."

"알았으면 사람을 뽑아 즉시 출발시키도록. 이것은 촌각을 다투는 일이야. 말할 필요도 없겠지만, 지금 킨키의 장수들은 미츠히데냐 치쿠젠노카미냐 하고 두 사람을 저울질하며 망설이고 있어. 일종의 도박이나 마찬가지지. 지금으로서는 내가 나카가와나 타카야마라도 어느 쪽이 이길지 가름하기 어려워."

"예."

히코에몬이 사라진 뒤 히데요시는 다시 욕조에 들어가 목까지 물에 몸을 담그고 수건을 이마에 얹었다. 그리고는 바깥을 향해 떠나갈 듯한 소리로 말했다.

"이치마츠, 사키치, 때를 밀어라."

3

남의 말에 귀를 기울이거나 털털한 행동을 하거나 하면 자못 못난 듯한 초라한 인상을 준다. 그러나 그렇게 보이는 것이 히데요시에게는 처세철학의 하나였다.

노부나가는 철두철미 위압하는 것을 생활의 기준으로 삼아왔다. 만일 아시가루 출신인 히데요시가 그렇게 했다면 당장 동료들의 반감을 사서 파멸했을 것임이 틀림없었다.

태도는 어디까지나 격의 없이, 실력은 어디까지나 강하게. 그리고 노부나가의 위압은 그대로 적에게로 돌렸다.

"이봐, 빨리 해."

히데요시가 욕조에서 나오자 오타니 헤이마와 이시다 사키치가 달려와 그의 희고 가냘픈 몸을 씻기 시작했다. 조금 전까지 옆방에서 대기하고 있던 후쿠시마 이치마츠福島市松의 모습은 보이지 않았다.

이 몸에 어떻게 그런 강인한 의지가 담겨 있는지 의심이 될 정도로 빈약한 체구였다.

"성주님, 때가 자꾸 나옵니다."

헤이마가 등뒤로 돌아서면서 말했다.

"쉿."

사키치가 얼른 제지했다.

히데요시는 골똘히 생각에 빠져 있었다.

두 시동은 부지런히 때를 밀고 나서 어깨 위에서 몇 번이나 물을 끼얹었다. 그러나 그것조차 의식하지 못하는 듯했다. 시동들은 다음 말을 기다리기 위해 욕실 한구석으로 물러나 나란히 서 있었다.

"헤이마, 사키치……"

잠시 후 히데요시가 작은 소리로 눈을 내리깔듯이 하고 말했다.

"이 치쿠젠노카미의 주군이 돌아가셨어……"

"그렇습니다."

"그렇다면, 오늘부터 이 치쿠젠노카미는 누구의 가신이겠느냐?"

두 사람은 그 질문이 너무 뜻밖이어서 서로 얼굴을 바라볼 뿐 대답하지 않았다.

"당연하지 않겠느냐, 천황님의 신하야!"

히데요시는 크게 어깨를 으쓱거렸다.

"지금까지는 주군을 섬겼지만 이번에 마침내 천황님을 모시게 됐어."

이렇게 말하면서 다시 목소리를 떨구었다. 두 사람에게 들려주기 위해서가 아니라 자기 자신에게 후회가 없느냐고 다짐하는 것 같았다.

"그 이치를 치쿠젠노카미는 알고 있으나 세상 사람들은 알지 못해. 세상에 대해서는 역시 주군의 원수를 갚기 위한 싸움이라고…… 그래, 그렇게 말해야 할 거야."

다시 얼마 동안 두 사람을 잊기라도 한 듯 깊은 생각에 잠겼다.

"좋아!"

이렇게 외치고 세번째로 욕조에 몸을 담갔다.

어느 틈에 더운 김이 서린 창이 환해지고 있었다. 때때로 말 울음소리가 들렸으나, 사람들은 모두 피로에 지쳐 잠들어 있는 것 같았다.

"성주님, 물이 식지 않았습니까?"

"응……"

"더운물을 좀더 부을까요?"

"응…… 아니, 이제 됐어!"

히데요시는 얼른 욕조에서 나와 이번에는 자기 손으로 몸을 깨끗이 닦기 시작했다.

"이제야 정신이 드는군. 때도 없어졌어. 날이 밝아오고 있구나."

"그렇습니다."

"사키치, 이치마츠가 보이지 않는데 불러오너라. 헤이마, 너는 하치스카 히코에몬에게 돈을 맡아보고 있는 자와 창고 책임자를 데려오라고 일러라. 그래, 여기로 말이다. 자고 있거든 깨워서 데려오너라."

히데요시는 말하고 나서 웃었다.

"하하하……"

사타구니에 있는 남성의 상징을 씻기 시작했다.

4

히코에몬을 선두로 하여 후쿠시마 이치마츠, 코이데 하리마, 미요시 무사시 등이 욕실로 달려왔을 때 히데요시는 속옷만을 걸치고 느긋하게 욕실바닥에 앉아 있었다.

이미 자문자답이 끝나 어떤 상황에도 대비할 수 있는 상태인 모양이었다. 히데요시는 고수가 바둑을 두듯 정확하게 다음 수를 내다보고, 일단 결심하면 질풍처럼 움직였다. 물론 이러한 태도는 그가 생명을 걸고 받들어온 노부나가로부터 배운 것이지만, 동시에 선천적으로 타고난 치밀한 두뇌와 호탕한 성격이 더더욱 연마된 모습이기도 했다.

"무사시."

그는 맨 먼저 매부인 미요시에게 말을 걸었다.

"우리는 오와리의 농부였었지?"

"예……? 그렇기는 합니다마는."

"태어날 때는 발가벗고 있었어. 어머님도 그것을 알고 계셔."

"그야 물론입니다. 그러나 이처럼 출세하셨다고 이 성을 보시면서 기뻐하셨습니다."

"그런 뜻으로 하는 말이 아닐세. 나는 다시 한 번 알몸으로 돌아갈 생각이야. 지금 돈이 얼마나 있나?"

"예, 은이 팔백 관, 금이 팔백 오십 장 정도 있습니다."

"좋아. 하리마, 쌀은?"

"예, 팔만 오천 섬입니다."

"알겠다. 그 돈을 즉시 히코에몬에게 건네도록. 히코에몬."

"예."

"그대는 이것을 무사들에게 지위에 따라 골고루 분배하라. 아시가루들도 빠뜨리지 말고."

"예……?"

히코에몬은 납득할 수 없다는 듯이 고개를 갸웃거리고 있었다.

이때 다시 ──

"하리마!"

"예."

"팔만 오천 섬의 쌀을 가신의 아내들에게 평소보다 다섯 배씩 늘려 분배하여라. 돌이켜보면 나 같은 자를 정말 잘 섬겨주었어. 지금부터 이 히데요시는 다시 벌거숭이로 돌아가 싸우겠다. 살든 죽든 다시는 이 성에 돌아오지 않는다. 내가 죽거든 이것을 나의 작은 촌지寸志로 생각하라. 살아 있게 되면 좀더 큰 성으로 맞아들일 때까지의 양식이라고 말하여라."

"그러시면, 이 성에는……?"

"두 번 다시 돌아오지 않겠다."

히데요시는 지그시 눈을 감고 볼품없는 가슴을 두드렸다.

일동은 히데요시의 결의를 깨닫고 저도 모르게 숨을 죽였다. 이미 그에게는 한낱 히메지 성 따위는 안중에도 없었다.

천하를 손에 넣을 것인가?

시체를 여름날의 풀 위에 눕힐 것인가?

미츠히데를 쓰러뜨리고 노부나가의 위업을 계승할 것인가, 아니면 장엄하게 최후를 맞을 것인가의 양자택일이었다. 히메지 성의 50여 만석으로 만족하여 안일을 도모하는 것은 생각할 수도 없는 자기 성격을 스스로 드러내는 무서운 결의였다.

"알았으면 곧 실시하라. 그리고 이치마츠."

"예."

"이미 날이 밝았다. 분배가 끝나면 즉시 출정한다. 네가 첫번째 소라고둥을 불어라. 서둘러야 한다, 이미 화살은 시위를 떠났다."

한 마디 한 마디를 힘주어 말하고 히데요시 자신도 재빨리 욕실에서 나왔다.

5

욕실에서 나온 히데요시는 그 길로 갑옷을 입고 비로소 오미에서 온 노모를 만나러 갔다. 그러나 만난 시간은 겨우 4반각(30분) 정도.

"이번에도 미요시 무사시노카미와 코이데 하리마노카미에게 성을 맡기고 떠날 것이니 안심하십시오."

이때 노모에게는 단지 이렇게 말했을 뿐, 그리고 아내 네네寧寧에 대해 두서너 마디 물었을 뿐 얼른 거실로 되돌아왔다.

"밥을 가져오너라. 주군의 상중이므로 반찬은 야채절임과 볶은 된장만으로 충분하다."

시동에게 명하고, 가져온 밥을 담담한 표정으로 세 공기나 먹었다. 식사를 하는 도중에 첫번째 소라고둥소리가 성 안팎에 울려퍼지고, 식사가 끝났을 때는 금은의 분배를 마친 히코에몬을 비롯하여 쿠로다 칸베에, 모리 칸파치森勘八, 그리고 보급대 코니시 야쿠로 유키나가小西

彌九郎行長 등이 속속 모여들었다.

"칸베에, 오늘 중으로 이 히메지를 버리고 떠난다. 그 준비에 소홀함이 없도록 하라."

"알겠습니다. 두번째 소라고둥이 울릴 무렵에는 모든 장수들이 도착해 있을 것입니다."

"코니시 야쿠로."

"예."

"그대 손에 남아 있는 군비軍費는 어느 정도인가?"

"은 십여 관과 황금 오백 장 정도밖에 남지 않았습니다."

"좋아, 그 정도만 있으면 그 열 배, 백 배로 사용할 수 있는 능력이 그대에게는 있다. 그리고 그대 뒤에는 사카이 사람들이 있다. 도중에 가담하는 노부시나 떠돌이무사들에게는 치쿠젠노카미가 인색한 사나이라는 말을 듣지 않도록 선심을 써라."

"마음에 깊이 새기겠습니다."

"히코에몬, 금은을 배분받은 가신들의 사기는 어떠하더냐?"

"모두 감격하여 용기백배해 있으니 안심하십시오."

"좋아. 그럼 두번째 소라고둥을 불라고 해라. 나도 곧 성을 떠나 본진을 이나노印南野로 옮기려고 한다. 거기서 장수들의 도착을 기다리겠다."

"즉시 준비하겠습니다."

"참, 코이데 하리마와 미요시 무사시를 불러오너라. 할말이 있다."

시동이 곡식을 분배하고 있는 두 사람을 불러왔다.

"나는 두번째 소라고둥소리와 함께 성을 나갈 것이다. 각오는 이미 말한 바와 같다. 승패는 운에 달려 있다. 만일 이 치쿠젠노카미가 미츠히데에게 죽게 되거든 이 성에 불을 질러 아무것도 남기지 마라. 어머니와 아내에 대한 일은 무사시에게 일임하겠다. 알겠나, 깨끗하게 최후를 마감해야 한다."

이때 노부나가의 측근이었던 호리 큐타로가 입을 열었다.

"물샐 틈 없는 치쿠젠노카미의 배려이십니다. 오늘 중으로 히메지를 떠나 곧 오사카로 가서 우다이진 님의 셋째아들 노부타카 님과 합세하시려는 것이군요?"

"후후후."

히데요시는 웃었다.

"오사카까지는 가지 않아. 아마가사키에서 쿄토로 들어갈 테니까."

"예? 그렇게 되면 노부타카 님이……"

"돌아가신 아버님의 원한을 풀도록 하기 위해서일세. 그쪽에서 먼저 아마가사키로 올 테지."

히데요시는 딱 잘라 말하고 그대로 자리에서 일어났다. 망루에 올라 장수들이 준비하는 모습을 보기 위해서였다. 코쇼와 히코에몬, 칸베에를 대동하고 망루 위에 올라갔을 때 서쪽 하늘에 커다란 무지개가 날개를 펴고 있었다.

"하하하…… 무지개도 나의 출전을 축하해주는군."

히데요시는 호탕하게 웃고 나서 문득 엄한 표정을 지었다.

두번째 소라고둥소리가 드높게 울려퍼졌다.

6

"이 성에는 두 번 다시 돌아오지 않겠다……"

이 결의가 지난 5년 동안에 걸친 츄고쿠 경영의 고난을 히데요시에게 상기시켰다. 어느 망루에도, 어느 성벽에도, 돌 하나에까지도 결코 잊을 수 없는 고난의 기억이 새겨져 있었다.

노부나가가 뜻하지 않은 죽음을 당할 줄은 꿈에도 모르고 이곳에 깊이 뿌리내리고 츄고쿠 경영의 책임을 다할 각오였다. 거리도 성도 제대로 면목을 갖추게 되고 시장도 활발했으며 백성들도 따르기 시작했다. 그런 거리와 성과 백성들을 모두 버리고, 히데요시는 지금 하늘에 걸린 커다란 무지개의 다리를 건너려 하고 있었다……

성안 군사들이 두번째 소라고둥소리에 바쁘게 움직이기 시작했다. 아마 그들에게도 히데요시의 결의가 알려졌는지, 망루에서 멀리 내려다보이는 작은 그림자 하나하나에서 넘칠 듯한 활기가 느껴졌다.

'인간이란 참으로 묘한 거야……'

히데요시는 그 옛날 노부나가가 덴가쿠하자마田樂狹間에서 이마가와 요시모토를 무찔렀을 때의 출전을 상기하고 있었다.

그때 노부나가는 모든 것을 버리고 과감하게 자기 운명과 맞섰다. 당시 노부나가는 스물일곱 살. 그와 똑같은 기백을 가지고 지금 히메지 성을 버리려 하는 히데요시는 이미 마흔일곱 살이었다.

"좋아!"

히데요시는 혼잣말처럼 쏘는 듯한 말을 던지고 망루에서 내려왔다.

거실에는 들르지 않고 그대로 현관으로 나가 큰 소리로 명했다.

"말을 끌어오너라."

이미 무지개는 사라지고 아침해가 머리 위로 올라오고 있었다.

"와아!"

밥을 짓고 있던 자들이 히데요시의 모습을 보고 환성을 질렀다. 대장이 성을 나가고 있는데 자기만 여기 남아 점심을 먹을 수는 없었다.

"불을 꺼라. 대장에게 뒤떨어지지 마라."

"서둘러라, 이나노의 본진으로."

히데요시는 이미 전국적으로 알려진 호리병박 우마지루시를 내걸었다. 그리고는 쿠로다 칸베에와 하치스카 히코에몬을 좌우에 거느리고 이나노를 향해 급히 말을 몰았다.

한발 앞서 성을 나선 코니시 야쿠로는 벌써 이나노에 도착하여 장막을 치고 히데요시가 오기를 기다리고 있었다.

길 양쪽에는 출전소식을 들은 백성들과 아시가루의 가족이 눈물을 흘리면서 전송하고 있었다. 히데요시는 그들에게 웃으면서 손을 흔들었다.

"다녀올 테니 잘들 있게. 내 반드시 역신의 목을 베어 가지고 돌아오겠어."

히데요시는 이렇게 말하면서, 이것만은 노부나가와 다른 점이라 생각했다. 그와 함께 자신의 미천한 출신이 우습게 여겨져 큰 소리로 웃기도 했다.

이나노에 도착했을 때 맨 먼저 달려온 것은 시카노 성鹿野城의 카메이 코레노리龜井玆矩였다. 이어서 잇따라 도착하여 장부에 서명하는 자가 꼬리를 물었다. 밤이 되어 모닥불이 밤하늘을 밝히기 시작할 무렵에는 이럭저럭 군사 수가 1만 여에 달해 있었다.

하시바 군이 이나노를 출발한 것은 그날 밤 아홉 점 반(오전 1시).

날이 밝아 10일의 아침해가 오른쪽 바다를 빨갛게 물들이기 시작했을 때, 전열은 소나무에 불어오는 바람을 뚫고 아카시明石 해변에 도착했다.

7

히데요시 일행이 아마가사키를 향해 진군하는 동안 코니시 야쿠로는 몇 번이나 밀사를 멀리까지 내보냈다.

"하시바의 군사 이만이 물밀듯한 기세로 셋츠 카와치를 향해 진군하고 있다."

"하나쿠마의 이케다 노부테루가 치쿠젠노카미를 돕기 위해 오천의 군사를 이끌고 본대를 뒤따르고 있다."

"미츠히데 쪽 아와지淡路 스모토洲本의 성주, 스가 헤이에몬노죠菅 平右衛門尉가 성문을 열고 치쿠젠노카미에게 투항했다……"

이런 말들을 퍼뜨리는 목적은 나카가와 키요히데나 타카야마 우콘을 견제하고, 츠츠이와 호소카와 등의 장수가 거취를 정하지 못하게 하는 동시에, 오사카에 있는 노부나가의 셋째아들 노부타카의 궐기를 촉구하는 데에 있었다.

이들 선행공작先行工作은 차차 움직일 수 없는 사실로 받아들여져, 히데요시가 불철주야 행군을 계속하여 11일 녁 점(오전 10)에 아마가사키의 세이켄 사栖賢寺에 도착할 때까지 계속 병력이 증가했다.

아마가사키에 도착한 히데요시는 가까운 거리에 있는 나카가와 키요히데와 타카야마 우콘 두 장수에게는 사자를 보내지 않고, 야마토의 츠츠이 쥰케이와 탄고의 호소카와 후지타카에게 밀사를 보냈다. 어디까지나 노부나가의 원수를 갚고 역신 아케치 미츠히데를 응징한다는 것이 이유였다.

도착한 날 저녁에는 벌써 사카이와 오사카에서 많은 물자가 속속 운반되기 시작했다. 그리고 부근의 나가스長洲에서 다이모츠大物 포구까지 인마人馬와 배로 메워졌다.

"이건 도저히 승부가 되지 않겠는걸."

히데요시 군사들이 일제히 불을 피우고 야영할 준비에 들어가는 모습에 농부와 상인들까지도 압도되어 중얼거렸다.

밤이 되어서도 땔감과 쌀을 실은 배가 끊이지 않았다. 더구나 하늘을 찌를 듯한 모닥불이 사람들의 넋을 빼놓았다.

"장작을 아낄 것 없다. 계속 피워라."

물론 히데요시의 성격 때문이기도 했으나, 전략적인 면도 크게 고려
한 데서 나온 조치였다.

　　"인심이 후한 대장님이야. 얼마나 돈이 많은지 모르겠어."

　　세이켄, 코토쿠廣德 등 두 사찰의 동자승까지도 얼마 되지 않아 이렇
게 감탄하며, 히데요시의 선전대원이 되었을 정도였다.

　　이런 소란 속에서 히데요시는 머리를 깎았다. 코토쿠 사의 승려에게
부탁하여 파랗게 머리를 밀었다.

　　"돌아가신 주군에 대한 의리를 나타내기 위한 것이오."

　　진지한 표정으로 승려에게 말하고는 스스로도 우습다고 느꼈는지
킬킬 웃었다. 머리카락 하나까지 전술과 전략으로 이용하려는 자신의
집요한 성격을 객관적으로 바라보니 웃음이 나오지 않을 수 없었다.

　　히데요시는 깨끗이 머리를 밀고 나서 그것을 군졸들에게 보이기라
도 하듯 모닥불 사이를 누비며, 바로 이웃에 있는 세이켄 사로 양자 히
데카츠秀勝를 찾아갔다.

　　히데카츠는 노부나가의 넷째아들. 히메지에서 장수의 한 사람으로
데려왔다.

　　"히데카츠, 할 이야기가 있으니 호리 큐타로도 불러오너라."

　　엄한 소리로 말했다.

　　히데카츠는 양아버지가 중처럼 머리를 빡빡 깎은 것을 보고 깜짝 놀
란 듯 자세를 바로 했다.

　　"아버님…… 어째서……"

　　"가신으로서 당연한 일 아니겠느냐. 지금까지 깎지 않았던 것은 아
직 복수전의 준비가 되지 않았기 때문이다. 이제 준비는 끝났다. 큐타
로가 입회한 자리에서 들려줄 말이 있다."

　　히데요시는 노부나가의 측근이었던 호리 큐타로 히데마사에게도 절
대로 경칭은 붙이지 않았다.

8

히데카츠가 호리 큐타로를 데리러 나가는 것을 보고 히데요시는 옆
방에 대기하고 있는 오무라 유코大村幽古를 불렀다.

"유코, 그대는 옆방에 있다가 오늘 밤의 일을 정확하게 기록해놓도
록 하라."

"알겠습니다."

유코는 대답했다.

유코는 렌가連歌°의 스승으로 히데요시와 알게 된 유학자 출신이었
다. 그는 히데요시의 마음에 들어 요즘에 와서는 노래 상대뿐 아니라
군사적인 기록을 작성하고 또 그것을 읽어주는 역할도 하고 있었다.

"이번의 기록은 미츠히데 정벌기征伐記라는 제목이라도 붙여 후세
에까지 계속 읽히도록 하지 않으면 안 돼. 자네 눈에 비친 그대로의 히
데요시를 기록해도 좋아. 크게 눈을 뜨고 내 마음을 완전히 파악하면서
글을 쓰라는 말일세."

후에 『텐쇼키天正記』의 작자 오무라 유코大村由己가 된 유코는 이때
에도 진심으로 고개를 숙이고 그의 지시를 받아들였다.

그의 눈에 비친 히데요시는 불세출不世出의 큰 별이었다. 세심함과
호탕함, 거짓과 진실, 자기 선전과 진정이 이처럼 혼연일체가 되고, 그
러면서도 전혀 악의를 느끼게 하지 않는 인물을 아직 그는 보지 못했
다. 때로는 유치하기 짝이 없는 허풍을 떠는가 하면, 다음에는 이를 실
현하기 위해 문자 그대로 분골쇄신했다.

히데요시의 헛소리는 헛소리가 아니었으며, 자기 선전은 자기 선전
으로만 끝나지 않았다. 히데요시의 전신에서는 치기稚氣와 허세, 빈말
과 정감이 전혀 부자연스럽지 않게 하나로 용해되어 그를 대하는 자마
다 황홀경에 빠지게 했다. 이런 의미에서 히데요시는 그야말로 마성魔

性을 지닌 괴물이라 할 수 있었다.

천하경쟁의 시기를 눈앞에 놓고도 기록자를 옆에 거느리고 자신의 언행을 재연시키려 하는 엉뚱한 생각은 히데요시가 아니고는 가질 수 없었다. 그런 뜻에서 히데요시는 자기 자신을 진리라 믿고 태양이라 자부하고 있었다.

유코가 물러가는 것과 동시에 히데카츠가 호리 큐타로를 데리고 돌아왔다.

"큐타로, 자네도 잘 들어주기 바라네."

큐타로가 히데요시의 얼굴을 보고 놀랄 정도의 여유는 충분히 준 다음 말을 이었다.

"나는 이번 복수전에 모든 것을 걸었네."

그는 어깨를 치켜올리고 눈을 빛냈다. 그야말로 신기神技라고 할 수밖에 없는 박력 그 자체인 자세였다.

"나를 제외하고는 그런 일을 할 만한 사람이 없기 때문에 모든 군사의 지휘권은 내가 쥐겠어. 그런데, 히데카츠."

"예."

"너는 내 아들인 동시에 주군의 피를 받은 유아遺兒이기도 하다. 그러므로 미츠히데가 너에게는 친아버지의 원수, 나에게는 주군의 원수가 된다."

"그렇습니다."

"따라서 네가 선봉에 나서야 한다. 과연 우다이진 님의 아들, 치쿠젠노카미의 후계자였다고…… 이승의 영광은 생각지 말고 후세의 꽃이 되어라."

"예."

"너나 내가 머뭇거린다면 우다이진 님의 영혼은 내세에서도 편히 잠들지 못한다. 때맞게 도착하지 못하고 늦어지는 아들은 할 수 없으나,

우리는 이처럼 밤을 낮으로 삼아 전쟁터로 달려왔다. 맨 먼저 네가 전사하고 네 뒤를 이어 우리도 늙은 무사이기는 하나 창을 들고 미츠히데를 상대하겠다. 분명히 이 각오를 너에게 말해둔다."

이 말에 히데카츠보다도 호리 큐타로의 눈이 더 빛났다.

"아버님 말씀, 뼈에 새기고 기필코 원수를 갚겠습니다."

히데카츠는 양부의 단호한 어조에 이끌려 엄한 표정으로 복수를 다짐하며 머리를 조아렸다.

9

히데요시의 말 이면에는 이번 전투에 누가 총대장이 될 것인가 하는 명분론을 일축하려는 의도가 있었다. 물론 그 의도에 히데요시의 사심私心이 있는 것은 아니었다.

지금 노부타카냐 노부오냐, 아니면 시바타냐 하시바냐 하고 다투고 있으면 전기戰機를 놓치게 될 뿐 아니라, 어느 쪽에 가담할 것인지 망설이고 있는 제후들을 일부러 미츠히데 쪽으로 보내는 결과가 될 것이었다. 아니, 무엇보다도 시급한 것은 오사카에 있는 노부타카의 출발 여부였다. 만일 노부타카가 작은 명분에 구애되어 히데요시 쪽에서 인사를…… 하는 따위의 요구를 해온다면, 그에 따른 시간낭비가 돌이킬 수 없는 패인敗因을 초래하게 될 것이다.

"잘 알겠느냐?"

히데요시는 다시 반쯤은 호리 히데마사에게 말하는 듯한 어조로 히데카츠에게 다짐을 주었다.

"노부타카 님도 이번만은 나의 지휘를 받지 않으면 안 돼. 그 때문에라도 우리 부자는 이 전투에 몸을 던져 임해야 하는 거야."

히데요시는 비로소 큐타로에게 눈길을 보냈다.

"내일 하루가 이번 전투의 고비가 될 것일세."

"내일 하루가……?"

"그래. 츠츠이와 호소카와는 아직 아무런 태도 표명이 없으나, 나카가와 키요히데와 타카야마 우콘으로부터는 반드시 회답이 있을 것일세. 그렇게 되면 우리 쪽에는 내 동생 하시바 히데나가羽柴秀長와 쿠로다 칸베에, 카미코다 마사하루神子田正治에, 타카야마 우콘, 나카가와 키요히데까지, 그리고 자네와 이케다 노부테루, 카토 미츠야스加藤光泰, 키무라 하야土木村隼人, 나카무라 카즈우지中村一氏 등이 가담하게 되네. 이들이 모두 출동하면 노부타카 님도 틀림없이 뒤지지 않으려고 할 것일세."

그 말을 듣는 동안 호리 히데마사는 자기가 어느 틈에 히데요시의 가신이나 부하가 된 듯한 느낌이 들었다. 그 느낌이 벌써 당연한 일처럼 생각되는 것은 어째서일까.

'분명히 히데요시의 마술에 걸린 모양이다……'

마음 어딘가에서는 이런 생각도 들었다. 그러나 눈앞에서 상기된 얼굴로 눈을 빛내고 있는 열여섯 살의 히데카츠를 보는 순간 그런 생각은 사라지고 싸워야 한다는 마음이 점점 강해졌다.

"큐타로, 그대는 우리 부자의 각오를 즉시 오사카에 알리도록 하게. 나는 내일 하루는 잠시도 틈이 없을 테니까."

"알겠습니다."

말하고 나서 이 또한 마술에 걸린 것이라고 히데마사는 자신에게 말했다. 그러면서도 그 지시의 중요성이 마음에 스며들어 곧 준비에 착수하게 되는 자신의 태도가 이상했다.

히데요시는 히데카츠와 호리 히데마사가 나간 뒤 이번에는 쿠로다 칸베에를 불렀다. 그리고 자기만은 오늘부터 늙은 몸을 보양하기 위해

정진精進(어육魚肉을 삼가는 일)을 그만두겠다고, 고기와 생선을 잔뜩 가져오게 하여 식사하기 시작했다.

"웃지 말게. 머리를 깎고 고기와 생선을 먹는다, 이것도 돌아가신 우다이진 님의 원수를 갚기 위해서야. 체력이 떨어지면 창을 휘두르지 못하니까."

"저도 병을 앓고 난 뒤라서 정진을 그만두었습니다. 그 대신……"

칸베에 역시 진지한 표정으로 말했다.

"성주님과 마찬가지로 돌아가신 주군에 대한 충성을 잊지 않기 위해 요시타카好高란 제 이름에서 요시好라는 글자를 빼고 요시孝로 고쳤습니다."

아마도 이 무렵부터 히데요시나 칸베에는 이미 싸움에 몰입하고, 그 몰입한 경지에서 이상한 기쁨을 즐기고 있는 모양이었다.

두 사람은 그날 밤을 새워 농담을 섞어가며 전술을 연구했다.

10

날이 밝으면 6월 12일…… 이날 하루가 대세를 결정지을 것이라고 한 히데요시의 예언은 놀랄 만큼 정확히 맞아떨어졌다.

날이 밝자 제일 먼저 달려온 것은 츠츠이 쥰케이가 보낸 밀사였다. 그는 곧 군사를 동원하겠다는 말은 하지 않았으나, 절대로 미츠히데 편에는 가담하지 않겠다고 맹세했다. 그 뒤 이케다 노부테루가 군사 5,000을 거느리고 이타미伊丹에서 달려와 히데요시와 회담하고 있을 때였다. 이번에는 호소카와 후지타카 부자의 사자로 중신인 마츠이 야스유키松井康之가 찾아왔다.

"뭐, 호소카와의 사자가 왔어……?"

히데요시는 노부테루 앞으로 몸을 내밀듯이 하고 웃었다.

"어떤가, 허풍을 떤 보람이 있지 않나? 하하하, 드디어 내 허풍이 탄고까지 먹혀들어갔어. 그럼, 어서 만나야겠군."

허물없는 사이인 노부테루를 세이켄 사에 그대로 남겨두고 히데요시는 얼른 호소카와의 사자가 기다리는 코토쿠 사 본당으로 향했다. 뜰을 가득 메운 군사들을 헤치고 지나갈 때 아시가루 하나에게까지도 선전하기를 잊지 않았다.

"이봐, 어서 길을 비켜라. 탄고의 호소카와 부자가 서약서를 보내왔다. 빨리 만나야겠으니 길을 비켜라."

히데요시가 선전인지 선전이 히데요시인지, 선전도 이에 이르면 그야말로 절묘한 일체를 이루었다.

"와아, 호소카와 부자가 서약서를 보내왔다고 하신다."

"조금 전에는 츠츠이가 투항해왔어. ……이제는 이겼어, 우리가 이겼어."

군졸들이 기뻐하는 소리를 듣고 히데요시는 싱글벙글 웃으면서 코토쿠 사 본당으로 들어갔다.

"진중이므로 번거로운 예는 생략하고 요령만 말하시오. 물론 서약서를 가져왔을 테지요?"

"물론입니다. 호소카와 부자는 주군을 시해한 역신의 편은 들지 않겠다고 하시면서 혼노 사의 변고를 알자 그 자리에서 머리를 깎고 조의를 표하셨습니다. 그리고 저를 쿄토에 있는 미츠히데 진영으로 보내 아케치 사마노스케明智左馬助에게 의절하겠다는 통고를 하도록 하셨습니다."

"아니, 머리를 깎고…… 원, 저런."

히데요시는 빡빡 깎은 자신의 머리를 쓰다듬었다.

"과연 호소카와 님, 이 히데요시와 같은 뜻을 가진 분이시군. 그렇다면 요이치로 님의 부인, 즉 미츠히데의 딸과는 헤어졌소?"

"그렇습니다."

마츠이 야스유키는 서약서를 공손히 히데요시 앞에 내놓았다.

"마님은 아무것도 모르시기 때문에 이혼 운운하여 일을 모나게 처리하면 도리어 호탕하신 치쿠젠노카미 님의 웃음을 살 것입니다. 그래서 미도노三戸野 산 속에 유폐시켜 근신케 하는 편이 좋을 것 같아 제가 그렇게 주선했습니다."

"으음…… 그것이 적절한 조치라 생각되는군. 요이치로 님의 부인은 우다이진 님이 특히 애지중지하신 재색을 겸비한 여자, 혹시 자결할지도 모르니 특히 주의를 기울여야 할 것이오."

"고마우신 분부입니다. 요이치로 타다오키에게 전하겠습니다."

"어쨌든 수고가 많았소. 이왕 수고하는 김이니 돌아갈 때 오사카에들러 노부타카 님에게도 우리 부자의 충정을 전해주었으면 하오."

어디까지나 빈틈이 없었다. 히데요시는 노부타카를 치켜올리는 척하면서 도리어 자신의 위세를 인상짓게 하는 수법을 잊지 않았다.

이번에는 하치스카 히코에몬이 와서, 기다리고 기다리던 나카가와 키요히데와 타카야마 우콘이 같이 찾아왔다는 보고를 했다.

"손님이 계시므로 잠시 기다리라고 해라."

히데요시는 갑자기 어조를 바꾸어 거친 목소리로 말했다.

11

히데요시는 그런 뒤에도 잠시 호소카와 집안의 중신 마츠이 야스유키와 담소했다.

결코 바쁜 시간을 낭비하고 있는 것이 아니었다. 미리 계산되어 있는 중요한 담소로서, 뒤늦게 찾아온 나카가와 키요히데와 타카야마 우콘에게 자신의 위세를 충분히 과시하기 위해서였다.

미츠히데 휘하에 있던 그들은 아마 미츠히데로부터도 여러 차례 초청을 받았을 것이 분명했다. 히데요시에 대한 평판이 차차 높아지고 또 군세가 강해지는 것을 보고는 망설이던 끝에 이처럼 늦게 찾아왔다는 것을 손바닥 보듯이 훤히 알 수 있었다. 따라서 그들이 함께 왔다는 것은 이마를 맞대고 상의한 끝에 미츠히데에게 승산이 없다고 판단했기 때문일 터.

'이것으로 이겼다. 이제 대세는 확실해졌다.'

히데요시는 그들이 가세했기 때문에 이길 것이라는, 작은 국면만 생각하고 있지는 않았다.

'이번에는 이에야스가 뒤에서 멋지게 방패역할을 해주었다.'

이에 대해서는 어젯밤에도 쿠로다 칸베에와 많은 이야기를 나눈 바 있었다.

이에야스는 키요스 근처에서 기후의 노부오를 뒷받침해주면서, 계속 오미에 교묘한 소문을 퍼뜨려 미츠히데를 견제하고 있었다. 그 소문에 따르면 이에야스는 이미 아즈치 성에 육박해 있었다. 이로 인해 미츠히데는 오미에 있는 병력을 모두 히데요시와의 결전에 동원할 수 없게 되었다. 바로 이것이 히데요시의 우세를 뚜렷이 드러나게 하는 결과가 되었다.

"아마도 이에야스 님은 성주님께 천하를 맡길 생각인 것 같습니다. 그렇지 않다면 자신이 아즈치를 공격하여 미츠히데와 결전을 벌일 것 아닙니까?"

쿠로다 칸베에는 이렇게 말했다. 히데요시의 생각도 칸베에의 생각과 비슷했다.

'그런데, 정말 놀라운 일이야. 누가 이처럼 자중하라는 말을 이에야

스에게 했을까?'

가신 중에 걸출한 인물이 있는 것일까. 아니면 사카이에 앞을 내다보는 친지가 있어서 히데요시는 서쪽에서, 이에야스는 동쪽에서 협공하여 미츠히데를 쓰러뜨리면 나중에 반드시 충돌하게 된다, 전쟁이란 그런 숙명을 가진 것이므로 용과 호랑이는 전쟁터에서 만나지 않는 것이 좋다고 설득하기라도 한 것일까……?

'어쨌거나 이번에는 이에야스의 은혜를 입었다……'

반 각(1시간) 정도 한담을 나눈 뒤 호소카와의 사자를 보냈다. 그리고 나서야 히데요시는 약간은 점잖고 약간은 익살스런 표정으로 본당에서 기다리게 했던 두 사람 앞에 나타났다.

"여어, 그대들도 와주었군……"

히데요시는 안으로 들어가 너무 오래 기다려서 차차 의심을 품기 시작한 두 사람의 어깨를 툭 치고 앞으로 갔다.

"이제 나도 체면이 서게 되었군. 그대들이 오지 않으면 나 혼자 서두르는 것 같아 세상의 웃음거리가 될 뻔했어. 아니, 이 아이들은 그대들의 아들이 아닌가?"

두 사람 모두 열 살쯤 되는 아이를 동반하고 있었다.

"무슨 일로 데려왔나?"

"인질입니다. 두 아이를 인질로 바치고 치쿠젠노카미 님과 함께 돌아가신 주군의 원한을 풀어드리고 싶습니다."

히데요시는 자리에 앉자마자 어깨를 떡 펴고 눈을 부릅떴다.

"인질을 데려왔다니…… 용서치 못할 일이야. 그대들은 이렇게 머리까지 깎고 결의를 굳힌 이 치쿠젠노카미의 마음을 모른단 말인가? 이것이 살아 있는 동안에 한 염습殮襲이란 것을 모르겠나?"

그 소리가 너무도 컸기 때문에 인질이 되기 위해 따라온 두 소년이 깜짝 놀라 아버지에게 매달렸다.

12

두 사람 중에서는 나카가와 키요히데가 타카야마 우콘보다 화를 잘
내는 편이었다.

"그 말씀은 듣기가 좀 거북합니다. 치쿠젠노카미 님은 인질을 데리
고 군사들과 같이 달려온 저희를 의심하시는 것입니까?"

"그야 물론."

히데요시는 전보다 더 큰 소리로 말했다.

"이 히데요시가 인질 따위나 잡는 그런 사람인 줄 알았다면 큰 착각
이야. 히메지 성을 버리고 미츠히데를 치기 위해 머리를 깎고 염습까지
마친 뒤 출전한 나에게 인질을 잡아둘 성이 어디 있겠나?"

"그러면…… 치쿠젠노카미 님은 우리 두 사람이 인질을 데려온 것이
못마땅하다는 말씀입니까?"

"당연하지 않겠나!"

히데요시는 다시 소리질렀다.

"우선 인질을 잡히겠다는 그대들의 마음 자체가 글러먹었어. 나와
그대들은 이런 사이가 아니었을 거야. 두 사람 모두 돌아가신 주군의
원수를 갚는 일에 전념하고 있을 터. 그러니 인질은 어서 성으로 돌려
보내도록 해."

"으음."

키요히데가 허를 찔린 심경으로 우콘을 돌아보았다. 그는 히데요시
의 말이 옳다는 눈짓을 보냈다.

"과연 이건 저희들의 잘못이었는지도 모릅니다. 이번 전투는 예사
싸움이 아닙니다."

"물론이야. 그런 전투를 위해 돌아갈 성도 없앤 나에게 어찌 인질을
보낼 수 있겠어? 물론 두 사람 모두 나와 더불어 승리하겠다는 각오는

되어 있겠지?"

이렇게 말하고 히데요시는 돌연 부드럽게 어조를 바꾸었다.

"조금 전에 호소카와 쪽 서약서가 도착했네. 그토록 미츠히데와 친밀했던 후지타카까지도 며느리를 산에 감금하고 미츠히데와 의절한 뒤 부자가 모두 머리를 깎고 의리를 지키겠다고 나섰네. 아니, 호소카와만이 아니라 츠츠이 쥰케이도 사자를 보내왔어. 이번 복수전은 명분으로 보아서도 결코 미츠히데 편을 들 수 없다는 것이었어. 츄고쿠의 모리 일족도 군사를 철수시키고 똑같은 말을 했어. 이처럼 명분이 확실한 싸움에 이 치쿠젠노카미가 보통 사이도 아닌 그대들의 인질을 잡는다면 후세에까지 웃음거리가 될 것일세. 알겠지, 이 치쿠젠노카미가 화를 낸 것은 그 때문일세."

"으음…… 과연 저희들이 잘못 생각했습니다. 인질은 돌려보내겠습니다. 그래야 하지 않겠소, 우콘 님?"

키요히데의 말에 우콘은 말없이 고개를 끄덕였다. 그들은 히데요시의 사람 다루는 솜씨에 놀라는 모습이었다.

히데요시는 그들에게 재고의 여지를 주지 않고 말을 계속했다.

"알아들었으면 그것으로 충분해. 사실은 두 사람이 달려오기를 기다리던 터였으니까."

히데요시는 이미 아무 일도 없었다는 듯 담담한 표정으로 품에서 종이쪽지 하나를 꺼냈다.

"잘 듣게. 우선 지휘는 이 치쿠젠노카미가 맡겠어. 전군을 이만 오천으로 잡고, 이를 셋으로 나누어 진격할 생각이야. 좌익은 산길, 중앙은 가도街道, 우익은 강을 따라 오늘 즉시 출동시키겠어. 일각을 지체하면 그만큼 적의 수가 늘어나니까. 그런데 중요한 것은 이 중앙의 가도, 그대들은 어느 길로 가기를 원하나?"

숨돌릴 사이도 없는 말의 기습이었다.

"중앙 가도의 선봉은 이 타카야마 나가후사가 맡겠습니다."

그 기습에 우콘은 이렇게 대답하지 않을 수 없었다.

13

"하하하……"

지체없이 선봉을 맡겠다는 타카야마 우콘의 말을 듣고 히데요시는 눈을 가늘게 뜨고 웃었다.

"참으로 고마운 말일세. 자네가 선봉을 맡는다면 아케치 군은 처음부터 사기가 떨어질 거야. 결전장소는 텐노잔天王山˚ 부근이 될 것인데, 미츠히데 녀석은 아직도 그대들이 자기편에 가담할 것이라 생각하고 있을지 모르니까."

"아, 잠깐만."

나카가와 키요히데가 두 사람의 대화를 가로막았다.

"그 선봉은 이 나카가와 세베에中川瀨兵衛에게 맡겨주십시오. 우콘이 선봉에 선다면 이 세베에의 체면이 서지 않습니다."

"허어, 키요히데도 선봉을 원한다는 말인가?"

"돌아가신 주군의 원한을 풀기 위한 복수전, 제가 선봉에 서지 않으면 지하에서 우다이진 님을 뵐 면목이 없습니다."

"아니, 그 말은 거두시오. 이미 내가 먼저 치쿠젠노카미 님께 말씀드려 허락을 받았소."

"결정된 것은 아니오."

나카가와 키요히데는 어느 틈에 우콘과 미리 상의하고 왔다는 사실도 잊고 있었다.

"그대가 희망을 말씀 드려 나도 청을 드린 것이오. 두 사람이 다 말씀 드린 것은 사실이지만 치쿠젠노카미 님은 아직 누구라고는 결정하시지 않았소."

"이상한 고집을 부리는군요, 키요히데. 그 야마자키 가도에 두 부대가 나란히 선봉을 설 수는 없는 일이오. 남이 먼저 말했으면 조금은 양보할 줄 알아야 하지 않겠소?"

"전투에 져서 후퇴하게 될 때는 앞을 양보하겠소. 그러나 공격할 때는 양보하지 않는 것이 이 세베에요. 치쿠젠노카미 님, 어떻게 하시겠습니까?"

질문을 받고 히데요시는 자기 무릎을 탁 쳤다. 모든 것이 그의 계산대로였다.

"미안하네. 과연 두 장수, 나는 눈물이 나오는군…… 아니, 새삼스럽게 우러러보지 않을 수 없네. 우콘이 말했듯이 두 사람이 나란히 선봉에 나설 수는 없는 일. 선봉은 내가 다시 결정짓겠네. 이것은 두 사람의 기풍과 사기만이 아니라, 성의 위치를 고려하여 결정할 문제일세. 우콘의 타카츠키 성은 키요히데의 이바라키 성보다 싸움터에 가까워. 선봉은 타카야마 우콘 나가후사가……"

"아니, 우콘이 선봉을……?"

"잠깐. 나카가와 세베에 키요히데는 이 중앙 가도의 왼쪽에 진을 칠 것. 그렇게 하면 선봉은 우콘이지만 적이 어떻게 나오느냐에 따라서는 키요히데가 첫 전투를 하게 될지도 몰라. 전투는 살아 움직이는 것이니 양쪽이 서로의 움직임을 잘 파악하여 공을 세우도록. 이 결정은 이미 확정된 것일세, 알겠나?"

마지막 말에 힘을 주는 데에는 키요히데도 그만 말이 막혔다.

히데요시는 즉시 명령을 내렸다.

"중앙이 정해졌으니 좌우 날개는 저절로 결정되었어. 좌익의 산 쪽으로는 하시바 히데나가, 쿠로다 칸베에, 카미코다 마사하루. 우익의 강 쪽으로는 이케다 노부테루, 카토 미츠야스, 키무라 하야토, 나카무라 카즈우지. 중앙에는 두 사람 뒤에 다시 호리 히데마사를 배치하겠어. 따라서 나의 기마부대와 노부타카 님의 휘하는 예비부대로 움직인다…… 자, 결정되었으니 그대들도 촌각을 다투어 전광석화와 같이 진군해 적의 진출을 차단하게."

과연 5년 동안이나 츄고쿠에서 전투를 계속해온 히데요시의 말에는 듬직한 무게가 실려 있었다.

두 사람은 명령을 받고는 즉시 행동으로 들어갔다.

14

"이것으로 큰 강이 흐르기 시작했다. 더 이상 아마가사키에 머무를 필요가 없다."

타카야마, 나카가와의 양군을 선발로 내보낸 히데요시는 즉각 장수들을 코토쿠 사 본당에 모아놓고 마지막 작전회의를 열었다.

어젯밤에 호리 히데마사가 사자를 보내 참전을 촉구한 노부타카는 아직 오사카에서 오지 않았다. 히데요시는 이를 별로 문제삼지 않았다.

세상이 모두 히데요시의 복수전을 수긍하고 있었다. 노부타카만이 체면에 사로잡혀 움직이지 않고는 견디지 못할 것이라 계산하고 일부러 회의에서는 그 문제를 거론하지 않았다.

작전회의라고는 하나 실은 히데요시의 독무대였다. 이케다 노부테루나 그 아들 모토스케元助, 호리 히데마사도 오직 히데요시의 명령을 듣기만 했다. 히데요시는 새삼스럽게 그 진용을 모두에게 주지시켰다.

우익군(요도가와 방향)은 이케다 노부테루, 카토 미츠야스, 키무라 하야토, 나카무라 카즈우지.

중앙군(가도 방향)은 타카야마 우콘, 나카가와 키요히데, 호리 히데마사.

좌익군(산길 방향)은 하시바 히데나가, 쿠로다 칸베에, 카미코다 마사하루.

유격대의 본진은 히데요시의 기마부대 외에 칸베 노부타카, 니와 나가히데.

장수들은 모두 이 배치에 찬성했다. 그리고는 즉시 총진군의 명령을 내렸다.

때는 넉 점 반(오전 11시). 여기저기서 소라고둥이 울리고 말 울음소리가 드높아졌다.

활짝 개지 않은 여름 하늘, 벌써부터 더위가 심했다. 바다를 건너와 깃발을 휘날리는 바람은 바다냄새를 풍기며 갑옷을 쓰다듬었다.

"이미 보급대 선단船團은 요도가와를 메우고 있다. 우리는 어떤 일이 있어도 오늘(12일) 중으로 톤다富田에 도착해야 한다. 모두 서둘러라."

히데요시는 하치스카 히코에몬과 히데카츠를 돌아보며 쩌렁쩌렁 울리는 목소리로 말하고 훌쩍 말에 올랐다. 그리고 무슨 생각을 했는지 거드름을 피면서 호걸풍으로 껄껄 웃었다.

"깜빡 잊고 있었다. 아케치 군의 선봉 시오텐 마사타카四王天政孝가 이 근처까지 정탐 나왔다가 우리 군세의 위풍에 놀라 꽁무니가 빠져라 하고 도망쳤다고 한다."

과연 그런 정보가 들어오기나 했던 것일까. 히데요시는 말을 끝내고 유유히 나카가와 키요히데의 성이 있는 이바라키 가도로 말을 몰았다.

선두는 호리 히데마사, 그 뒤를 좌익이 선발로 따르고 있었다. 가도는 인마로 가득 메워져 있었다. 길 양쪽에 서서 전송하는 주민의 눈은 결코 히데요시에게 나쁜 감정을 품은 것 같지는 않았다.

줄지어 있던 주민의 수가 줄어들고 장마철의 물로 출렁거리는 논 사이에 이르러 히데요시는 때때로 이마에 손을 얹고 뒤따라오는 우익군을 돌아보았다. 이때부터 히데요시의 표정에는 가식적인 면이 없어지고 미간에 진지한 주름이 떠오르기 시작했다.

바람은 재촉이라도 하듯 깃발을 앞을 향해 펄럭였고, 때때로 햇빛이 들면 호리병박의 우마지루시가 군사들을 쏘아보듯 빛났다.

"히데요시, 너의 운명을 결정할 날이 닥쳤다. 잘 했다, 잘 했어!"

히데요시는 가끔 가다 입밖에 내어 자신을 칭찬했다. 남도 잘 칭찬하지만 자기 자신을 칭찬하는 것이 히데요시의 버릇이었다.

15

앞의 전열은 이미 보이지 않았고, 후방 또한 안개 속에서 가물거리고 있었다.

이 행렬이야말로 지상에 그려놓은 히데요시의 큰 무지개였다. 총병력은 예정대로 노부타카와 니와의 7,000이 도착하면 3만이 넘을 것이었다. 뿐만 아니라 강을 장악하고 있는 사카이의 무리들과 오사카의 요도야에게까지 치밀하게 손을 뻗쳐놓았다.

미츠히데에게 역적이라는 딱지가 붙어 있지 않다면, 그는 이들 행렬의 기세에 전의를 상실하고 항복해올 형편……이라고 히데요시는 생각했다.

행렬이 이바라키에 도착했을 때 나카가와 키요히데와 타카야마 우콘은 서로 선봉을 차지하려고 앞을 다투면서 진군하고 있었다. 그런데 시시각각 보고해오는 정보에 따르면 아케치 군의 유격준비는 뜻밖에도 거의 진전이 없었다.

히데요시는 지상의 큰 무지개를 따라 자기 뜻대로 군사를 전진시키면서 그날 밤은 타카츠키와 이바라키 사이에 있는 톤다에서 일박했다.

이미 양군의 결전은 눈앞으로 다가와 있었다. 지금 일제히 전진해가면 군사와 말의 피로가 가중된다. 그러나 이런 이유만으로는 진군을 멈출 히데요시가 아니었다.

"여기서 유유히 군사를 정비하는 이 히데요시의 뜻을 알겠는가?"

장막을 치게 하고 결상에 앉은 히데요시는 근시들의 모닥불 앞에서 모두에게 말했다.

모닥불 주위에는 하치스카 히코에몬을 비롯하여 후쿠시마 이치마츠, 야마노우치 이에몬 등이 눈을 빛내며 대령하고 있었다.

"아직 모르고 있을 거야."

히데요시는 누구에게도 생각할 틈과 대답할 틈을 주지 않았다.

"그것은 말일세, 노부타카 님에 대한 우리의 대접이야. 명분도 서고 실속도 있는."

"여기서 노부타카 님을 기다리는 것입니까?"

야마노우치 이에몬이 물었다.

"그래, 잘 꿰뚫어보는군."

히데요시는 눈을 가늘게 뜨고 고개를 끄덕였다.

"아버지를 살해당한 노부타카 님의 심정이 어떻겠나? 원통할 것이야. 단칼에 미츠히데를 베어 원수를 갚고 싶을 테지……"

옆에서 오무라 유코가 붓통을 꺼냈다. 이처럼 명분도 실속도 있는 말이 나왔을 때는 그것을 자세히 적어 후세에 남겨야 한다는 자기 역할을 유코는 잘 알고 있었다.

히데요시는 흘끗 유코를 돌아보고 다시 말을 계속했다.

"그런 노부타카 님의 흉중을 헤아리지 못하고 대번에 군사를 몰아 미츠히데를 나 혼자 죽이면, 히데요시는 무공을 세운 자는 될지 몰라도 사리를 모르는 자라고 후세에 이르도록 비난을 받게 된다. 이 때문에 나는 조급한 마음을 꾹 누르고 노부타카 님의 도착을 기다리고 있다. 내일이면 노부타카 님은 반드시 오신다. 그때는 틀림없이 이 히데요시가 노부타카 님의 손을 잡고 눈물을 흘릴 것이다. 감격에 못 이겨 큰 소리로 울 것이다. 그렇다고 절대로 웃지는 말게. 히데요시란 그런 사나이야. 전쟁에는 강하지만 정에는 약한 것이 천성이야."

이렇게 말하는 히데요시는 그러나 이미 노부타카는 적으로 돌아섰다고 판단하고 있었다. 그러면서도 그는 자기가 천성적으로 거짓말을 잘하는 자인지 스스로도 알 수 없는 채 기쁨을 즐기고 있었다.

이미 하늘이 캄캄해진 한밤중. 야영을 위해 여기저기 피워놓은 모닥불의 불길도 또한 지상에 거대한 무지개를 펼치고 있었다……

되돌아온 장마

1

양군의 전초전은 13일 새벽부터 히데요시 쪽의 타카야마, 나카가와의 군사가 맹공을 시작함으로써 막이 올랐다.

선봉 타카야마 우콘이 쿄토로 통하는 야마자키 마을에 들어가 그 관문을 점령했다.

"타카야마의 후방에는 진을 칠 수 없다."

그와 경쟁하는 입장인 나카가와 키요히데는 철저한 무사기질을 발휘하여, 날이 밝았을 때는 벌써 야마자키의 왼쪽 전방에 있는 텐노잔을 재빨리 점령하고 말았다.

이들 군사와 미츠히데 군 사이에는 격렬한 전투가 벌어졌다. 야마자키와 텐노잔을 적에게 빼앗겼다는 보고를 받고 미츠히데는 잠시 걸상에 앉아 깊은 생각에 잠겼다.

13일에는 장마가 잠시 그쳤으나 이튿날에는 다시 비가 내렸다. 그렇지 않아도 후텁지근하던 시모토바下鳥羽의 본진은 한증막과 같이 무더웠다.

"좋아, 마침내 나도 전선으로 나갈 때가 되었군. 즉시 쇼류지 성 전방의 고보즈카御坊塚로 본진을 전진시켜라."

미츠히데는 이렇게 명하고 목에 흐르는 땀을 닦으며 한숨을 쉬었다.

그는 지금까지 자기가 결코 히데요시보다 전술적으로 뒤떨어진다고는 생각하지 않았다. 그래서 이번 기회에 그 우열을 가려볼 작정이었으나 깨끗이 그에게 지고 말았다.

츄고쿠에서 돌아와 11일에는 아마가사키에, 12일에는 톤다, 13일에는 야마자키 등 감히 상상도 하지 못했던 전광석화와도 같은 히데요시의 진격은 미츠히데의 포석을 완전히 어지럽혀놓았다.

미츠히데는 8일 아즈치를 출발해 사카모토 성으로 돌아왔으며, 9일에는 공경들의 마중을 받아가며 쿄토로 들어갔다.

그리고 은 500장을 궁전에 헌납하기도 하고 5대 명산과 다이토쿠 사大德寺에 각각 100장씩, 칙사로 아즈치에 왔던 요시다 카네미吉田兼見에게 50장 등 자못 미츠히데답게 신중히 상을 베풀면서 히데요시가 당분간은 츄고쿠를 떠날 수 없으리라 내다보고 있었다.

10일 쿄토를 떠나 야마시로의 야와타八幡 부근에 있는 호라가토게洞ヶ峠에 진을 쳤을 때, 당연히 싸움을 돕기 위해 야마토에서 달려올 줄 알았던 츠츠이 준케이는 오지 않았다. 그리고 11일 아침에는 히데요시가 아마가사키에 도착했다는 뜻밖의 보고를 받았……

이제 이런 곳에 진을 친다는 것은 전혀 무의미한 일이었다. 11일에는 다시 시모토바로 본진을 옮기고 모든 군사를 재배치했다. 이미 쇼류지와 야와타를 연결하는 선에서 야마자키의 험준한 길을 지키면서 결전에 임할 여유는 없었다. 이제는 어떻게, 어디서 히데요시의 쿄토 침입을 막느냐 하는 것으로 시급한 문제가 바뀌고 말았다.

미츠히데가 오늘 아침에 깊은 침묵으로 전진을 보류하고 있던 것도 실은 오미에서 올 원군의 도착을 기다리기 위해서였다. 그런데 기다리던 원군보다 먼저 나카가와 키요히데가 텐노잔까지 진출해왔다는 보고가 들어왔다.

이렇게 된 이상 고보즈카까지 본진을 진출시켜 강 건너의 요도 성淀城°과 쇼류지를 연결하는 선에서 적을 저지해야 한다. 저지하지 못한다면, 틀림없이 미츠히데는 히데요시와는 비교도 안 되는 평범한 장수라는 평을 받고 후세에까지 웃음거리가 될 것이다.

"준비가 끝났습니다."

"알았다."

미츠히데는 걸상을 걷어차고 밖으로 나와 줄기차게 비를 퍼붓고 있는 하늘을 쳐다보았다. 빗속에 발붙일 곳도 없는 자기편 장병들의 원성이 멀리서 들려오는 것 같아 가슴이 메었다.

2

이번 거사에서 미츠히데의 가장 큰 오산은 노부나가의 '인기'에 대한 것이었다.

그에게 더할 나위 없는 폭군이었던 노부나가는, 호소카와나 츠츠이 등 자신의 친인척은 물론 히데요시에 대해서도 언제나 의심과 가혹함의 칼을 뽑아들고 있는 잠시도 안심하지 못할 '폭군'일 것이라 생각했다. 실제로 하야시 사도林佐渡, 사쿠마 노부모리佐久間信盛, 아라키 무라시게荒木村重 등 노부나가에게 옛날의 공로를 무시당한 사람과 가신들은 많았다.

이러한 사람들의 원한과 현재 안절부절하지 못하면서 노부나가를 섬기는 사람들의 심적 불안을 제거하여 각자에게 영지의 보존을 보장해주면, 표면상으로는 어떨지 몰라도 내심으로는 모두 자기한테 감사

해할 것이라 생각했다. '주군 살해'는 별로 문제가 되지 않고, 도리어 '폭군'을 제거한 '의인義人'으로서 미츠히데 자신은 크게 부각될 것이라고 생각했다.

미츠히데의 이러한 계산은 크게 빗나갔다. 그가 궁중이나 공경들, 쿄토 사람들의 감정에 세심한 주의를 기울이고 있는 동안, '역신 토벌'의 군사가 질풍을 몰고 눈앞에 닥쳐왔다.

노부나가는 결코 미츠히데가 생각하는 것 같은, 아무도 안도할 수 없는 극악무도한 폭군이 아니었다. 자기 아들 노부야스를 죽게 한 이에야스도, 반드시 자기편이 될 줄로 믿었던 호소카와 부자도 움직이지 않았다. 그뿐만이 아니었다. 일단 미츠히데의 편을 들어 야마토에서 오미로 군사를 보냈던 츠츠이 쥰케이까지도 9일 태도를 돌변하여, 미츠히데가 직접 호라가토게까지 가서 출병을 권했는데도 움직이지 않았다.

미츠히데는 빗속에서 코가나와테久我畷로 말을 달리면서, 히데요시에게 일격을 가하기 위해서는 무슨 일이 있어도 텐노잔을 탈환하지 않으면 안 된다고 생각했다.

텐노잔에서 히데요시의 좌익을 누르고 야마자키 가도에 있는 적의 본진을 그 자리에 묶어놓은 다음 요도 성에서 군사를 출동시킨다······ 그러면 히데요시는 좌우에서 적을 맞게 되므로 진격하는 속도가 늦어진다. 그러는 동안 오미에서 사위 아케치 사마노스케가 원군을 거느리고 도착할 것이다. 결전은 그때부터.

미츠히데는 우선 자신의 작전을 구체적으로 마음속에 세워놓고 나서 뒤따라오는 미조오 카츠베에게 말을 걸었다.

"카츠베에, 그대는 적의 병력이 얼마나 될 것이라 생각하나?"

"예, 약 삼만 칠, 팔천쯤 된다고 생각합니다."

"으음. 상당히 겁을 먹고 있군. 겁을 먹으면 물새까지도 적으로 보이는 법이야."

미츠히데는 웃어넘기려 했으나 저도 모르게 얼굴이 굳어졌다. 아군의 병력은 아무리 계산해 보아도 1만 5,000이 되지 못했다.

야마자키 가도 방면의 중앙 선봉은 사이토 토시미츠齋藤利光, 시바타 겐자에몬, 아베 사다유키阿閉貞征 등 5,000.

산길 방면의 선봉은 마츠다 타로자에몬松田太郎左衛門과 나미카와 카몬竝河掃部 등 탄바 군 약 2,000.

본진의 우익은 이세 요사부로伊勢與三郎, 스와 히다노카미諏訪飛驒守, 미마키 산자에몬노죠御牧三左衛門尉 등 약 2,000.

본진의 좌익은 츠다 요사부로律田與三郎의 약 2,000.

본진의 미츠히데 직속부대가 약 5,000……

이들 모두 피해를 입지 않았다고 해도 1만 6,000.

마침내 미츠히데 앞에 문제의 텐노잔이 엔묘 사圓明寺 너머의 소나무 사이로 완만한 곡선을 그리면서 빗속에 희미하게 떠올랐다.

3

보배로운 절의 산이라는 별명을 가진 텐노잔의 높이는 약 900척*, 산에 온통 소나무가 우거지고 그 기슭은 요도가와 근처까지 이어져 있었으며, 산과 산 사이의 골짜기에 야마자키의 험준한 길이 나 있었다. 이산을 먼저 점거한 뒤 산 위에서 야마자키 가도로 진격해오는 적에게 총포를 쏘는 것이 전술로서는 정석이었다.

미츠히데도 어제 12일 이 산을 급히 점령하라고 총포대의 주력인 마츠다 타로자에몬에게 명했다. 그러나 시기가 늦었던 듯. 타카야마 우콘나가후사와 공을 다투던 나카가와 세베에 키요히데가 밤을 이용하여 일거에 진격해왔다고 했다……

'그 공방전에서 아군은 얼마나 손해를 입었을까……?'

미츠히데는 자기보다 여덟 살 아래인 마흔일곱 살의 히데요시를 전투에 능한 행운아……라고는 생각했으나 천하를 손에 넣을 그릇이라는 생각은 해본 적이 없었다. 그런데 지금 자신이 패배하면 오와리 나카무라의 한 농부의 아들이 자신을 대신할 수 있는 상황이 되었다.

8일에 칙사를 맞이하고 13일에 궤멸. 겨우 나흘 동안의 천하인……이런 익살스런 사실이 역사에 남을지도 모른다……

문득 이런 불길한 생각이 가슴에 스쳤을 때, 미조오 카츠베에가 다시 말머리를 나란히 하고 입을 열었다.

"일단 쇼류지 성으로 들어가시겠습니까?"

"뭣이!"

미츠히데는 격한 소리로 말하고 카츠베에를 노려보았다.

"그럴 시기가 아니야. 마츠다 타로자에몬에게 속히 전령을 보내라. 이 미츠히데는 고보즈카에서 한 걸음도 물러나지 않을 것이니 즉시 텐노잔을 탈환하라고."

"예."

카츠베에는 엄한 미츠히데의 표정에 그대로 젖은 갑옷이 부딪는 소리를 내며 앞으로 달려갔다.

쇼류지는 이미 일행의 오른쪽, 그곳에서 농성하는 군사의 모습까지 뚜렷하게 보이는 위치에 있었다. 계속 비가 쏟아져 길은 진흙탕으로 변하고 양쪽의 논은 호수처럼 물에 잠겨 있었다.

그 논이 끝나는 곳에 고보즈카의 녹음이 하나의 언덕을 이루며 겹쳐 있었다. 고보즈카에서 텐노잔까지는 20여 정. 양군을 사이에 둔 엔묘지가와圓明寺川는 한 줄기였는데, 이 20여 정 사이에 바야흐로 천하가 걸려 있었다.

미츠히데는 여전히 엄한 눈길로 앞을 노려본 채 쏟아지는 빗속에서 말을 몰고 있었다.

쇼류지의 오른쪽으로 돌았을 때 전방 오야마자키大山崎에 진치고 있던 사이토 토시미츠로부터 전령이 왔다.

"아룁니다."

미츠히데는 덜컥 내려앉는 가슴을 느꼈다.

"무슨 일이냐, 이렇게 급히?"

말을 탄 채 그대로 고보즈카에 마련된 임시막사 안으로 들어갔다.

'좋은 소식은 아니다……'

이런 예감이 들어 다른 사람 앞에서 듣기가 거북했다.

"아룁니다."

전령은 에보시鳥帽子°에서 떨어지는 빗물도 닦으려 하지 않고, 미츠히데가 걸상에 앉는 것을 보고는 똑같은 말을 되풀이했다.

"어서 말하여라, 무슨 일이냐?"

"성주님께서는 급히 사카모토 성으로 가시라고 저희 주인 사이토 토시미츠 님이 말했습니다."

"뭣이! 나에게 오미로 철수하라고?"

미츠히데의 이마에 불끈 힘줄이 솟았다.

4

미츠히데는 두 번 다시 쇼류지 성에는 들어가지 않겠다고 결심하고 있었다. 그 역시 결코 평범한 장수는 아니었다.

생각을 거듭한 끝에 고보즈카로 진영을 옮긴 이상, 이곳이 히데요시와 자신의 운명을 결정짓는 곳이라고 냉엄하게 판단하고 있었다. 그런데도 자기 오른팔로 믿고 있는 사이토 토시미츠까지 결전을 피하고 사카모토 성으로 철수하라고 하다니……

"토시미츠에게 전하여라. 나는 오늘 아침 시모토바에서, 예물을 가지고 쿄토에서 온 백성들에게 쿄토에는 절대 적을 들여 놓지 않을 테니 안심하라는 약속을 굳게 했다고 말이다."

"예, 그대로 전하겠습니다. 하지만 주인의 말씀으로는……"

"어떻다는 거냐, 어서 말하여라."

"여기서는 성주님을 대신하여 내가 주인, 성주님은 충분히 정예부대의 위력을 과시했으니 일단 사카모토 성으로 철수하시도록, 그러는 편이 지금으로서는 도리어 묘책이 될 것이라고……"

"허어, 도저히 그대로 들을 수 없는 말을 하는구나. 이 미츠히데가 있으면 방해가 된다는 말이냐?"

미츠히데는 흠칫 놀라 반성했다.

'이 자는 전령에 지나지 않는다……'

전령을 꾸짖고 있다니, 그렇게 하면 마음의 동요가 드러나 사기를 떨어뜨릴 뿐이었다.

"하하하하, 토시미츠의 말은 잘 알아들었다. 언제나 변하지 않는 그의 기백, 깊이 가슴에 새겨두겠다. 나도 생각하는 바 있어 최전선에 나온 터. 전군의 지휘는 내가 하겠다. 사이토 군은 시바타, 아베 군사와 긴밀히 연락을 취하고, 마츠다와 나미카와의 부대가 텐노잔을 공격하거든 즉시 엔묘지가와를 건너 적의 중앙을 공격하라고 일러라."

"예."

"산길 방면의 부대가 산을 확보하면 이 미츠히데도 진두에 서서 공격해나갈 것이다."

"분부 어김없이 전하겠습니다."

"좋다, 어서 가라."

미츠히데는 일단 말했다가 다시 전령을 불러 세웠다.

"아무리 내가 진두에 선다고 해도 산길 방면의 부대가 적을 공격할 때까지 조급하게 굴면 안 된다. 공격할 때는 반드시 보조를 같이하되, 그때까지는 적의 동향을 감시하면서 자중하는 일이 중요하다고 분명하게 전하라."

"예. 텐노잔에서 공격할 때까지 절대로 먼저 공격하지 말라고 전하겠습니다."

사이토의 전령이 돌아간 뒤 미츠히데는 길게 한숨을 내쉬고는 근시에게 말했다.

"백성이 예물로 바친 치마키粽°를 가져오너라. 배가 고프면 활동할 수 없으니까."

근시가 쿄토 상인들이 시모토바에 가져온 치마키를 쟁반에 담아가지고 왔다.

미츠히데는 그중의 하나를 집어 대나무 잎을 벗기고 한입 베어먹으면서 문득 자신의 쉰다섯 살 나이를 실감했다. 분별력이나 지식에서는 히데요시에 뒤지지 않는 미츠히데도 전쟁터를 누비며 질주하기에는 너무 나이가 들었다…… 이미 그에게는 공복과 식욕은 다른 것이 되어 있었다.

'못난 사위 녀석들……'

미츠히데는 새삼스럽게 호소카와 타다오키와 츠츠이 사다츠구 두 사위에게 화가 치밀었다. 그들이 진두에 서서 싸워준다면 미츠히데는 그들을 위해 천하의 이치와 영지의 배분 등 여러 가지를 생각해주었을 텐데……

"아뢰옵니다. 강가에 포진하고 계신 츠다 요사부로 님의 전령이 왔습니다."

요란한 근시의 목소리가 또다시 미츠히데의 가슴을 덜컥 내려앉게 했다.

5

'이래서는 안 된다.'

미츠히데는 자신을 꾸짖었다. 전령이 올 때마다 불길한 생각을 하다니, 이는 분명 겁을 먹은 것이다. 숫자상으로는 적이 압도적으로 많지만 질에서는 결코 뒤떨어지지 않는다.

"츠다 요사부로의 전령을 이리 들라고 해라."

일부러 가슴을 떡 펴면서 손에 남아 있던 치마키를 입에 넣고는 낯을 찌푸렸다. 대나무 잎이 치마키에 박혀 있었던 듯, 목을 찌르는 것 같아 얼른 손에 뱉어냈다.

"보고 드립니다."

"오, 강으로 진출한 적군 이케다가 움직이기 시작했느냐?"

전령은 어느 논바닥에 쓰러지기라도 했는지 갑옷이 온통 진흙투성이였다.

"아닙니다. 이케다 군은 아직 대치한 채 총대장 히데요시의 도착을 기다리고 있는 모양입니다. 그러나 강 건너 호라가토게에 휘날리는 깃발은 분명히 야마토의 츠츠이 준케이의 것이라 판단되어 대장님께 보고 드리라는 분부가……"

"뭣이, 츠츠이 준케이가 왔어?"

미츠히데는 저도 모르게 걸상에 앉은 채 몸을 내밀었다.

"그렇구나, 츠츠이가 와주었구나."

만면에 희색을 떠올렸다.

"굳이 출격하라는 재촉은 하지 않겠다. 단지 와 있는 것만으로도 충분히 적을 견제할 수 있다. 그러나 만일 츠츠이에게 수상한 움직임이 보이거든 즉시 보고하라고 츠다에게 일러라."

"잘 알겠습니다."

전령이 물러간 뒤 미츠히데는 다시 한 번 소리 없이 웃었다.

쥰케이의 마음을 손바닥 들여다보듯 잘 알고 있는 미츠히데였다. 호라가토게에 진을 치고 야마토로의 난입을 견제하면서 양군의 형세를 비교하려는 교활한 생각일 것이었다. 그러나 미츠히데는 그것만으로 충분하다고 생각했다.

미츠히데에게조차 의심을 갖게 하는 쥰케이이므로 히데요시로서는 더더욱 방심할 수 없는 존재였다.

'그래, 이것으로 강 쪽에 포진한 이케다 군은 함부로 움직이지 못하게 됐다……'

"게 누구 없느냐? 아직 텐노잔 방면에서 총성이 들리지 않는다. 마츠다 군에게 서두르라고 일러라."

"예."

"텐노잔을 손에 넣거든 나도 타카라 사寶寺 경내로 본진을 옮기겠다. 이를 하타모토들에게 전하여라."

엔묘지가와를 건너 거기까지 갈 생각은 없었다. 그러나 사기를 고무시킬 필요는 있었다.

그로부터 약 일 각刻(2시간)이 지나…… 비 때문에 산길에서의 행동이 여의치 못했는지, 정면의 전선에서 총성이 들린 것은 일곱 점(오후 4시) 무렵이었다.

"오오, 들리는군."

미츠히데는 걸상에서 벌떡 일어나 임시막사의 추녀 밑으로 몸을 내밀었다.

어느 틈에 비는 그쳐 있었다. 그러므로 화승火繩을 점화하는 데는 지장이 없을 것 같았고, 일찍부터 쇼류지 성에 있던 마츠다 타로자에몬은 이 부근의 지형을 자세히 파악하고 있었다. 이쪽에서 공격할 기회를 잡은 것은 승리의 기회를 잡은 것과 마찬가지라고 미츠히데는 생각했다.

'나카가와 세베에도 당황하고 있을 것이다.'

문득 나카가와 키요히데의 완고한 기질을 머리에 떠올렸을 때, 이번에는 중앙의 정면에서 벼락이 떨어지는 듯한 총성이 울렸다.

아군만의 발포는 아니었다. 히데요시 쪽의 타카야마와 호리, 아군의 사이토 토시미츠, 미마키 산자에몬, 아베 사다유키 등 잔뜩 벼르고 있던 양군이 일제히 불을 뿜기 시작한 듯했다.

6

"말을 대령하라."

미츠히데는 명하고, 겨우 개기 시작한 하늘을 쳐다보면서 텐노잔을 바라볼 수 있는 언덕 위에 섰다.

'이 작은 산이 천하를 가름하는 장소가 되다니……'

절박한 감회가 온몸을 감싸 숨이 막히는 것 같았다.

"오오, 산꼭대기의 안개가 걷히기 시작하는군……"

총성의 방향은 이미 좌우를 가리지 않았다. 귀를 기울이는 데 따라 파도소리와도 같은 양군의 함성까지 들려왔다.

적군도 아군도 모두 진격을 명하는 징과 북을 치고 있었다. 문득 진흙탕 속에서 난투를 벌이는 양군의 모습이 머릿속에 떠올랐다.

'이런 상태라면 밤이 되기 전에 대세가 결정될 것이다.'

미츠히데의 관찰은 적중했다.

텐노잔에 도전한 부대가 아직 승리의 기회를 잡지 못하고 있을 때, 최정예인 사이토 토시미츠 이하의 주력부대가 동요하기 시작했다.

'아니, 이건? 이상하다.'

서로 총포는 쏘아대지만 아직 그것이 승패를 결정짓는 시대가 아니었다. 군사들의 움직임이 언제나 미묘하게 사기와 이어져, 그것이 순간적으로 붕괴의 원인이 되기도 하고 승리의 원인이 되기도 했다.

"보고 드립니다!"

"어디서 왔느냐?"

미츠히데는 점점 어두워지는 발 밑을 살피듯이 하면서, 칼을 등에 멘채 자기 앞에 엎드린 전령을 바라보았다.

"어서 말하여라…… 어디서 왔느냐?"

"강 쪽에 포진한 츠다 군에서 왔습니다."

"요사부로의 군사가 어떻게 되기라도 했느냐?"

"강 너머에 츠츠이 군이 있다고 안도한 것이 잘못이었습니다."

"뭣이, 잘못……?"

"예. 츠츠이 군은 우리편이 아니라 적과 내통한 것이 분명합니다."

"그런 것을 묻는 게 아니다. 요사부로가 패했느냐?"

"예, 원통한 일입니다. 이케다 노부테루의 오천 군사와 대치하고 있을 때 카토 미츠야스의 군사 이천이 다시 강가에서 사이토 군의 본대 뒤까지 우회하였습니다."

"아뿔싸!"

순간 미츠히데는 온몸의 피가 얼어붙는 것을 느꼈다.

승부는 미츠히데가 그토록 신경을 쓰던 텐노잔에서 결정난 것이 아니었다. 전혀 뜻하지 않았던 강 쪽에서 결판나고 말았다.

"카토 미츠야스 군 일대가 걸어서 건널 수 있는 곳까지 수많은 배로 군사들을 실어왔습니다. 그래서 눈 깜짝할 겨를도 없었습니다. 더구나…… 그것을 보고도 움직이지 않는 츠츠이 군…… 적에게는 선단船團과 츠츠이의 견제라는 두 가지 전략이 있었습니다."

미츠히데는 그때 이미 전령의 말을 듣고 있지 않았다.

'히데요시는 참으로 무서운 놈……'

비로소 온몸으로 느끼면서 마음이 오싹해졌다.

히데요시가 강을 장악하고 있는 사카이 사람과 요도야까지 조종하여 마음대로 배를 움직인다는 것을 깨닫지 못했던 자신, 츠츠이 쥰케이의 존재를 자기와는 전혀 다른 각도에서 이용한 수완에는 전율을 느끼면서도 감탄을 금할 수 없었다.

'이 얼마나 전쟁에 능하단 말인가…… 원숭이 놈은.'

아군의 중앙부대는 점점 더 크게 동요하고, 칼 부딪히는 소리가 차차 고보즈카로 다가오고 있었다.

7

미츠히데는 츠츠이 쥰케이가 호라가토게에 온 것만으로도 히데요시군이 섣불리 움직이지 못할 것이라고 판단했다. 그런데 히데요시의 움직임은 그 반대였다.

츠츠이 군의 기회주의적인 태도를 너무나 잘 알고 주저 없이 움직이기 시작했다.

기회주의적이기 때문에 절대로 배후를 공격하지 않는다. 타산에 밝은 자가 움직일 리 없다. 만일에 움직인다면 그것은 이미 승패가 결정되어 이긴 쪽에서 연락이 있을 때일 터…… 이렇게 판단하고 미츠히데의 허를 찔렀을 것이 분명했다. 아니, 그뿐만이 아니었다. 미츠히데가 텐노잔에 집착하여 강 쪽의 방위를 허술히 한다는 것까지도 히데요시는 꿰뚫어보고 있었다.

"와아!"

다시 함성과 비명이 뒤섞인 절규가 왼쪽에서 흘러왔다.

카토 미츠야스와 이케다 노부테루의 적군이 승세를 몰아 사이토, 아베, 미마키 등의 뒤로 돌아갔기 때문에 중앙의 타카야마 우콘과 호리 히데마사도 대번에 총공격을 감행했을 것임이 틀림없었다.

"우다이진 님의 원수를 갚을 때는 바로 지금이다. 역적 미츠히데를 놓치지 마라."

배후에서는 히데요시 놈이 원숭이 같은 날카로운 얼굴을 붉게 물들이고, 특유의 큰 목소리로 지휘하고 있을 것이다.

"아직 거기 있었느냐?"

잠시 후 미츠히데는 전령이 발 밑에서 멍청히 자기를 쳐다보고 있다는 것을 깨달았다.

"가거라…… 알았으니 어서 가거라…… 아니, 이미 요사부로의 군대는 없어졌을지도 모른다. 그렇군, 쇼류지에 가서 농성하여라."

"예."

전령이 사라지는 것과 동시에 큰 소리를 지르면서 다가오는 자가 있었다.

"대장님, 어디 계십니까…… 대장님은 어디 계십니까……"

이미 주위는 어두워져 몇 걸음 떨어진 곳에서는 얼굴도 분간할 수 없었다.

"누구냐, 미마키 산자에몬이 아니냐?"

"아, 성주님, 여기 계셨군요. 성주님! 적이, 적이 엔묘지가와를 건넜습니다……"

사이토 토시미츠와 함께 2,000의 군사를 이끌고 중앙을 방비하던 미마키 산자에몬이 이곳에 모습을 나타냈다는 것은 이미 중앙군도 완전히 궤멸되어가고 있다는 증거였다.

"산자에몬, 이제 결판이 났구나."

"분합니다. 강에서 공격해온 적군에게 당하고 말았습니다. 성주님은 어서 쇼류지 성으로 가십시오."

"산자에몬!"

"예."

"나는 쇼류지 성에는 가지 않는다. 다시는 그런 말 하지 마라."

"그게 무슨 말씀입니까. 이 미마키 산자에몬노죠 카네아키御牧三左衛門尉兼顯가 남은 병력 이백여 기를 이끌고 달려온 것은 대장님을 무사히 성으로 모시기 위해서입니다. 적을 한 놈도 대장님 곁에 접근시키지 않겠습니다…… 자, 어서 서둘러주십시오."

"안 돼."

"어찌 그런 말씀을…… 대장님답지 않게……"

"안 돼."

미츠히데는 똑같은 말을 되풀이하면서 고개를 저었다.

"이 미츠히데는 수치를 아는 자. 원숭이에게 졌어, 원숭이에게!"

미츠히데는 소리내어 웃었다. 웃으려 하면서 사실은 울고 있었다…… 자신도 분명히 그것을 깨달으면서……

8

미마키 산자에몬노죠 카네아키는 큰 소리로 격려하면서 미츠히데의 쿠사즈리草摺°를 두드렸다.

"당치도 않습니다! 그러면서도 대장님은 천하인이라 할 수 있겠습니까? 승패는 병가兵家의 상사常事입니다. 귀를 기울여 제 말씀을 들으십시오. 이미 텐노잔으로 갔던 부대도 궤멸당하고 적이 지르는 함성이 아오粟生로 향하고 있습니다. 카메야마 가도를……"

"그래서 나는 움직이지 않겠다는 것이다. 산자에몬, 차라리 여기서 전사를……"

"안 됩니다!"

미마키 산자에몬이 큰 소리를 지르면서 일어났다.

어느 틈에 와 있었는지 미츠히데 뒤에서 고개를 숙이고 대령해 있는 미조오 카츠베에의 모습을 보고는 말했다.

"카츠베에 님, 대장님을 부탁하겠소."

일단 밖으로 나가 동정을 살피고는 다시 돌아와 다짐했다.

"이 카네아키가 대장님을 대신하여 죽을 것이오. 카츠베에 님, 어서 강제로라도 대장님을 성으로 모시고, 성도 위태로워지거든 사카모토 성으로 모시도록 하시오. 아…… 점점 더 소리가 가까워지고 있소. 그럼……"

그대로 훌쩍 장막 밖으로 나갔다.

미마키 산자에몬 카네아키는 엔묘지가와를 건너 단숨에 몰려온 이케다, 타카야마 양군 속으로 200여 명의 군사를 거느리고 돌격해나갔다. 물론 전멸이었다. 아니, 처음부터 전멸할 생각으로 미츠히데에게 달려왔던 것, 그로서는 후회가 있었을 리 없다.

이어서 텐노잔으로 향했던 부대 중에서 스와 히다노카미도 전사하고, 이세 요사부로 역시 산 위에서 공격해내려온 나카가와 군에게 살해되었다. 이로써 아케치 군의 패퇴는 결정적이었다.

그로부터 다시 일 각(2시간) 뒤—미츠히데는 주위를 다다미로 둘러 막아놓은 쇼류지 성의 방에서 망연히 걸상에 앉아 있었다. 미조오 카츠베에가 미마키 산자에몬의 죽음을 헛되게 해서는 안 된다고 설득해 억지로 데려왔다.

미츠히데가 쇼류지 성에 들어왔을 때, 카츠베에는 이곳으로 후퇴하여 농성하는 자가 약 900명이라고 보고했다. 900명이라면 이 작은 성안은 제법 사람들로 붐빌 텐데 들리는 소리라고는 성밖에서 달리는 적군의 인마人馬소리뿐이었다.

"성주님, 사이토 님이 말한 것처럼 일단 사카모토 성으로 철수하십시오."

옆에는 만약을 위해 미야케 마고쥬로三宅孫十郎, 호리오 요지로堀尾與次郎, 신지 사쿠자에몬進士作左衛門, 무라코시 산쥬로村越三十郎 등이 침울한 표정으로 대기하고 있었다.

"비록 비는 내리지만 열사흘 날의 달이 있습니다. 결코 발 밑이 안 보일 정도로 어둡지는 않습니다. 결심하시기 바랍니다……"

미츠히데는 대답하지 않았다.

솔직히 말해서 55세의 그의 체력은 지난 한 달 동안의 갖가지 사건으로 인해 거의 소진된 느낌이었다. 특히 13일 전, 혼노 사에서 노부나가를 죽이고 나서부터는 더더구나 심신의 피로가 심했다. 그 피로의 결과가 오늘의 이 참담한 패전이었다.

'과연 지금의 나에게 가족이 있는 사카모토 성까지 도망칠 수 있는 체력이 남아 있는 것일까……?'

이런 생각 속에 노부나가의 얼굴이 보이기도 하고 히데요시의 얼굴이 보이기도 했다. 또 칙사로 아즈치에 왔던 요시다 카네미의 얼굴이 보이기도 했다.

"성주님! 결단을 내리십시오."

카츠베에가 다시 강한 어조로 말했다.

9

"이미 아군은 모두 붕괴되어 후지타藤田 군의 북소리도 미야케 후지베에三宅藤兵衛의 징소리도 들리지 않습니다…… 그리고."

카츠베에는 고개를 떨구고 있는 신지 사쿠자에몬과 무라코시 산쥬로에게 눈짓을 했다.

"호라가토게에 있던 츠츠이 쥰케이 군이 느닷없이 산에서 내려와 요도 방면의 아군에게 도전해왔다는 보고도 있었습니다."

"뭐라고, 쥰케이가……?"

미츠히데는 저도 모르게 눈을 부릅뜨고 다음에는 목에서 바람이 새어나오는 듯한 소리로 웃었다.

"하하하…… 놈은 능히 그런 짓을 할 거야…… 그렇구나, 드디어 쥰케이 놈이……"

아무렇지도 않다는 듯이 웃어넘겼으나, 그에게는 이보다 더 큰 충격이 없었다. 패전만이 아니라 맹우盟友들에게까지 따돌림을 당한 고독감이 가슴을 파고들었다.

'이게 도대체 어떻게 된 일이란 말인가……'

불과 이 각(4시간)도 안 되는 전투에서 55년에 걸친 미츠히데의 생애는 무서운 속도로 캄캄한 심연 속으로 떨어지고 있었다.

악몽이라 해도 이런 악몽이 또 있을 수 있을까.

노부나가의 성급한 처사에 분노하여 군사를 일으킨 미츠히데 자신이 실제로는 노부나가보다 더 성급하고 생각이 얕았다는 것을 뼈저리게 느꼈다.

노부나가에게는 복수전을 하는 가신이 있고 아들도 몇몇 있다. 그러나 자기가 죽는다면 무엇이 남을 것인가. 복수전을 치러줄 가신 대신 역적이란 이름이 남고, 사위들에게까지 배신당했다는 조소와 일족의 말살이란 비극이 남는다.

'분별이 없었다…… 너무도 분별이 없었다……'

노부나가의 냉혹함에 분개하여 스스로 초래한 이 10여 일 간의 말할 수 없는 고통. 불철주야의 이 노력을 노부나가를 위해 바쳤더라면 어떻게 되었을까……?

244

최소한 역적이란 이름으로 일족이 죽임을 당하는 비참한 일만은 생기지 않았을 터.

'내 계산은 처음부터 잘못되었다.'

"알겠다."

잠시 후 미츠히데가 카츠베에에게 말했다.

"일단 이 성에서는 나가겠다."

"피신하시겠습니까?"

"아니, 피신이 아니야. 다음 일을 대비하기 위해 사카모토 성으로 옮기겠다. 이대로는 죽을 수 없다."

일동은 비로소 안도했다.

"그럼, 곧 말을 준비하여라. 전투의 양상을 백성들이 알게 되면 어려움이 더할 것이니 촌각을 다투어야 한다."

미츠히데는 미야케 마고쥬로와 무라코시 산쥬로에게 안기듯이 하여 일어났다.

미츠히데가 피신을 승낙한 뒤 히다 타테와키比田帶刀와 미야케 후지베에가 남아 있는 성병을 모아 남문으로 이동시켰다. 적이 그쪽에 주의를 집중시키고 있는 동안에 미츠히데의 주종 여섯 사람은 둘씩 3개조로 나뉘어 몰래 코가나와테로 빠져나왔다.

이대로 죽는다면 자신의 일족에게 너무 잔인하다. 살아 있을 수 있을 때까지 살아남아 그들을 배려해주는 것이 자신의 책임이고 또 분별 있는 일이다.

맨 앞에는 미조오 카츠베에와 무라코시 산쥬로, 그 다음은 미츠히데와 신지 사쿠자에몬, 후미의 경계는 미야케 마고쥬로와 호리오 요지로가 맡았다.

언제부터인지 비는 그치고, 열사흘 날의 달이 짙게 깔린 구름 사이로 윤곽만을 희미하게 내비치고 있었다……

10

제일 걱정했던 코가나와테에서 후시미伏見까지의 길은 무사히 통과했다. 바로 이 길을 오늘 아침에는 어떻게 하면 이길까 생각하며 지나왔었다. 그런데 지금은 어떻게 해서든지 무사히 사카모토 성에 도착할 수 있었으면 하고 자기 체력만을 염려하고 있다.

"여기는 어디쯤일까?"

뒤따라오는 신지 사쿠자에몬을 돌아보며 물었다.

"곧 오카메다니大龜谷에 도착할 것입니다."

"으음, 멀기도 하구나, 사카모토는."

"이제 모모야마桃山 북쪽 능선을 동남쪽으로 넘어 오구루스小栗栖에서 칸쥬 사勸修寺, 오츠大津를 밤 사이에 지나가려고 합니다."

"오츠란 말이지……"

미츠히데는 중얼거리고 그대로 침묵을 지켰다. 지금은 체력을 유지하기 위해 말 한마디도 아끼려는 미츠히데였다.

모모야마 북쪽에 이르렀을 때 다시 비가 내렸다.

문득문득 지상이 어두워져 길을 안내하며 앞서가는 두 사람의 모습이 보이지 않아 놓칠 뻔하기도 했다. 오구루스 가까이 왔을 때는 비가 멎고 무섭게 북쪽으로 달려가는 구름을 볼 수 있었다.

"생각보다 쉽게 갈 수 있을 것 같습니다. 아직 운이 다하지 않았다는 증거입니다."

신지 사쿠자에몬이 이렇게 말했을 때 갑자기 뒤에서 말 울음소리가 들렸다.

'혹시 추격자가 아닐까……?'

두 사람은 얼른 옆에 있는 나무 그늘에 숨어 동정을 살폈다.

추격자는 아니었다. 뒷일을 미야케 후지베에게 맡기고 달려온 히다 타테와키와 그 부하 4, 5명이었다.

"성주님…… 성주님…… 히다 타테와키 님이 왔습니다. 이제는 안심할 수 있습니다."

"뭐, 타테와키가 왔어?"

"예……"

검은 그림자가 미츠히데 곁으로 와서, 말머리를 나란히 했다.

"이대로 가면서 말씀 드리겠습니다."

그 부근은 마을과 가까워 겨우 두 사람이 나란히 지나갈 수 있는 황톳길이 나 있었다.

"하나라도 더 많은 병사를 사카모토 성에 들여보내야 한다는 미야케 후지베에 님의 말씀에 백여 명을 데리고 쇼류지에서 출발했습니다마는 도중에 어둠을 이용하여 한두 사람씩 도망쳐서……"

"타테와키, 더 말할 것 없네."

미츠히데가 말했다.

"가는 자는 가게 해. 마지막으로 남는 것은 충성된 자만이겠지. 차라리 그편이 눈에 띄지 않을 것이니 도망치는 사람에게는 유리하다."

"도망치는 사람……"

쇼류지 성을 나왔을 때만 해도 미츠히데는 그런 말을 싫어했다. 지금은 자기 스스로 도망자……라는 말을 하고 있다.

문득 슬픈 생각이 들어 타테와키는 나란히 가던 말머리를 뒤로 돌렸다. 이때 어딘가에서 바삭거리는 소리가 들렸다. 깨닫고 보니 길 양쪽은 모두 울창한 대나무숲이었다.

'지금 그 소리는 무엇일까……?'

지금까지 비교적 안전했기 때문에 타테와키는 그것이 수풀 속에서 나는 사람의 소리인 줄 깨닫지 못했다. 그렇게 무성한 대나무 숲은 계속 이어져 있었다.

앞서 가던 미조오 카츠베에가 말을 세웠다.

"이상한데, 가끔 대나무숲에서 이상한 소리가……"

가까이 가서 미츠히데에게 그 말을 하려 했을 때, 갑자기 미츠히데가 탄 말이 달리기 시작했다.

11

"성주님……"

카츠베에가 수상히 여기고 불렀다.

"쉿."

히다 타테와키가 제지하고 자기도 미츠히데를 뒤쫓았다.

대나무숲은 다시 조용해졌다.

미츠히데는 숲에 복병이 숨어 있는 줄 알고 달리기 시작했을 것이 분명하다…… 타테와키는 그렇게 생각했다.

카츠베에도 타테와키가 제지한 이유를 금방 알아차렸다. 순간 카츠베에는 일부러 신지 사쿠자에몬을 돌아보고, 주위에 들리도록 큰 소리로 말했다.

"주군, 복병이 있을지도 모르니 조심하십시오."

"알겠네, 그대들도 조심하게."

미츠히데를 보호하기 위해 사쿠자에몬은 자기가 미츠히데인 것처럼 말했다.

하늘은 어슴푸레해졌으나 대나무숲 사이의 길은 아직 어두웠다. 사람의 그림자는 보이지만 갑옷의 색깔과 얼굴은 구별하기 어려웠다.

미츠히데와 타테와키가 앞서 달려가고 사쿠자에몬과 카츠베에가 그 뒤를 따랐다.

그렇게 7, 8간쯤 달렸을 때 오른쪽 숲에서 바삭거리는 소리와 함께 느닷없이 죽창이 튀어나왔다.

신지 사쿠자에몬이 말 위에서 아슬아슬하게 피하고는 비스듬히 창 끝을 후려쳤다. 그러면서 앞서 간 미츠히데의 신상을 염려하여, 상처를 입은 듯이 신음했다.

"으음."

이 흉내가 멋지게 복병을 속였다.

"와아."

열 명에 가까운 사람의 목소리가 길 양쪽에서 터져나왔다.

"두려워할 것 없어, 대장인 듯한 자에게 일격을 가했다."

"모두 나와서 덤벼라."

"지금이다, 때는 지금이야."

그 목소리와 움직임이 적의 정체를 사쿠자에몬과 카츠베에에게 정확하게 알려주었다.

"토민土民이다. 처치해버리자!"

카츠베에가 소리쳤다.

"걱정할 것 없어. 복병은 낙오자를 노리는 도둑들이다."

"오!"

뒤에서 달려온 미야케 마고시로는 창, 호리오 요지로는 칼로 검은 그림자와 뒤섞여 길을 막았다.

카츠베에는 사쿠자에몬의 옆으로 빠져나갔다.

"염려되는군. 나는 여기서 이만!"

자기들끼리만 통하는 말을 남기고 앞을 향해 질주했다.

다시 달이 어두워졌다. 후두두 대나무 잎에 떨어지는 것은 비일까 아니면 이슬일까.

인가가 가까워졌는지 군데군데 대나무 울타리가 섞이기 시작했다.

성주님이라거나 주군이라 부르면 위험할 것 같아 카츠베에는 일부러 말에 채찍을 가하면서 소리쳤다.

"어서 가자! 어서 가!"

미츠히데의 모습이 눈에 보이는 곳까지 가려고 안장에 상체를 꼭 붙이고 앞을 바라보는 자세로 말을 달렸다. 활등처럼 오른쪽으로 구부러진 모퉁이의 대나무울타리 앞까지 왔을 때 앞을 막아선 말이 있었다. 그는 얼른 안장에서 뛰어내렸다.

틀림없는 미츠히데의 말……

"성주님!"

주위를 살펴보던 그는 문득 거기서 4, 5간 앞에 낙마하여 옆구리를 움켜쥐고 웅크리고 있는 미츠히데를 발견했다.

12

카츠베에가 달려가 안아일으켰을 때 미츠히데에게는 아직 약간의 의식이 남아 있었다.

"성주님!"

희미하게 고개를 끄덕이면서 눈을 뜨려고 애쓰는 미츠히데의 모습을 어둠 속에서도 느낄 수 있었다. 한 손으로 왼쪽 옆구리를 누르고 한 손을 허공에서 경련시키는 미츠히데의 모습——

"카이샤쿠介錯°를 하라……"

카츠베에는 이런 뜻으로 받아들였다.

그러나 미츠히데는 전혀 다른 것을 호소하려 하고 있었다. 다름 아니라 오직 한마디——

"나는 피곤하다."

이렇게 말하고 싶었다.

미츠히데의 일생은 잠시도 마음 편할 때가 없는 긴장의 연속이었다. 소심하고 섬세한 그는 언제나 마음속의 불평을 억제해오면서 부지런히 작은 돌을 쌓아올리고, 그것이 무너질까 겁을 내면서 일생을 살아왔다.

미츠히데가 가장 두려워했던 붕괴는 그가 최대의 결단을 내려 노부나가를 죽인 찰나에 싹트고 있었다. 물론 그 이전에도 끊임없이 괴로워해왔으나 지난 13일 간의 고통에 비하면 아무것도 아니었다.

모든 것이 오산이었다고는 생각지 않지만, 최소한 자신의 성격과 힘을 과신했다고 할 수 있었다. 그의 경우 히데요시와는 달리 하나의 지식, 하나의 교양이 힘이나 환희가 되지 않고 도리어 고통과 불평의 원인이 되었다.

"여기는…… 여기는……"

미츠히데의 입술이 희미하게 움직였다.

"성주님, 여기는 우지고리宇治郡 다이고醍醐 마을의 오구루스 근처입니다."

"미노의…… 아케치 마을에서 태어나…… 야마시로의 오구루스에서 이슬로 사라지는구나……"

"성주님! 상처는 깊지 않습니다."

"아니……"

"무라코시, 무라코시는 어디 갔느냐?"

카츠베에게 중얼거렸다.

"와아!"

그때 뒤에서도 앞에서도 함성이 울렸으나 이미 미츠히데의 귀에는 들리지 않았다.

미츠히데의 말이 갑자기 달렸을 때 이미 그는 왼쪽 어둠 속에서 내지른 죽창에 옆구리를 찔렸다. 그 상태로 이곳까지 달려와 겨우 안도의 숨을 내쉬었을 때 다시 토민의 공격을 받아 말에서 떨어졌다.

카츠베에가 상처를 살펴보니 왼쪽 옆구리와 허리 두 군데였다.

"성주님! 정신차리십시오. 상처는……"

흰 헝겊으로 허리를 동여매고 다시 입을 열려다가 카츠베에는 뒤로 물러났다.

"아아……"

이미 숨이 끊어져 있었다. 눈이 어둠에 익숙해졌는지, 아직 주위는 밝지 않았으나 창백한 미츠히데의 얼굴에 찾아와 있는 허무한 죽음을 확인할 수 있었다.

"와아."

다시 뒤에서 습격자의 함성이 들렸다.

카츠베에는 깜짝 놀라 시체를 길 옆으로 끌고 가서 대나무 울타리에 기대어놓았다.

"……카이샤쿠하라는 분부이십니까? 그리고 유해는 남의 눈에 띄지 않도록……"

자기 생각을 입밖에 내어 말했다.

"예, 분부대로 하겠습니다."

절을 하고 나서 칼을 오른쪽 어깨 위로 세우고 자세를 취했다.

순간 주위가 조용해지고 대나무 잎에 구르는 이슬소리만이 마음에 스며들었다.

13

미조오 카츠베에는 미츠히데의 목을 베어 말의 안장 덮개로 싼 뒤 시체의 품안을 뒤져보았다. 반드시 세상에 남기는 지세이辭世°가 있을 것이라 생각했다.

"아, 여기 있군……"

> 순역順逆에 두 문門은 없고
> 대도大道는 오직 마음에 있을 뿐
> 55년의 꿈
> 깨고 보면 하나의 근원으로 돌아가네

카츠베에게는 그것을 읽을 틈이 없었다. 그 무렵 사방의 대나무숲
이 요란하게 술렁거리기 시작했다.

순역에 두 문이 없다는 말은 너무나 슬프다. 그 말에는 미츠히데 자
신이 얼마나 주군인 노부나가를 죽인 일에 구애받고 있었나 하는 게 드
러나 있었다. 더구나 이 마음이 그 후의 작전을 지연시켰다. 칙사에게
구애받고 쿄토 주민에게 구애받아 히데요시로 하여금 이름을 날리게
하는 원인을 만들었다.

카츠베가 그 종이를 품안에 넣었을 때 뒤에서 검은 그림자 둘이 달
려왔다.

"누구냐?"

"오, 미조오 님이시군. 우리는 신지 사쿠자에몬과 히다 타테와키요
만……"

말하다 말고 미츠히데의 시체에 걸려 넘어질 뻔했다.

"아, 이분은."

그들은 그 자리에 무릎을 꿇었다.

두 사람 모두 깊은 상처를 입은 모양이었다.

"최후를 마치셨소?"

짜내듯이 중얼거리는 사쿠자에몬에게 카츠베에가 목을 싼 꾸러미를

내밀었다.

"목이 여기 있소."

사쿠자에몬은 얼른 손을 내저었다.

"머리나마 한시 바삐 사카모토로."

"뒷일은 우리가 맡겠소. 아니, 우리는 여기서 전사하겠소. 미조오 님, 서두르시오."

타테와키는 목이 없는 시체를 끌어안았다.

"무운이 따르지 않아…… 이 같은 명장이……"

말은 더 이어지지 못하고 울음이 터져나왔다.

"아, 여기 있다."

뒤에서 습격자의 말이 들렸다.

이미 패잔병인 줄 알아보고 도둑으로 변한 토민들의 수는 늘어가기만 했다.

"아, 말이 있다! 이름난 대장인 모양이다."

"좋아, 칼을 줍자."

"갑옷을 벗겨라."

그 소란 속에서 타테와키는 시체를 그들에게 넘기지 않으려고 사람들의 목소리가 적은 수풀 속으로 옮겼다. 신지 사쿠자에몬은 한쪽 무릎을 꿇은 채 칼을 들고 엄호했다.

미츠히데의 목을 간수한 미조오 카츠베에는 말없이 말을 달려 그 자리에서 사라졌다.

오랫동안에 걸쳐 쌓아올린 세월에 비해 붕괴할 때의 허망한 인생이라니, 이 얼마나 비참한 순간인가……

──이윽고

이 불운한 하룻밤이 밝았을 때 미츠히데의 시체는 숲속 도랑에 다리를 위로 향하고 반쯤 거꾸로 처박혀 있었다. 길가에는 벌거벗겨진 시체가 어느 것이 신지 사쿠자에몬이고 어느 것이 히다 타테와키인지 구별하지 못할 정도의 비참한 모습으로 진흙투성이가 되어 있었다.

이러한 인간 세계의 사건과는 관계없이 아침의 숲속에서는 수많은 참새떼가 힘차게 지저귀며 날아다니고 있었다.

그날은 하늘의 반이 푸르게 개어 있었다.

접시꽃 군사의 배치

1

6월 13일까지 오는 둥 마는 둥 계속되던 장마가 14일 저녁부터 활짝 개었다.

장마가 지나면 이미 한여름, 아츠타의 푸른 숲은 숨이 막힐 지경이었다. 동쪽 방비를 가장 중요하게 여겨 아츠타로 본진을 옮긴 이에야스는, 그 선봉을 사카이 사에몬노죠 타다츠구에게 맡겨 츠시마津島로 보내고 자신은 움직이려 하지 않았다.

아츠타에 도착한 지 사흘째인 17일 오후.

표면적으로는 대군을 집결시켜 일거에 아즈치 성을 공격하려는 것처럼 하고, 사실은 동서 양쪽의 정보를 수집할 뿐 움직이려 하지 않았다. 가신들 중에는 지금이야말로 오와리, 미노, 오미를 손에 넣고 천하를 장악할 때──라고 성급해하는 사람도 있었으나 이에야스는 웃기만 했다.

지금은 그런 위험을 감수하기보다 동쪽에 있는 노부나가의 유산을 확보해가는 편이 무난한 길이었다. 노부나가의 죽음은 코슈의 카와지

256

리 히데타카, 죠슈의 타키가와 카즈마스, 신슈의 모리 나가요시 등 노부나가의 유신에게 영지를 포기하게 하는 결과가 될 것이었다. 점점 더 분규가 심해질 서쪽 방면까지 염두에 두기보다는 노부나가의 유신들이 포기한 영지를 모아 기반을 다지는 편이, 이에야스는 물론 영민領民을 위한 길이기도 했다.

이에야스는 이곳에 진을 친 뒤 사방팔방으로 첩자를 내보내어 정보를 수집했다. 그러는 한편, 아츠타의 신사를 참배하거나 예전에 자기가 불운한 어린 시절을 보냈던 카토 즈쇼노스케加藤圖書助를 찾아가 옛날 이야기를 나누기도 했다.

"나오마사, 아직 킨키에서 첩자가 돌아오지 않았나?"

"예, 아직 돌아오지 않았습니다마는……"

"으음. 지난번 보고에는 야마자키에서의 전세는 미츠히데에게 유리하지 않다……고 했는데, 이제는 그 다음 보고가 들어올 때가 되지 않았을까?"

"예. 혹시 미츠히데가 철수하여 쿄토에 들어박혔을지도 모릅니다."

"나오마사, 자네는 그렇다고 생각하나?"

"예. 쿄토는 천황이 계신 곳, 그곳에 틀어박힌다면 함부로 공격하여 불태울 수도 없기 때문에 전쟁을 오래 끌 수 있지 않을까 하고……"

젊은 이이 만치요 나오마사는 얼굴에 홍조를 띠고 말했다.

"하하하……"

이에야스가 웃기 시작했다.

"전투에서는 상대의 인품을 보아야 하는 거야."

"그러시면……"

"미츠히데는 쿄토를 전쟁터로 삼을 만한 인물이 되지 못해. 우다이진 님이 산을 불태웠을 때 눈물을 흘리며 간한 사람일세. 야마자키에서 패하면, 탄바丹波의 길은 히데요시가 막을 테니 오미의 사카모토로 퇴

각할지 모르지만…… 거기서도 오래 가지 못할 거야."

"성주님은 이미 미츠히데가 죽었을 것이라 보십니까?"

"전사하지 않으면 자결했을지도 모른다고 생각되는데, 아직 아무 보고도 들어오지 않다니……"

이렇게 말했을 때 코쇼인 토리이 마츠마루가 얼굴을 빛내면서 막사 안으로 들어왔다.

"아룁니다. 킨키에서 마츠모토 시로지로 키요노부 님이 돌아오셨습니다."

"뭐, 챠야가 돌아왔어? 어서 들라 하라."

이에야스는 몸을 내밀듯이 하고 옆에 있는 나오마사를 돌아보았다.

"나오마사, 비로소 내 태도가 결정될 것이다. 그동안은 정말 지루한 나날이었어."

그리고는 가만히 고개를 끄덕여 보였다……

2

챠야 시로지로가 장막 안으로 들어왔다.

"마츠마루와 나오마사만 남고 나머지는 밖을 감시하라. 아무도 가까이 오지 못하도록 해야 한다."

이에야스가 말했다.

시로지로는 사람들이 나갈 때까지 땀을 닦으며 기다리고 있었다.

"좋아, 모두 나갔군. 키요노부, 승부는 결정났나?"

"그렇습니다."

"그럼, 미츠히데는 야마자키에서 패하여 목숨을 잃었겠군."

"예…… 전투는 십삼일 저녁부터 두 각도 채 못 되어 승부가 결정되고, 미츠히데는 사카모토로 도주하다가 행방불명이 되었으나……"

"뭣이, 행방불명이 되었다고?"

"이튿날인 십사일에 시체는 수풀의 도랑에서, 목은 논에서 농부들이 발견했습니다. 장소는 야마시로, 우지고리 다이고 마을의 오구루스 부근입니다."

"음, 겨우 두 각도 채 싸우지 못하고 목숨을 잃었구나……"

"예. 주민들의 이야기를 종합해보니, 미츠히데의 주종 십여 명이 그곳에서 패잔병을 노리는 폭도들을 만나 허무하게 죽은 모양입니다."

이에야스는 가만히 눈을 감듯이 하고 고개를 끄덕였다.

"시체는 그 자리에서 도랑에 감추고, 어느 가신이 안장덮개로 목을 싸가지고 사카모토 성으로 향했던 모양입니다만, 그도 도중에 폭도를 만나 목을 버리고 도주한 것 같습니다. 비참한 말로였습니다."

"키요노부…… 아니, 챠야 시로지로."

"예."

"미츠히데의 비참한 이야기는 그것으로 족하네. 나는 지금까지 우다이진 님이 미츠히데보다 더 성질이 급한 줄 알았는데 그 반대였군. 미츠히데가 더 성급했어…… 그런데 하시바 치쿠젠노카미는 그 후 어떻게 되었나?"

"예, 하시바 님은 십삼일 밤 요도에 머무르고 십사일에 쿄토로 들어가 혼노 사의 불탄 자리에서 우다이진 님의 영령에 제사를 지내고 나서 십오일에 미이데라三井寺로 본진을 옮겼습니다."

"과연 히데요시, 놀라울 정도로 신속하군. 아즈치와 사카모토에 남아 있는 미츠히데의 예비병력은……? 설마 아즈치 성을 불태우지는 않았을 테지."

"그것이……"

챠야 시로지로는 몸을 앞으로 내밀었다.

"미츠히데가 살해된 일을 일각이라도 빨리 보고 드리려고 서둘러 길을 걷고 있을 때……"

"불에 탔다는 말인가?"

"예. 십오일 저녁 무렵이었습니다. 불길이 하늘을 뒤덮고 그 유명한 칠층의 성도……"

"으음."

이에야스는 저도 모르게 입을 다물고 신음했다.

"앞으로 천하가 더 어지러워지겠어. 아케치 잔당 중에 제대로 눈을 뜬 자가 하나도 없으니……"

"황송합니다마는, 불을 지른 것은 아케치 사마노스케가 아닙니다."

"뭐, 아케치 군이 아니라고?"

"예. 명령을 내린 것은 키요스의 츄죠中將 노부오 님이라고 합니다."

"키요스의 츄죠가……"

이에야스는 중얼거리고 크게 혀를 차면서 그 다음 말은 잇지 않았다.

적인 아케치 사마노스케까지도 불태우려 하지 않은 노부나가가 쌓은 성을 그 아들인 노부오가 잿더미로 만들었다.

'도대체 이 얼마나 가공할 폭거暴擧란 말인가……?'

이에야스는 노부오의 속셈을 짐작하지 못하고 잠시 동안 망연히 시로지로를 바라보고 있을 뿐이었다.

3

시로지로도 이에야스가 의아하게 여긴다는 것을 깨달았는지 말을 이었다.

"저 역시 도무지 이해가 되지 않습니다. 아즈치 성에 남아 있던 아케치 군은 채 일천도 되지 않았습니다. 그대로 두면 틀림없이 성을 버리고 사카모토 성의 이천 군사와 합류하려 할 것이 뻔한데도 그 훌륭한 성을 불태우다니……"

이에야스는 이 말에 대해서는 대답하지 않고 다시 묵묵히 무언가를 생각하고 있었다.

당면한 적이 이용하게 될 것이 두려워 불태웠다면 노부오는 대단한 겁쟁이이고, 히데요시의 손에 넘어갈 것이 두려워 불태웠다면 음험한 책략가이다.

기후에 있는 형 노부타다의 유아遺兒인 산보시의 손에 넘어가는 것이 싫었던 것일까? 아니면 칸베 노부타카의 입성을 경계했던 것일까……?

어쨌든 아버지가 이룩한 위업의 상징이던 아즈치 성을 혈육이 불태웠다면 오다 가문의 앞길에는 분규가 그치지 않을 터. 승리를 거둔 히데요시가 앞으로 이 문제를 어떻게 처리할까.

시바타 카츠이에도 에치젠에서 군사를 이끌고 상경할 것이고, 코즈케上野의 타키가와 카즈마스도 자기 영지를 버리고 달려올 것이다. 여기에 산시치 노부타카三七信孝, 니와 고로자에몬이 뒤얽힌다면 그 소란은 한없이 파문을 일으키며 번져나갈 터.

노부나가, 미츠히데 두 사람의 영지를 분배하는 일만도 쉽게 해결되지 않을 텐데……

"챠야……"

"예."

"우리가 오미로 군사를 내보낸 것은 잘한 일이었어."

"그렇습니다."

"아즈치 성을 불태운 것은 오다 가문의 앞날을 어둡게 만들었어. 이제부터 킨키는 분쟁에 휘말리게 될 것일세."

"예. 이 챠챠는 우다이진 님의 후계문제가 어떻게 될지조차…… 도무지 알지 못하겠습니다."

"미츠히데가 죽은 것은 다행한 일이었어. 군사를 철수시켜 동쪽 기반을 다지는 일에 전념할 수 있게 되었네. 그러나 표면적으로는 아즈치 성에 가지 못한 것이 원통한 것처럼 보여야 해."

"예. 돌아가서는 철저히 그 준비를 하겠습니다."

두 사람은 얼굴을 마주보며 고개를 끄덕이고 나서 이에야스가 지시했다.

"마츠마루, 시로지로에게 점심을 갖다주어라. 참, 내 것도 이리 가져오너라."

두 사람이 도시락을 먹고 있는 동안 이세에서 노부타카의 장수가 사자를 보내 미츠히데의 죽음을 알렸다.

사자는 이에야스 앞에 나와 옷매무새를 가다듬었다.

"저의 주군 산시치 노부타카 님이 치쿠젠노카미, 고로자에몬, 이케다 키이노카미池田紀伊守 등과 함께 아케치를 쿄토에서 궤멸시켰기에 보고 드리고자 왔습니다."

모든 공을 노부타카에게 돌리면서 말했다.

노부타카의 사자가 돌아가고 나서 얼마 지나지 않아 이번에는 히데요시의 사자가 왔다. 사자는 안내를 받고 이에야스 앞에 와 불필요할 정도로까지 어깨를 떡 펴고 말했다.

"쿄토에서의 일이 모두 한꺼번에 해결되었으니 도쿠가와 님은 속히 본진으로 돌아가시라는 말씀이 있었습니다."

이에야스는 점잖게 고개를 끄덕였다.

노부나가의 가신일 뿐인 치쿠젠노카미의 입장에서 객장客將인 이에야스에게 하는 말로는 좀 지나친 감이 있었다. 그러나 이에야스는 별로 개의치 않았다. 실은 내심으로 그러기를 기다리고 있었기 때문이다. 더구나 이 말을 통해 히데요시의 각오를 알 수 있게 된 것이 다행이라면 다행이었다.

4

"아즈치 공격 때는 유감스럽게도 치쿠젠노카미 님께 선수를 빼앗겼소. 이렇게 된 이상 속히 철수하여 동쪽의 방비에 전념할 것이니 이 뜻을 잘 전하시오."

이에야스는 히데요시의 사자를 돌려보내고 나서 마음속으로 안도하며 머리를 끄덕였다.

'이것으로 만사가 뜻대로 되었다……'

히데요시는 승리의 여세를 몰아 노부나가를 대신하여 나설 것이 분명했다. 이에야스가 킨키 지방에 있으면 노부오와 노부타카에 대해서도 부담을 느끼게 되어 모든 일이 뜻대로 처리되지 않을 것이고, 그렇게 되면 동쪽의 방비가 허술해질 게 틀림없었다.

이에야스는 챠야 시로지로를 불러 다시 킨키 지방에 대한 일을 자세히 조사하라는 밀명을 내렸다. 그리고 츠시마에서 사카이 타다츠구를 불러들여, 그가 참석한 가운데 중신회의를 열었다.

"치쿠젠노카미가 조속히 돌아가라고 사자를 보내왔는데, 언제 돌아가는 것이 좋을까?"

이에야스가 부드럽게 말을 꺼냈을 때 맨 먼저 혼다 사쿠자에몬이 정색을 하고 항의했다.

"뜻밖의 말씀을 하시는군요. 성주님은 언제부터 치쿠젠노카미의 가신이 되셨습니까?"

"하하하하, 가신이 아니어서 돌아가겠다고 했는데, 그대는 내 말을 이해하지 못하겠나?"

"납득할 수 없습니다!"

사쿠자에몬은 완고한 성격을 그대로 드러내었다.

"미츠히데는 죽었지만 아직 여기저기에 잔당이 많습니다. 이 기회에 미노와 오미에 군사를 출동시키고 당당하게 치쿠젠노카미와 아즈치에서 회견하여 충분히 우리 힘을 과시한 다음에 철수하지 않으면 반드시 후환이 있을 것입니다. 그렇지 않소, 타다츠구 님?"

"옳은 말씀이오. 여기까지 나왔다가 아무 소득도 얻지 못한다면 정말 보람 없는 일이오. 그렇게 되면 에치젠에서 달려올 시바타 카츠이에한테도 비웃음을 삽니다."

이에야스는 빙긋이 웃고 이시카와 카즈마사를 돌아보았다.

"카즈마사, 그대도 같은 생각인가?"

"황송합니다마는, 저는 이대로 철수하는 것이 상책이라고 생각합니다만."

"카즈마사, 그 이유를 알고 싶소! 평소의 호키노카미답지 않은 말씀을 하는군요. 치쿠젠노카미의 파죽지세와 같은 위풍에 겁이라도 먹었다는 말이오?"

사쿠자에몬이 대들 듯한 기세로 돌아보자 카즈마사는 씁쓸히 고개를 저었다.

"무릇 난세에는 허명虛名을 버리고 실속을 차려야 합니다. 우리가 아즈치까지 군사를 전진시킨다고 하면 하시바 님과 충돌할 우려가 있을지는 몰라도 이득될 것은 없습니다. 그보다는 일단 철수하여 동쪽으로 향하면 코슈와 신슈에 주인 없는 땅이 많이 있습니다."

이에야스는 크게 고개를 끄덕이고 사쿠자에몬과 타다츠구를 돌아보았다.

"그대들이 말하듯이 아케치 군에 대한 동태를 하루만 더 지켜보고 십구일에는 철수하기로 하세. 나는 치쿠젠노카미의 가신이 아니므로, 그쪽에서 쿄토의 일이 모두 해결되었다고 알려왔다고 해서 나중에까지 그를 뒷받침해야 할 의무는 없어. 동쪽을 확실하게 제압해놓으면, 비록 누가 천하를 손에 넣는다 해도 우리는 우리의 뜻을 펼칠 수 있는 거야. 십구일에 철수할 것이다, 알겠나?"

이에야스의 단호한 말에 아무도 반대하지 못하고 입을 다물었다.

19일, 이에야스는 츠시마와 아츠타 진지에서 철수하여 고향인 미카와로 떠났다.

때는 본격적인 여름철로 접어들고 있었다. 전송하는 사람들의 평판은 히데요시에 대한 소문에 압도되어 이에야스에게는 별로 좋은 것이 못 되었다.

5

사카모토 성에 모여 있던 아케치 일족의 비참한 최후에 관한 소식은 도쿠가와 군을 뒤쫓듯이 하며 전해졌다.

아즈치 성에서 물러난 아케치 사마노스케는 고생 끝에 사카모토 성에 들어가 자못 완강하게 저항하다가 성에 불을 질렀다고 한다.

언제나 그렇지만 패전한 장수의 마음은 여간 슬프지 않다.

아케치 사마노스케는 미츠히데가 죽었다는 것을 알고 계속 도망치는 병사 중에서 겨우 300명 남짓을 본성에 모아놓고, 성안에 남아 있던 금은과 기물을 모조리 나누어준 뒤 후문을 통해 히에이잔比叡山의 시메이가다케四明ヶ岳를 넘어 피신케 했다. 그리고 미츠히데 부인과 자기 아내, 끝까지 떠나지 않고 있던 코쇼와 하녀들을 모두 텐슈카쿠天守閣°에 올라가게 하고는 밑에서 불을 질렀다.

자기 옷에 옮겨붙은 불길을 보고 미츠히데의 일족은 무엇을 느끼고 무엇을 생각했던 것일까.

끝까지 무사의 긍지를 살려 깨끗이 자결한 자는 과연 몇 명이나 되었을까……?

'죽이는 자는 죽임을 당한다……'

앞서 혼노 사에 첩첩이 쌓였던 시체들…… 그런데 또다시 사카모토 성을 시체들로 메웠다는 것은 인간의 얕은 지혜에 가해지는 형벌로서는 너무나 가혹했다.

갈 곳이 없어진 아케치 일족은 이렇게 해서 괴멸되고 말았다. 더구나 마지막 직전에 사마노스케는 성에 남아 있던 보화와 명기名器 등을, 이 귀중품들은 태워버릴 수 없는 천하의 것……이라면서 히데요시에게 넘겨주었다고 한다.

이에야스는 철수하는 전열 속에서 그 보고를 받았다.

"아즈치 성을 불태운 키요스의 노부오와는 크게 다르다, 아까운 인물이 사라졌어……"

애석하게 여기면서 이시카와 카즈마사를 돌아보았다.

"내가 오카자키에 도착하거든 자네는 몰래 치쿠젠노카미에게 다녀오게."

"예? 무어라 하셨습니까?"

"이런 사태를 즐기고 있어서는 안 된다는 말일세. 억지로 천하를 손에 넣으면 오래 가지 못해. 무엇보다도 인내가 중요해. 한 사람이라도 더 많이 살리도록 하는 것이 무사의 길, 그러므로 자네가 치쿠젠노카미에게 가서 축하의 예를 드리게. 그러면 틀림없이 나중에 도움이 될 것일세."

이시카와 호키노카미 카즈마사는 똑바로 이에야스를 쳐다보고 고개를 끄덕였다. 킨키를 평정하지 않으면 안 될 히데요시에게, 동쪽에 대해서만이라도 의심을 품게 하지 않으려는 이에야스의 배려……라고 받아들였다.

그날 밤 오카자키에 도착한 이에야스는 비로소 갑옷을 벗고 목욕했다. 그리고 장수들에게 술을 내리고 자신은 치리유池鯉鮒 신사에 맡겨 두었던 오기마루於義丸를 불러 대면했다.

오기마루는 이때 이미 열 살이 되어 있었다. 아버지 앞에 와 두 손을 짚고 절했다.

"무사히 돌아오신 것을 축하 드립니다."

이에야스는 그 얼굴을 보고 노부나가에게 할복을 강요받은 맏아들 노부야스를 떠올렸다. 그 노부나가도 노부나가를 죽인 미츠히데도 이미 이 세상에 없다는 사실에 새삼 마음이 어두워졌다.

"오기마루, 가까이 오너라. 이 아비가 머리를 쓰다듬어주마."

"예……"

이에야스는 아들의 머리를 쓰다듬으면서, 다음에는 군사를 이끌고 에치젠에서 올 시바타 카츠이에와 히데요시가 다시 치열하게 피를 흘리며 싸우게 될 것이란 예감을 지워버릴 수 없었다.

6

노부나가가 죽은 후 20일 동안은 미츠히데와 히데요시의 생애를 결정지었다. 그와 동시에 이에야스에게도 역시 그 삶의 규범을 결정짓는 중요한 계기가 되었다.

그 20일 동안에 이에야스는 희미하게나마 역사의 흐름을 깨달았다. 그것은 인간의 뜻에 따라 만들어지는 흐름인 동시에 권력자 한 사람의 자의대로는 되지 않는 흐름이었다. 이 경우 인간의 뜻이란 최대다수의 뜻. 다수의 뜻을 무시하고 움직이는 것은 유유히 흐르는 역사의 물줄기를 거스르는 일, 아무리 강한 힘을 가진 자라도 결국에는 자멸하는 것이 필연적인 이치였다.

"오기마루, 과자를 먹어라."

이렇게 말하고는, 이에야스로부터 눈길도 돌리지 않고 자신의 동작을 바라보고 있는 혼다 헤이하치로 타다카츠에게 말했다.

"헤이하치로, 어서 술을 들어라."

그리고는 웃어 보였다.

"앞으로 다시 전쟁은 계속되겠지만 서둘러서는 안 돼, 뜬세상의 일에 대해서는."

헤이하치로 타다카츠는 그래도 눈길을 이에야스로부터 돌리지 않고 단숨에 잔을 비웠다.

"그대는 사카모토 성에서 죽은 미츠히데 일족의 최후를 생각해보았나?"

"무인에게는 흔히 있는 일, 굳이 생각하려 하지 않았습니다."

"으음…… 내 눈에는 여러 가지가 보이는 것 같아. 미츠히데의 장남 쥬베에 미츠요시十兵衛光慶는 탄바의 카메야마에서 병으로 누워 있을 테지만, 이미 열네 살이나 되었으니 각오가 되어 있겠지. 사카모토 성에 있던 부인은 아마 마흔일고여덟…… 차남인 쥬지로十次郎는 열둘, 삼남인 지넨自然은 열하나, 아직 어린 딸은 일곱, 막내아들 오토쥬乙壽는 여덟 살이라고 하더군. 그 철없는 것들이 어머니의 옷소매에 매달려서……"

이에야스는 눈을 감고 말하면서 옆에 있는 오기마루의 머리를 쓰다듬었다.

헤이하치로 타다카츠는 아직도 이에야스의 마음을 헤아리지 못한 채 뚫어지게 응시하고 있었다.

"무장이라고 해서 모든 것이 다 당연하다고 생각해서는 안 돼. 부모가…… 자식이…… 무사하고 행복하게…… 이렇게 바라는 일면이 있다는 것을 잊지 말아야 해. 나는 넋두리를 하고 있는 게 아니야, 알겠나? 올바르게 이기는 길을 생각하고 하는 말일세."

"그러시면, 이와 같은 비극을 피하기 위해 군사를 전진시키지 않는 것입니까?"

"아니, 그렇지는 않아."

이에야스는 웃으면서 손을 내저었다.

"헤이하치로, 나는 히데요시에게도 시바타에게도 이기기 위해 병력을 철수시킨 것일세."

"이기기 위해 철수시키셨다니요……?"

"그래. 나는 진정한 승리는 어느 한 국면의 싸움에만 국한되어 있다고 생각하지는 않아, 알겠나?"

"모르겠습니다, 도무지 모르겠습니다!"

"하하하…… 그럴 것일세. 하지만 앞으로 알게 될 테지. 나는 당분간 나의 날개 밑에서 편안하게 살 수 있는 가신과 백성들의 수…… 이것으로 하시바나 시바타와 겨루어볼 생각일세."

"병력의 수가 아니라 백성의 수로?"

"그래. 그 사람들의 희망을 들어주고 희망을 지켜주겠어. 무武라는 글자는 과戈를 지止하는 것, 즉 창을 멈춘다는 뜻일세. 내 날개 밑에서 편안히 살아가는 사람이 많으면 그 결과는 틀림없이 우리의 승리로 끝날 것일세."

이에야스가 잔을 놓고 다시 오기마루에게 미소를 던지는데 타다카츠는 잔뜩 어깨를 치켜올리고 반문했다.

"그렇다면 하시바, 시바타의 영민 수가 더 많아지면…… 그때는 성주님이 패하시는 것입니까?"

7

타다카츠에게는 사카이에서 돌아온 후의 이에야스가 왠지 모르게 패기가 결여된 듯한 생각이 들어 여간 걱정스럽지 않았다. 이 불평이 결국 강한 어조로 질문하는 결과가 되었는지도 모른다.

"하하하……"

이에야스는 즐거운 듯이 웃었다.

"하시바나 시바타가 나보다도 많은 백성을 나보다 더 행복하게 해주었을 때 말인가?"

"그때는 성주님의 패배……라는 말씀인 것 같습니다마는."

"그 말이 맞아, 헤이하치로."

"예?"

"그렇게 되면 나는 우다이진 님을 대했을 때와 마찬가지로 다시 하시바건 시바타건 가리지 않고 머리를 숙이고 대하겠네."

"성주님답지 않으신 말씀입니다. 하시바와 시바타는 오다 가문의 가신, 성주님은 우다이진 님 자신이 미카와의 친척이라 말씀하셨듯이 각별하신 분입니다."

"헤이하치로."

"예."

"미츠히데도 똑같은 생각을 하고 있었을 것일세. 우리는 토키土岐 가문의 일족이라고."

"하지만 그것과 이것은……"

"어쨌든 좋아. 나는 그들에게 지지 않도록 힘써 내부를 다져놓기만 하면 되는 거야. 헤이하치로, 내부가 튼튼하면 틀림없이 크고 참된 흐름이 우리를 편들 것일세. 그것이 바로 힘이야! 이 힘을 자기편으로 끌어들이지 못하고 움직인 데에 미츠히데의 비참한 말로가 있었다는 것을 깨달았네."

"……"

"그래도 불만인 모양이군…… 그렇다면 입장을 바꾸어 생각해볼까. 가령 하시바나 시바타에게 킨키를 다스릴 자격이 없다고 보이면 우리 일족은 신불의 가호로 알고 '흔구정토欣求淨土'의 기치를 들고 나서도 되겠지."

"그렇기 때문에 여기서 그 준비를……"

"철수하여 기반을 굳게 다질 것이다!"

이에야스는 단호하게 딱 잘라 말하고 헤이하치로를 노려보았다.

치켜올라갔던 헤이하치로의 어깨가 비로소 풀어졌다.

"조금은 알아들었나?"

"알 것 같기도 합니다마는……"

"하하하…… 미츠히데는 그 나이에 지난 열흘 남짓한 동안 지옥의 고통을 맛보았을 것일세. 우리가 사카이에서 미카와에 도착할 때까지 겪은 아픔보다 몇 십 배나 되는 고통을 겪었을 거야. 또 그 보답으로 진흙투성이가 된 목을 쿄토 사람들 앞에 드러내놓게 되었어."

"그렇습니다."

"그 교훈을 잊어서는 안 돼. 앞서 신겐信玄은 우리에게 무략武略을 가르치고, 미츠히데는 정략政略를 가르치고 떠났어. 세상이 평온을 되찾고 있을 때 군사를 동원한다는 것은 그릇된 일이라고…… 알았으면 그대로 하마마츠로 돌아가 오랜만에 부인에게 웃음이라도 선사하도록 하게. 나도 이삼 일 동안 세상일을 잊고 푹 쉬겠어."

헤이하치로 타다카츠는 아직 반은 알고 반은 모를 것 같았으나 이에야스의 환한 미소에 눌려 그만 입을 다물었다.

넓은 방에서는 오랜만에 술자리가 벌어져 모두 거나하게 취한 모양이었다. 왁자지껄 떠드는 소리에 섞여 느릿한 노랫소리가 들려오기 시작했다……

"앞으로도 언제나 많은 사람 편에 서는 사람이 이긴다…… 많은 사람이 바라는 것, 그 공통된 소망이 언제나 옳고 힘이 되는 것일세."

이에야스는 다시 한 번 불쑥 말하고 눈을 가늘게 뜨면서 술잔을 입으로 가져갔다.

8

이에야스는 그 이튿날 혼다 사쿠자에몬을 오카자키에 남겨두고 일단 하마마츠 성으로 돌아왔다. 그곳에는 칸토關東의 관리직으로 죠슈에 있는 타키가와 카즈마스가 보낸 사자 두 사람이 기다리고 있었다.

한 사람은 나가사키 야자에몬 모토이에長崎彌左衛門元家, 또 한 사람은 이에야스의 가신인 혼다 야하치로 마사노부本多彌八郎正信의 동생 혼다 야자에몬 마사시게本多彌左衛門正重였다. 그들은 칸토에서의 철수를 앞두고 이에야스의 원병을 요청했다.

이에야스는 두 사람을 접견하고 단호하게 거절했다.

"코슈와 신슈가 동요하고 있어 유감스럽지만 군사를 동원할 수 없소. 시급히 그 뜻을 카즈마스 님에게 전하시오."

두 사람을 돌려보낸 뒤 즉시 코슈와 신슈에 먼저 보내놓았던 요다 노부시게衣田信蕃와 혼다 야하치로 마사노부에게 글을 보내, 마침내 그곳에서 동란이 발생할 것이니 엄히 방비하라고 명했다.

이미 오카자키에서 지시를 내려 바이세츠가 죽은 뒤의 아나야마 일당에 대한 활용은 오카베 지로에몬 마사츠나岡部次郎右衛門正綱에게 명해두었다. 코후甲府에 있던 카와지리 히젠노카미 히데타카川尻肥前守秀隆에 대해서도 혼다 햐쿠스케本多百助와 나쿠라 노부미츠名倉信光

에게 그 비책秘策을 빈틈없이 가르쳐두었다.

히데요시는 킨키에서.

이에야스는 코슈와 신슈에서.

노부나가는 죽었으나 지금 이에야스는 노부나가가 이상의 위력을 가진 새로운 주군을 찾았다. 그것은 눈에 보이면서도 보이지 않는 역사의 흐름에 대한 법칙이었다.

그런 의미에서 노부나가도 히데요시도 역시 이 주군의 가신이었다. 지금은 죽었지만 아시카가 요시테루足利義輝도, 이마가와 요시모토도, 타케다 신겐도, 우에스기 켄신도 예외일 수 없었다. 이 법칙에는 티끌만한 정실情實도 달콤한 공리공상도 개입할 여지가 없었다. 이 주군의 뜻에 따라 일정한 길을 똑바로 걸어온 자에게만 영광은 주어졌다.

이에야스는 모든 지시가 끝난 뒤에야 비로소 내전에 들어가 사이고 부인, 오아이를 불렀다.

이미 오아이가 낳은 나가마츠마루長松丸(훗날의 히데타다秀忠)는 일곱 살이 되었고 그 밑으로 다시 동생이 태어났다. 그는 후쿠마츠마루福松丸(훗날의 타다요시忠吉)로 네 살이었다.

"오아이, 아케치 휴가노카미는 이미 패했소."

이에야스는 이렇게 말하고 나서 뒤따라온 근시를 눈짓으로 물러가게 했다.

"아이들을 이리 불러오시오. 오랜만에 안아주고 싶으니까."

눈을 가늘게 뜨고 정원 풍경을 바라보면서 툇마루 가까이 앉았다.

바다에서 불어오는 바람이 그대로 왼쪽으로 스쳐지나가고, 호수에서 반사되는 햇빛이 눈부셨다.

"아버님, 어서 오십시오."

"오, 나가마츠와 후쿠마츠로구나. 이리 가까이 오너라."

두 손을 내밀다가 이에야스는 무슨 생각을 했는지 그대로 손을 무릎에 내려놓았다.

 그가 새로 받드는 주군의 뜻은 여간 엄하지 않았다. 응석받이로 키워 다시 노부야스와 같은 전철을 밟게 해서는 안 된다고 스스로를 경계하는 마음이 움직였다.

 '오기마루도 이미 내 손에서 너무 오래 떨어져 있었다……'

 아이들은 아직 철이 없다. 그들이 크게 자라 마침내 역사에서 불패不敗의 길을 찾게 되는 것은 언제부터일까.

 엄하게 훈육되어 노부야스의 어릴 때와는 전혀 다르게 행실이 좋은 나가마츠마루는 아버지가 손을 내리는 것을 보고는 자세를 바로 하고 이에야스를 쳐다보고 있었다. 후쿠마츠마루도 역시 그렇게 했다.

 오아이만이 눈부신 듯 발갛게 상기된 얼굴을 요염하게 숙였다.

뜨거운 태양

1

야마자키에서 미츠히데를 무찌르고, 6월 25일 키요스에 입성하기까지 히데요시의 행동은 그야말로 질풍노도 그것이었다.

그는 이미 마흔일곱 살. 보통 체력, 보통 의지의 소유자였다면 야마자키에서 승리한 순간 기력이 다해 쓰러졌을지도 모른다. 그는 전혀 피로를 알지 못했다. 잠시도 쉬지 않고 처리해야 할 일에 손을 대면서 먼저 사카모토 성을 함락하고 아즈치를 공략했으며, 나가하마를 탈환하고 미노에 들어가 기후 성에서 노부나가의 적손嫡孫 산보시와 여자들에게까지 그 자신을 따르게 하는 분위기를 조성하고 드디어 키요스에 들어갔다.

그동안에도 미츠히데의 목을 찾아내어 혼노 사의 불탄 자리에 효수하는 일을 잊지 않았다. 이는 히데요시의 공적을 확실하게 세상에 알리기 위해 반드시 필요한 정치적 의미를 가진 포석이었다. 쿄토 사람들은 미츠히데의 물색 도라지꽃 깃발이 불과 열흘 남짓되는 동안에 허무하게 사라진 것을 이 효수를 통해 확실하게 알게 되었다.

미츠히데의 잔당 소탕은 의외로 일찍 마무리되었다. 생전에 미츠히데와 친교가 있던 렌가의 스승 사토무라 쇼하里村紹巴나 칙사 역할을 한 요시다 카네카즈吉田兼和가 불려간 것이 사람들의 신경을 약간 날카롭게 만들기는 했으나 그들도 곧 풀려났다.

히데요시의 뜻은 수도인 쿄토에 있고, 이를 위해서는 위엄과 안도의 양면만 보여주면 되었다. 따라서 군율軍律 역시 아주 간결하여, 가업에 힘쓸 것과 나쁜 짓에 대해서는 벌한다는 두 가지 항목뿐이었다.

그러는 한편 히데요시 자신은 쉬지 않고 키요스로 향하는 길을 가고 있었다.

이 초인적인 정력은 어떤 어려움도 어려움으로 의식하지 않는 그의 성격에 있었다. 아마도 그의 사전에는 '노동' 이라는 말은 없었을 것이 분명하다. 한 걸음 한 걸음이 즐겁고, 한 순간 한 순간이 전진인 동시에, 그것은 언제나 다시없는 위안이었다.

즐겁게 활동한다——는 것은 절대로 그 사람을 피로로 몰아가지 않는다. 반대로 체력과 정신력을 더욱더 강력하게 연마해준다. 이런 의미에서 히데요시의 활동은 그대로 삼매경에 빠진 예술로의 노력과 통하고, 훈련을 마친 운동선수의 환희와도 비슷하다. 히데요시는 47년의 생애에서 얻은 체험을 통해 그 '즐겁게 활동하는' 효력을 터득하고 이것을 처세철학으로 삼았다……

이러한 히데요시가 키요스로 가는 이유는 어디에 있을까?

키요스 성은 노부나가의 둘째아들 노부오의 거성이었다. 노부오는 노부나가의 셋째아들 노부타카와는 이복형제인데 나이는 같았다. 오다 가문의 후계자는 둘째아들 노부오가 될 것인가 셋째아들 노부타카가 될 것인가. 이 문제로 분규가 일어날 것은 불을 보듯 뻔했다.

인물로 본다면 노부타카는 패기가 있고, 노부오에게는 친근해지기 쉬운 장점이 있었다. 그러나 실력에서는 별 차이가 없었다. 그러므로 노부타카에게 마음을 두고 있는 자도, 노부오를 추대하려는 자도 반드시 후계자를 결정하는 자리에 참석하려 할 것이었다. 그리고 이를 결정하는 장소는 오다 가문의 발상지인 키요스가 선택될 것이 분명했다.

따라서 키요스는 히데요시의 두번째 출발점. 첫번째 경쟁에서 훌륭한 공을 세워 그 실력을 과시한 히데요시는 25일에 키요스에 들어왔다.

"이거 이상하다. 무리를 한 모양인지 몸이 아프군."

무슨 생각을 했는지 옆구리를 누르며 이맛살을 찌푸리더니 히데요시는 자리를 깔게 하여 얼른 드러눕고 말았다.

2

히데요시에 이어 26일에는 시바타 카츠이에가 북부지방에서의 전투를 중단하고 서둘러 키요스 성으로 들어왔다. 니와 나가히데는 그 이전에 노부타카와 같이 도착해 있었고, 이케다 노부테루도 히데요시에 이어 입성했다.

타키가와 카즈마스만 도착하면 오다 가문의 원로는 전부 모이게 되었다. 그러나 카즈마스는 철수하는 도중 무사시武藏의 칸나가와神流川(군마群馬와 사이타마켄埼玉縣의 경계)에서 호죠 우지나오北條氏直의 도전을 받아 아직 키요스에는 도착하지 못했다.

"촌각을 다투는 일, 타키가와의 도착을 마냥 기다릴 수만은 없겠소."

시바타 카츠이에가 말했다.

"우리는 모두 당면한 적을 두고도 이렇게 달려왔소. 하시바에게 몸의 상태가 좀 어떤지 물어보고 오시오. 대수롭지 않다면 같이 상의해야하지 않겠느냐고 말이오."

원로 중에서 상석에 앉아 있는 카츠이에의 의견에 따라 드디어 27일

넉 점 반(오전 11시), 오다 가문의 후계자 결정문제와 영지분배를 위한 대회의가 키요스 본성의 넓은 방에서 열리게 되었다.

노부오와 노부타카에게는 잠시 자리를 피하게 하고 각자의 근신들도 물러나게 했다. 그리고 심부름할 시동 셋을 옆방에 대기시킨 다음 히데요시를 맞으러 보냈다.

히데요시는 유난히 얼빠진 듯한 표정으로 어정어정 방에 들어와 카츠이에 앞에 자리를 잡았다.

"오시느라 수고가 많으셨습니다. 호쿠리쿠北陸의 형편은 어떻던가요, 슈리修理 님?"

카츠이에는 흘끗 히데요시를 바라보았다.

"몸이 불편하시다는 말을 들었는데……"

일부러 말을 돌리다가 아차 했다.

"바로 그 일입니다."

히데요시는 옳거니 하고 몸을 앞으로 내밀었다.

"그렇지 않아도 강력한 모리의 대군과 대전 중에…… 미츠히데 놈이 엄청난 역모를 꾸미며 주군을 시해했으니 촌각도 지체할 수가 없었어요. 즉시 계략을 써서 모리를 설득하고 밤을 낮으로 삼아 상경하여 이 손으로 대번에 주군의 원한을 풀었습니다."

"……"

"그러나 나도 이미 늙은 몸이라 무리가 되었던지 때때로 여기저기 쑤시곤 합니다."

미츠히데를 친 것은 바로 자기였다는 것을 새삼 강조하고 나서 딴전을 부리듯 얼빠진 표정을 짓는 모습이 카츠이에의 비위를 크게 거슬렸다. 그렇다고 미츠히데를 토벌한 큰 공은 부인할 수 없었다.

카츠이에는 슬며시 니와 나가히데에게 시선을 옮겼다.

"우선 상속에 관한 문제인데, 노부타카 님은 고로자에몬 님과 함께 하시바 님과 협력해 돌아가신 주군의 원한을 푼 유일한 분이오. 달리 듣는 사람이 없어 분명하게 말합니다마는, 기질도 노부오 님보다 뛰어나니 이분을 후계자로 모시고 싶소. 어떻습니까, 고로자에몬 님?"

니와 나가히데는 히데요시에게 재빨리 시선을 보냈다.

"치쿠젠 님의 의견은?"

"예, 무어라 하셨소?"

히데요시는 옆구리를 눌렀던 손을 떼고 눈을 깜박거렸다.

"시바타 님은 노부타카 님을 후계자로 삼아야 한다는 의견이신 것 같은데 말입니다."

나가히데가 덧붙였다.

"노부타카 님을 누구의 후계자로 말이오? 칸베 가문의 후계자로 말입니까?"

"치쿠젠!"

카츠이에가 험악한 눈으로 히데요시를 돌아보았다.

"반대한다는 말이오? 칸베 가문이니 하며 시치미를 떼지 마시오."

히데요시는 빙긋이 웃고 상체를 앞으로 쑥 내밀었다.

3

"슈리 님이 시치미를 떼지 말라고 하시는 걸 보니 오다 가문의 상속에 관한 이야기인 것 같은데……"

히데요시는 짓궂게 다시 한 번 다짐하고 시바타 카츠이에가 잠자코 있자 말을 이어나갔다.

"무엇 때문에 그런 말씀을 하시는지 이 치쿠젠은 도무지 납득이 가지 않습니다. 주군이 돌아가셨다고 해서 원로들이 주군께서 진작에 결정해놓으신 사항을 변경한다면 도리가 아닐 것이오."

"이건 예사로 들어넘길 말이 아니로군. 치쿠젠은 우다이진 님께서 자신의 후계자로 노부오 님을 세우라고 하신 유언장이라도 보았소?"

"이상한 말씀을 하시는군. 그런 것이 있을 리 없지 않습니까?"

"그렇다면 우리 원로들이 상의하여 주군의 가문을 위해 가장 적당하다고 생각하는 분을 모시고 질서를 바로잡아야 할 것이오."

"아니…… 여기서 묘하게 이야기가 빗나가는군요……"

히데요시는 손뼉을 쳐서 시동을 불렀다.

"너무 더워서 못 견디겠다. 장지문을 모두 떼어놓아라. 그러면 바람이 좀 통할 것이다. 그리고 내 탕약을 가져오너라."

시키는 대로 시동이 향훈산香薰散과 물을 가져왔다. 그는 눈을 가늘게 뜨고 정원의 녹음을 바라보며 약을 먹었다.

"아, 이제야 가슴이 후련하고 머리가 맑아지는군. 슈리 님."

그리고는 카츠이에 쪽으로 돌아앉았다.

"오다 가문의 후계자는 죠노스케 노부타다城ノ介信忠 님이라고 돌아가신 주군께서 분명히 정해놓으시지 않았습니까?"

"그 죠노스케 님도 돌아가셨기 때문에 하는 말이오."

"원, 여기서부터 내 의견과 갈라지는군요…… 죠노스케 님으로 분명히 정해졌고, 그 죠노스케 님께는 산보시라는 적자嫡子가 계십니다. 죠노스케 님의 부인이 임신 중이라 해도 아드님을 낳으시면 후계자가 되어야 할 것이므로 출생 때까지 기다려야 하는 것이 당연합니다…… 그런데 아직 세 살이라고는 하나 이미 적자가 계신 이상 우리가 이 자리에서 돌아가신 주군의 결정을 이렇다 저렇다 말하는 것은 도리가 아니오. 따라서 오늘의 회의는 후계자를 정하는 것이 아니라, 이 산보시 님을 받들고 앞으로 어떻게 뒤처리를 해나갈 것인가 하는 회의가 되어야 한다고 이 치쿠젠은 생각하고 있소."

카츠이에는 대답할 말을 찾지 못해 잠시 허공을 노려보고 있었다.

"그럼, 치쿠젠은 세 살인 유군幼君을 보좌하여 오다 가문을 튼튼히 이끌어갈 기량을 가진 인물이 가신 중에 있다는 말이오?"

"물론 있지요. 그런 사람을 찾을 수 없다면 이 치쿠젠이 훌륭하게 보좌해 잘 이끌어보겠소. 어떻게 생각하오, 이케다 뉴도池田入道 님?"

이케다 노부테루는 그때 이미 출가出家하여 쇼뉴勝入란 이름을 사용하고 있었는데, 히데요시의 말에 크게 고개를 끄덕였다.

"후계자 문제에 대해서는 치쿠젠 님의 말씀이 옳다고 생각합니다. 죠노스케 님, 산보시 님의 순서로 올바르게 잇자는 데에는 아무런 이의도 있을 수 없습니다. 만일에 이 순서를 밟지 않고 노부타카 님을 모시면 노부오 님이 납득하시지 않을 것이고, 노부오 님을 모시면 노부타카 님이 불쾌히 여기실 것이므로 가문에 분쟁이 일어날 것입니다. 후계자 문제는 치쿠젠 님의 말씀대로 함이 옳다고 생각합니다."

단호한 그의 말에 카츠이에의 얼굴이 금세 파랗게 굳어졌다.

히데요시는 무슨 생각을 했는지 옆구리를 누르면서 이맛살을 찌푸리고 자리에서 일어났다.

"아, 또 배가 아프기 시작하는군…… 내 의견은 말씀 드렸으니 잠시 자리를 뜨겠소. 실례합니다."

4

히데요시의 복통은 누구의 눈에도 꾀병으로 보였다.

원래 남을 우습게 여기는 성격, 꾀병이라는 인상을 주기 위한 꾀병인지도 모른다고 카츠이에는 생각했다.

'전적으로 남을 무시하는 원숭이 녀석!'

이 원숭이가 오다 가문의 중신들을 모두 제치고 훌륭하게 노부나가의 원수를 갚았다. 이렇게 되자 히데요시의 성격이 카츠이에로서는 여간 거추장스러운 것이 아니었다.

하고 싶은 말이 있으면 노부나가에게도 거침없이 대들었던 히데요시. 물론 노부나가도 그런 히데요시를 말없이 받아들이지는 않았다.

"닥쳐, 원숭이 녀석!"

화가 치밀면 일갈하고 그것으로 끝냈다. 그러나 카츠이에는 그렇게 할 수 없었다.

이미 '오만한 원숭이'는 카츠이에의 75만 석에 대해 56만 석을 가진 신분이었다. 게다가 모리를 제압하여 계산하기 어려울 정도의 새 영토를 지배하게 되었으며, 미츠히데의 54만 석을 완전히 손에 넣었다.

이러한 현실을 무시하고 노부나가처럼 일갈한다면 히데요시는 껄껄 웃으며 자리를 박차고 일어날 터. 1만 석에 300명씩 동원할 수 있다고 하면, 카츠이에는 2만 3,000여의 병력밖에 동원할 수 없는 데 비해 히데요시는 어림잡아도 5만의 병력은 쉽게 동원할 수 있었다.

그 히데요시가 분명히 꾀병임을 알게 하는 태도로 자리를 떴다.

"내가 없는 편이 상의하기 좋을 것이다."

그것은 이런 의미임이 틀림없었다.

카츠이에는 화가 치밀었으나 그렇다고 분노를 터뜨릴 수도 없었다.

"어쨌든 하시바의 의견은 알았소."

잠시 후 카츠이에는 니와 나가히데에게 말했다. 니와 나가히데는 노부타카와 같이 오사카에 있었고, 그 후 야마자키 전투에 참가했기 때문에 당연히 카츠이에의 의견에 찬성할 줄 알고 한 말이었다.

"하시바의 의견은 알겠소만, 천하 제일인 우다이진 님의 가문을 세 살에 불과한 유군에게 맡긴다는 것은 아무래도 불안하오. 어린 주군을 등에 업고 사사로운 욕심을 채우려는 자라도 나타나면 그야말로 큰일.

역시 노부타카 님을 옹립하고 오다 가문의 기둥을 튼튼히 하는 것이 원로들의 의무라 생각하는데 고로자에몬 님의 의견은 어떻소?"

"그러시면……"

니와 나가히데는 신중하게 고개를 갸웃했다.

"시바타 님이 우려하시는 것은 유군을 보좌하는 자가 이를 핑계로 주군의 이름을 모독할까 하여 경계하시는 것 같습니다마는……"

"바로 그 점이오. 그런 예는 세상에 무수히 많소. 그렇게 되면 몇 년 지나지 않아 반드시 가문에 분열이 생길 것이오."

"우려하시는 점을 잘 알겠습니다. 이렇게 하는 것은 어떨까요? 유군을 보좌할 자에게는 정치적 권력을 주지 않는 것이."

"뭣이, 유군을 장식물로 만들자는 거요? 과연 그런 자가 가신들 중에 있겠소? 참고로 말하겠는데, 하시바에게는 정치에 간섭하지 말라고 해도 반드시 참견하려 들 것이고……"

"그렇게 되면 물론 하시바도, 시바타도, 이렇게 말하는 나도 승복하지 않을 것입니다. 호리 히데마사를 보좌역으로 하면 어떨까요? 그분이라면 사사로운 욕심은 부리지 않을 것이고, 그 힘도 또한……"

"으음…… 호리 히데마사를……"

말하다 말고 카츠이에는 갑자기 깜짝 놀란 듯 말했다.

"그렇다면, 귀하도 산보시 님을 모시자는 말이오?"

그리고는 쓸쓸한 표정을 지었다.

5

카츠이에는 일이 히데요시의 뜻대로 움직이고 있다는 것을 알았다.

'니와 나가히데도 산보시를 지지하고 있다……'

이케다 쇼뉴는 처음부터 자기에게 대들 기세였고, 타키가와 카즈마스는 없기 때문에 그의 도착을 기다리지 않고 회의를 연 자기가 보기 좋게 히데요시의 술책에 말려든 것이나 다름없었다.

네 원로의 의견은 3 대 1. 여기에 노부타카와 노부오를 더하면 산보시의 의견을 대표하는 자도 측근 중에서 참가시켜야 한다. 노부타카는 물론 자기 의견에 동의하겠지만, 노부오는 체념하고 노부타카에게 대항하기 위해 산보시에게 찬성할 것이 틀림없었다.

이렇게 되면 새로 찬반을 물을 경우 산보시 쪽의 5에 대해 노부타카 쪽은 2. 아니, 그런 분위기에는 노부타카도 당연히 사퇴하겠다고 할 것이므로 표면적으로는 6 대 1. 카츠이에는 완전히 고립될 수밖에……

"고로자에몬 님도 산보시 님을 받드는 것이 좋겠다는 의견이오?"

"예. 산보시 님을 받들고 호리 큐타로 히데마사 님을 사부師傅로 하여 모시도록 하면…… 그리고 정치는 산보시 님이 성인이 되실 때까지 우리들 네 원로가 각각 쿄토에 대표자를 보내 협의하여 처리케 하는 것이 어떻겠습니까?"

나가히데가 말했다.

"찬성입니다! 이것이 정론正論이고 또 묘안입니다."

즉석에서 이케다 쇼뉴가 찬성했다.

"하시바도 여기에 이의가 없겠군."

따끔하게 찌르듯이 카츠이에가 빈정댔다.

"아니, 이것은 우리 의견일 뿐 치쿠젠 님과는 상관없는 일입니다."

니와 나가히데는 지체없이 대답했다.

변명을 할 정도라니…… 벌써 세 사람 사이에 충분히 양해가 되어 있음이 틀림없었다.

카츠이에는 새삼스럽게 자기가 늦게 진출한 것이 분했다.

'내 손으로 미츠히데를 쳤더라면……'

"그렇군, 삼 대 일이라면 이 카츠이에가 양보하지 않을 수 없군요. 혼자 반대하면 그야말로 사사로운 욕심이 될 테니까, 하하하……"

겉으로는 아무것도 아니라는 듯 웃어 보였다. 그러나 얼굴이 굳어질 것 같아 얼른 손뼉을 쳐서 시동을 불렀다.

"여봐라, 치쿠젠을 불러오너라. 아마 정자에서 쉬고 있을 것이다. 후계자 문제는 치쿠젠의 의견대로 결정되었다, 계속해서 미츠히데가 소유했던 영지와 그 밖의 일로 상의할 것이 있으니 오라고 해라…… 그러면 복통에는 향훈산보다 훨씬 더 효과가 있을 것이다."

시동은 공손히 절하고 방을 나갔다.

과연 히데요시는 정자에서 이부자리를 깔게 하고 기분 좋게 낮잠을 자고 있었다.

"저어, 치쿠젠 님……"

시동이 흔들어 깨웠다.

"으……으응."

히데요시는 천천히 두 팔을 뻗쳐 기지개를 켜면서 물었다.

"결정되었느냐, 후계자에 대한 일은?"

"예, 치쿠젠 님의 의견대로 결정되었으므로……"

"알고 있다, 알고 있어. 시바타 슈리 님이 깨우라고 해서 왔겠지."

아무렇지도 않다는 표정으로 일어나 다시 크게 입을 벌려 하품과 기지개를 한꺼번에 했다.

6

히데요시는 천천히 회의장으로 돌아왔다.

오늘 그의 목적은 산보시를 후계자로 결정하는 문제보다 영지의 분

배에 있었다. 산보시에 대한 것은 명분이 설 뿐 아니라, 이미 이케다 쇼뉴와 니와 나가히데의 내락을 받아놓았기 때문에 별로 문제시하지 않았다. 그러나 영지 분배에 들어가면 결코 간단히 결정되지는 않을 것 같았다.

히데요시는 방금 전과 같은 느긋한 태도를 버리고 근엄한 표정이 되었다.

"드디어 영지의 분배가 시작된 모양인데, 그 일에 대해서는 이 치쿠젠에게도 생각이 있소."

카츠이에가 아직 후계자가 결정되었다는 말도 꺼내기 전에 얼른 품 안에서 초안을 꺼냈다.

"이 뜻하지 않은 불행을 앞에 놓고 돌아가신 주군의 영지를 노리는 불순한 자가 있을지도 모릅니다. 그러므로 이것을 노부오 님과 노부타카 님께도 꼭 말씀 드리고 승낙이 내리는 즉시 산보시 님을 이 자리에 모시고 나서 말씀 드릴까 합니다."

"아니, 이 자리에 산보시 님을?"

"그렇소. 이미 여기 오시도록 이 치쿠젠이 말씀 드렸으니 걱정할 것 없습니다."

히데요시는 가볍게 카츠이에를 제지하고 곧 초안을 눈높이로 받쳐 들었다.

그 모습이 하도 진지했기 때문에 이케다 쇼뉴는 그만 웃음을 터뜨릴 뻔했다. 그는 이에야스와 함께 기후 성을 찾아가 산보시를 길들이는 히데요시의 놀라운 재주를 보고 왔다.

세 살인 산보시는 전쟁터에서 까맣게 탄, 그렇지 않아도 기묘하게 생긴 히데요시의 얼굴을 잠시 동안 빤히 쳐다보았다.

"와앙……"

그러더니 갑자기 울음을 터뜨리며 유모에게 매달렸다.

"아, 도련님은 낯가림이 심하시군요. 자, 이 늙은이가 좋은 것을 선물하겠습니다."

히데요시는 언제 어디서 준비했는지 문갑만한 상자를 가져다 그 안에서 우선 쿄토 인형 하나를 꺼내 산보시 앞에 쳐들었다.

"이 인형이 마음에 드시지 않습니까?"

산보시는 조심스럽게 돌아보았으나 인형에는 손을 내밀지 않았다. 히데요시는 그것을 얼른 유모에게 건네 유모의 손에서 산보시가 받아들게 하고는 다른 인형을 꺼내 산보시에게 보였다. 이때도 산보시는 손을 내밀지 않았다. 그러나 세번째에는 슬며시 손을 뻗쳐 직접 히데요시의 손에서 그것을 받아들고, 다섯번째에는 마침내 히데요시의 품에 안기고 말았다.

그동안은 불과 4반각(30분).

'도대체 그렇게 빨리 진격하는 동안 어떻게 인형 생각을 하고, 어디서 준비한 것일까?'

히데요시의 놀라운 두뇌회전에 혀를 내두른 이케다 쇼뉴였다. 지금도 그에 못지않은 놀라움을 카츠이에에게 안겨주었다는 생각에 그만 웃음이 나오려고 했다.

히데요시는 똑바로 카츠이에를 노려보면서 초안을 읽기 시작했다.

"돌아가신 주군의 영지 중에서 아즈치 부근의 사카타고리坂田郡 이만 오천 석을 산보시 님의 재정용으로 삼아 호리 히데마사로 하여금 관리하게 할 것. 차남인 노부오 님에게는 종래의 북이세北伊勢 외에 오와리를 더하고, 삼남 노부타카 님에게는 미노를 더 드릴 것."

"으음……"

"이케다 뉴도는 이번의 전공을 참작하여 셋츠의 이케다, 아리오카有岡 외에 오사카, 아마가사키尼崎, 효고兵庫의 삼 개소를 덧붙일 것, 또 호리 히데마사 역시 전공이 있으므로 사와야마佐和山 이십만 석을 줄 것. 타키가와 카즈마스는 도중에 패배하여 아직 도착하지 않았으므로 새로 영지는 배분하지 않고 이세의 나가시마만을 인정하여 원로 대열에서 제외할 것."

단호한 목소리로 말하고 초안 너머로 카츠이에를 흘끗 노려보았다.

7

카츠이에는 무릎에 얹은 오른손을 부르르 떨고 있었다.

전공이 없기 때문에, 코즈케와 시나노의 새 영지를 버리고 돌아오는 타키가와 카즈마스에게 이세의 나가시마밖에 주지 않고 원로의 대열에서도 제외시키다니 얼마나 가혹한가. 그것은 또한 카츠이에 자신에 대한 얼마나 지독한 비아냥이란 말인가.

지금 모여 있는 네 사람 중에 미츠히데 토벌에 가담하지 않은 것은 카츠이에뿐이었다.

'히데요시 녀석, 이젠 나와 정면으로 맞설 생각이군……'

그 다음 말을 듣기가 두렵기까지 했다. 만일 지금 감정을 폭발시켜 히데요시와 일전을 벌인다면 어떻게 될 것인가.

히데요시는 다시 쩌렁쩌렁한 목소리로 말을 계속했다.

"호소카와 후지타카, 타다오키 부자는 미츠히데의 유혹을 잘 뿌리치고 의義를 지켰으므로 그 공을 인정하여 본래의 영지를 그대로 유지하도록 하고, 모리 나가요시와 모리 히데요리毛利秀賴 등은 새 영지를 잃었으니 종전의 영지뿐. 츠츠이 쥰케이는 두 마음이 없다는 것을 확인한 뒤 원래의 영지만은 유지하게 해도 좋다고 생각하지만, 이의가 있다면 재고해도 좋다고 생각하오."

"……"

"다음은 니와 님인데, 니와 님에게는 종래의 와카사若狹 외에 새로 오미 중에서 타카시마高島, 시가滋賀의 두 코리郡를 주어 전공을 치하하고, 나카가와 키요히데와 타카야마 우콘 두 사람에게는 이 히데요시가 가진 영지 중에서 적당히 보상하고 싶소. 그럼 다음에는 이 히데요시 자신에 대해서인데, 히데요시는 츄고쿠의 모리와 대적하는 데 필요한 하리마播磨는 그대로 소유하기로 하고, 그 밖에 이번 전투로 가신의 수효도 늘어났기 때문에 야마시로와 카와치의 일부를 더하고, 또한 미츠히데의 옛 영지인 탄바를 받으려고 하오."

히데요시는 일단 호흡을 가다듬고 일동을 돌아보았으나 아무도 입을 여는 사람이 없었다. 있을 리가 없었다.

니와 나가히데도 이케다 쇼뉴도 미리 히데요시의 속마음을 읽고 있었다. 그리고 시바타 카츠이에는 섣불리 입을 열었다가는 어떤 반박을 당할지 알 수 없었다.

눈을 감은 카츠이에의 눈꺼풀이 꿈틀꿈틀 경련하는 모습을 힐끗 본 히데요시는 갑자기 밝은 목소리로 웃기 시작했다.

"아 참, 이 욕심쟁이 치쿠젠이 자기 뱃속만 계산하기에 바빠 중요한 시바타 님에 대한 것을 잊을 뻔했군요. 시바타 님은 이번 전투에는 미처 참가하지 못했지만 오다 가문으로서는 으뜸가는 공적을 쌓은 집안, 에치젠의 옛 영지 외에 호쿠리쿠의 새 영지는 물론 다시 오미의 나가하마에 있는 히데요시의 영지 육만 석을 즉시 성성城과 함께 드리겠소. 이렇게 하면 타키가와, 모리 등이 불공평하다고 불만을 말하겠지만, 그 점에 대해서는 이 치쿠젠이 반드시 설득할 것이니 아무것도 염려하지 마십시오."

카츠이에는 저도 모르게 눈을 크게 뜨고 히데요시를 멍하니 바라보고 있었다.

어쩌면 저렇게도 입이 잘 움직이고 머리가 잘 도는 것일까. 타키가와

나 모리가 불만을 터뜨리면 자기가 설득하겠다니 ——

"그대들은 이번 복수전에 참가하지 않았지 않소?"

이렇게 나무라는 것보다 훨씬 더 아픈 데를 찌르는 신랄한 말이었다.

"모두 이의 없겠지요? 이 일은 마치 서툰 바둑과 같아서 섣불리 돌 하나를 잘못 놓으면 국면 전체가 뒤집히오. 이의가 없다면 서기를 불러 새 영지에 대한 것을 문서로 작성하도록 합시다. 이제 곧 산보시 님도 도착하실 테니까 말이오."

히데요시는 태연하게 말하고 다시 소리내어 웃었다.

8

카츠이에는 60이 넘은 지금에 와서 노부나가보다 더 가공할 인물이 밑에서부터 자기를 마구 압박해올 줄은 상상도 하지 못했었다.

산보시를 후계자로 삼아 아즈치 성에 있게 하고 보좌역은 호리 큐타로 히데마사, 아즈치 근처에 있는 나가하마 성은 원로인 시바타 카츠이에에게 깨끗이 인도하겠다는 빈틈없는 말은 무엇을 뜻하는 것일까.

만일 불만을 나타낸다면 히데요시는 ——

"가장 원로여서 산보시 님 부근에 있는 치쿠젠의 영지를 드리려는 것이오."

무섭게 대들 복선伏線이 준비되어 있다는 것을 카츠이에에게 생생하게 느끼게 했다.

"이의가 없으신 것 같군요."

히데요시가 말했다.

"이제 노부오 님과 노부타카 님이 참석하신 가운데 합의한 바를 문서로 기록하도록 합시다. 니와 님, 두 분을 모셔오시오."

니와 나가히데는 차마 당장에는 일어나지 못했다.

"괜찮겠습니까, 이의는……?"

"이의 없소. 우다이진 님 사후처리는 이것으로 완벽하다고 봅니다."

이케다 쇼뉴가 지체 없이 말했다.

"치쿠젠 님, 이 나가히데는 그 밖에 한 가지 마음에 걸리는 것이 있습니다."

니와 나가히데는 너무 쉽게 결정하는 것이 카츠이에에게 미안하다는 생각이 들어 입을 열었다.

"이번 전투에서 도쿠가와 님도 츠시마까지 대군을 움직였습니다마는……"

"하하하……"

히데요시가 즐겁다는 듯이 웃었다.

"도쿠가와 님은 그냥 내버려둡시다. 그래도 절대로 이의를 제기할 사람이 아니오. 여기에 끼여들어 여러분의 영지를 줄이고 심기를 불편하게 만들기보다는 동쪽에서 얻는 것이 더 득이 된다는 것을 잘 계산할 수 있는 사람이오."

"과연……"

"그보다는 하루속히 아즈치 성을 재건하여 산보시 님을 모시도록 하여 오다의 방비에 흔들림이 없다는 것을 천하에 과시하는 것이 중요하오. 그때까지 산보시 님은 기후 성의 노부타카 님께 맡기고 아즈치 재건을 최우선으로 서둘러야 합니다…… 시바타 님."

"예."

"이 치쿠젠은 내일이라도 당장 성을 양도해드리겠소. 흔쾌히 받아주십시오."

니와 나가히데는 자리에서 일어나 노부오, 노부타카를 맞이하러 나갔다. 두 사람에게도 물론 불만이 있었으나, 히데요시의 능란한 말솜씨에 그들은 입을 열지 못했다.

전후를 통해 약 이 각(4시간), 경우에 따라서는 격론 끝에 칼부림이라도 벌어지지 않을까 생각되었던 키요스 회의는 아침이 정오로 옮겨가듯 순조롭게 진행되어, 여덟 점 반(오후 3시)에는 모여 있던 사람들 모두 큰방으로 나갔다.

정면 상단 중앙에 후계자인 산보시의 자리가 마련되어 그 좌우에 노부오와 노부타카가 자리잡았다. 그리고 원로 이하 중신들은 그들을 마주보고 앉았다.

시동이 산보시의 임석을 소리높이 외쳤다. 정면 장지문이 조용히 열리면서 유유히 모습을 나타낸 것은 산보시 혼자가 아니었다. 그를 품에 안은 히데요시.

모두 일제히 머리를 조아렸다.

맨 앞줄에 앉은 카츠이에도 다른 사람들을 따라 머리를 조아리면서 갑자기 큰 소리로 웃고 싶은 충동을 느꼈다.

9

시바타 카츠이에는 왠지 몹시 익살스럽고 아주 슬픈 꿈을 꾸고 있는 듯한 기분이었다.

'이 나카무라의 촌뜨기 녀석이…… 마을 축제의 신관이라도 된 것같이 우쭐하여……'

산보시를 안고 모두에게 고개를 숙이게 하는 능숙한 수완에는 화를 낼 수도, 울 수도 없었다. 큰 소리로 웃어주고 싶었다. 그러나 그렇게 한다면 자기는 더욱 비참해질 것이었다.

'대세는 변했다……'

가문의 서열을 싫어한 노부나가가 광범위하게 등용한 실력본위의 세계가 지금 결실을 맺고 있었다. 미츠히데의 불만도, 나야말로 토키 일족이라고 하며 현실과 동떨어진 것을 추구한 데에 있었다.

'노하지 않을 것이다, 분개하지 않을 것이다……'

"시바타 님, 산보시 님이 말씀을 내리십니다."

가슴에 열이 북받쳐 눈물이 맺히려 했을 때 히데요시는 마치 자기가 노부나가나 된 듯한 표정으로 카츠이에에게 말했다.

"예."

"자, 저 노인에게 한 말씀 하십시오. 아니, 두려워하실 것 없습니다. 저렇게 위엄있는 태도를 보이고는 있으나, 언제라도 가문을 위해 심신을 바칠 충성스런 노인입니다. 어서 한 말씀 하십시오."

산보시는 잠시 동안 물끄러미 카츠이에를 바라보았다.

"할아범."

한마디 하고 크게 한숨을 쉬면서 그대로 히데요시의 목에 매달렸다.

"하하하……"

히데요시가 웃었다.

"산보시 님은 이상하게도 이 치쿠젠을 따르신다니까. 티없는 눈은 신불과도 같은 것, 이 치쿠젠의 성품을 아시는 것 같군……"

이케다 쇼뉴가 고개를 숙이고 웃음을 참았다.

방을 가득 메운 사람 중에서도 히데요시가 일부러 기후에 들러 인형으로 산보시를 따르게 만든 비밀은 그 한 사람만이 알고 있었다.

'마치 어린아이 같은……'

그러나 생각해보면 여간 두렵지 않았다. 이토록 용의주도한 정력의 소유자가 또 있을 것인가. 격전을 치르는 동안에도 오늘의 이 장면을 머리에 그리며 혼자 기뻐하고 있었을 히데요시를 상상하니 바로 이런 사람을 두고 초인超人이라 하는 것 같았다.

"지금부터 산보시 님을 대신하여 이 치쿠젠이 새 영지의 배분을 시작하겠소."

노부오는 똑바로 정면을 바라보고 앉아 있었다. 노부타카는 그 무렵부터 노골적으로 불쾌감을 나타내며 때때로 허공으로 시선을 보냈다.

카츠이에는 돌처럼 굳어 꼼짝도 않고 있었다.

차례로 이름이 불린 사람들은 어느덧 히데요시의 행위에 익숙해져, 당연한 일이 당연히 행해지는 듯한 착각에 빠져 있다는 것을 알 수 있었다. 익살스럽던 처음의 모습은 차차 사라지고, 시동들이 등불을 가져왔을 무렵 히데요시에게는 범접하기 어려운 위엄이 갖추어져 있었다.

"그럼, 이제부터 산보시 님이 술을 내리실 것이오. 모두 고맙게 받도록 하시오."

히데요시는 산보시를 안고 일동이 부복해 있는 모습을 바라보며 유유히 안으로 향했다.

이미 시대는 노부나가로부터 완전히 히데요시의 시대로 넘어와 있었다……

10

키요스 회의는 완전히 히데요시의 독무대였다.

그 자신이 각본의 작자이고 진행자였으며, 주역인 동시에 막을 내리는 사람이기도 했다. 그러나 이것이 그대로 기록된다면 재미가 없었다. 허실虛實이 혼연일체가 된 그의 성격으로 볼 때 이것은 그야말로 거친 파도였다. 다만 그 파도를 히데요시라는 능숙한 키잡이가 무사히 극복할 수 있었기 때문에, 기록으로서는 그 표면보다도 내면의 진실을 후세에 남겨야 한다고 히데요시는 확신하고 있었다.

오무라 유코가 쓴 이 무렵의 기록에는 히데요시의 입김이 상당히 가미되었다.

"알겠나, 오늘 회의에 만족한 사람은 별로 없어. 하지만 불만을 품은 이 무리들은 모두 히데요시의 위세에 눌려 불만을 입밖에 내지 못했어. 이 점이 가장 중요하니 특히 주의해서 쓸 필요가 있다. 그리고 낯가림이 심한 산보시 님이 히데요시만은 잘 따르고 있어. 웃으면 어린아이도 잘 따르게 되고 노하면 귀신도 떨게 만든다. 이것이 히데요시의 진면목이기도 할 것이야."

대부분의 사람들은 이렇게까지 노골적으로 자기를 칭찬하지는 않는다. 그러나 히데요시는 남을 칭찬할 때도 그러했지만 자기를 칭찬할 때도 전혀 거리낌이 없었다.

"조금도 사심私心이 없는 자에게는 언제나 신불의 감응이 있는 법일세. 정말 내가 보기에도 대단한 일이야."

진심으로 자신에 대해 감탄하고 있었다.

"자, 내친김에 좀더 일을 해놓아야지……"

히데요시는 그날 밤 너무 큰소리를 치기 때문에 조마조마해하는 쿠로다 칸베에에게 즐거운 듯이 말했다.

"칸베에, 두고 보게. 틀림없이 노부타카가 시바타 슈리에게 오이치於市 님을 떠맡길 거야. 아니, 떠맡기느냐 아니냐가 노부타카의 불평을 재는 저울이 될 것일세."

오이치는 노부나가의 여동생으로 지금 오다 노부카네織田信包 밑에서 세 딸과 같이 조용히 살고 있는 아사이 나가마사淺井長政의 미망인인 오다니小谷 부인을 가리켰다.

칸베에는 단지 웃기만 할 뿐 대답하지 않았다. 히데요시가 아직 오다니 부인에게 어린아이와 같은 관심을 버리지 않고 있다는 것을 잘 알고 있었다. 이 점에서는 다른 일에는 담담한 성격과는 달리 이상한 집념을 가진 히데요시였다.

　히데요시는 이튿날인 28일, 산보시를 노부타카에게 맡겼다. 그리고 복안대로 세 원로와 서약서를 교환한 뒤 나가하마로 물러가 즉시 성을 인도하기 위한 절차를 밟았다.

　이때 어머니나 아내와의 대면도 역시 히데요시가 아니고는 할 수 없는 방약무인한 태도였다.

　"아, 어머님이시군요!"

　그는 노세野瀨의 타이키치 사大吉寺에 살고 있던 아내 네네가 노모와 함께 나가하마에 돌아와 있는 것을 보고는 느닷없이 어머니를 등에 업고 방안에서 덩실덩실 춤을 추며 돌아다녔다.

　"아아, 네네도 무사히 있었군. 이것으로 치쿠젠도 마음의 짐을 덜었어. 네네, 지금부터야. 그대에게 일본에 있는 다이묘의 영지를 한아름 나눠주도록 하겠어. 그때가 왔어, 드디어 왔어. 조금만 더 참도록 해."

　마치 17, 8세의 청년 시절로 돌아가기라도 한 듯 아내를 안고 눈물을 흘리는가 하면 춤도 추었다.

　물론 이것이 히데요시의 전부는 아니었다.

　나가하마에 아사노 나가마사淺野長政를 부교로 남기고, 7월 8일에는 야마시로와 탄바를 빼앗아 새 영지로 만들었다. 또 11일에는 어느 틈에 쿄토로 돌아와 혼코쿠 사本國寺에 진을 치고 즉시 호소카와 후지타카 부자를 불러 진지한 표정으로 그들과 대면했다.

11

　산보시의 옹립, 영지의 분배 등 두 가지 일이 끝난 뒤 히데요시가 해야 할 큰 일은 호소카와 부자의 마음을 사로잡는 일이었다.

호소카와 부자가 분명히 이쪽 편이라는 것을 알면 그 이웃인 니와 나가히데는 더더구나 히데요시에게 등을 돌릴 수 없고, 계산이 빠른 야마토의 츠츠이 쥰케이도 히데요시에게 충성을 맹세할 것이 분명했다. 게다가 호소카와 부자는 뭐니뭐니 해도 명문 출신이므로, 쿄토에서 공경公卿들과의 관계에 크게 이용하지 않으면 안 될 존재였다.

그는 혼코쿠 사 객실에서 두 사람을 접견하면서 잠시 말을 않고 눈물만 글썽거리고 있었다. 양심의 가책에서 나오는 눈물도, 이 두 사람을 무슨 일이 있어도 자기편으로 끌어들이려는 정치적인 의사에 따른 눈물도 아니었다. 이와는 전혀 다른 반가움에서 나오는 눈물이었다.

"여어, 이거 후지타카 님이 아니오……"

히데요시는 잠시 감개무량한 표정으로 상대를 바라보았다. 그러나 일단 입을 열면 그 감동과는 다른 의지가 하나로 뭉쳐 흐르듯이 입밖으로 나왔다.

"오늘 무사히 재회하게 된 것도 돌아가신 주군이 시키신 일. 이 치쿠젠은 그 후 질풍노도와도 같은 기세로 즉각 미츠히데를 주벌誅罰하여 오미를 평정하고 미노를 거쳐 오와리에 들어가, 지난 달 이십칠일에는 키요스 성에서 오다 가문의 향후 문제에 관한 뒤처리를 깨끗이 매듭짓고 왔소."

"참으로 치쿠젠 님만이 하실 수 있는 정력적인 추진력, 이 후지타카는 탄복을 금치 못하고 있습니다."

"아니, 아직 멀었소이다…… 이번 일은 전투로 말하면 겨우 시작에 불과한 것. 이것만으로는 돌아가신 주군의 영혼을 달랠 수 없습니다. 우다이진 님의 뜻은 천하통일에 있었어요. 천하에 전쟁이 없는 세상을 이룩하고 싶다…… 이 일념뿐이셨지요. 우선 오다 가의 옛 영지에 차질이 생기지 않도록 수습하고 나서 곧 우다이진 님의 장례를…… 이것이 중요한 일이오. 그래야만 앞으로의 천하통일에 우다이진 님의 영령이 임하실 것이오. 우다이진 님의 영령이 임하시면 천하는 대번에 이쪽으로 넘어올 것이 너무도 분명합니다."

점점 말이 다른 곳으로 벗어나며 자신의 야심이 언뜻 드러났다. 이 사실을 깨달았는지는 전혀 알 수 없었지만, 그런 사소한 일에 구애받는 신경이 히데요시에게는 없어 보이기도 했다.

"아 참, 잊고 있었군, 잊어버리고 있었어요."

생각났다는 듯 무릎걸음으로 다가앉았다.

"두 분의 뜻을 다른 사람은 몰라도 이 치쿠젠만은 잘 알고 있습니다. 누가 무어라 하건 원래의 영지는 그대로 인정할 것이고, 미츠히데의 영지 중에서 탄고에 있는 것을 모두 드리겠습니다. 그 뜻을 확실하게 증서로 써드리지요."

여기까지 단숨에 말하고 시동을 불러 미리 작성해놓았던 증서에 서명을 해서 건네주었다. 그리고는 비로소 깨달았다는 듯 아들인 타다오키忠興 쪽을 돌아보았다.

"오, 요이치로이시군……"

"예."

"정말 우러러보았네. 이번에 부자께서는 의리를 지켜 한치도 그릇됨이 없었으니 장한 일이었어. 당연히 그래야만 했지…… 그건 그렇고, 부인 키쿄 님은 어떻게 되셨나?"

"저어……"

타다오키는 흘끗 아버지를 돌아보았다.

"미도노 산중에 유폐하여 근신토록 했습니다."

"아니, 그 부인을…… 참으로 안타까운 일이로군. 미츠히데는 갈가리 찢어 죽여도 시원치 않으나 딸에게는 무슨 죄가 있겠나. 그렇군…… 그렇게 되었군……"

히데요시는 다시 눈 가장자리를 붉히며 고개를 끄덕였다.

12

"그 부인은……"

히데요시는 말을 계속했다.

"사촌언니 되시는 우다이진 님의 노히메 마님과 용모에서부터 성품에 이르기까지 꼭 닮았지. 마치 춘월春月의 요정이 아닌가 싶을 정도로 아름다웠는데……"

요이치로는 짐짓 엄한 표정을 짓고 앉아 있었다.

"용모가 빼어난 여자는 흔히 기질이 약하지. 키쿄는 남자 못지않은 강한 면을 가지고 있다고, 노히메 마님을 능가할 정도가 아닌지 모른다고 우다이진 님도 말씀하시곤 하셨지…… 혼사가 이루어졌을 때는 일본에서 첫째가는 신랑에 일본 제일의 신부라고도 하셨어."

타다오키는 어느 틈에 히데요시의 말에 이끌려 앉은 채 자기 아내의 모습을 뇌리에 떠올리고 있었다.

히데요시의 말대로 두 사람은 오늘날과 같은 슬픈 사태가 일어날 줄은 생각지도 못한 축복받은 출발을 했다. 타다오키는 아내를 뜨겁게 사랑했다. 그리고 그가 상상하는 한, 그 사랑에 부응해온 황홀해하는 새색시의 모습이었다.

'그 아내가 지금은……'

이 혼코쿠 사에 오는 동안 타다오키가 가장 두려워한 것은 아내에 대한 일이었다. 히데요시가 별거와 유폐만으로 납득하지 않고 죽이라고 할 것만 같아 여간 조마조마하지 않았다.

"두 사람 사이는 남들이 샘을 낼 정도로 화목했다고 하는데 미츠히데 놈이 그런 엉뚱한 짓을 저지르다니. 이 히데요시의 공격을 받고 반나절도 버티지 못하면서 천하를 노리려 하다니 그런 무모한……"

히데요시는 이렇게 말하면서 마디가 굵은 손으로 눈두덩을 눌렀다.

타다오키는 깜짝 놀랐다.

자신의 아내 키쿄를 위해 눈물을 흘려준 무장이 이 히데요시말고 또 있었단 말인가.

젖먹이는 아직 철이 없고, 시녀들까지도 주군을 죽인 자의 딸이라는 오명에 짓눌려 남 앞에서는 울지도 못했다.

'그런데도 히데요시가……'

"요이치로……"

히데요시가 그를 불렀다.

"잠시만 더 참도록 하게. 지금 당장 용서한다면 히데요시가 편파적으로 처리했다, 요이치로를 편들었다는 비난을 받게 될 것일세. 그러니 조금만 더 근신하도록 하게…… 그녀에게 무슨 죄가 있겠나. 우다이진님의 장례가 끝나고 이 히데요시를 정면에서 공격하는 자가 없다고 여겨지면 곧 근신을 풀도록 하겠네."

"예…… 예."

"좋아. 나도 잘 알고 있어, 부부의 정이란 각별한 것일세. 이 치쿠젠은 짚 위에 멍석을 깔고 키요스의 공동주택에서 혼례를 올린 몸이지만, 그 바쁜 전쟁터에서도 종종 꿈에 네네를 보았을 정도일세. 하물며 일본에서 첫째가는 부부라는 선망을 받던 두 사람이니…… 알고 있어, 잘 알고 있어!"

요이치로 타다오키는 어느 틈에 고개를 푹 떨구고 쏟아지려는 눈물을 참고 있었다.

'히데요시는 이렇게까지 인정을 깊이 이해하는 대장이었던가…… 이런 대장을 위해서라면……'

젊은 요이치로의 가슴은 감동으로 꽉 차 있었다.

"요이치로, 그럼 이만 물러가기로 하자."

후지타카가 조용히 말했다.

"치쿠젠 님은 바쁜 몸이시다."

후지타카 역시 이미 노부나가의 후계자는 히데요시라고 새삼스럽게 생각하고 있었다.

<h1 style="text-align:center">13</h1>

히데요시는 호소카와 부자를 돌려보내고 하치스카 히코에몬과 쿠로다 칸베에를 불러 차를 마셨다.

차를 끓여내온 사람은 계속 히데요시를 따라다니며 기록하고 있는 오무라 유코였다.

"피곤하시지 않습니까?"

찻잔 놓기를 기다렸다가 유코가 히데요시에게 물었다. 히데요시는 눈을 가늘게 뜨고 자기 가슴을 두드렸다.

"몸을 단련하는 방법이 달라, 보통 사람들과는. 자네가 피곤한 모양이군."

"아닙니다. 너무 무리를 하시는 것 같아 말씀 드린 것입니다."

"유코, 피로해지지 않는 비결은 일을 즐기는 데 있네. 그러나 피곤하거든 다른 사람과 교대해도 좋아. 사카이의 다인茶人들에게 이제 킨키에는 난리가 일어나지 않을 것이니 마음놓고 다도를 즐겨도 된다고 전하게."

히데요시는 칸베에와 히코에몬에게 말문을 돌렸다.

"이번에는 츠츠이 쥰케이인데, 츠츠이는 인질을 데려왔다고?"

"예. 양자 사다츠구定次를 데리고 왔습니다마는…… 자못 기세가 당당했습니다."

"흥, 약점을 보이기 싫어서 그럴 테지."

"이번의 공은 성주님도 충분히 인정하실 거라고. 미츠히데가 야마토로 사자를 보내왔을 때 한마디로 거절하고 호라가토게로 공격해나간 그 재빠른 행동을 치쿠젠 님이라면 잘 아실 것이라고 말입니다."

"좋아, 좋아."

히데요시는 어린아이처럼 머리를 끄덕였다.

"그대들은 모두 옆방에서 잘 들어보게. 이 치쿠젠이 어떻게 대응하는가를. 그래, 한 잔 마시고 곧 만나겠어. 이봐 사키치, 츠츠이 부자를 이리 불러라."

히코에몬과 칸베에가 물러가고 히데요시와 유코만이 남았다.

"유코, 이 치쿠젠의 대응법은 천변만화, 그야말로 눈이 어지러울 정도일세. 잠자코 차 주전자를 향해 돌아앉아서 들어보게."

"예."

그때 이시다 사키치가 문제의 츠츠이 쥰케이를 데리고 왔다. 과연 그 뒤에는 열두세 살쯤 되는 소년이 따라오고 있었다.

"여어, 쥰케이. 마침 잘 왔네."

쥰케이는 나게즈킨投げ頭巾°을 쓴 채 싱글벙글 웃으며 히데요시에게 다가왔다.

"뜻대로 되신 성공, 참으로 기쁜 일이어서……"

말도 끝나기 전에 히데요시가 가로막았다.

"닥쳐라, 쥰케이."

"예…… 왜 그러십니까?"

"뜻대로 된 성공이라니, 그대는 이 치쿠젠을 조롱하는가?"

"당치도 않습니다. 진심으로 경탄해서 있는 그대로……"

"듣기 싫어. 뜻대로 된 성공이란 우다이진 님의 유지를 받들어 동쪽은 미치노쿠에서, 서쪽은 큐슈와 류큐琉球까지 모두 평정했을 때를 말하는 게야. 이번의 전공은 쥰케이와 히데요시 중에서 누가 더 낫다고 할 수 없을 정도일세."

"그러시면 치쿠젠 님께선 이 쥰케이의 전공도 충분히 인정하신다는 말씀이군요."

"하하하…… 인정하고 말고. 그대가 호라가토게에 와서 양군의 모습을 살펴보고 어느 쪽에 승산이 있을지 계산하며 고개에서 내려오지 않은 그 태도는 두고두고 이야깃거리가 될 것일세."

"이거, 너무 과분한 칭찬이십니다."

"과분한 칭찬이 아니야. 아직 모자랄 정도일세. 그런데 어째서 도중에 이 치쿠젠의 편이 되겠다는 생각을 했나? 그 이야기가 듣고 싶어."

히데요시는 진지한 표정으로 상반신을 내밀었다.

14

과연 쥰케이의 낯빛이 변했다. 그가 가장 아파하는 곳을 이렇게까지 노골적으로 찌를 줄은 몰랐다.

히데요시는 웃는 대신 가슴을 떡 펴고 위엄을 보였다.

"호소카와 부자는 그대에 비해 여간 정직하지 않아. 처음부터 의義를 내세워 상투를 자르고 아내를 근신시키는 등 황송해하고 있었어. 오늘도 여기 찾아와서 눈물을 흘리며 어서 우다이진 님의 장례를 지내자고 했어. 하지만 그대는 군사를 동원하여 어느 쪽의 실력이 더 나은지 계산하고 있었어. 과연 놀라운 일이야."

"정말로 뜻밖의 말씀을 하십니다. 저는 의를 존중했기 때문에 많지 않은 병력이나마 도움을 드리려고……"

"알겠어, 더 이상 말하지 말게. 나는 그대의 뱃속에 벌레가 몇 마리 들어 있는지도 알고 있으니까. 그때 어째서 내가 이긴다고 보았는지,

호라가토게에서 그대가 생각했던 것을 알고 싶을 뿐일세."

쥰케이는 당황하여 눈을 위로 치떴다가 아래로 떨구었다 하면서 자기 시선을 쫓는 히데요시의 눈길을 깨달았다.

"하하하……"

메마른 소리로 억지 웃음을 지었다.

"여전히 치쿠젠 님의 말씀은 날카로우시군요……"

"당연한 일이지."

히데요시는 엄하게 나무랐다.

"뜻대로의 성공은커녕 일은 이제부터가 시작이야. 나는 이미 가신인 쿠와바라 지자에몬桑原治左衛門에게 쿄토의 정치를 맡기고 십삼일에는 히메지로 간다. 그리고 곧 츄고쿠, 시코쿠, 큐슈에 있는 자들에게 지시를 내리고 십칠, 팔일에 돌아와 호라가토게가 잘 보이는 야마자키에 성을 쌓을 것이야. 날카롭지 않고 우다이진 님의 큰 뜻을 어떻게 이을 수 있겠나?"

"황송합니다. 그러시면 장례식도 백일재百日齋 때까지는 반드시 거행하시려는 것이군요."

"당연한 일이지. 그렇게 하지 않으면 우다이진 님의 영혼이 잠드시지 못해. 이 치쿠젠은 일단 결정을 내리면 전광석화와 같아. 방해자를 제거하는 데에 시일을 지체하지 않아. 성급하기 때문일 테지만, 미츠히데처럼 어이없게 패하는 싸움은 하지 못하는 성격이야."

"아, 그러실 테지요."

"그런데 쥰케이, 그대는 무슨 일로 왔지?"

쥰케이는 또다시 당황하며 눈을 깜박거렸다.

어느 정도의 비아냥은 각오하고 왔지만 이렇게까지 신랄하게 나올 줄은 몰랐던 모양인지, 갈피를 잡지 못하고 횡설수설했다……

"그야…… 물론……"

"물론 어떻다는 것인가? 설마 그대와 같은 전략가가 그리 쉽게 내 부하가 되려고 결심하고 온 것은 아닐 테지. 혹시 저번에 미츠히데에 대한 것처럼 일시적으로 한편이 되었다가 시기를 보아…… 뭐 그런 생각이라도 가지고 있나?"

"치쿠젠 님."

"왜 그러나, 쥰케이? 나는 보다시피 지혜도 책략도 없는 사나이라 가식을 모른다. 생각한 그대로의 말을 듣고 싶을 뿐이야."

"치쿠젠 님……"

쥰케이는 다시 입을 열다가 그 목소리가 자기가 듣기에도 기묘할 만큼 처량하다는 것을 깨닫고 깜짝 놀랐다.

"저는 인질을 데리고 왔습니다. 이 쥰케이의 마음을 헤아려주시기 바랍니다."

그 말에 히데요시는 자세를 바로 하고 쥰케이를 똑바로 노려보았다.

15

쥰케이로서는 히데요시의 응시가 여간 아프지 않았다. 난세의 무장이 힘있는 자에게 굴복하는 것은 당연한 일 아닌가.

이 정도의 일은 쥰케이 이상으로 더 잘 알고 있을 히데요시가 무엇 때문에 이처럼 냉정하게 그를 뿌리치려는 것일까……? 일부러 원한을 품게 하여 이 기회에 쥰케이를 깨끗이 제거하려는 것은 아닐까.

'혹시……'

쥰케이는 생각했다.

'야마토를 누군가에게 주어야 할 사정이라도 생기지 않았을까……'

야마토를 내놓는다면 가장 우려되는 것은 타키가와 카즈마스의 존재였다. 카즈마스가 이세의 나가시마를 제외한 모든 영지를 삭감당했다는 소식은 쥰케이도 들어 알고 있었다. 이것이 히데요시의 고육책苦肉策으로, 두 사람을 서로 싸우게 하고 카즈마스를 후원할 생각이라면 어떻게 될 것인가……

생각이 여기에 미쳤을 때 히데요시의 표정이 약간 부드러워졌다.

"쥰케이……"

"예."

"치쿠젠은 지금 하마터면 그대의 원한을 살 뻔했어."

"예? 무슨 말씀인지요?"

"하하하…… 힘과 힘이 결합되는 것을 싫어한 나머지 그대의 기회주의를 너무 과격하게 탓하여 자칫 원한을 살 뻔했네. 용서하게, 화해하세. 이 자리에서 그대를 포용하겠어. 인질을 두고 속히 야마토로 돌아가 누구도 침공하지 못하도록 방비를 튼튼히 하게."

쥰케이는 등골이 오싹했다. 히데요시는 쥰케이의 속셈 따위는 뱃속에 벌레가 몇 마리 들어 있는지조차 빤히 들여다보고 있다고 큰소리쳤는데 정말 그대로가 아닌가.

"하하하……"

쥰케이도 겨우 웃었다.

"깜짝 놀랐습니다. 무슨 일로 화를 내시는가 하고…… 앞으로 크게 조심하겠습니다."

"그래야만 할 것일세. 힘의 균형은 이미 정해졌어. 이제부터는 마음과 마음일세. 돌아가신 우다이진 님의 이상, 일본 통일을 위해 마음이 맺어지지 않으면 신뢰할 수 없어."

"참으로 옳은 말씀이라 생각합니다."

"좋아. 사키치, 원래의 영지를 인정한다는 서약서를 써서 이리 가져오너라. 좋아, 우선 이것으로 됐어……"

준케이가 공손히 그 서약서를 받아들고 돌아간 뒤, 히데요시는 준케이의 양자 사다츠구를 히코에몬에게 데려가도록 하고 칸베에를 불러들여 배를 껴안고 웃었다.

"녀석은 지금쯤 돌아가는 가마 안에서 몹시 분해하고 있을 거야. 눈에 선하다니까. 하하하……"

"분해하다니요……?"

히데요시의 말에 유코가 고개를 갸웃하며 물었다.

"물론이지. 어떻게 생각하든 츠츠이 준케이는 이제 히데요시의 부하가 되고 말았어…… 녀석의 머리로는 지금쯤 그런 생각을 하고 앞으로 사흘 동안은 이를 갈 것일세. 부드득부드득 하고…… 와하하하."

쿠로다 칸베에는 대답 대신 눈을 가늘게 뜨고 정원을 바라보았다. 나무 사이로 뜨겁게 내리쬐고 있는 한낮의 여름 햇살이 바로 오늘의 히데요시와 같다는 생각이었다…… 강한 운도, 그리고 발군의 정력도……

'볼 만할 것이다, 앞으로 이 사람의 앞날이……'

유코는 다시 붓을 들고 무언가 마음에 생각한 바를 적고 있었다.

동쪽으로 가는 길

1

히데요시가 혼코쿠 사에서 호소카와 부자와 츠츠이 쥰케이 등에게 서약서를 건네고 있을 무렵, 이에야스는 계속 동쪽으로 가는 길을 걸어 7월 9일 드디어 목표로 삼았던 코후에 도착했다.

이것은 히데요시에 비해 아주 완만한 속도였다. 6월 하순 하마마츠 성으로 돌아온 이에야스는 7월 3일까지 약 열흘 동안 측근조차도 무엇을 생각하는지 모를 정도로 태연하게 사랑하는 자식과 여자들 속에서 나날을 보냈다.

물론 이 소중한 열흘 간을 무의미하게 보낸 것은 아니었다. 앞서 오와리로 출진했을 때 내보냈던 첩자들로부터 들어오는 코슈와 신슈 등 상대의 반응에 대한 보고를 조용히 지켜보고 있었다. 무엇보다도 중요한 것은 노부나가의 죽음을 코슈와 신슈의 민중이 어떻게 받아들이고 있는가를 아는 일이었다.

대대로 내려오는 카이 겐지의 영지에서 노부나가의 열화와 같은 정책이 환영받았을 리는 없었다. 그렇더라도 그 반감은 어느 정도였을까……? 그에 따라 앞으로의 대처 방법은 달라져야 했다.

이에야스가 최초의 첩자를 코후에 보낸 것은 노부나가가 쓰러진 지 엿새째 되는 날, 즉 이에야스가 모진 고통을 겪으면서 사카이에서 오카자키에 도착한 직후인 6월 7일이었다. 혼다 햐쿠스케 노부토시本多百助信俊와 나쿠라 키하치로 노부미츠名倉喜八郎信光를 파견했다. 표면적인 이유는 노부나가의 성주 대리로 코후 성에 있던 카와지리 히젠노카미 히데타카의 안부를 묻는 것이었다.

"햐쿠스케, 이번 사명은 여간 중요하지 않다. 목숨을 아끼지 않을 각오를 해야 한다. 알겠나?"

이에야스에게 명을 받았을 때 혼다 햐쿠스케는 고개를 갸웃하고 잠시 대답하지 않았다. 그로서는 이에야스의 마음을 읽을 수 없었기 때문이다.

"그대의 활동 여하에 따라 코슈가 이 이에야스의 편이 될 수도 있고 적이 될 수도 있다. 물론 적으로 돌리기 위해 그대를 파견하는 것은 아니야. 무슨 일이 있어도 우리 편이 되도록 심혈을 기울이고, 그러기 위해서는 목숨을 아끼지 말아야 해."

햐쿠스케는 화가 난다는 듯이 대답했다.

"저는 아직까지 성주님을 위해 목숨을 아낀 적이 없습니다. 그보다도 확실하게 어떻게 하라는 분부를 내려주십시오."

"멍청이 같은 것."

이에야스는 쓴웃음을 지었다.

"상대방에 대한 민심, 상대방의 태도를 알지 못하는데 어찌 지시할 수 있겠느냐? 지시를 하지 않아도 잘못이 없을 사람인 줄 알기 때문에 그대를 파견하는 게야."

햐쿠스케는 순진하게 머리를 긁적거렸다.

"제가 괜한 말씀을 드렸습니다. 그러면……"

오카자키를 떠나 코슈에 도착한 햐쿠스케는 카와지리 히데타카에 대한 민중의 마음, 곧 인기를 조사해보았다. 그 결과는 예상했던 것보다 훨씬 더 나빴다.

신겐의 보다이 사菩提寺(선조의 위패를 모시는 절)인 에린 사惠林寺를 불태우거나 타케다 잔당을 모조리 찾아내어 처단하는 등 가혹한 짓을 했기 때문에 노부나가에 대한 평판은 아주 나빴다.

그 후 성주 대리로 부임한 히데타카 역시 노부나가를 능가하는 난폭한 위압 정책을 쓰고 있었다.

햐쿠스케는 이러한 일들을 면밀히 조사한 뒤 6월 10일 히데타카를 성으로 찾아갔다.

코후 분지에는 미풍도 불어오지 않았다. 그래서 끓는 솥처럼 푹푹 찌는 여름날이었다.

2

혼다 햐쿠스케는 노부나가의 코후 성주 대리 카와지리 히데타카와는 면식이 없었다. 성안 객실에 안내된 그의 머릿속에는 새삼스럽게 이에야스의 말이 떠올랐다.

히데타카가 주민들로부터 가장 반감을 산 것은, 입성하자마자 영내에 포고를 내려 약속했던 것을 무참히 짓밟아버린 일이었다.

그의 포고문——

"이번에 코슈는 노부나가 공의 수중에 들어오게 되었고, 가신인 카와지리 히젠노카미 히데타카가 주군의 명에 따라 성주 대리로 부임했다. 영내의 각 고을과 마을에 타케다 잔당이 숨어 있거든 즉각 히젠노카미의 숙소 니시키마치錦町로 출두하라. 출두하는 자에게는 살고 있는 곳에 계속 거주할 수 있도록 새로운 증서를 주겠다. 이를 널리 알리기 위해 이 포고를 내리노라."

포고문을 보고 사람들은 니시키마치에 있는 그의 숙소로 속속 모여들었다. 과거를 불문에 부치고 이전의 녹봉대로 포용하겠다는 의미로 받아들였기 때문이다. 개중에는 그의 인품을 높이 사서 본인뿐만 아니라 친척과 친지까지 데려온 사람도 있었다.

히데타카는 이들이 중문으로 들어오자 칼을 압수하고 한 사람씩 뒤뜰로 끌고 가서 무조건 목을 베었다.

"지금까지도 욕심을 버리지 못하고 어슬렁어슬렁 나타난 멍청이들을 이 히데타카가 살려둘 줄 알았느냐."

이렇게 말하면서 크게 웃었다는 소문이었다.

"그런 악마를 산채로 돌아가게 할 수 없다."

"노부나가 공이 살해당했다는 것은 그 악마의 운이 다했다는 뜻, 누군가가 반드시 그때의 원수를 갚고야 말 것이다."

민중들 사이에 원성이 높은 것을 보면, 히데타카는 그 풍모도 우락부락하고 친숙해지기 어려울 것 같았다.

'대관절 이 햐쿠스케를 어떤 식으로 맞이할까.'

혼다 햐쿠스케는 함께 온 나쿠라 키하치로를 돌아보고 때때로 미소를 떠올리며 기다리고 있었다. 그 또한 무골武骨로 완고한 이에야스 휘하 장수가 지닌 호탕한 기개를 지니고 있었는데……

약 4반각(30분) 정도 기다렸을 때 히데타카는 두 사람 앞에 모습을 나타냈다. 그리고는 지나칠 정도로 정중하게 최근 이에야스의 동정을 물었다.

"이번에 정말 청천벽력 같은 큰 변란이 일어나, 이 히데타카는 아직도 거취를 정하지 못하고 방황하고 있습니다. 이에야스 공은 어떻게 하고 계십니까?"

햐쿠스케는 자기가 상상했던 것과는 너무 거리가 먼 히데타카의 모습에 당황하면서, 이에야스는 이미 대군을 거느리고 아즈치에서 쿄토를 향해 진격하고 있다고 말했다.

"참으로 부럽습니다. 오랫동안 기반을 닦으신 곳이니 당연히 그러시겠지요."

"주군께서 조속히 히젠노카미 님의 안부를 여쭙고 오라는 말씀이셨습니다."

햐쿠스케는 상대의 공손한 태도에 안도하고 심한 더위에 땀을 흘리며 고개를 숙였다.

"뜻하지 않았던 이번의 대란大亂, 히젠노카미 님도 급거 쿄토로 철수하시어 복수전에 참가하실 게 틀림없겠습니다마는, 시나노 가도는 이미 봉쇄되었습니다. 우리 영지를 통과해 서쪽으로 가시는 것이 어떨지 자세히 상의하라는 주군의 말씀이었습니다."

히데타카는 정중하게 고개를 끄덕였다. 그러나 그 얼굴에는 희미하게 일그러진 미소가 떠올라 있었다.

"허어, 이에야스 공이 그런 말씀을……"

그는 아무렇지도 않다는 듯이 말하면서 얼른 미소를 지웠다.

3

코후의 성주 대리 카와지리 히데타카는 노부나가를 사표師表로 삼아 살아왔으면서도 그 진정한 정신을 소화하지 못한 면이 있었다. 노부나가의 과격한 면만은 지나칠 정도로 충분히 답습했으나 그 이상理想은 전혀 이해하지 못했다.

"이에야스 공이 그런 말씀을……"

그는 다시 한 번 같은 말을 되풀이하고, 표면적인 부드러움과는 반대로 마음속으로는 심한 분노를 억제하고 있었다.

혼다 햐쿠스케와 나쿠라 키하치로를 그는 이에야스의 자객이라 판단하고 있었다. 노부나가조차 높이 평가한 이에야스의 인물됨을 히데타카는 단지 교활하고 음흉한⋯⋯이라는 대립적인 감정으로 이해하고 있었다.

"이에야스 공은 아즈치를 향해 급거 출진하시는 바쁜 와중에도 일부러 이 히데타카를 위해 배려해주셨다는 말씀이오?"

"그렇습니다."

솔직하고 무골 일변도인 사자가 대답했다.

"서쪽의 역적을 토벌하더라도 동쪽을 지리멸렬한 채로 두면 돌아가신 우다이진 님의 뜻에 위배되는 일. 그래서 즉시 우리를 보내신 것이라 생각합니다."

"참으로 근래에 들어보지 못한 고마운 말씀이군요. 여봐라, 두 분에게 시원한 냉수를 갖다드려라. 그리고 주안상도 차려라. 우선 큰 변란 이후 세상의 모습이 어떻게 달라졌는지 이런저런 말씀을 듣고 우리도 조속히 서쪽으로 향할 방도를 강구해야겠소."

히데타카는 시동에게 명하여 주안상을 마련하게 했다.

"풍문에 따르면 아나야마 바이세츠 님은 사카이에서 철수하는 도중 누군가에 의해 살해당했다고 하던데요⋯⋯?"

"바로 그 점입니다. 저희 주군께서 히젠노카미 님의 신변을 우려하시는 것은⋯⋯"

"허어, 이에야스 공은 아나야마 님의 암살에 어떤 관련이라도 있는 듯이 보이는군요."

"그렇습니다."

햐쿠스케는 도리어 당당하게 말했다.

"우리 주군께서 타케다 가문과 관계가 깊은 아나야마 님을 특히 우다이진 님께 주선하신 것도 모두 카이의 장래가 편안하기를 원하셨기 때문이었습니다. 사카이에서 우리 주군과 같이 영내를 통과하여 철수하자고 하셨는데도 아나야마 님은 듣지 않았습니다…… 이 하쿠스케가 추측컨대 아나야마 님은 우리 주군의 마음을 의심했다…… 그래서 동행하기를 거절했으나 도리어 폭도에게 목숨을 잃었다……고 생각합니다."

카와지리 히데타카는 다시 입가에 묘한 미소를 떠올리고 고개를 끄덕였다.

'바보 같은 녀석. 묻지도 않았는데 이에야스의 속셈을 털어놓고 있다니……'

"알겠소, 알겠소이다."

히데타카는 술상이 나오자 직접 일어나서 햐쿠스케와 키하치로에게 술을 따라주었다.

"아나야마 님의 그런 선례가 있기 때문에 이에야스 님은 나더러 영내로 지나가라, 그러면 두 분이 신변을 보호해주겠다고 말씀하시는 것이로군요."

햐쿠스케는 크게 고개를 끄덕였다.

"이는 코슈를 전쟁터로 만들지 않겠다는 우리 주군의 깊은 생각에서 나온 것입니다. 어떻습니까? 신변은 맹세코 우리가 경호해드릴 것입니다만, 히젠노카미 님이 서쪽으로 가신 뒤의 이 코후의 평화유지에 대해서는 어떤 복안이라도 가지고 계신지요?"

"두 분은 내가 이 땅에서 떠나면 당장 여기가 혼란에 빠질 것이라 생각합니까?"

"그렇습니다."

햐쿠스케는 솔직히 대답했다.

4

혼다 햐쿠스케는 철두철미 솔직하기는 했으나 책략이나 의심 같은 것은 알지 못했다.

그는 카와지리 히데타카도 자기처럼 진실되게 이에야스를 믿고 있는 줄 알고 있었다. 그런 만큼 그가 하는 말은 어디까지나 미카와의 무사답게 외곬, 꾸밈도 없거니와 계략도 없었다.

"부임하신 지 얼마 안 되시어 히젠노카미 님에 대한 영민領民의 반감도 결코 적지는 않을 것입니다. 물론 아직은 각지에 타케다의 잔당도 있을 것, 그들이 히젠노카미 님의 출진을 기회 삼아 호죠와 손잡고 군사를 끌어들이기라도 하면 돌아가신 우다이진 님의 공적은 하루아침에 사라지게 됩니다. 우리 주군이 우려하시는 점은 바로 그것입니다."

카와지리 히데타카의 눈썹 언저리가 꿈틀 움직였다.

'이제는 알겠다……'

그는 자기 나름대로 단정하고 있었다.

우선 자신을 속여 이에야스의 군사를 코후 성에 들여놓고, 그런 뒤 영내로 자신을 유인하여 살해하려는 것이 분명하다……고.

인간은 항상 자신의 둥지와 닮은 구멍 속에서 사색한다. 그런 의미에서는 히데타카도 햐쿠스케도 마찬가지였다. 한쪽은 남을 지나치게 믿고 다른 쪽은 지나치게 의심하고 있었다. 그러면서도 양쪽 모두 그 사실을 깨닫지 못하는 것이 안타까웠다.

"이번 일에 대해서는……"

햐쿠스케는 흐르는 땀을 닦았다.

"이 혼다 햐쿠스케의 목숨을 버리는 한이 있어도 성사시키라는 주군의 엄명을 받고 왔습니다. 생각하시는 바가 계시다면 결코 물불을 가리지 않겠습니다."

"고마우신 말씀에 거듭 감사 드립니다. 그러나…… 워낙 뜻하지 않은 큰 변고라서 미처 생각지 못하고 있는 점이 많습니다마는……"

히데타카는 조심스럽게 말끝을 흐렸다.

"나에게 대책이 없을 경우의 지시는? 물론 이에야스 공으로부터 말씀을 들었겠지요?"

"아니, 백지입니다."

하쿠스케는 어린아이처럼 정직했다.

"히젠노카미 님과 상의하여 잘 처리하도록…… 어떻게 해야 하는지 여쭈었다가 그렇게 할 수 있는 자라고 생각했기 때문에 사자로 보내는 것이라고 도리어 꾸중을 들었습니다."

히데타카는 술잔을 놓고 팔짱을 끼었다.

'그 교활한 이에야스가 무슨 생각으로 이런 말을 하게 했을까……?'

히데타카에게는 대책이 없었다.

노부나가라는 배경이 없어지면 히데타카란 자는 성을 버리고 달아날 것이다, 그리고 살려두면 언젠가 이에야스 자신이 이 성을 손에 넣은 뒤 불만을 터뜨릴 것이다 ──이렇게 판단하고 나를 교묘히 자기 영지로 유인하여 살해하려 한다…… 이처럼 히데타카의 생각은 자신의 생사에까지 이어졌다.

"혼다 님."

"무슨 묘안이라도……"

"이것은 귀하의 말대로 서로의 생사와 관계되는 중요한 일이오."

"아니, 서로의 일만이 아닙니다. 백성의 화목, 우다이진 님의 공적과도 연결되는 대단히 중요한 일이라 생각합니다."

"그렇소! 내 말이 부적절했소…… 그토록 중요한 일이므로 나도 사나흘 동안 진지하게 대책을 강구해볼 생각이오. 두 분도 그때까지 묘안을 생각해주시오."

이렇게 말했을 때 히데타카의 각오는 이미 확실하게 정해져 있었다. 그들은 이날 가볍게 술잔을 나누었을 뿐 그대로 헤어졌다.

5

카와지리 히데타카는 당시 숫자상으로는 2,000의 군사를 거느리고 있었다. 그러나 중앙에서 노부나가라는 기둥이 쓰러지면 이 2,000의 군사도 생각하기에 따라서는 반이 되기도 하고 셋으로 갈라질 수도 있으며, 또는 다섯이나 열로도 분열될 수 있다는 것을 알고나 있을까……

어쨌든 그는 이들을 결속시켜 당장에는 이에야스의 야망을 당당하게 분쇄하리라 결심했다.

이렇게 결심하자 그 다음 일은 아주 간단했다. 이에야스의 뜻을 가지고 온 혼다 햐쿠스케와 나쿠라 키하치로를 죽이고 서쪽으로 향하려 한 자신의 생각을 단념하거나, 아니면 그 기세를 몰아 신슈 가도에서 미노로의 철수를 감행하면 그만이었다.

'나는 아나야마 바이세츠처럼 당하지는 않을 것이다……'

아나야마 바이세츠는 이에야스를 너무 믿다가 그에게 살해당한 줄로 아는 히데타카였다. 이러한 성격에서 오는 착각 또한 그의 결심을 뒷받침해주었다.

히데타카는 미츠히데가 살해된 13일, 혼다 햐쿠스케와 키하치로의 숙소로 사람을 보냈다.

"아무리 생각해도 묘안이 떠오르지 않소. 일단 성을 두 분의 손에 넘기고 도쿠가와 군에게 수비를 맡기려 하오. 물론 나는 이에야스 공의 권고에 따라 귀하의 영내를 통과하여 서쪽으로 가서 주군의 복수전에 참가하고 싶소. 내일 십사일에 성의 인계에 관해 자세히 상의하고 싶으

318

니 두 분께서 오셨으면 합니다."

같은 날, 두 사람의 숙소였던 세키스이 사積翠寺에 한 떠돌이무사가 몰래 찾아왔다.

세키스이 사는 아이카와相川와 니고리가와濁川가 시작되는 곳에 있는 요충지였다. 원래 이곳에는 타케다 일족의 산성이 있었는데, 타이에이大永 원년(1521)에 스루가의 이마가와 군이 난입했을 때 신겐의 어머니 노부토라信虎 부인이 이곳에 숨어서 신겐을 낳았다고 한다. 따라서 타케다 가문으로서는 인연이 깊은 땅이었다.

두 사람은 본당에서 떠돌이무사를 만났다.

"까닭이 있어 이름은 말하지 않겠습니다. 다만 이곳 성주 대리 카와지리 히젠노카미에게 큰 원한을 품고 있는 백성들의 동료라고만 생각해주십시오."

이렇게 전제한 뒤, 코후 성안에 두 사람을 암살하려는 계획이 있으므로 조심하라는 말을 하고, 이것을 알려주는 대신 앞으로 그가 이끄는 백성들이 봉기하여 카와지리 히젠노카미를 습격할지도 모르니 그때는 못 본 체해달라고 했다.

"우리는 절대로 도쿠가와 님을 적대시하려는 것이 아닙니다. 다만 우리들의 원한이 사무친 카와지리 히젠노카미만은 무슨 일이 있어도 이 성에서 빠져나가지 못하게 하겠습니다."

두 사람은 그 말을 듣는 정도로, 아무런 언질도 주지 않은 채 떠돌이무사를 돌려보냈다.

"이거, 예사로운 일이 아닌데."

나쿠라 키하치로가 심각하게 말했다.

"혼다 님, 좌우간 내일 방문은 중지하도록 합시다."

"아니, 그럴 수는 없는 일이오."

햐쿠스케는 생각해보지도 않고 고개를 가로저었다.

"우리가 백성의 말을 듣고 성에 가지 않았다가 만일에 그런 계획이 없었다면 어떻게 한단 말이오. 카와지리 님을 배신하고 백성의 편을 드는 셈이 됩니다. 그렇게 되면 주군의 체면이 서지 않아요."

"그러나…… 우리가 성안에서 죽는다면 개죽음이 됩니다."

"잠자코 계시오. 개죽음이란 의미 없는 죽음을 말하는 거요. 만일 그 자리에서 우리를 죽인다면 오히려 백성들의 분노가 카와지리 님께 더 쌓이게 됩니다. 카와지리 님이 그런 어리석은 일을 획책할 리 없어요. 남을 의심한다는 것은 좋지 못한 일입니다. 약속대로 나는 갈 것이오."

햐쿠스케는 전혀 키하치로의 말에 귀를 기울이려 하지 않았다.

6

일단 말을 꺼내면 물러서지 않는 것이 미카와 무사의 공통된 기질이었다. 아마도 혼다 햐쿠스케는 이에야스가 한 말을 단 하나도 어기지 않으려고 굳게 결심하고 있음이 분명했다.

"성주님은 목숨을 아까워하지 말라고 하셨소. 코후의 안위는 그대들의 어깨에 달려 있다……고도 하셨소. 나는 한 걸음도 물러나지 않을 것이오. 설령 상대가 우리를 함정에 빠뜨린다고 해도 좋아요. 진심을 다해 카와지리 님을 설득하여 무사히 철수하게 하고 코후 성을 소란 없이 우리 손에 넣어야만 합니다."

노기를 띠면 정사각형으로 보이는 얼굴이었다. 그 얼굴을 똑바로 들고 햐쿠스케가 단호하게 말했다.

나쿠라 키하치로도 역시 무섭게 고개를 저었다.

"좋소. 말리지 않을 테니 혼자 가시오."

"그럼, 그대는 가지 않겠다는 말이오?"

"안 가겠소."

나쿠라 키하치로도 상당히 화가 나 있었다.

"두 사람이 온 것은 반드시 같이 붙어다니라는 의미가 아니오. 그대 혼자 다녀오시오. 나는 그대에게 만일의 경우가 생겼을 때를 위해 대비하겠소."

"으음. 그럼, 난 혼자 가겠소. 혼자 가지만, 아무 일도 없었을 때는 나에게 무어라 사과할 생각이오?"

"그때는……"

키하치로는 자기 옆머리를 가리키며, 천연덕스럽게 말했다.

"여기를 세게 후려갈겨도 좋소."

"좋소, 부디 잊지 말도록 하시오. 햐쿠스케의 주먹은 무섭다는 것을 아시오."

이야기는 그것으로 끝났다. 이러한 분위기는 히데요시의 하타모토와는 상당히 다른 것이었다. 어딘지 모르게 익살스러운 면과 사나운 번견番犬을 연상케 하는 철저함을 느끼게 했다.

이튿날인 14일 ─

미츠히데는 이미 오구루스에서 목숨을 잃었으나 그것을 알지 못하는 혼다 햐쿠스케는 혼자 세키스이 사를 떠나 코후 성으로 향하고 있었다. 일부러 시종도 12, 3명만 거느렸을 뿐인데, 그들과도 현관에서 헤어지고 혼자 히데타카의 거실로 들어가 호탕하게 웃었다.

"실은 나쿠라 키하치로와 내기를 했습니다."

"허어, 어떤 내기를 하셨나요?"

"키하치로는 카와지리 님이 우리를 죽일 음모를 꾸민다고 하면서 동행하기를 거부했습니다."

그 순간 카와지리 히데타카의 얼굴에 당황하는 기색이 스치고 지나갔다.

"그것 참 묘한 말씀을 하시는군요. 우리는 이 성을 건네고 이에야스 공의 영내를 지나가려는 생각을 하고 있는데…… 만일 두 분을 해친다면 영내를 통과할 수 없을 텐데요."

"하하하…… 언짢게 생각지 마십시오. 키하치로에게는 의심이 많다는 것이 결점입니다. 난처할 때도 있으나 조심성이 많아 좋을 경우도 있습니다. 그래서 주군께서도 일부러 두 사람을 보내신 것이라고 생각하고 있습니다만……"

혼다 햐쿠스케는 이 자리에서도 진지하게 이에야스의 성의를 상대에게 전하려고 했다.

"이 사람이 대표로 모든 것을 협의하고 무사히 세키스이 사로 돌아가면 키하치로의 옆얼굴에 주먹을 한 대 날리겠다는 내기를 하고 왔습니다."

카와지리 히데타카는 큰 소리로 웃었다. 하지만 그 말의 이면에 숨은 뜻을 캐내지 않고는 못 배기는 것이 히데타카의 성격이었다.

"재미있는 내기이기는 하나 나쿠라 님이 가엾군요. 그런데, 대관절 그런 소문은 어디서 들으셨습니까?"

"그것은…… 폭동의 주모자인 듯싶은 어느 떠돌이무사에게 들었습니다."

햐쿠스케는 더욱 순진한 얼굴로 웃으며 다가앉았다.

7

"아니, 폭동의 주모자인 듯싶은 떠돌이무사?"

카와지리 히데타카는 그만 안색이 변하고 말았다.

"그 자의 이름이 혹시 미츠이 야이치로三井彌一郎가 아니던가요?"

"글쎄요…… 이름은 묻지 않았습니다마는…… 그 미츠이란 어떤 자입니까?"

햐쿠스케는 별로 신경을 쓰지 않았다.

"우리 주군이 신뢰하시는 카와지리 님을 그 따위 떠돌이무사의 말을 믿고 의심한다면 주군의 명에 거역하는 것, 그래서 이름도 묻지 않고 돌려보냈습니다."

"미츠이 야이치로라는 자는 일명 쥬에몬十右衛門이라고도 합니다마는, 전에 야마가타 사부로베에 마사카게山縣三郎兵衛昌景의 휘하에 있던 책략에 밝은 자로 피부가 유난히 검고 광대뼈가 튀어나왔습니다. 그리고 눈빛이 매서운……"

"옳습니다. 분명히 눈빛이 매섭고 여윈 사나이였습니다."

"으음, 역시 미츠이 야이치로로군요."

히데타카는 이렇게 말하면서 계획을 바꾸어야겠다고 생각했다.

햐쿠스케가 솔직해질수록 히데타카는 조심스러워졌다. 그도 폭동이 일어날 듯한 분위기는 깨닫고 있었다. 햐쿠스케가 이렇게까지 노골적으로 말하는 것은 그들과 폭동을 일으키려는 자가 벌써 모의하고 손을 잡은 증거라고 생각했다.

그런 입장에서 생각해보면 나쿠라 키하치로가 같이 올 리 없었다. 햐쿠스케 혼자 성에 남겨두고 키하치로는 밖에서 폭동을 지휘할 필요가 있을 것이었다

'분명히 그럴 것이다……'

그렇다면 이들 두 사람을 성에 가두고 죽이려는 책략은 소용없게 되었다.

'좋아, 그러면 두번째 책략을 써야지.'

히데타카는 손뼉을 쳐서 근시를 불렀다.

"지시했던 주안상을 이리 가져오너라. 오늘은 너희들도 동석하여라.

이것이 이 성에서의 마지막 주연이 될 것이다. 오늘을 마지막으로 성을 도쿠가와 님에게 건네드리고 우리는 급히 쿄토로 달려가 미츠히데 토벌에 참가해야 한다. 그렇지 않습니까, 혼다 님?"

햐쿠스케는 무릎을 치면서 감동했다.

"카와지리 님, 이제는 우리도 사자로 온 보람을 느낍니다. 우리 주군의 성의를 잘 이해하시고…… 이렇게…… 햐쿠스케 노부토시가 깊이 감사 드립니다."

"아니, 감사는 우리가 드려야지요. 자, 술상이 들어왔습니다. 그러나…… 나쿠라 키하치로 님의 말씀도 있고 하니 독이 들었는지 내가 먼저 시음을 하지요."

히데타카는 1홉들이 붉은 잔을 들어 깨끗이 비운 다음 햐쿠스케에게 건넸다.

"우리가 떠난 뒤 어느 군사를 먼저 성에 들여놓으실 예정입니까?"

"그것은…… 요다 노부시게와 혼다 마사노부 두 사람의 지시로 아나야마 군이 곧 오기로 되어 있는 줄 알고 있습니다."

"아나야마 군을?"

"예, 걱정하실 것 없습니다. 코후의 군사는 결코 우리 주군을 증오하고 있지 않습니다. 항상 그 땅에 전란이 일어나지 않기를 기원하시는…… 그것이 백성들에게까지 알려져 폭도들도 적대시하지 않으리라 생각합니다."

"허어, 그러면 돌아가신 우다이진 님이나 나는 증오를 받고, 그 뒤의 열매는 도쿠가와 공의 손에 들어간다는……"

히데타카는 말하다 말고 얼른 화제를 바꾸었다.

"자, 마지막 주연. 혼다 님도 우리 가신들에게 잔을."

히데타카는 먼저 햐쿠스케를 취하게 만들어놓고 나서 일을 벌일 생각인 모양이었다.

8

무사 각자의 기풍氣風처럼 정확하게 대장의 성격을 반영하는 것도 없었다.

노부나가는 항상 남의 의표를 찌르려 하고 또 충분히 그럴 수 있는 불세출의 천재였다. 그러나 기량면에서 노부나가에게 훨씬 뒤떨어진 가신이 만약 그에게 심취하여 같은 길을 걸으려 한다면 어떻게 될까?

그 점에서 히데요시는 노부나가의 장점을 취해 훌륭히 활용할 수 있는 큰 영재英才였다. 따라서 그는 현재 욱일승천의 기세로 날개를 펴고 있다. 그러나 다른 사람이 노부나가의 기품을 흉내내면 반드시 비극으로 끝날 수밖에 없다. 미츠히데의 거사에도 알지 못하는 사이에 노부나가의 영향을 받은 흔적이 보인다. 그리고 카와지리 히젠노카미 히데타카 또한 자신을 작은 노부나가에 비유하고 있는 듯했다.

아니, 그것은 단지 '노부나가의 기풍'만이 아니라 이에야스의 휘하에도 또한 '이에야스의 기풍'이 끈질기게 침투해 있었다. 혼다 햐쿠스케 노부토시의 완고함과 순박성은 이에야스 자신의 한 측면이라고 해도 좋을 것이었다. 이에야스가 '백성을 위해 평화……'를 표방하여 모든 일에서 행동의 기준으로 삼고 있듯이, 혼다 햐쿠스케는 '이에야스를 위해……'라는 이 한 가지만을 소박하게 추구하고 있었다.

햐쿠스케는 술잔을 거듭할 때마다 이에야스를 찬양하고 그 심정의 한결같음을 호소했다.

"돌아가신 우다이진 님의 마음을 남김없이 계승할 분은 저희 주군 한 사람뿐입니다."

때로는 그것이 자기 자랑으로 들릴 만큼 솔직하고 진지하게 말하기도 했다.

"돌아가신 우다이진 님은 오닌의 난 이후의 전국戰國을 종식시키는 것이 비원悲願이셨습니다. 전국의 종식을 원하는 마음은 단지 천하만을 노리는 야심가와는 하늘과 땅의 차이가 있습니다. 이것은 무인武人 본연의 면목을 바로 세우고 전력을 다해 만민을 수호하려는 마음…… 이 마음을 저희 주군이 확실하게 이어받고 계십니다."

히데타카는 건성으로 고개를 끄덕이며 계속 술을 권했다. 주연은 넉 점(오후 10시)까지 계속되었다. 햐쿠스케는 성을 인계받는 교섭이 거의 이의 없이 히데타카의 동의를 받았기 때문에 넉 점을 알리는 종소리를 듣고는 기분 좋게 자리를 떴다. 그날 밤은 성에서 묵고 이튿날 아침 세키스이 사에 있는 나쿠라 키하치로에게 사람을 보내 그 후의 일을 강구할 작정이었다.

이미 요다 노부시게와 혼다 마사노부의 별동대는 오카베 지로에몬 마사츠나를 움직여 아나야마의 옛 영지를 손에 넣고, 마사츠나는 다시 소네 시모츠케노카미 마사요曾根下野守昌世를 설득하여 코슈로 들어 갈 준비가 끝났을 것이다…… 따라서 나쿠라 키하치로로부터 연락이 있으면 이삼 일 안으로 성을 인수하고 히데타카를 무사히 떠나보낼 수 있을 것이라고 생각했다.

"수고가 많았네…… 정말 기분 좋게 취했어."

히데타카의 시동에게 안내받아 성의 남동쪽에 있는 침소에 들어갔을 때 햐쿠스케는 머리맡의 칼걸이에 칼을 걸어놓고 배를 흔들며 웃어댔다.

"나쿠라 키하치로 녀석, 이렇게 좋은 대접을 받고 있는 줄도 모르고 지금쯤은 악몽을 꾸고 있을 테지. 히데타카 님은 소문과는 달리 아주 훌륭한 분이야."

시동에게 말하고 자리에 누웠다. 시동이 모기장을 쳤을 무렵에는 이미 방안 가득히 코 고는 소리가 진동하고 있었다.

시동은 정중하게 절을 하고 물러갔다.

9

시동이 물러간 뒤 방안에서는 오로지 코 고는 소리만이 들려왔다.

낮의 무더위에 비하면 계절이 바뀌기라도 한 듯 서늘하고 모기도 거의 없었다. 만취한 채 잠들었던 혼다 햐쿠스케는 얼마 지나지 않아 이부자리를 걷어찼다.

"혹시 목이 마르실 것 같아 냉수를 가져왔습니다마는……"

두번째로 들어온 것은 젊은 시녀였다. 그녀는 햐쿠스케의 베갯맡에 물병을 놓고는 가만히 모기장을 쳐들고 흰 얼굴을 안으로 들여놓았다.

"저어……"

공손히 두 손을 짚고 다시 한 번 불렀으나 대답이 없었다. 당시에는 손님의 침소에 여자를 들여보내는 것이 관습이었다. 햐쿠스케가 눈을 떴더라면 아마도 그런 여자라고 생각했을 것이다. 시녀는 당혹스러운 듯 잠시 햐쿠스케의 자는 모습을 내려다보고 나서 모기장 밖으로 나와 발소리를 내지 않고 조용히 복도 너머로 사라졌다.

이번에는 침소 위쪽에서 반쯤 무장한 두 사람, 아래쪽에서도 두 사람의 검은 그림자가 나타났다. 두 사람은 창을 들고 두 사람은 칼을 뽑아 들고 있었다.

"음, 정신없이 곯아떨어졌군."

한 사람이 작은 소리로 말하고 다른 세 사람에게 턱으로 신호를 보냈다. 세 사람은 고개를 끄덕였다. 그리고는 세 방향에서 몸을 구부리고 모기장으로 다가갔다. 두 사람은 창, 한 사람은 칼을 들고 있었다. 나머지 한 사람은 안이 들여다보이는 위치에 서서 세 사람이 세 방향으로 움직이는 것을 바라보고 있었다.

물론 이들만이 햐쿠스케를 암살하려는 자의 전부는 아니었다. 두번째 습격대의 그림자는 툇마루에 매복해 있었고, 30명 남짓한 세번째 습격대는 정원에서 포위하고 있었다.

카와지리 히데타카의 생각은 혼다 햐쿠스케를 죽이고, 날이 밝으면 세키스이 사에 사람을 보내 햐쿠스케의 이름으로 나쿠라 키하치로를 불러들이는 것이었다. 키하치로가 나타나면 그를 죽이고, 그것을 신호로 하여 성을 버릴 계획이었다.

그 계획은 이미 9할 9푼까지 성공한 것이나 다름없었다.

셋으로 나누어진 습격자 중 두 사람은 힘차게 창을 꼬나들고 한 사람은 칼을 높이 쳐들고 있었는데도 아직 방안에서는 똑같은 간격을 두고 코 고는 소리가 들려왔다.

복도에 남아 있던 지휘자가 손을 쳐들었다.

"공격!"

그 순간 모기장의 줄이 끊어지고 두 사람의 창이 어슴푸레한 등불 밑에서 햐쿠스케를 향해 뻗었다.

"아앗."

야수가 울부짖는 것 같은 고함소리가 끈이 잘린 모기장 안에서 터져나왔다.

"어떤 놈이냐, 이름도 밝히지 않다니 비겁하다."

대답 대신 두번째 창이 내질러졌다.

"으음……"

이번에도 비명이 아니라 분노에 타는 울부짖음이었다.

모기장이 파도처럼 물결치고 그 한쪽에서 햐쿠스케의 굵은 팔이 나타났다. 칼걸이의 칼을 움켜쥐려는 것이었다. 그 팔이 뻗쳤을 때 복도에 있던 그림자가 안으로 뛰어들어왔다.

"얏!"

흰 칼날이 비스듬히 움직이는 순간 팔이 몸에서 떨어져나가고 붉은 피가 소리를 내며 주위에 뿌려졌다.

10

"웬 놈이냐!"

과연 백전노장의 혼다 햐쿠스케였다.

오른팔이 잘리는 순간 번개처럼 모기장 밖으로 뛰어나와 왼손으로 칼을 잡았다.

두 개의 창이 괴물처럼 뒤얽혔다.

"덤벼라!"

외치는 것과 동시에 칼집을 입에 물고 칼을 뽑은 햐쿠스케의 왼손이 뒤를 후려쳤다.

"앗!"

창을 든 한 사람이 비틀거리고 한 사람은 뒤로 물러났다.

"햐쿠스케……"

복도에서 뛰어들어 팔을 벤 자가 칼을 겨눈 채 비웃었다.

"어떠냐, 나를 알아볼 수 있느냐?"

햐쿠스케는 오른팔을 잘린 것말고도 창에 가슴이 찔려 있었다. 그런데도 아직 의식은 분명했는지 상대를 알아보았다.

"네놈은 히데타카로구나."

"하하하……"

히데타카는 큰 소리로 웃었다.

"이에야스의 속셈은 네 입을 통해 모두 들었다. 이 히데타카를 죽이고 코슈와 신슈를 손에 넣겠다고. 하지만 그리 쉽게 뜻대로는 되지 않을 것이다."

"아니다! 그런 것이 아니다!"

"이 히데타카를 어수룩하게 본 모양인데, 이래뵈도 돌아가신 우다이진 님의 눈에 들어 이곳에 온 사나이야. 이제부터 네 이름으로 나쿠라 키하치로를 불러다 죽인 뒤 일단 쿄토로 철수했다가 이에야스 토벌의 군사를 거느리고 나타날 것이다. 그때는 다시……라고 말하고 싶지만 이미 너는 상처가 깊어 살아남지 못할 것이니, 하다못해 너보다 뛰어난 자가 있었다는 사실만이라도 저승의 선물로 가져가거라."

"아니다! 그런 게 아니야, 히데타카……"

일단 모기장 밖으로 나오기는 했으나 그때 이미 햐쿠스케는 서 있을 기력도 없어 핏속에 털썩 무릎을 꺾고 주저앉았다.

"그러면 네 목숨이 없어진다."

"뭣이, 내 목숨이 없어진다고? 헛소리하지 마라."

"헛소리가 아니다. 시나노 가도는 이미 봉쇄되어 있다. 나를 죽임으로써 주군의 영지를 통과하지 못하게 된다면 너 스스로가 나갈 길을 막는 것이 된다. 나를 죽이는 것은 좋다…… 나를 죽였다고 원망하지는 않겠다…… 그러나 우리 주군의 진심만은 의심하지 마라."

"하하하…… 할말은 그것뿐이냐, 햐쿠스케?"

"아직도 믿지 않는구나. 아아, 답답하다……"

"더 이상 할말이 없다면 무사의 정으로 카이샤쿠를 해주겠다."

"히데타카, 다시 한 번 말한다. 우리 주군을 의심하여 스스로 목숨을 떨구는 짓은 하지 마라. 들었느냐, 히데타카…… 내 말을 들었느냐, 히데타카…… 아아, 이미 눈이 보이지 않는군. 내 말이 들리느냐? 나를 죽이는 것은 원망하지 않을 테니 히데타카, 의심하지 마라…… 의심하지 마라……"

창을 든 자도 이 엄숙한 장면에 압도되어 감히 찌르지 못하고 햐쿠스케를 바라보고만 있었다. 이에 히데타카가 성큼성큼 다가가 아무 말도 없이 칼을 휘둘러 햐쿠스케의 목덜미를 내리쳤다.

"으으……"

햐쿠스케는 칼을 떨어뜨렸다. 그리고 이미 잘려나간 자신의 팔 위에

푹 쓰러졌다. 아직도 무슨 말을 하려는 듯 심하게 입을 경련시키고 있었다.

바로 그때 멀리서 이상한 소리가 들리기 시작했다.

"와아."

그것은 땅울림도 아니고 바람소리도 아니었다.

"아룁니다."

그와 함께 복도에서 달려온 검은 그림자가 황급히 히데타카 앞에 꿇어엎드렸다.

11

히데타카도 이미 그 이상한 소리를 들었던 모양인지, 피묻은 칼을 늘어뜨린 채 근시를 돌아보았다.

"무슨 일이냐?"

"예, 폭동을 일으킨 자들인 것 같습니다. 한 떼는 니고리가와 강변에서, 다른 패는 다이센 사大泉寺 숲에서 멍석 깃발을 들고 달빛 속에서 함성을 지르며 이 성을 향해 쳐들어오고 있습니다."

히데타카는 칼을 지팡이 삼아 비틀거리는 몸을 겨우 지탱했다. 혼다 햐쿠스케와 나쿠라 키하치로 사이에 사전협의가 있었던 거라 생각했다.

"늦었구나."

그는 한숨을 쉬었다.

"사방의 문을 굳게 지켜라. 폭도를 한 발짝도 들여놓지 마라. 으음, 이에야스 놈이……"

찢어질 듯 입술을 깨물고 치를 떨었다.

카와지리 히데타카의 생각으로는 이들 폭도의 습격도 이에야스의 음험한 책략에서 나온 것이라고밖에는 해석할 수 없었다.

그 무렵 이에야스는 아직 오와리에 있고, 나쿠라 키하치로는 혼다 햐쿠스케의 신변을 걱정하면서 세키스이 사에 있었기 때문에 이 폭도와는 직접적인 관계가 있을 것 같지 않았는데도……

간접적인 관계라면 충분히 있을 수 있었다. 아니, 그보다도 이것은 노부나가와 이에야스의 인생관이나 성격의 차이가 노부나가의 사후에 뚜렷하게 대립을 나타내 보인 것이라고 해도 좋았다.

노부나가는 타케다 가문의 유신에 대해 철저한 엄벌주의로 임했다. 끝까지 '힘'을 믿고 이를 내세워 전란을 종식시키려 한 노부나가의 뜻이, 때로는 카와지리 히데타카와 같은 가신에 의해 더욱 경솔하게 왜곡되어 가차없이 살육하는 잘못으로까지 번져나갔다.

이렇게 되자 이에야스는 그 신앙으로나 성격으로도 잠자코 있을 수 없었다.

노부나가가 신봉하는 '힘'의 한계를 그는 알고 있었다. 아나야마 바이세츠를 노부나가에게 애걸하여 살려준 것도, 현재 전력을 다해 코슈의 토착민 진무鎭撫에 임하고 있는 요다 노부시게, 몬나 사콘門奈左近, 오카베 마사츠나, 하지카노 노부마사初鹿野信昌, 오바타 마사타다小幡昌忠 등을 일부러 노부나가의 눈에서 멀어지게 한 것도 교묘한 정략의 하나이기는 했으나, 한편으로는 그의 할머니, 어머니로부터 면면히 이어져온 소박한 불심佛心의 발로이기도 했다.

'대항하지 않는 자는 해치지 않는다……'

노부나가와 이에야스 두 사람의 차이가 이 땅에 저마다 파동을 불러일으켜, 혼다 햐쿠스케가 살해당한 날 밤에 코후 성으로 밀어닥쳤다.

카와지리 히데타카는 근시에게 명령을 내리고 자기도 거실로 들어가 무장하고 성문으로 달려갔다. 성안에는 2,000 이상의 군사가 있었다. 오합지졸인 폭도 따위는 무장할 시간만 벌 수 있다면 대번에 무찌를 수 있다고 생각했다.

히데타카가 성문으로 달려나왔을 때는 폭도의 선두도 벌써 성문 너머에 도달해 있었다.

"오다 가문의 성주 대리 카와지리 히젠노카미 님은 어디 계시오? 계시다면 앞으로 나오시오."

밖에서 들리는 소리를 듣고 히데타카는 손에 들었던 언월도偃月刀로 땅을 탕 굴렀다.

"카와지리 히젠노카미 히데타카는 여기 있다. 바로 네가 폭도의 우두머리냐?"

"그렇소."

그 음성은 의외일 정도로 조용했다.

"전에 야마가타 사부로베에의 가신이었던 미츠이 야이치로요."

12

"음, 교묘히 포위망을 벗어나 마침내 어리석은 백성들을 선동했구나. 그런 미츠이 야이치로가 이 히데타카에게 새삼 무슨 용건이 있단 말이냐?"

감정이 격앙된 히데타카의 음성과는 반대로 밖에서 들리는 미츠이 야이치로의 목소리는 더욱 맑고 조용했다.

"카와지리 히젠노카미 님이라면 안심하시오."

야이치로는 이렇게 말하고 웅성거리는 주위를 진정시켰다.

"오늘 밤 이 성에 햐쿠스케 노부토시 님이 혼자 손님으로 오셨을 것입니다. 햐쿠스케 님을 이리 모시고 오십시오."

"뭐……뭣이! 혼다 햐쿠스케를 데려오면 어떻게 하겠느냐?"

"노부토시 님에게 드릴 말씀이 있습니다."

"건방지다, 폭도인 주제에……"

말하다 말고 히데타카는 생각을 바꾸었다.

"햐쿠스케 님은 조금 전까지 주연에 참석하셨기 때문에 지금 깊이 잠들어 계시다. 귀한 손님이므로 함부로 폭도 앞에 모시고 나올 수는 없다. 말하여라, 무엇을 묻고 싶으냐?"

"만나게 할 수 없다면……"

밖에서는 약간 망설이며 생각하는 기색이었으나 곧 말이 이어졌다.

"좋소, 말하리다. 이 성을 인도하기 위한 회담에서 어떤 결정이 났는지 그것이 알고 싶소. 물론 다른 사람의 입을 통해서가 아니오. 직접 노부토시 님으로부터 듣고 싶소."

"성은 아나야마 군이 도착하는 즉시 인도하고 나는 도쿠가와 님의 영지를 통과하여 쿄토로 철수할 것이라고 한다면 어떻게 하겠느냐?"

"노부토시 님의 입으로 직접 그 말을……"

순간 히데타카의 갑옷이 덜컥 소리를 내고 떨렸다.

"그것은…… 그것은…… 나쿠라 키하치로의 명령이냐?"

"당치도 않은 말이오. 우리 동지들이 이마를 맞대고 상의한 결과일 따름이오."

"만나게 해주지 않겠다면?"

"유감스러운 일이지만, 그때는 이미 노부토시 님이 살해당한 것으로 알고 행동하겠소."

"무엇이 어째!"

어느 틈에 성안에서도 밖의 둑 밑에서도 모닥불이 밝혀져 불꽃이 밤하늘을 장식했다.

히데타카는 근시가 끌어온 말의 눈에 빨간 불길이 가득 비치는 것을 보는 순간 불안과 분노가 동시에 치밀어올랐다.

'이거 너무 조급했는지 모른다……'

그러나 이미 햐쿠스케는 시체로 변해 있었다.

"안 된다. 그런 협박에…… 겁을 먹고 만나게 해준다면 무사로서 이 히젠노카미의 체면이 서지 않는다. 무력에 호소하는 한이 있더라도 그 요구는 받아들일 수 없다."

순간 바깥이 조용해졌다.

단순한 오합지졸만은 아닌 것 같았다. 타케다의 잔당이 철저히 무리들을 통솔하고 있는 모양이었다. 잠시 동안 알아들을 수 없는 속삭임이 계속되었다.

"성안에 있는 무사들에게 고하겠다."

이번에는 야이치로의 목소리가 아니라 굵직하고 거친 목소리였다.

"우리는 만일에 혼다 노부토시 님이 살아 계시다면 그 지시에 따라 카와지리 히젠노카미를 눈감아줄 생각이었다. 그런데 혼다 님을 만날 수 없다면 더 이상 말하지 않겠다. 내일 중으로 이 성을 빼앗고 히젠노카미의 목을 베어 쌓였던 원한을 풀겠다. 성안에도 타케다 가문과 인연이 있는 무사가 많이 있을 것이니 그대들은 이 성을 버리고 몸을 숨기도록 하라. 잘 기억하라, 앞으로 하루뿐이다."

그 소리에 성안은 쥐 죽은 듯 조용해졌다.

13

카와지리 히데타카가 미친 듯이 웃기 시작했다.

"천치 같은 녀석…… 이 히젠노카미가 그렇게 호락호락 폭도들에게 성이나 목을 내놓을 줄 아느냐? 왜 앞으로 하루라고 했느냐? 어째서 당장 싸움을 걸어오지 못한다는 말이냐……?"

큰 소리로 외치고 문득 귀를 기울였다. 그 말대로 폭도들은 숙연히 물러가고 있었다.

'공격해나갈까……'

히데타카는 이렇게 생각하다가 강하게 고개를 가로저었다.

지형에 밝은 폭도들을 야간에 공격한다는 것은 어리석기 짝이 없는 일이었다.

성안에는 아직 햐쿠스케가 죽은 줄 모르는 그의 시종도 있었다. 그들이 소란을 일으켜 불이라도 지르는 경우에는 그야말로 수습할 수 없는 혼란에 빠지게 될 것이다.

"엄히 감시하도록."

히데타카는 이렇게 명하고 거실로 향하면서 몇 번이나 혀를 찼다. 이 상하게도 일이 꼬인 기분이어서 어디서부터 손을 써야 할지 망설이게 되었다.

이에야스와 나쿠라 키하치로, 미츠이 야이치로가 밀접히 연결되어 있다고 생각되면서 혼다 햐쿠스케의 죽은 얼굴까지도 몹시 마음에 걸렸다.

'그렇다, 우선 햐쿠스케의 시종들을 죽이지 않으면……'

폭도들이 어떻게 나올지 알 수 없었다. 그러나 무엇보다 성안에서 내응하는 자가 나오는 것을 가장 경계해야 했다.

그는 거실로 돌아와 갑옷도 벗지 않고 생각에 잠겼다.

조금 전의 소란으로 시종들도 모두 잠에서 깨었을 것이 분명했다. 새삼스럽게 술대접을 하는 것도 이상한 일이고, 술이 깨었다면 더욱 처치하기가 까다롭기도 하고……

"그렇다, 속여서 감옥에 집어넣는 것이 좋겠다. 성밖이 시끄러우니 햐쿠스케 님의 옆방에서 숙직하라고 하면 아무도 의심하지 않고 따라

나설 것이다."

계획대로 성공했다는 보고를 들었을 때 그는 비로소 갑옷을 입은 채 자리에 누웠다.

피로가 심했기 때문에 눈을 떴을 때는 벌써 해가 높이 떠오르고 갑옷이 땀으로 흠뻑 젖어 있었다.

"좋아, 생각은 정해졌다. 달이 뜰 것이니 저녁 무렵에 문을 열고 나가겠다. 그리고 방해하는 자를 무찌르면서 밤길을 걸어 시나노 가도에서 미노로 나가면 될 것이다. 깃발은 혼다 햐쿠스케의 것을 내걸고 햐쿠스케가 대열 가운데 있는 것처럼 하는 게 좋다…… 식량은 도중에 조달하도록 해야. 결심은 섰다!"

먼저 세수를 하고 입안을 가신 뒤 그 물을 확 정원을 향해 내뱉었다. 그리고는 가슴을 두드리면서 뒤에 대령하고 있는 코난도小納戶°인 근시에게 말했다.

"여자들이 오지 않기를 잘 했어. 식사가 끝나거든 곧 중요한 사람들을 큰방에 집합시켜라. 이번 철수에는 뛰어난 솜씨가 필요해."

그때 이미 히데타카의 운명은 자신의 눈이 닿지 않는 곳에서 정해져 있었다.

그가 유유히 큰방으로 갔을 때 당연히 100명이 넘는 무사들이 모여 있을 줄 알았던 그의 눈앞에는 겨우 18명의 군사들이 있을 뿐이었다.

"어떻게 된 일이냐? 어서 불러들여라. 여느 때와는 다르다."

"황송합니다마는."

어렸을 때부터 히데타카를 섬겨온 우두머리 시동인 후쿠다 분고福田文푬가 머리를 조아렸다.

"다른 사람들은 모두 오늘 새벽에 성문을 열고 사라져버렸습니다."

"뭣이…… 사라졌어?"

분고는 머리를 조아린 채 울음을 터뜨렸다.

14

"울고 있으면 내가 어떻게 알겠느냐. 무엇이 불만이어서 사라졌다는 말이냐?"

히데타카는 큰 소리로 분고에게 묻는 순간 섬뜩한 기분이 들었다.

굳이 물을 필요까지도 없는 일이었다. 성안에 폭도와 내통하는 자가 있었던 것이 분명했다. 그리고 이들의 판단으로는 히데타카에게 승산이 없었다……

나머지 열여덟 명은 모두 고개를 떨구고 말이 없었다.

잠시 후 분고가 겨우 입을 열었다.

"사라질 때 누군가가 감옥을 부수고 혼다 님의 시종들을 데리고 갔습니다."

"뭐, 햐쿠스케의 부하들을 데리고 도망갔어?"

"예. 남아 있는 사람은 시동들을 합쳐도 팔십여 명. 모두 죽음을 결심하고 있습니다. 주군도 이제 결정을 내리십시오."

"그 말은 나더러 할복하라는 뜻이냐? 그럴 수는 없다!"

히데타카는 크게 외쳤으나 다음 말이 나오지 않았다. 너무도 뜻하지 않은 일이 연속되는 바람에 분노만이 앞서고 생각이 그 뒤를 따르지 않았다.

온몸을 부들부들 떨면서 히데타카는 잠시 동안 천장을 노려보고 있었다. 오늘도 무더위가 심하여 바람이 통하지 않는 큰방은 숨막힐 듯이 조용했고 곰팡이 냄새까지 나고 있었다.

"자결은 하지 않을 것이다. 자결은 하지 않는다."

"그러면 이 인원으로 성을 베개 삼아 일전을 벌이시겠습니까?"

"물론이다. 남은 인원은 소수이지만 모두 나와 죽음을 같이하기로 결심한 자들이 아니냐. 헛되이 죽어서야 쓰겠느냐. 좋아, 이 인원으로 이에야스 놈에게 매운 맛을 보여 우리의 근성을 과시하겠다."

지금으로서는 깨끗이 자결할 것인가, 패하여 죽을 각오를 하고 완강히 싸울 것인가 양자택일의 방법밖에 없었다. 히데타카는 이에야스에 대한 증오에 불타 후자를 택했다.

80여 명을 4개조로 나누어 밤이 되기를 기다렸다가 각각 문 앞에 모닥불을 피우고 기세를 올릴 것이었다.

"도망간 자들은 남아 있는 사람의 수를 알지 못해 섣불리 쳐들어오지 못할 것이다. 그때 이 히젠노카미가 강구한 비책대로 한다."

그는 목소리를 낮추어 그 비책을 모두에게 말했다. 폭동의 주동자 미츠이 야이치로에게, 히데타카가 자결했으니 목을 건네겠다고 하면서 성안으로 유인하여 죽여버리면, 나머지는 농부나 상인들이므로 겁을 먹고 흩어진다는 것이었다.

"잘 듣거라. 많은 사람이 난입하면 오다 가문의 성주 대리 카와지리 히젠노카미의 목을 건네줄 수 없다, 다섯 명만 들어오너라, 그러면 우리는 목과 성을 넘기고 정연히 성문을 나설 것이다…… 이렇게 말하면 이 성을 불태우기 싫어서 반드시 함정에 빠질 것이다. 그때를 기다렸다가 한칼에……"

그의 말에 따라 성안에 남은 80여 명은 각각 성문 앞에 장작을 쌓아놓고 밤이 되기를 기다렸다.

"아마 폭도들은 밤에 나타날 것이다. 그때까지 한잠 자야겠다."

히데타카는 준비가 끝난 것을 확인하고 거실에 들어가 누웠다. 모기가 많아 모기장 안에서 얼마쯤 잤을까. 당황하며 달려오는 발소리가 들렸다.

"성주! 성주는 어디 있느냐……?"

깜짝 놀라 일어났을 때, 히데타카는 죽창이 눈앞을 스치는 것을 보았다. 그는 얼른 이불을 걷어차고 맨발로 정원에 내려섰다.

"와아!"

뒤에서 함성을 지르며 다가오는 사람들, 그들은 어디서 성으로 들어왔을까. 틀림없는 폭도의 무리였다……

15

"폭도들아, 가까이 오지 마라!"

히데타카는 돌에 걸려 비틀거리면서 도망쳤다.

이미 달이 떠올라 주위는 대낮처럼 밝았다. 더구나 당황한 나머지 칼도 들지 못하고, 물론 무장도 하지 못한 채였다.

"어디로 들어왔느냐? 기다려, 기다리지 못하겠느냐!"

히데타카는 작은 젖꼭지나무 주위를 사냥개에 쫓기는 토끼처럼 두 번 돌았다. 그리고는 그곳을 떠나는 순간 오른쪽 허벅지에 빨갛게 달군 인두로 찔린 듯한 통증을 느꼈다. 누군가의 죽창이 무섭게 살에 파고든 것이었다.

"으……"

히데타카는 나직이 신음하고 잔디 위에 쓰러졌다.

아무래도 납득이 가지 않았다. 지금 어떻게 폭도가 이 안뜰에까지 침입한 것일까?

어느 문이든 지시했던 대로 피워놓은 모닥불의 빨간 불길이 달빛 속에서도 환했다.

히데타카가 쓰러지자 5, 6명이 한꺼번에 달려들었다.

"가까이 오지 마라, 무엄한 놈들아."

"무엇이 무엄하다고? 이 짐승 같은 놈이!"

"머리채를 잡아 끌어내라."

"밟아라, 밟아. 죽여버려라."

"너무 빨리 죽이지 마라. 좀더 고통스런 맛을 보여줘야 한다."

죽창 끝으로 겁을 주는 자, 발로 걷어차는 자, 머리채를 끌어당기는 자…… 이때 한 사람이 칼을 늘어뜨리고 숨을 몰아쉬면서 다가왔다.

"잠깐! 잠깐 기다리시오, 여러분……"

미츠이 야이치로였다.

"카와지리 히젠노카미 님, 약속대로 그 목을 받으러 왔소."

"뭐, 약속……?"

"그렇소. 다섯 사람만을 입성시켜 목을 내주라고 오늘 낮 모두에게 명을 내리지 않았소?"

"으……으음, 어디서 그런 말을 들었느냐?"

"무사답게 할복하지 않는 그대에게 정이 떨어져, 팔십여 명 중에서 이탈한 사람으로부터 들었소."

"뭣이, 또 도망친 자가 있다는 말이냐?"

"예. 놀라지 마시오. 오십여 명이 싸우기 전에 이탈하고 지금 이 성에는 그대말고는 스물두 명…… 아니, 그 가운데 여덟 명은 그대를 위해 장렬하게 순사殉死하고 나머지는 부상을 당해 항복했소."

히데타카는 무슨 말을 하려 했으나, 말이 되어 나오지 않았다.

'이 얼마나 믿지 못할 놈들이란 말인가…… 아니, 이에야스의 달콤한 미끼가 그들을 배신하게 만들었을 것이다.'

"히젠노카미 님."

야이치로가 말했다.

"백성이 있어야만 성주도 있소. 백성이란 성주가 마음대로 죽여도 좋은 노리개가 아니오."

"모……모……모른다!"

"마지막으로…… 이 와키자시脇差°로 깨끗이 자결하시오."

미츠이 야이치로는 약간 감상적인 어조가 되어 달을 쳐다보았다.

"저 달과 같은 마음으로 한발 앞서 간 가신들의 뒤를 따르시오. 이 야이치로가 카이샤쿠하겠습니다."

히데타카는 자기를 둘러싼 증오에 불타는 죽창의 포위 속에서 조용히 와키자시를 집어들었다.

—11권에서 계속

《 일본의 시대 구분 》

	죠몬繩文 시대
기원전 3C	
	야요이彌生 시대
기원후 3C	
4C 초	
	코훈古墳 시대
6C 말(592)	
	아스카飛鳥 시대
710	
	나라奈良 시대
784	
794	
	헤이안平安 시대
1192	
	카마쿠라鎌倉 시대
1333	
1336	
	난보쿠쵸南北朝 시대
1338	
	무로마치室町 시대
1392	
1467	
	센고쿠戰國 시대
1568	
1573	
	아즈치·모모야마安土桃山 시대
1598	
1603	
	에도江戶 시대
1867	
	메이지明治 시대
1912	
	타이쇼大正 시대
1926	
	쇼와昭和 시대
1989	
	헤이세이平成 시대

《 도요토미 히데요시 가계도 》

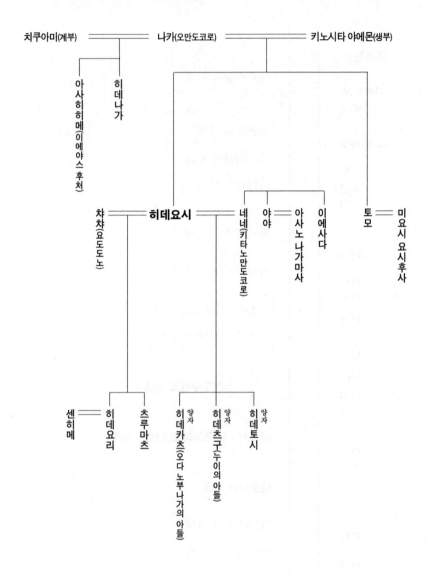

치쿠아미(계부) ——————— 나카(오만도코로) ——————— 키노시타 야에몬(생부)

아사히히메(이에야스 후처)

히데나가

챠챠(요도도노) ——————— 히데요시 ——————— 네네(키타노만도코로)

야야 —— 아사노 나가마사

이에사다

토모

미요시 요시후사

센히메 —— 히데요리

츠루마츠

히데카츠(오다 노부나가의 아들) 양자

히데츠구(누이의 아들) 양자

히데토시 양자

═══ 부부 관계

┌─┐ 형제 관계

344

≪ 키요스 회의 직후의 이에야스 가신단 ≫

◆ — ( )안은 관직명이나 통칭

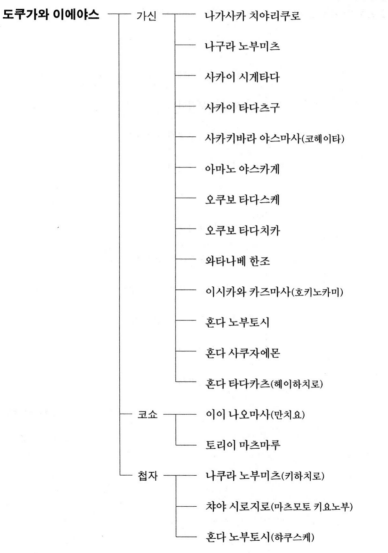

도쿠가와 이에야스 ┬ 가신 ┬ 나가사카 치야리쿠로

├ 나구라 노부미츠

├ 사카이 시게타다

├ 사카이 타다츠구

├ 사카키바라 야스마사(코헤이타)

├ 아마노 야스카게

├ 오쿠보 타다스케

├ 오쿠보 타다치카

├ 와타나베 한조

├ 이시카와 카즈마사(호키노카미)

├ 혼다 노부토시

├ 혼다 사쿠자에몬

└ 혼다 타다카츠(헤이하치로)

├ 코쇼 ┬ 이이 나오마사(만치요)

└ 토리이 마츠마루

└ 첩자 ┬ 나쿠라 노부미츠(키하치로)

├ 챠야 시로지로(마츠모토 키요노부)

└ 혼다 노부토시(햐쿠스케)

《 야마자키 전투시 히데요시 가신단 》

◈─ ( ) 안은 관직명이나 통칭

도요토미 히데요시 ── 나카가와 키요히데

── 나카무라 카즈우지

── 니와 나가히데

── 오다 노부타카

── 이케다 노부테루(츠네오키)

── 카미코다 마사하루

── 카토 미츠야스

── 칸베 노부타카

── 쿠로다 요시타카(칸베에)

── 키무라 하야토(지로자에몬)

── 타카야마 나가후사(우콘)

── 하시바 히데나가

── 호리 히데마사

── 병력 30,000

◎ 야마자키 전투시 미츠히데 가신단 ◎

◈ ─ ( ) 안은 관직명이나 통칭

아케치 미츠히데 ┬── 나미카와 카몬

├── 마츠다 마사치카(타로자에몬)

├── 마츠다 마사코

├── 미마키 카네아키(산자에몬노죠)

├── 미야케 후지베에

├── 사이토 토시미츠

├── 스와 히다노카미

├── 시바타 겐자에몬

├── 아베 사다유키

├── 이세 사다오키(요사부로)

├── 츠다 노부하루(요사부로)

└── 후지타 유키마사

── 병력 16,000

《 주요 등장 인물 》

나야 쇼안納屋蕉庵

젊었을 때 이름은 타케노우치 나미타로. 필리핀, 마카오 등지의 여행을 통해 사카이의 거상으로 성장한다. 사카이에 온 이에야스를 만나 이에야스의 어머니인 오다이와의 인연을 상기하며 아케치 미츠히데의 모반을 예견한다. 이후에도 이에야스를 옹호하는 발언을 종종한다.

도쿠가와 이에야스徳川家康

사카이를 여행하다가 아케치 미츠히데의 모반 소식과 오다 노부나가 부자의 사망 소식을 듣고, 노부나가와 함께 자결하겠다는 거짓 소문을 퍼뜨린 후 가신들과 함께 이가를 넘어 서둘러 미카와로 돌아온다. 이후 아케치 미츠히데를 토벌하기 위한 전투인 야마자키 전투에서는 전투에 직접 참가하지 않고, 아케치 토벌의 주도권을 히데요시에게 넘긴 채 일본 동부 지방의 세력 확대에 힘쓴다.

모리 테루모토毛利輝元

츄고쿠 공략에 나선 하시바 히데요시의 공격으로 빗츄 타카마츠 성이 포위되자 타카마츠 성의 장수인 시미즈 무네하루의 자결을 조건으로 화의를 맺는다. 이후 히데요시에 소속되어 히데요시 수하의 다이묘 중 최대의 영지를 소유한다.

시바타 카츠이에柴田勝家

관직명 슈리노스케. 오다 가의 가신으로 혼노 사의 변 후, 키요스 회의에서 노부나가의 셋째아들인 노부타카를 천거하지만, 히데요시의 교묘한 책략과 자신이 아케치 토벌에 직접 참가하지 못한 약점 때문에 히데요시가 천거한 산보시로 후계가 결정된다. 이로 인해 히데요시와의 불화가 표면화된다.

아나야마 바이세츠穴山梅雪

통칭 뉴도. 이에야스와 함께 사카이에서 여행을 하다가 혼노 사의 소식을 듣고 급히 자신의 영지로 돌아오는 도중 산적들을 만나 죽임을 당한다. 그의 죽음은 다른 길을 택해 미카와로 돌아오는 이에야스를 지켜주는 역할을 한다.

아케치 미츠히데明智光秀

관직명 코레토 휴가노카미. 혼노 사에서 주군 노부나가를 공격하여 노부나가가 자살하게 만들고, 쿄토에서 권력을 장악하지만 이후 벌어진 야마자키 전투에서 히데요시의 공격을 받고 도망치던 중, 오구루스에서 토민들에게 살해된다.

안코쿠지 에케이安國寺惠瓊

혼노 사의 변이 일어나기 10년 전부터, "노부나가의 시대는 당분간 계속 되겠지만, 그 후 운명이 바뀌어 히데요시가 천하를 쥘 것이다"라고 예언 하였다. 혼노 사의 변이 일어날 무렵에는 승려의 신분으로 모리 가에 소 속되어 있었는데, 츄고쿠 공략에 나선 히데요시를 타카마츠 성에서 맞 아 모리 가와의 화의를 교섭하는 역할을 맡는다. 훗날에 히데요시의 신 하가 된다.

오다 노부나가織田信長

관직명 우다이진. 천하 제패를 눈앞에 두고 혼노 사에서 연회를 하다 자 신의 가신인 아케치 미츠히데의 배신으로 아들과 함께 자살한다.

이케다 노부테루池田信輝

이케다 츠네오키라고도 불리며, 출가하여 쇼뉴라는 이름을 사용한다. 노부나가의 가신으로 혼노 사의 변 후 5,000의 군사를 이끌고 히데요시 군에 합류하여 야마자키 전투에서 공을 세운다. 키요스 회의에도 히데요시, 시바타 카츠이에, 니와 나가히데와 함께 참가하여 히데요시의 손을 들어준다.

챠야 시로지로茶屋四郎次郎

도쿠가와 이에야스의 가신. 표면적으로는 쿄토와 사카이 등지를 다니며 도쿠가와 가문의 옷감 및 물품을 조달하는 임무를 맡지만, 실재 그는 쿄 토와 사카이 방면의 첩보를 담당하고, 이곳의 소식을 도쿠가와에게 알 리는 일종의 첩자다.

츠츠이 쥰케이筒井順慶

야마자키 전투에서 관망의 태도를 취하다 아케치 미츠히데를 배신하고 하시바 히데요시에게 붙었다 하여 훗날에 기회주의자의 대명사라는 오명을 쓰게 된다.

코노미木の實

나야 쇼안의 양녀. 이에야스의 어머니인 오다이의 오빠 미즈노 노부모토의 손녀로 이에야스와는 친척 관계이다. 사카이로 여행 온 이에야스를 만나 이에야스에게 호의적인 생각을 갖게 되고, 아버지인 나야 쇼안과 함께 사카이에서 꾸준히 이에야스를 옹호한다.

키쿄桔梗

아케치 미츠히데의 차녀로 가라시아라는 세례명으로 유명하다. 키쿄를 처음 본 노부나가는 "아니, 또 하나의 노히메가 여기 있군!"하고 그녀의 미모에 감탄했다고 한다. 텐쇼 6년(1578)에 호소카와 타다오키와 결혼하고, 혼노 사의 변이 일어나자 아케치 미츠히데의 딸이라는 이유로 탄바 미도노에 유폐된다.

하세가와 히데카즈長谷川秀一

통칭 치쿠마루. 노부나가의 중신으로 노부나가의 명에 의해 여행을 떠나는 이에야스의 안내역을 맡는다. 혼노 사의 변 후 사카이에서 미카와로 돌아오는 이에야스를 안내하며 산적들과 담판을 벌여 이에야스 일행을 보호하는 등 많은 공을 세운다.

하시바 히데요시羽柴秀吉

도요토미라 성을 고치기 전의 이름. 관직명은 치쿠젠노카미. 노부나가의 명을 받고 츄고쿠 평정에 나선 히데요시는 빗츄의 타카마츠 성을 공격하다가 혼노 사의 소식을 듣고, 즉시 모리 가와 화의를 맺고 쿄토로 돌아온다. 오다 노부나가를 배신하고 혼노 사의 변을 일으킨 아케치 미츠히데를 야마자키 전투에서 격파하고, 키요스 회의를 통해 오다 가의 적손인 산보시를 내세워 다른 중신들을 제압하고 실질적인 권력을 장악한다.

하치스카 마사카츠蜂須賀正勝

통칭 코로쿠, 히코에몬이라고도 한다. 야하기가와 다리에서 소년 시절의 히요시마루(히데요시)를 만난다. 처음에 미노의 사이토 도산에게 출사한다. 오다 노부나가의 오케하자마 승리의 그늘에는 하치스카 코로쿠와 그 일당의 활약이 있었다고 한다. 이후 도요토미 히데요시의 수하에 들어간다. 야마자키 전투의 승리 후, 츄고쿠 공략에서는 모리 가의 장수인 안코쿠지 에케이와 협상을 벌여 공을 세운다. 노부시의 수령 출신이라는 속설이 있다.

호소카와 후지타카細川藤孝

통칭 유사이. 관직명 효부노타유. 혼노 사의 변 후 사돈 관계에 있는 아케치 미츠히데의 협조 요청을 받고 고민한다. 그러나 아케치 미츠히데의 딸이자 자신의 며느리인 키쿄를 산에 감금하고 미츠히데와 의절한 뒤 부자가 모두 머리를 깎고 히데요시의 편을 든다.

《 아즈치 · 모모야마 용어 사전 》

나게즈킨投げ頭巾 | 네모난 주머니 모양으로 꿰맨 것을 뒤로 접어 쓰는 두건의 일종.

난반 사南蠻寺 | 각지에 세워진 초기 기독교 사원의 총칭.

노부시野武士 | 산야에 숨어살면서 패잔병 등의 무기를 빼앗아 무장한 무사나 토민의 무리.

다이묘大名 | 넓은 영지와 많은 부하를 둔 무사의 우두머리.

렌가連歌 | 일본 고전 시가의 한 양식. 보통 두 사람 이상이 단가의 윗구에 해당하는 5·7·5의 장구와 아랫구에 해당하는 7·7의 단구를 번갈아 읊어 나가는 형식. 대개 백구百句를 단위로 한다.

부교奉行 | 행정, 재판, 사무 등을 담당하는 무사의 직명.

쇼군將軍 | 바쿠후 최고의 실권자.

아시가루足輕 | 평시에는 막일에 종사하고, 전시에는 병졸이 되는 최하급 무사.

야마가타나山刀 | 나무꾼이 사용하는 도끼처럼 생긴 큰 칼.

에보시烏帽子 | 관례를 올린 남자가 쓰는 검은 모자.

오닌應仁**의 난** | 1467년부터 1477년까지 쿄토를 중심으로 일어난 대란. 지방으로 파급되어 센고쿠 시대로 접어드는 계기가 되었다.

오사에모노押え物 | 화조도나 산수화 같은 그림을 그려넣은 쟁반 위에 안주를 담은 것으로 주연의 마지막에 내놓는 것.

와키자시脇差 | 일본도의 일종으로 큰 칼에 곁들여 허리에 차는 작은 칼.

요리아이슈寄合衆 | 하타모토 중에서 3,000석 이상의 영지를 소유한 자들의 모임. 또는 자치적인 집회의 구성원.

우다이진右大臣 | 다이죠칸의 장관. 사다이진 다음의 직위. 여기서는 오다 노부나가를 가리킨다.

우마지루시馬印 | 전쟁터에서 대장의 말 옆에 세워 그 위치를 알리는 표지.

우시미츠丑滿 | 축시丑時를 넷으로 나누었을 때 세번째 시각(오전 2시부터 2시 반).

지세이辭世 | 임종 때 지어 남기는 시가詩歌.

챠센茶筅 | 가루차를 끓일 때 차를 저어 거품을 일게 하는 도구.

치마키粽 | 띠나 대나무 잎으로 말아서 찐 찹쌀떡.

카나假名 | 한자를 차용해 만든 일본의 표음 문자.

카이샤쿠介錯 | 할복하는 사람의 뒤에 있다가 목을 치는 것. 또는 그 사람.

카츠기被衣 │ 신분이 높은 여자가 외출할 때 얼굴을 가리기 위해 머리에서부터 쓰는 홑옷.

카치구리勝栗 │ 말린 밤을 절구에 찧어 겉껍질과 속껍질을 없앤 것. 출진이나 승려의 축하 또는 설 등의 경사로운 날의 요리에 쓴다.

코난도小納戶 │ 가까이에서 쇼군을 모시며 신변의 일(이발, 식사 등)을 맡아보는 관직.

코노에近衛 │ 천황, 군주의 측근에서 그 경호를 맡는 일. 또는 그 사람.

코쇼小姓 │ 주군을 측근에서 모시며 잡무를 맡아보는 무사.

코와카마이幸若舞 │ 무사에 관한 노래를 부르며 부채로 장단을 맞추어 추는 춤.

쿠나이쿄 호인宮內卿法印 │ 쿠나이쇼宮內省의 장관. 호인法印은 승려의 최고위를 가리킨다.

쿠사즈리草摺 │ 갑옷 허리에 늘어뜨려 대퇴부를 보호하는 것.

텐슈카쿠天守閣 │ 성의 중심부 아성牙城에 3층 또는 5층으로 높게 쌓은 망루.

하타모토旗本 │ (진중에서) 대장이 있는 본영. 또는 그곳을 지키는 무사.

해자垓子 │ 성밖으로 둘러서 판 못.

《 아즈치 · 모모야마 시대의 방위 · 시각표 》

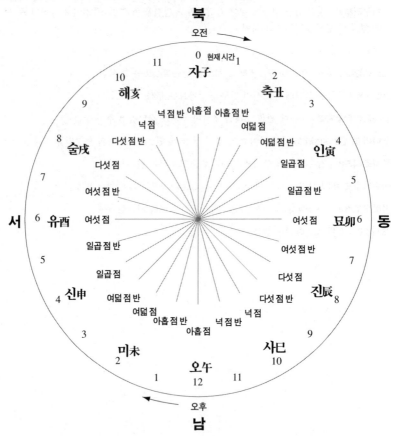

《 아즈치 · 모모야마 시대의 도량형 》

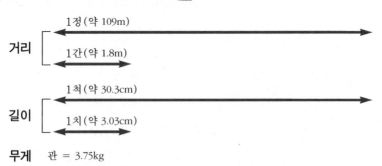

거리
- 1정 (약 109m)
- 1간 (약 1.8m)

길이
- 1척 (약 30.3cm)
- 1치 (약 3.03cm)

무게 관 = 3.75kg

◈무가 사회의 녹봉의 단위이기도 함. 1관은 10석石.

《 아즈치 · 모모야마 시대의 관위표 》

官 \ 品	정일품	종일품	정이품	종이품	정삼품	종삼품	정사품 상	정사품 하	종사품 상	종사품 하	정오품 상	정오품 하	종오품 상	종오품 하	정육품 상	정육품 하	종육품 상	종육품 하
다이죠칸	다죠다이진	사다이진 우다이진	나이다이진	다이나곤	츄나곤	산기	다이벤			츄벤	쇼벤		쇼나곤		다이시			
나카츠카사칸		1587년 히데요시의 관위		1596년 이에야스의 관위			케이				타유		쇼유	지쥬	다이나이키 다이죠		쇼죠	
시키부쇼省 지부쇼省 민부쇼省 효부쇼省 교부쇼省 오쿠라쇼省 쿠나이쇼省								케이				타유 다이한지		쇼유	다이한지 다이죠		쇼죠	쇼한지
지방 — 대국														카미	스케			
지방 — 상국					1567년 이에야스의 관위									카미		스케		
지방 — 중국																카미		
지방 — 하국																		카미

다이죠칸太政官 | 국정의 최고 기관.
나카츠카사칸中務官 | 천황 곁에서 궁중의 정무를 통괄하는 관청.
쇼省 | 한국의 부部에 해당하는 행정 관청.
쿠니國 | 지방 행정 구획.

다죠다이진太政大臣 | 다이죠칸의 최고 장관.
다이진大臣 | 다이죠칸의 장관.
나곤納言 | 다이죠칸의 차관.
산기參議 | 다이진과 나곤의 다음 직위.
벤弁 | 다이죠칸 직속 사무국.
시史 | 문서와 사무를 관장하는 관리.
케이卿 | 조정의 고위 관직.
타유大輔 | 오품 관직의 통칭.
쇼유少輔 | 차관의 하위직.
죠丞 | 장관의 보좌역.
한지判事 | 소송의 심리, 판결을 담당하는 관리.
카미守 | 지방 관청의 장관.
스케介 | 4등급의 제2위 차관.

《 도쿠가와 이에야스 관련 연보(1582) 》

◆ —서력의 나이는 도쿠가와 이에야스의 나이

일본 연호		서력	주요 사건
텐쇼 天正	10	1582 41세	6월 2일, 오다 노부나가가 아케치 미츠히데의 공격을 받고 쿄토 혼노 사에서 49세의 나이로 자살한다(혼노 사의 변). 노부나가의 적자인 노부타다도 26세의 나이로 니죠 성에서 자살한다. 6월 4일, 하시바 히데요시가 빗츄 타카마츠 성을 공략하던 중, 혼노 사의 소식을 듣고, 타카마츠 성주 시미즈 무네하루의 할복을 조건으로 모리 테루모토와 강화를 맺는다. 같은 날, 아나야마 바이세츠와 함께 사카이를 유람하던 이에야스는 혼노 사의 소식을 듣고 서둘러 미카와로 돌아간다. 도중에 다른 방향으로 가던 바이세츠는 살해된다. 6월 13일, 칸베 노부타카, 하시바 히데요시 등이 아케치 미츠히데를 야마자키 전투에서 격파한다. 미츠히데는 패주하던 중 토민에게 살해된다(야마자키 전투). 6월 14일, 이에야스는 아케치 미츠히데를 토벌하기 위해 군사를 이끌고 오와리 나루미로 출발한다. 6월 27일, 시바타 카츠이에, 하시바 히데요시 등이 오와리 키요스 성에서 회합하고 노부나가의 후계자로 히데노부(아명 산보시)를 정한다(키요스 회의). 7월 3일, 이에야스는 카이, 시나노를 평정하기 위해 토토우미 하마마츠 성을 출발한다. 7월 8일, 하시바 히데요시가 야마시로에 토지 측량을 명한다. 9월 12일, 히데요시의 양자인 하시바 히데카츠(노부나가의 넷째아들)가 노부나가의 백일 기념 법회를 연다. 10월 6일, 시바타 카츠이에가 호리 히데마사에게 글을 보내 하시바 히데요시가 키요스 서약을 위반한 것에 대

일본 연호	서력	주요 사건
텐쇼 天正		한 책임을 묻고, 또 야마자키에 축성하는 것을 비난한다. 10월 15일, 하시바 히데요시는 양자인 히데카쓰와 함께 오다 노부나가의 장례를 다이토쿠 사에서 치른다. 10월 18일, 칸베 노부타카가 하시바 히데요시와 시바타 카츠이에의 관계 회복을 도모한다. 히데요시는 문서를 갖고 노부타카와 카츠이에의 비리를 주장한다. 10월 29일, 이에야스는 호죠 우지자네와 강화하고, 자신의 딸을 우지자네에게 출가시킬 것을 약속한다. 11월 2일, 칸베 노부타카, 시바타 카츠이에 등이 마에다 토시이에를 사자로 하여 하시바 히데요시와 강화한다. 12월 12일, 이에야스는 오쿠보 타다요, 토리이 모토타다, 히라이와 치카요시 등에게 카이, 시나노를 진압하게 하고, 토토우미 하마마츠로 돌아온다. 12월 20일, 하시바 히데요시는 오미 나가하마 성의 시바타 카츠토요를 항복시키고, 미노로 들어가 기후 성의 칸베 노부타카를 공격한다. 노부타카는 인질을 보내 강화한다.

옮긴이 **이길진** 李吉鎭

1934년 황해도 출생. 1958년 서울대학교 사회학과를 졸업하였다.
일본 문학 작품 및 일본 문화에 관련된 많은 책들을 유려한 우리말로 옮겼다.
주요 역서로는 가와바타 야스나리의 『설국』, 이마이 마사아키의 『카이젠』,
오에 겐자부로의 『사육』, 기쿠치 히데유키의 『요마록』,
야마오카 소하치의 『오다 노부나가』, 『사카모토 료마』 등이 있다.

| 부록의 자료 제공 및 감수는 고려대학교 일어일문학과 최관 교수님께서 해주셨습니다.

도쿠가와 이에야스 제10권

1판 1쇄 발행 2001년 1월 15일
2판 3쇄 발행 2023년 5월 1일

지은이 야마오카 소하치
옮긴이 이길진
펴낸이 임양묵
펴낸곳 솔출판사

주소 서울시 마포구 와우산로29가길 80(서교동)
전화 02-332-1526
팩스 02-332-1529
이메일 solbook@solbook.co.kr
홈페이지 www.solbook.co.kr
출판 등록 1990년 9월 15일 제10-420호

ISBN   979-11-86634-35-6   04830
ISBN   979-11-86634-22-6   (세트)

- 잘못된 책은 구입한 곳에서 바꿔드립니다.
- 책값은 뒤표지에 표시되어 있습니다.

코마키·나가쿠테小牧長久手 전투(1584) 병풍도 뒷부분.
오다 노부오 도쿠가와 이에야스 연합군과
도요토미 히데요시 군의 전투 장면.